ДЖЕЙН

ЧУВСТВО И ЧУВСТВИТЕЛЬНОСТЬ

ИЗДАТЕЛЬСТВО АСТ
МОСКВА

УДК 821.111-31
ББК 84(4Вел)-44
О-76

Серия «Эксклюзивная классика»

Перевод с английского *И. Гуровой*

Серийное оформление *А.В. Фереза, Е.Д. Ферез*

Компьютерный дизайн *А. Чаругиной*

Остен, Джейн.
О-76 Чувство и чувствительность : [роман] / Джейн Остен ; [пер. с англ. И. Гуровой]. — Москва : Издательство АСТ, 2021. — 384 с. — (Эксклюзивная классика).

ISBN 978-5-17-099668-1

Одно из самых прославленных произведений психологического реализма в мировой литературе. Роман, неоднократно экранизированный. Книга, с которой фактически начался «золотой век женской английской прозы», подаривший нам множество бессмертных шедевров.

История осиротевших дочерей небогатого провинциального помещика и их непростого пути к обретению супружеского счастья не ошеломляет обилием событий и не потрясает воображение романтическими приключениями и бурными страстями — однако именно в ней, впервые в европейской прозе, появляется героиня с новым типом характера: умная, ироничная, решительная, воспринимающая любовь прежде всего как равное партнерство, близость и взаимопонимание. Не потому ли романы Остен по-прежнему интересны?

УДК 821.111-31
ББК 84(4Вел)-44

ISBN 978-5-17-099668-1

© Перевод. И. Гурова, наследники, 2011
© ООО «Издательство АСТ», 2021

Глава 1

Дэшвуды принадлежали к старинному роду, владевшему в Сассексе большим поместьем, которое носило название Норленд-парк, и в усадьбе, расположенной в самом сердце их обширных угодий, из поколения в поколение вели столь почтенную жизнь, что пользовались среди соседей самой доброй репутацией. Последним хозяином поместья был доживший до весьма преклонного возраста старый холостяк, много лет деливший свое уединение с сестрой, которая вела дом. Но она умерла — что произошло лет за десять до его собственной кончины, — отчего домашняя его жизнь совершенно переменилась, ибо, потеряв ее, он пригласил поселиться у себя семью своего племянника мистера Генри Дэшвуда, законного наследника Норленда, которому он так или иначе намеревался завещать свое имение. Общество племянника, племянницы и их детей приятно скрашивало жизнь старика. Его привязанность к ним все возрастала и крепла. Мистер и миссис Дэшвуд с заботливым попечением покоили его старость, угождая всем его желаниям не столько из своекорыстия, сколько по душевной доброте, веселость же детей служила ему развлечением.

У мистера Генри Дэшвуда был сын от первого брака, а вторая жена подарила ему трех дочерей. Сын, благоразумный и степенный молодой человек, не был стеснен в средствах, получив по достижении двадцати одного года половину состояния своей покойной матери, которое было весьма большим. А вскоре затем вступив в брак, еще приумножил свое богатство. Вот почему для него дальнейшая судьба Норленда была не столь важна, как для его сестер, чьи ожидания, если бы их отец не унаследовал имения, оказались бы далеко не радужными. Мать их никакого собственного состояния не имела, а отец по собственной воле мог распорядиться лишь семью тысячами фунтов, так как остальная часть наследства его первой жены также должна была отойти ее сыну, он же лишь пожизненно пользовался процентами с нее.

Почтенный джентльмен скончался. Его завещание было оглашено и, как почти всегда в подобных случаях, принесло столько же огорчения, сколько и радости. Нет, он не был настолько несправедлив и неблагодарен, чтобы вовсе обойти племянника, и поместье отказал ему — но на таких условиях, что в значительной мере обесценил его. Наследства мистер Дэшвуд желал более ради жены и дочерей, нежели ради себя и сына, — однако как раз этому сыну и его сыну, четырехлетнему малютке, и предназначил свое имение старик, связав племяннику руки всяческими ограничениями, отнимавшими у него возможность обеспечить тех, кто был особенно дорог его сердцу и особенно нуждался в обеспечении: завещание возбраняло ему распоряжаться поместьем по своему усмотрению или продавать дорогой лес. Сделано это было для того, чтобы оно со временем во всей целости перешло его внуку, который, приезжая с отцом и матерью погостить в Норленде, настолько обворожил двоюродного прадедушку такими отнюдь не редкими у двух-трехлетних детей милыми особенностями, как забавный лепет, упорство в желании поставить на своем, изобретательность в проказах и шумливость, что они совершенно перевесили все нежные заботы, какими его окружали племянница и ее дочери. Впрочем, он вовсе не думал обидеть их и в знак расположения оставил каждой из трех девиц по тысяче фунтов.

Первое время мистер Дэшвуд переносил свое разочарование очень тяжело. Но человек по натуре бодрый и не склонный унывать, он вскоре утешился мыслью, что впереди у него еще много времени и, живя экономно, он сумеет отложить порядочную сумму из доходов от поместья, — они и так уже были немалыми, но он надеялся незамедлительно увеличить их, введя некоторые улучшения. Увы, поместье, полученное им столь поздно, принадлежало ему один год. Он пережил дядю лишь на этот срок, и его вдове и дочерям осталось всего десять тысяч фунтов, включавшие и те три тысячи, которые завещал барышням двоюродный дед.

Едва стало ясно, что болезнь мистера Дэшвуда принимает опасный оборот, он послал за сыном и со всей настойчивостью и убедительностью, на какие у него еще достало духа, поручил мачеху и сестер его заботам.

Мистер Джон Дэшвуд, в отличие от остальных членов семьи, не был склонен к сильным чувствам, но подобная отцовская просьба в подобных обстоятельствах не могла не тронуть сына, и он обещал сделать для их благополучия все, что будет в его силах. Такое заверение облегчило последние минуты умирающего, а затем у мистера Джона Дэшвуда оказалось достаточно досуга поразмыслить, что, собственно, он может сделать для них, не выходя из пределов благоразумия.

Он вовсе не был дурным человеком — конечно, если черствость и эгоистичность не обязательно делают людей дурными — и, во всяком случае, пользовался общим уважением, так как в обычных обстоятельствах всегда вел себя с безукоризненной порядочностью. Женись он на более мягкосердечной женщине, то, быть может, стал бы еще более порядочным или даже сам умягчился сердцем, потому что вступил в брак совсем юным и очень любил жену. Однако миссис Джон Дэшвуд была как бы преувеличенной карикатурой на него самого — еще более себялюбивой и холодной.

Давая обещание отцу, он решил было добавить к состоянию сестер по тысяче фунтов для каждой. В те минуты он искренне считал, что это вполне в его силах. Мысль о том, что теперь его доход пополнится четырьмя тысячами фунтов в год, не говоря уж о второй половине материнского наследства, согрела его душу, вознесла над мелочными расчетами. Да, он подарит им три тысячи фунтов: это щедро, благородно. Они будут вполне обеспечены. Три тысячи фунтов! И столь внушительную сумму он может отдать, не причинив себе сколько-нибудь заметного ущерба! Эту мысль он лелеял весь день, а потом и еще много дней, ничуть не раскаиваясь в принятом решении.

Едва его отец был погребен, как прибыла миссис Джон Дэшвуд с сыном и собственными слугами. Никто не мог бы оспорить ее права приехать: дом принадлежал ее мужу с того мгновения, как скончался его отец. Но это лишь усугубляло бездушную неделикатность поведения, которое в подобных обстоятельствах больно ранило бы и женщину, не наделенную особенно тонкой натурой. Понятия же миссис Дэшвуд о чести были столь высоки, а представления об истинном благородстве столь романтичны, что поступок такого рода, независимо от того, кем и по отношению к кому он был совершен, мог вызвать у нее лишь непреходящее отвращение. Миссис Джон Дэшвуд никогда не пользовалась особенной любовью близких ее мужа, но до сих пор ей не выпадало случая показать им, с каким пренебрежением к душевному покою и чувствам других людей способна она вести себя, когда ей это представляется нужным.

Миссис Дэшвуд подобная грубая бессердечность возмутила так сильно и внушила ей столь жгучее презрение к невестке, что она, вероятно, в ту же минуту навсегда покинула бы дом, если бы не убеждения старшей дочери, которые заставили ее вспомнить, что подобная спешка была бы непростительным нарушением всех приличий. А затем любовь к трем ее девочкам внушила ей, что ради них она должна остаться и не порывать отношений с их братом.

Элинор, старшая из сестер, чьи уговоры оказались столь успешными, обладала живым умом и спокойной рассудительностью, позволившими ей в девятнадцать лет стать советницей матери: не раз она, к их общему благу, успевала предупредить тот или иной необдуманный порыв миссис Дэшвуд. Душа у нее была прекрасная, сердце доброе и привязчивое, а чувства очень сильные, но она умела ими управлять. Это умение ее мать так и не приобрела, а одна из сестер твердо решила никогда не приобретать.

Достоинствами Марианна во многих отношениях не уступала Элинор. Она была умна, но впечатлительна и отличалась большой пылкостью: ни в печалях, ни в радостях она не знала меры. Она была великодушна, мила, загадочна — все, что угодно, но только не благоразумна. Сходство между ней и матерью казалось поразительным.

Чувствительность сестры внушала Элинор тревогу, но миссис Дэшвуд восхищалась этим качеством дочери и всячески его лелеяла. Теперь они с Марианной неустанно поддерживали друг в друге бурную печаль. Сразившее их горе от невозвратимой утраты теперь нарочито растравлялось, усугублялось, воскрешалось вновь и вновь. Они всецело предались его мукам, питали их всеми способами и твердо отвергали даже мысль о возможном утешении пусть в самом далеком будущем. Элинор тоже горевала всем сердцем, но она боролась с собой, старалась взять себя в руки. У нее достало сил советоваться с братом, а также достойно встретить невестку и держаться с ней, как требовали правила хорошего тона. Она пыталась побудить к тому же и свою мать, вдохнуть в нее такую же терпеливую твердость.

Маргарет, третья сестра, была доброй, хорошей девочкой, но уже успела впитать немалую толику романтичности Марианны, хотя далеко уступала ей в уме, и в свои тринадцать лет, разумеется, не могла считаться равной более взрослым сестрам.

Глава 2

Теперь хозяйкой Норленда стала миссис Джон Дэшвуд, а ее свекровь и золовки были низведены на положение гостий. Однако в таком их качестве она обходилась с ними со спокойной вежливостью, а ее муж — со всей добротой, на какую был способен, когда речь шла не о нем самом, его жене или сыне. Он с искренней настойчивостью просил их считать Норленд своим домом, и его приглашение было принято, так как миссис Дэшвуд не видела иного выхода — во всяком случае, до тех пор, пока она не подыщет для себя дом где-нибудь в окрестностях.

Необходимость жить там, где все напоминало ей о былых радостях, превосходно отвечала особенностям ее натуры. В безоблачные времена никто не мог сравниться с ней веселостью духа, никто не уповал на счастье с той светлой надеждой, которая сама по себе уже счастье. Но и печали она предавалась с такой же беззаветностью и так же отвергала самую возможность утешения, как прежде не позволяла даже тени сомнения омрачить ее восторги.

Миссис Джон Дэшвуд отнюдь не одобрила того, что ее муж решил сделать для своих сестер. Отнять три тысячи фунтов у их драгоценного сыночка! Но это же нанесет ужасный ущерб его состоянию! Она умоляла его хорошенько подумать. Какое оправдание найдет он себе, если ограбит свое дитя, свое единственное дитя? Ведь это же огромная сумма! И какое, собственно, право есть у девиц Дэшвуд, всего лишь сводных его сестер — а такое родство она вообще родством не признает, — на подобную его щедрость? Давно известно, что между детьми от разных браков их отца вообще никакой привязанности и быть не положено. Почему должен он разорить себя и их бедного Гарри, отдав все свои деньги сводным сестрам?

— На смертном одре отец просил меня, — ответил ее муж, — чтобы я помог его вдове и дочерям.

— Вероятно, он не понимал, что говорит. Десять против одного, у него был бред. Будь он в здравом уме, ему и в голову не пришло бы просить, чтобы ты отнял половину своего состояния у собственного сына!

— Он не называл никаких сумм, милая Фанни, а лишь в общих словах просил меня оказать им помощь, обеспечить их будущее надежнее, чем было в его власти. Пожалуй, было бы лучше, если бы он просто положился на меня. Неужели он думал, что я брошу их на произвол судьбы! Но раз уж он потребовал от меня обещания, я не мог отказать. Во всяком случае, так мне это представилось в ту минуту. Но как бы то ни было, обещание я дал и его необходимо сдержать. Надо будет сделать для них что-то, когда они покинут Норленд и устроятся в своем новом доме.

— Так и сделай для них что-то. Но почему этим «что-то» непременно должны быть три тысячи фунтов? Ну, подумай сам! — добавила она. — Стоит отдать деньги, и они уже к тебе не вернутся. Твои сестры выйдут замуж, и ты лишишься этих денег навсегда. Конечно, если бы

Чувство и чувствительность

они все-таки когда-нибудь достались нашему бедному малютке...

— Да, бесспорно, — с величайшей серьезностью согласился ее муж, — это меняло бы дело. Ведь может настать время, когда Гарри пожалеет, что столь крупная сумма была отдана на сторону. Если, например, у него будет много детей, такая добавка оказалась бы очень кстати.

— О, конечно!

— Так, пожалуй, для всех будет лучше, если эту сумму сократить наполовину. И пятьсот фунтов заметно увеличат их состояние!

— Очень намного! Какой еще брат сделал бы даже вполовину столько для своих сестер, причем для родных сестер! Ну, а для сводных... Но ты так великодушен!

— Да, мелочность тут неуместна, — ответил он. — В подобных случаях всегда предпочтешь сделать больше, а не меньше. Никто, во всяком случае, не сможет сказать, что я сделал для них недостаточно. Даже они сами вряд ли ожидают большего.

— Чего они ожидают, знать невозможно, — сказала его супруга. — Но об их ожиданиях нам думать незачем. Важно, что можешь позволить себе ты.

— Разумеется. И мне кажется, я могу позволить себе подарить им по пятьсот фунтов. Но ведь и без моего добавления каждая из них после смерти матери получит более трех тысяч фунтов. Состояние для любой девицы вполне завидное.

— О, конечно! И по-моему, никаких добавок им не требуется. Они же разделят между собой десять тысяч фунтов! Если они выйдут замуж, то, без сомнения, за людей состоятельных. А если нет, то отлично проживут вместе на проценты с десяти тысяч.

— Совершенно верно, а потому, принимая во внимание все обстоятельства, я прихожу к выводу, что лучше будет назначить что-нибудь не им, а их матери — пожизненно. Я имею в виду что-нибудь вроде ежегодной пенсии. И это будет на пользу не только ей, но и моим сестрам. Сто фунтов в год вполне их всех обеспечат.

Однако его жена не поторопилась одобрить и этот план.

— О, конечно, — сказала она, — это лучше, чем отдать полторы тысячи фунтов сразу. Но если миссис Дэшвуд проживет еще пятнадцать лет, мы понесем именно этот убыток.

— Пятнадцать лет! Милая Фанни, ее жизнь и половины этого срока не продлится.

— Да, бесспорно. Но, наверное, ты замечал, что люди, которым выплачивают пенсии, живут вечно. А она очень бодра, здоровье у нее отменное, и ей только-только исполнилось сорок. Ежегодная пенсия — расход весьма серьезный. Ее приходится выплачивать из года в год, и изменить уже ничего нельзя. Ты не отдаешь себе отчета в том, что делаешь. Мне хорошо известно, какой обузой оборачиваются пенсии. Ведь моя маменька была обременена выплатой целых трех пенсий, которые папенька в своей духовной назначил трем престарелым слугам, и просто удивительно, как ей это досаждало. Дважды в год плати, да еще хлопоты с отсылкой денег! А потом пришла весть, будто кто-то из них умер. Но только после выяснилось, что ничего подобного. Маменька совсем измучилась. Собственные доходы ей вовсе не принадлежат, говаривала она, раз какая-то их часть изымается безвозвратно. И бессердечие папеньки было тем больше, что без этих пенсий маменька могла бы распоряжаться всеми деньгами без всяких ограничений. У меня теперь такое отвращение к пенсиям, что я ни за какие блага в мире не связала бы себя по рукам и ногам подобным обязательством!

— Да, безусловно, — ответил мистер Дэшвуд, — всякие ежегодные отчисления от доходов крайне неприят-

Чувство и чувствительность

ны. Собственное состояние, как справедливо замечает твоя маменька, человеку уже не принадлежит. Связать себя постоянными выплатами подобной суммы каждое полугодие — значит лишиться независимости. Нет, это вовсе ни к чему.

— Несомненно! И тебя за это даже спасибо не ждет. Они полагают себя обеспеченными, то, что ты им уделяешь, словно само собой разумеется и никакой благодарности не вызывает. На твоем месте, если бы я что-либо и делала, то лишь тогда, когда сама находила бы это нужным. А ежегодными выплатами себя не связывала бы. Вдруг в тот или иной год нас очень стеснит необходимость отнять у себя сто или даже пятьдесят фунтов?

— Любовь моя, ты совершенно права! Лучше будет обойтись без твердой пенсии. То, что я смогу уделять им от случая к случаю, принесет им значительно больше пользы, чем ежегодная пенсия. Ведь, рассчитывая на больший доход, они просто стали бы жить на более широкую ногу и к концу года не оказались ни на йоту богаче. Нет, нет, так будет гораздо разумнее. Пятьдесят фунтов в подарок время от времени поспособствуют тому, чтобы они никогда не чувствовали себя стесненными в средствах, и, мне кажется, таким образом я более чем выполню данное отцу обещание.

— О, конечно! Да и, по правде говоря, я убеждена, что твой папенька вовсе и не думал о том, чтобы ты дарил им деньги. Право же, он имел в виду лишь ту помощь, какую от тебя действительно можно требовать. Например, подыскать для них удобный небольшой дом, облегчить им хлопоты с переездом, посылать рыбу, дичь и прочие такие же подарки, в зависимости от времени года. Головой ручаюсь, ни о чем другом он и не помышлял. Да и странно было бы, и вовсе неразумно, считай он иначе. Милый мой мистер Дэшвуд! Подумай хорошенько, как чудесно могут жить на проценты с семи тысяч фунтов твоя мачеха и ее дочки. И ведь у каждой барышни, кроме того, есть своя тысяча, а она приносит в год пятьдесят фунтов. Разумеется, из них они будут платить матери за стол. То есть у них на всех будет в год пятьсот фунтов! Ну, скажи на милость, разве этого не более чем достаточно для четырех женщин? Они ведь могут жить так дешево! Ведение хозяйства расходов вообще не потребует. У них не будет ни экипажа, ни лошадей. Прислуги почти никакой. Принимать у себя и ездить по гостям им незачем. Так какие же тут расходы? Только представь себе, как отлично они заживут! Пятьсот фунтов в год! Я просто вообразить не в состоянии, на что они сумеют потратить хотя бы половину такой суммы. А о том, чтобы ты им что-то еще дарил, даже думать смешно. Им куда легче будет уделить что-нибудь тебе!

— Слово благородного человека! — сказал мистер Дэшвуд. — Ты совершенно права! Мой отец, безусловно, имел в виду только то, о чем сказала ты. Теперь мне это совершенно ясно, и я буду скрупулезно соблюдать свое обещание, оказывая им ту помощь и те знаки внимания, о которых ты говорила. Когда моя мать решит переехать, я с удовольствием позабочусь оказать ей все посильные услуги. Пожалуй, нелишним будет и подарить ей по этому случаю кое-какую мебель.

— О, конечно! — сказала миссис Джон Дэшвуд. — Впрочем, тут уместно вспомнить одно обстоятельство. Когда твои папенька и маменька переселились в Норленд, стэнхиллская мебель, правда, была продана, но фарфор, столовое серебро и белье — все осталось и теперь завещаны твоей маменьке. Поэтому ее дом, как только она его снимет, сразу же будет почти полностью обставлен.

— Это, бесспорно, очень важное соображение. Очень, очень недурное наследство! А ведь кое-что из серебра совсем не помешало бы добавить к тому, что у нас здесь есть.

Чувство и чувствительность

— Да. И чайный сервиз куда великолепнее здешнего! Такая роскошь, по моему мнению, будет даже излишней в жилище, какое подойдет им теперь. Но ничего не поделаешь. Твой папенька думал только о них. И как хочешь, а я все-таки скажу: ты вовсе не обязан питать к нему особенную благодарность или свято исполнять его волю. Ведь мы же прекрасно знаем, что, будь у него такая возможность, он все, все, все, кроме разве что какой-нибудь малости, отказал бы им!

Этот довод был неотразим. И вдохнул в него решимость, положившую конец его колебаниям. Теперь он твердо знал, что предложить вдове и дочерям его отца что-нибудь, помимо тех добрососедских услуг, какие перечислила его жена, было бы не только совершенно лишним, но, пожалуй, и в высшей степени неприличным.

Глава 3

Миссис Дэшвуд провела в Норленде еще несколько месяцев, но вовсе не потому, что ей не хотелось никуда переезжать. Напротив, едва вид столь хорошо знакомых мест перестал вызывать прежнее бурное горе и ее душа немного оживилась, а разум не столь непрерывно терзался печальными воспоминаниями, как она преисполнилась нетерпением поскорее уехать и без устали наводила справки о подходящих домах в окрестностях Норленда, — уехать далеко от всего, что было столь дорого ее сердцу, у нее не хватало сил. Но ей никак не удавалось найти жилище, которое отвечало бы ее понятиям о комфорте и удобствах и было бы одобрено благоразумной старшей дочерью, чьи более трезвые суждения уже заставили ее отказаться от нескольких домов, слишком больших для их ограниченного дохода, на которых она совсем готова была остановить свой выбор.

Муж сообщил миссис Дэшвуд о торжественном обещании позаботиться о них, которое дал ему сын и которое облегчило его последние часы. В искренность этих заверений она поверила столь же непоколебимо, как и покойный, и теперь при мысли о них радовалась — не за себя, но за своих дочерей. Самой же ей, думала она, чтобы жить, ни в чем не нуждаясь, хватило бы и половины семи тысяч фунтов. И еще она была рада за их брата, рада, что ошиблась в нем, и укоряла себя за свое прежнее несправедливое к нему отношение: ведь она считала его неспособным на великодушие. Его неизменная внимательность к ней и сестрам убедила ее, что он принимает к сердцу их благополучие, и она долго полагалась на благородство его намерений.

Презрение, каким она в самом начале их знакомства прониклась к своей невестке, неизмеримо возросло, когда она лучше узнала ее характер, прожив с ней под одним кровом полгода. И возможно, обе дамы не выдержали бы такого длительного испытания, несмотря на требования приличий и материнские чувства миссис Дэшвуд, если бы не одно обстоятельство, которое, по мнению этой последней, более чем оправдывало дальнейшее пребывание ее дочерей в Норленде.

Обстоятельством этим была крепнущая взаимная симпатия между ее старшей девочкой и братом миссис Джон Дэшвуд, очень приятным молодым человеком с благородными манерами, который познакомился с ними вскоре после переезда его сестры в Норленд и с тех пор почти постоянно гостил там.

Некоторые матери поощряли бы такое сближение из меркантильных соображений, — ведь Эдвард Феррарс был старшим сыном человека, скончавшегося очень богатым; другие же, напротив, постарались бы воспрепятствовать ему из благоразумия, так как, если не считать пустякового дохода, он всецело зависел от воли своей матушки. Но на миссис Дэшвуд ни то, ни другое обстоятельство нисколько не влияло. Ей было достаточно, что молодой человек, видимо, очень порядочный, полюбил ее дочь и что Элинор отвечает ему взаимностью. По ее глубокому нравственному убеждению, разница в состоянии никак не служила препятствием для соединения молодой пары, связанной симпатией душ, а что кто-нибудь из знающих Элинор мог остаться слеп к ее достоинствам, и вовсе представлялось ей немыслимым.

Эдвард Феррарс не завоевал их расположения с первых же минут интересной наружностью или особой ловкостью обхождения. Он не был красив, а манеры его обретали привлекательность лишь при более близком знакомстве. Застенчивость мешала ему показывать себя с наивыгоднейшей стороны, но, когда он преодолевал эту природную робость, все его поведение говорило об открытой и благородной натуре. Ему был присущ немалый ум, прекрасно развитый образованием. Но у него не было ни способностей, ни склонности отличиться, как того желали его мать и сестра, на... они и сами не знали, на каком поприще. Им не терпелось, чтобы он так или иначе занял блестящее положение в свете. Мать хотела, чтобы он занялся политикой, стал членом парламента или доверенным помощником того или иного государственного мужа. Не меньшего для него хотела и миссис Джон Дэшвуд, хотя в ожидании этих великих свершений она удовольствовалась бы и тем, чтобы он ловко правил щегольским экипажем. Но Эдварда Феррарса не влекли ни государственные мужи, ни щегольские экипажи. Сам он мечтал лишь о домашнем уюте и тихой жизни частного лица. К счастью, у него был младший брат, обещавший гораздо больше.

Эдвард гостил в Норленде уже несколько недель, когда миссис Дэшвуд, еще вся во власти своего горя, начала обращать на него внимание. Прежде она замечала только, что в нем нет никакой развязности, и этим он ей нравился. Он не нарушал ее скорби неуместными разговорами. Приглядываться же к нему, причем все более одобрительно, она стала после того, как Элинор однажды упомянула, насколько мало походит он характером на сестру. Для ее матери трудно было найти рекомендацию лучше.

— Если он не похож на Фанни, — сказала она, — чего же более! Это ведь подразумевает все самые приятные качества. Я его уже полюбила.

— Мне кажется, — ответила Элинор, — он правда вам понравится, когда вы узнаете его поближе.

— Понравится! — с улыбкой возразила ее мать. — Для меня одобрять — значит любить. На более слабое чувство я не способна.

— Но вы можете питать к нему уважение.

— Я всегда полагала, что уважение и любовь неразделимы.

Миссис Дэшвуд начала привечать молодого человека. Манеры ее были очень располагающими, и вскоре он забыл о своей застенчивости. Она же не замедлила убедиться в его достоинствах: возможно, уверенность, что он любит Элинор, сделала ее особенно проницательной. Однако оценила она его от всей души, и даже скромная сдержанность, противоречившая всем ее понятиям о светскости, приличной молодым людям, перестала быть в ее глазах признаком незначительности, едва ей открылись отзывчивость его сердца и мягкость натуры.

Стоило же ей усмотреть в его поведении с Элинор признаки любви, как она уверовала в серьезность их взаимного чувства и уже предвкушала их скорую свадьбу.

— Еще несколько месяцев, милая Марианна, — сказала она, — и судьба Элинор, судя по всему, устроится навсегда наилучшим образом. Нам будет грустно без нее, но зато ее ждет счастье.

— Ах, мама! Как же мы будем жить без нее?

— Но, душечка, мы ведь почти не разлучимся. Поселимся в двух-трех милях друг от друга и станем видеться каждый день. А у тебя будет брат, истинно любящий брат. Я самого высокого мнения о сердце Эдварда... Марианна! У тебя такой опечаленный вид! Или ты не одобряешь выбор своей сестры?

— Пожалуй, я несколько удивлена, — ответила Марианна. — Эдвард очень мил, и я нежно его люблю. И все же... он не... ему чего-то недостает... В его внешности нет ничего незаурядного. Ему недостает того изящества манер, какое мне представлялось обязательным в человеке, покорившем сердце моей сестры. Его взгляд лишен той пылкости, того огня, которые неопровержимо свидетельствуют и о высоких достоинствах, и о тонком уме. И, ах, мама, боюсь, он не обладает подлинным вкусом. К музыке он словно бы равнодушен, и, как ни восхищается он рисунками Элинор, это не восхищение истинного ценителя, способного понять, до чего они на самом деле хороши. Хотя он и не отходит от нее, когда она рисует, легко заметить, что он ничего в этом не понимает. Он восторгается как влюбленный, а не как знаток. Для меня же необходимо соединение того и другого. На меньшем я не примирилась бы. Я не могла бы найти счастье с человеком, чей вкус не во всем совпадал бы с моим. Он должен разделять все мои чувства. Те же книги, та же музыка должны равно пленять нас обоих. О, мама! Какой скучной, какой невыразительной была манера Эдварда, когда он читал нам вчера вечером! Как я сострадала Элинор! Она сносила его чтение спокойно, словно ничего не замечала. А я с трудом удерживалась, чтобы не убежать. Слушать, как дивные строки, которые столь часто приводили меня в экстаз, произносятся с такой холодной невозмутимостью, с таким ужасающим равнодушием...

— Да, бесспорно, ему больше подошла бы легкая изящная проза. Я уже тогда так подумала. Но ты настояла, чтобы он читал Каупера!

— Ах, мама! Если и Каупер его не трогает... Впрочем, вкусы бывают разные. Элинор мои чувства не свойственны, а потому она может не придавать этому такого значения и быть с ним счастливой. Но если бы его любила я, у меня сердце разбилось бы, едва я услышала бы, как мало чувствительности в его манере читать. Мама, чем больше я узнаю свет, тем больше убеждаюсь, что никогда не встречу того, кого могла бы полюбить по-настоящему. Я требую столь многого! Он должен обладать не только всеми достоинствами Эдварда, но и сочетать их с чарующей внешностью и обворожительностью манер.

— Душечка, не забывай, что тебе нет и семнадцати лет. Отчаиваться еще рано. Почему тебе не может выпасть то же счастье, что и твоей матери? Лишь в одном, моя Марианна, да будет твой удел иным, чем у нее!

Глава 4

— Как жаль, Элинор, — сказала Марианна, — что у Эдварда нет никакого вкуса к рисованию!

— Никакого вкуса? — повторила Элинор. — Почему ты так думаешь? Правда, сам он не рисует, но чужие рисунки доставляют ему большое удовольствие, и, уверяю тебя, он вовсе не лишен вкуса, хотя ему и не представилось случая усовершенствовать его. Будь у него возможность учиться, мне кажется, он рисовал бы прекрасно. Но он так мало доверяет своему суждению, что предпочитает не высказывать о картинах никакого мнения. Однако врожденная верность и простота вкуса ведут его по правильному пути.

Чувство и чувствительность

Марианна опасалась обидеть сестру и промолчала. Однако то одобрение, какое, по словам Элинор, вызывали у Эдварда чужие картины, нисколько не походило на восторженное упоение, которое одно она соглашалась признать истинным вкусом. Тем не менее, улыбаясь про себя подобному заблуждению, она считала, что породившая его готовность безоговорочно восхищаться Эдвардом делает ее сестре только честь.

— Надеюсь, Марианна, — продолжала Элинор, — ты не думаешь, что он вообще лишен истинного вкуса? Нет, разумеется, ты так думать не можешь! Ведь ты с ним очень мила, а будь ты о нем столь дурного мнения, то, не сомневаюсь, у тебя недостало бы сил обходиться с ним хотя бы вежливо.

Марианна не знала, что ответить. Ей ни в коем случае не хотелось причинять сестре хоть малейшую боль, но солгать она тоже не могла. В конце концов она сказала:

— Не обижайся, Элинор, если я не хвалю его так, как он, по-твоему, заслуживает. У меня было меньше случаев, чем у тебя, узнать и оценить все мельчайшие особенности его ума, склонностей и вкуса. Однако я самого высокого мнения о его душевных качествах и здравом смысле. Мне он кажется во всех отношениях приятным и достойным человеком.

— Полагаю, — ответила Элинор с улыбкой, — подобная рекомендация удовлетворила бы и самых близких его друзей. Право, ничего более лестного сказать невозможно.

Марианна только обрадовалась, что ее сестре довольно и такой похвалы.

— В его здравом смысле и душевных качествах, — продолжала Элинор, — навряд ли усомнится хоть кто-нибудь из тех, с кем при более коротком знакомстве он вел непринужденные беседы. Лишь застенчивость, побуждающая его к молчанию, мешает сразу понять живость его ума и твердость нравственных устоев. Ты успела сойтись с ним поближе и сумела оценить благородство его натуры. Что же до мельчайших особенностей его склонностей и вкуса, как ты выразилась, волей обстоятельств тебе не представилось столько случаев узнать их, как мне. Мы часто проводили время вместе, когда матушка нуждалась в твоих нежных заботах. Вот каким образом мне открылись его нравственные понятия, его мнения о литературе, об истинном вкусе. И я возьму на себя смелость утверждать, что ум его превосходно образован, любовь к чтению глубока, воображение богато, суждения остры и верны, а вкус тонок и безупречен. Его способности выигрывают от близкого знакомства так же, как манеры и весь его облик. Да, в первые минуты он не пленяет обходительностью и не кажется красавцем, но лишь до тех пор, пока не замечаешь прекрасного выражения его глаз, добросердечности, какой светится его лицо. Теперь я знаю его так хорошо, что считаю подлинно красивым. Во всяком случае, почти. А ты, Марианна?

— Пока еще нет, Элинор, но очень скоро я начну видеть в нем красавца. Едва ты попросишь, чтобы я полюбила его как брата, и я перестану замечать недостатки в его внешности, как уже не вижу их в его сердце.

Элинор растерялась, выслушав заверения сестры, и пожалела о горячности, с какой невольно защищала Эдварда. Конечно, она была о нем самого высокого мнения и полагала, что уважение это взаимно, но, пока оставалось место для сомнений, безмятежное убеждение Марианны в силе их привязанности никак не могло доставить ей удовольствия. Слишком хорошо она знала, что для Марианны, как и для их матери, простое предположение тотчас оборачивается непоколебимой уверенностью. Для них пожелать чего-то значило надеяться, а надеяться значило ожидать незамедлительного исполнения надежд. Она попыталась объяснить сестре истинное положение дел.

— Не стану отрицать, — сказала Элинор, — что я высоко его ценю, что уважаю его, что он мне нравится.

— Уважаю! Нравится! Как холодно твое сердце, Элинор! Нет, хуже! Ты стыдилась бы, будь оно иным! Посмей повторить эти слова, и я тотчас выйду из комнаты!

Элинор засмеялась.

— Извини меня, — сказала она. — Право же, я вовсе не хотела тебя оскорбить, столь спокойно описывая свои чувства. Верь, что они более горячи, чем я призналась. Короче говоря, верь, что они соразмерны его достоинствам и догадке... то есть надежде, что я ему небезразлична, — однако не безрассудны и не выходят за пределы благоразумия. Но постарайся сверх этого не верить ничему. Я отнюдь не убеждена в его расположении ко мне. По временам оно кажется не столь уж большим. И пока он не объяснился открыто и прямо, вряд ли тебя должно удивлять, что я избегаю поощрять свою симпатию, полагая или называя ее чем-то иным. В глубине души я не сомневаюсь... почти не сомневаюсь в его сердечном влечении. Но ведь, кроме чувств, надо принять во внимание еще и многое другое. Он не свободен сам распоряжаться своей судьбой. С его матерью мы не знакомы. Но судя по тому, что Фанни порой рассказывает о ее поступках и суждениях, она не кажется добросердечной. И я не ошибусь, предположив, что сам Эдвард прекрасно понимает, какие испытания его ожидают, если он выберет невесту без большого состояния или без титула.

Марианна растерялась, услышав, как далеко они с матерью опередили в воображении действительное положение вещей.

— Так ты еще не помолвлена с ним! — воскликнула она. — Но, бесспорно, ждать этого недолго. Впрочем, у такой отсрочки есть две светлые стороны. Во-первых, я потеряю тебя не так скоро, а, во-вторых, Эдварду представится больше случаев развить тот естественный вкус к твоему любимому занятию, который столь необходим для вашего будущего счастья. Ах, если бы твой прекрасный талант подвигнул его заняться рисованием, как это было бы чудесно!

Элинор сказала сестре то, что действительно думала. Вопреки твердому убеждению Марианны, сама она вовсе не полагала, что склонность ее к Эдварду уже ничем омрачиться не может. Порой в нем замечалась сдержанность, которая, если и не свидетельствовала о равнодушии, все же ничего хорошего не сулила. Сомнения в ее взаимности, даже если он их испытывал, должны были бы внушать ему лишь тревожное волнение, но не унылость, столь часто им владевшую. Разумеется, причиной могло быть зависимое положение, не позволявшее ему дать волю чувствам. Как ей было известно, обхождение с ним его матери не только сделало для него чуждым родительский дом, но и указывало, что обзавестись собственным семейным очагом ему будет дозволено, только если он безропотно покорится ее намерениям устроить для него блестящее будущее. Вот почему, зная все это, Элинор не позволяла себе питать особые надежды. И отнюдь не полагалась на предпочтение, какое он отдавал ей, как упрямо продолжали считать ее мать и сестра. Более того, чем дольше продолжалось их знакомство, тем менее ясным становилось его отношение к ней: в тягостные минуты ей начинало казаться, что это не более чем дружеское расположение.

Но каково бы ни было это чувство, стоило сестре Эдварда его заметить, как оно вызвало у нее тревогу и (что отнюдь не редкость) заставило забыть о вежливости. При первом же удобном случае она сделала из этого повод, чтобы больно задеть свою свекровь, и столь подробно описывала великолепные ожидания брата, завидные партии, которые миссис Феррарс прочит обоим своим сыновьям, и беды, грозящие молодой особе, если она попытается его завлечь, что миссис Дэшвуд не могла ни пропустить ее намеки мимо ушей, ни сохранить спокойствие. Она ответила ей со всей презрительностью и тотчас вышла из комнаты, исполненная твердой решимости пренебречь неудобствами и лишними расходами, сопряженными со спешным отъездом, лишь бы возможно скорее оградить свою любимую Элинор от подобных оскорбительных намеков.

Ее возмущение не успело остыть, как ей подали доставленное по почте письмо, которое содержало предложение, пришедшееся как нельзя более кстати. Ее родственник, богатый джентльмен, проживавший в Девоншире, готов был сдать ей на самых выгодных условиях небольшой, принадлежавший ему дом. Письмо, написанное им собственноручно, несомненно, свидетельствовало об истинном родственном расположении. Ему стало известно, что она нуждается в собственном крове, и, хотя предоставить ей он может лишь простой деревенский дом, если местоположение этого скромного жилища ей понравится, оно будет подновлено и благоустроено, как она сочтет нужным. Подробно описав дом и сад, он с любезнейшей настойчивостью пригласил ее с дочерьми приехать погостить в Бартон-парке, его имении, чтобы она сама решила, в какой перестройке нуждается Бартонский коттедж — оба дома расположены в одном приходе, — прежде чем сочтет возможным поселиться там. Казалось, он был движим искренним желанием услужить им, и все письмо дышало такой сердечностью, что не могло не обрадовать его кузину, да еще в минуту, когда она в полной мере испытала холодное бездушие тех, кто состоял с ней в более близком родстве. Она не стала тратить времени на размышления или на наведение справок. Решение ее было принято, едва она дочитала письмо до конца. Если какой-нибудь час назад то обстоятельство, что Бартон находится в графстве, столь удаленном от Сассекса, как Девоншир, представилось бы ей препятствием, которое перевесило бы в ее глазах все преимущества подобного плана, теперь оно явилось лучшим доводом в его пользу. Необходимость поселиться вдали от Норленда уже не представлялась немыслимым несчастьем. Напротив, ничего другого она теперь и не желала. Какое блаженство и лишнего часа не оставаться гостьей Фанни! А навсегда покинуть место, столь дорогое сердцу, все же менее мучительно, чем жить там или хотя бы приезжать туда с визитом, пока хозяйкой его остается подобная женщина. Она тотчас написала сэру Джону Мидлтону, что с глубокой радостью принимает его любезное предложение, а затем поспешила показать оба письма дочерям, чтобы заручиться их одобрением, прежде чем отправить ответ.

Элинор всегда полагала, что было бы благоразумнее не оставаться по соседству с Норлендом среди нынешнего круга их знакомых. И против желания матери переселиться в Девоншир возражать она не могла. К тому же дом, каким его описал сэр Джон, был настолько скромен, а плата настолько умеренной, что и тут она не сочла себя вправе сказать что-нибудь против. Вот почему, хотя план этот ее нисколько не обрадовал и ей вовсе не хотелось уезжать так далеко от Норленда, она не стала отговаривать миссис Дэшвуд от ее намерения тотчас отослать письмо с согласием.

Глава 5

Письмо было отослано, и миссис Дэшвуд не отказала себе в удовольствии немедля сообщить пасынку и его супруге, что у нее уже есть дом и она перестанет обременять их своим присутствием, едва он будет приведен в надлежащий порядок. Они выслушали ее с удивлением. Миссис Джон Дэшвуд промолчала, но мистер Дэшвуд выразил надежду, что дом расположен неподалеку от Норленда, и миссис Дэшвуд поспешила ответить, что уезжает в Девоншир. Тут Эдвард быстро взглянул на нее и голосом, полным растерянности и тревоги, которые она легко себе объяснила, повторил:

— В Девоншир! Неужели? Так далеко отсюда? Но куда именно?

Она объяснила, что ее будущий дом находится в четырех милях севернее Эксетера.

— Это всего лишь коттедж, — продолжала она, — но я надеюсь видеть там многих моих друзей. Пристроить одну-две комнаты не составит затруднений. И если мои друзья будут готовы пренебречь неудобствами дальней дороги, чтобы навестить меня, то они могут не опасаться, что мне негде будет их принять.

В заключение она самым учтивым образом пригласила мистера Дэшвуда с супругой непременно погостить у нее в Бартоне и еще более ласково пригласила туда Эдварда. Хотя после недавнего разговора с невесткой она твердо решила покинуть Норленд как можно скорее, у нее не было ни малейшего намерения способствовать тому, ради чего, собственно, Фанни его и завела. Она вовсе не собиралась разлучать Эдварда с Элинор и даже нарочно поспешила пригласить его в Бартон именно в эту минуту, чтобы показать миссис Джон Дэшвуд, как мало значит, одобряет она брак между ними или нет.

Мистер Джон Дэшвуд вновь и вновь растолковывал своей мачехе, как он огорчен, что она выбрала дом на таком расстоянии от Норленда: ведь это лишает его возможности помочь ей с перевозкой вещей. Он действительно испытывал досаду, и его добродетель уязвляло то, что у него отняли случай выполнить данное отцу обещание в тех пределах, которые он для себя положил.

Вещи были отправлены водой. Груз, если не считать прекрасного фортепьяно Марианны, состоял главным образом из всякого рода белья, столового серебра, фарфора и книг. Миссис Джон Дэшвуд поглядела вслед тюкам со вздохом: мысль, что миссис Дэшвуд, чей доход был ничтожен в сравнении с их собственным, остается хозяйкой прекрасных сервизов и прочего, причиняла ей истинное страдание.

Миссис Дэшвуд сняла коттедж на год. Он был меблирован и готов к обитанию. Формальности никаких затруднений ни с той, ни с другой стороны не составили, и миссис Дэшвуд, прежде чем отправиться на запад, надо было только распорядиться тем имуществом, которое она с собой не брала, а также решить, какая прислуга ей там потребуется. У нее не было привычки мешкать, когда она чего-нибудь хотела, и все эти дела удалось закончить быстро. Лошади, оставленные ей покойным мужем, были проданы вскоре после его кончины, а теперь, по настоянию старшей дочери, она согласилась продать и карету, благо представился удобный случай. Следуй она собственным желаниям, то сохранила бы карету ради дочерей, но благоразумный совет Элинор возымел свое действие. Ее же благоразумие ограничило и число прислуги двумя горничными и лакеем, незамедлительно выбранными из тех, кто служил им в Норленде.

Лакей и одна горничная тут же отправились в Девоншир убрать дом к приезду их госпожи, — миссис Дэшвуд не была знакома с леди Мидлтон, а потому предпочла не гостить в Бартон-парке, но сразу поселиться в своем коттедже, предварительно его не осматривая, так как всецело полагалась на описание, которое прислал ей сэр Джон. Желание покинуть Норленд как можно скорее поддерживалось и укреплялось в ней явной радостью, с какой ее невестка предвкушала их отъезд, ограничившись лишь самым холодным приглашением не торопиться со сборами. Теперь настало время, наиболее приличное для того, чтобы ее пасынок выполнил обещание, данное умирающему отцу. Раз он не сделал этого, когда вступил во владение имуществом, то предстоящее расставание с ними давало ему достаточно веский повод поступить должным образом. Однако миссис Дэшвуд незамедлительно оставила эту надежду, убедившись по множеству оброненных им намеков, что, по его мнению, он оказал им более чем достаточную помощь, почти полгода предоставляя им стол и кров в Норленде. Он то и дело сетовал, что расходы по содержанию дома все время растут, что человек, занимающий не последнее положение в свете, обречен на бесчисленные непредвиденные траты, и начинало даже казаться, что он бьется в тисках нужды и даже пенса не в состоянии кому-нибудь уделить.

Не прошло и нескольких недель после получения первого письма от сэра Джона Мидлтона, как будущее жилище миссис Дэшвуд и ее дочерей было уже совсем готово к их приему, и им оставалось только отправиться туда.

Прощаясь с местом, столь дорогим их сердцу, они пролили немало слез.

— Милый, милый Норленд! — твердила Марианна, прогуливаясь в одиночестве перед домом в последний вечер. — Когда перестану я тосковать по тебе! Когда почувствую себя дома где-нибудь еще! О, счастливая обитель, если бы ты могла понять, как я страдаю сейчас, созерцая тебя с места, откуда, быть может, мне уже более не доведется бросить на тебя хотя бы взгляд! И вы, столь хорошо знакомые мне деревья! Но вы пребудете такими же, как теперь. Ни единого листка вы не уроните оттого, что нас здесь более нет, ни единая ветка не засохнет, хотя мы уже не сможем любоваться вами! Да, вы ни в чем не изменитесь, не ведая ни о радости, ни о сожалениях, вами рождаемых, не замечая, кого теперь укрываете в своей сени! Но кто останется здесь восхищаться вами?

Глава 6

Грусть не лучший спутник в пути, а потому первое время путешествие казалось им и скучным, и утомительным. Однако же, когда оно приблизилось к концу, интерес к краю, где им предстояло жить, рассеял уныние, а открывшийся перед ними вид Бартонской долины вернул им бодрость духа, так веселила она глаз густыми рощами и сочными лугами. Они проехали более мили по прихотливо вьющейся дороге и оказались перед новым своим домом, выходившим фасадом на зеленый дворик, куда они и вошли через крепкую калитку.

Бартонский коттедж как дом, хотя и не большой, был удобен и уютен, но как сельский коттедж оставлял желать лучшего: никакой беспорядочности в постройке, крыша черепичная, ставни не выкрашены зеленой краской, стены не увиты жимолостью. Узкий коридор вел прямо к задней двери, выходившей в сад. По сторонам его располагались две парадные комнаты, обе примерно шестнадцать на шестнадцать футов. За ними ютились кухня, кладовая, прочие такие же помещения и лестница. Второй этаж занимали четыре спальни, а над ними помещались два просторных чердака. Стариной от коттеджа не веяло, и содержался он в образцовом порядке. Разумеется, в сравнении с Норлендом это было бедное и тесное жилище, но слезы, вызванные такими мыслями, едва они переступили порог, скоро высохли. Радость, с какой их встретили слуги, послужила им утешением, и каждая решила быть веселой ради остальных трех. Сентябрь едва начался, погода стояла ясная, в свете солнца все вокруг производило самое приятное впечатление, и они уже не сомневались, что не пожалеют о своем переезде сюда.

Расположен был дом очень живописно. Позади поднимались высокие холмы, продолжавшиеся также слева и справа. Некоторые были пологими и травянистыми, другие поросли лесом или же их покрывали поля. Рассыпанная по склону одного из них деревушка Бартон издали казалась прелестной. Вид же перед фасадом открывался весьма широкий — на всю долину и просторы за ней. Холмы, дугой огибавшие коттедж, замыкали долину с этого конца, но за узким проходом между двумя самыми крутыми она вилась дальше, хотя носила уже другое название.

Размерами и меблировкой коттеджа миссис Дэшвуд осталась более или менее довольна. Правда, очень многого из того, что ей, привыкшей к светской жизни, представлялось совершенно необходимым, тут недоставало. Но она всегда любила улучшать и добавлять, тем более что в ее распоряжении теперь оказалась порядочная сумма наличными, позволявшая подумать о том, чтобы обставить комнаты с желанным изяществом.

— Дом, разумеется, для нашей семьи маловат, но пока мы потерпим, потому что дело идет к зиме и начинать что-нибудь уже поздно. Однако весной, если у меня найдутся лишние деньги, а найтись они должны, можно будет подумать и о перестройке. Обе нижние комнаты слишком тесны, чтобы принимать наших друзей, которых я надеюсь часто здесь видеть. Вот если присоединить к одной из них коридор и, пожалуй, часть второй, превратив остальную часть в переднюю, то с гостиной, которую добавить очень просто, с еще одной спальней над ней и мансардой домик у нас будет очень уютный. Жаль, что лестница не парадная. Но нельзя же требовать всего! Впрочем, почему бы не сделать ее шире? Весной мне будет известно, какими средствами могу я располагать, и тогда мы решим, что и как тут изменить.

В ожидании же того, как все эти переделки будут произведены на суммы, которые намеревалась откладывать из пятисот фунтов годового дохода женщина, никогда не умевшая ни на чем экономить, они благоразумно удовлетворились коттеджем в его настоящем виде.

Каждая занялась собственной комнатой, расставляя книги и безделушки, чтобы почувствовать себя дома. Фортепьяно Марианны было распаковано и бережно водворено на отведенное для него место, а рисунки Элинор украсили стены гостиной.

На следующий день вскоре после завтрака их отвлек от этих занятий владелец коттеджа, который приехал, чтобы приветствовать их в Бартоне и осведомиться, не нуждаются ли они с дороги в чем-либо: его дом и сад к их услугам. Сэр Джон Мидлтон оказался представительным мужчиной лет сорока. Он, бывало, гостил в Стэнхилле, но так давно, что его молодые родственницы не сохранили о нем никаких воспоминаний. Лицо у него сияло добротой, а манеры были не менее сердечны, чем его письмо. Он, видимо, искренне радовался их приезду и от души хотел помочь им устроиться как можно удобней, многократно выражая горячую надежду, что отношения между ними и его семьей будут самыми дружественными. И с таким радушием приглашал их ежедневно обедать в Бартон-парке, пока они окончательно не устроятся, что настойчивость эта, хотя и несколько выходила за пределы требований хорошего тона, никого обидеть не могла. Любезность его не ограничивалась одними словами: всего лишь час спустя после того, как он с ними простился, в коттедж явился лакей с большой корзиной, полной овощей и плодов, а вечером была прислана дичь. Кроме того, он, не слушая никаких возражений, обещал доставлять их письма с почты и на почту, а также ежедневно присылать им свою газету — этим они доставят ему величайшее удовольствие.

Леди Мидлтон весьма учтиво поручила ему передать миссис Дэшвуд, что она желала бы нанести ей визит, как только это будет им удобно. Ответом было столь же вежливое приглашение, и они познакомились с ее милостью на следующий же день.

Разумеется, им не терпелось увидеть особу, от которой в столь большой мере зависело, насколько приятной будет их жизнь в Бартоне, и наружность ее произвела на них самое выгодное впечатление. Леди Мидлтон было не более двадцати шести — двадцати семи лет. Красивые черты, высокая статная фигура, утонченное изящество — все располагало к ней. Ее манеры обладали полированностью, какой не хватало ее мужу. Но им не повредила бы некоторая толика его прямодушия и сердечности, и визит ее оказался достаточно долгим для того, чтобы их первые восторги поугасли. Безупречная светскость сочеталась с холодной сухостью, беседа же исчерпывалась общепринятыми вопросами и самыми банальными замечаниями.

Впрочем, разговор поддерживался без труда: сэр Джон не отличался молчаливостью, а леди Мидлтон благоразумно привезла с собой старшего сына — прелестного шестилетнего малютку, и при малейшей заминке в их распоряжении была неисчерпаемая тема. Хозяйки не преминули осведомиться, как его зовут, сколько ему лет, а также восхищались его миловидностью и задавали вопросы, на которые отвечала его маменька, пока он, потупившись, прижимался к ней, и ее милость не переставала изумляться тому, как он застенчив в обществе, хотя дома болтает без умолку. Во время светских визитов ребенок, право же, необходим, чтобы разговор не иссякал. Вот и на этот раз потребовалось не менее десяти минут, чтобы определить, на кого более похож мальчик — на папеньку или маменьку — и в чем это сходство заключается: разумеется, никто не сходился во мнении и все поражались, как слепы остальные.

Миссис Дэшвуд и ее дочерям вскоре представился случай восхититься достоинствами и младших детей, так как сэр Джон не успокоился, пока не заручился их обещанием отобедать в Бартон-парке на следующий день.

Глава 7

Склон холма заслонял Бартон-парк от коттеджа, но до него было не более полумили, и, спускаясь в долину по пути в свое новое жилище, они проехали почти рядом с ним. Дом был красивый и обширный, под стать образу жизни Мидлтонов столь же светскому, как и гостеприимному. Второе отвечало наклонностям сэра Джона, как первое — наклонностям его супруги. Под их кровом почти все время гостили какие-нибудь знакомые, и общество там собиралось самое разнообразное, как нигде более в округе. Только так могли супруги быть счастливы, ибо, как ни отличались они по складу характера и манерам, между ними существовало одно неоспоримое сходство, заключавшееся в полном отсутствии каких-либо талантов или серьезных интересов, что почти не оставляло им занятий, помимо тех, которые предлагает светская жизнь. Сэр Джон был любитель охоты, леди Мидлтон была матерью. Он ездил на лисью травлю и стрелял дичь, она баловала своих детей. Ничему другому они посвятить себя не умели. Леди Мидлтон имела перед мужем то преимущество, что потакать детским прихотям она могла круглый год, тогда как половину этого срока ему возбранялось предаваться своей страсти. Однако постоянные поездки в гости и прием гостей у себя заполняли пустоту, оставленную природой и воспитанием, поддерживали веселость сэра Джона и позволяли его жене блистать безупречностью манер.

Леди Мидлтон гордилась изысканностью своего стола, а также и тем, как поставлен ее дом во всех остальных отношениях, и в их открытом образе жизни находила главным образом удовлетворение своему тщеславию. Но сэр Джон искренне любил общество и обожал собирать вокруг себя молодежь в числе даже большем, чем мог вместить его дом, — и чем громче шум они поднимали, тем приятнее ему было. В нем наиболее молодая часть его соседей находила истинного благодетеля: летом он постоянно приглашал всех на пикники, откушать ветчины и холодных цыплят на свежем воздухе, а зимой устраивал столько домашних танцевальных вечеров, что лишь ненасытные пятнадцатилетние барышни могли пожелать, чтобы они бывали чаще.

Появление в их краях любой новой семьи всегда приводило его в восхищение, а обитательницы, которых он раздобыл для своего коттеджа, ни в чем не обманули его надежд. Барышни Дэшвуд были молоды, хороши собой и держались с приятной естественностью. Большего и не требовалось: естественность придавала очарование и уму миловидной девицы. Добряк по натуре, он был счастлив предложить приют тем, кого судьба лишила былых благ. А потому, оказав услугу своим дальним родственницам, он доставил радость собственному сострадательному сердцу, поселив же в коттедже семью, состоящую из одних лишь представительниц прекрасного пола, он ублажил в себе охотника, ибо охотник, хотя и уважает тех мужчин, которые делят его увлечение, поостережется селить их у себя в поместье, ибо тогда ему придется делить с ними и свою дичь.

Сэр Джон встретил миссис Дэшвуд и ее дочерей на пороге, с безыскусной искренностью приветствуя их в Бартон-парке, а затем по пути в гостиную, как и накануне, выразил барышням свое огорчение, что на этот раз ему не доведется познакомить их с любезными молодыми кавалерами. Кроме него самого, сказал он, их нынче ждет общество лишь еще одного джентльмена — его дорогого друга, который гостит в Бартон-парке, но он не особенно молод и не особенно весел. Все же он уповает, что они извинят его за столь скромный прием и не усомнятся, что впредь все будет по-иному. Утром он побывал у некоторых соседей, стараясь собрать общество побольше, но теперь ведь вечера лунные и все уже куда-нибудь да приглашены. К счастью, не далее как час назад в Бартон приехала погостить матушка леди Мидлтон, дама очень приятного живого нрава, а потому барышням, быть может, не придется скучать так, как они опасались.

Барышни и их мать заверили любезного хозяина, что удовольствия от двух новых знакомств им будет вполне достаточно.

Матушка леди Мидлтон, добродушная веселая женщина, уже в годах, очень говорливая, выглядела всем довольной и порядком вульгарной. Она не скупилась на шутки и смех и до конца обеда успела обронить множество прозрачнейших намеков на тему о поклонниках и женихах, выражая опасения, не остались ли их сердечки в Сассексе, и заявляя, что она видит, видит, как они краснеют, — что отнюдь не соответствовало действительности. Марианна страдала за сестру и посматривала на нее с такой тревогой, что Элинор ее сочувственные взгляды мучили куда больше неделикатных поддразниваний миссис Дженнингс.

Полковник Брэндон так разительно не походил на сэра Джона, что, казалось, столь же не подходил для роли его друга, как леди Мидлтон для роли его жены, а миссис Дженнингс для роли матери этой последней. Полковника отличали молчаливость и серьезность, что, впрочем, отнюдь не лишало его внешность известной привлекательности, хотя Марианна с Маргарет и признали его про себя скучнейшим старым холостяком — ведь ему было никак не меньше тридцати пяти лет! Тем не менее, хотя лицо его и не поражало красотой черт, оно несло на себе печать благообразия, а держался он как истый джентльмен.

Ничто в этом обществе не пробудило в миссис Дэшвуд и ее дочерях надежды на дальнейшее интересное знакомство, однако холодная бесцветность леди Мидлтон настолько их отталкивала, что по сравнению с ней и серьезность полковника Брэндона, и даже неуемная шутливость сэра Джона и его тещи приобретали некоторое обаяние. Леди Мидлтон оживилась, только когда после обеда к обществу присоединились четверо ее шумных детей: они поминутно ее дергали, порвали ей платье и положили конец всякому разговору, кроме как о них одних.

Вечером, когда выяснилось, что Марианна — прекрасная музыкантша, ее попросили сыграть. Отперли инструмент, все приготовились внимательно слушать, и Марианна, у которой к тому же был чудесный голос, уступая их настояниям, пропела почти все романсы, которые леди Мидлтон привезла в Бартон-парк после свадьбы и которые с тех пор так и лежали на фортепьяно в полном покое, ибо ее милость отпраздновала свое замужество тем, что навсегда оставила музыку, хотя, по словам ее матушки, она просто блистала за фортепьяно, а по ее собственным — очень любила играть.

Марианну осыпали похвалами. После окончания каждой песни сэр Джон громогласно выражал свое восхищение — не менее громогласно, чем рассказывал что-нибудь остальным гостям, пока она пела. Леди Мидлтон часто ему пеняла, удивлялась вслух тому, как можно хотя бы на мгновение перестать упиваться музыкой, и просила Марианну непременно, непременно спеть ее любимый романс — как раз тот, который Марианна только что допела. Один полковник Брэндон слушал ее без изъявлений восторга, но так внимательно, что это было лучшим комплиментом. И она почувствовала к нему некоторое уважение, выделив его среди прочих слушателей, которые без всякого стеснения выдавали полное отсутствие у них изящного вкуса. Удовольствие, которое доставляла ему музыка, хотя и не могло сравниться с экстазом, подобным ее собственному, было все же много предпочтительнее омерзительной глухоты остальных. К тому же она вполне понимала, что в тридцать пять лет можно утратить былую способность бурно чувствовать и упиваться наслаждениями, которые дарует искусство, а потому была готова извинить дряхлость полковника, как того требует милосердие.

Глава 8

Миссис Дженнингс осталась состоятельной вдовой с двумя дочерьми, и обе они сделали прекрасные партии, а потому теперь у нее не было иных забот, кроме того как переженить между собой весь прочий свет. Тут уж она не знала устали и, насколько хватало ее сил, не упускала ни единого случая сосватать знакомых ей молодых людей и девиц. С поразительной быстротой она обнаруживала сердечные склонности и уж тут давала себе полную волю вызывать краску на щеках юной барышни и пробуждать в ее душе тщеславие, прохаживаясь по поводу власти, которую эта барышня приобрела над тем-то или тем-то кавалером. Такого рода проницательность помогла ей вскоре после ее приезда в Бартон решительнейшим образом объявить, что полковник Брэндон по уши влюбился в Марианну Дэшвуд. Она сразу заметила, к чему дело идет, еще в первый же вечер их знакомства, когда он с таким вниманием слушал, как она пела. После же того как Мидлтоны, возвращая визит, отобедали в коттедже, уже никаких сомнений остаться не могло: он опять внимательно слушал, как она поет. Да-да, это так, и не спорьте! И какая прекрасная пара будет — он ведь богат, а она красива. Миссис Дженнингс мечтала женить полковника Брэндона с той самой поры, как впервые увидела его на свадьбе своей дочери с сэром Джоном.

Чувство и чувствительность

А при виде любой недурной собой девицы она тотчас принималась мысленно подыскивать ей хорошего мужа.

Сама же она незамедлительно начала извлекать выгоду из собственных предположений, не скупясь на шуточки по адресу их обоих. В Бартон-парке она посмеивалась над полковником, а в коттедже — над Марианной. Первого ее поддразнивания, вероятно, оставляли совершенно равнодушным ко всему, что касалось его одного, Марианна же вначале их просто не понимала, а когда разобралась, то не знала, улыбнуться ли подобной нелепости или возмутиться бесчувственности подобных насмешек над почтенными годами полковника и унылым одиночеством старого холостяка.

Миссис Дэшвуд, полагая, что человек, на пять лет моложе ее самой, отнюдь не так уж близок к дряхлости, как рисовалось юному воображению ее дочери, попробовала очистить миссис Дженнингс от обвинения в столь бессердечных намерениях.

— Однако, мама, нелепость таких выдумок вы отрицать не станете, пусть, по-вашему, злы они и непреднамеренно. Бесспорно, полковник Брэндон моложе миссис Дженнингс, но мне он в отцы годится, и даже если некогда обладал достаточной пылкостью, чтобы влюбиться, так, несомненно, давным-давно ее утратил. Невообразимо! Если уж годы и старческая слабость не ограждают мужчину от подобных неуместных намеков, то когда же он может считать себя в безопасности от них?

— Старческая слабость! — повторила Элинор. — Неужели ты говоришь это серьезно? Я охотно допускаю, что тебе он кажется много старше, чем маме, но, согласись, его еще не сковал паралич!

— Разве ты не слышала, как он жаловался на ревматизм? И разве это не вернейший признак дряхлости?

— Девочка моя! — со смехом сказала ее мать. — Если так, то ты должна жить под вечным страхом моей скорой кончины. И каким чудом кажется тебе, что я дожила до целых сорока лет!

— Мама, вы ко мне несправедливы! Я прекрасно знаю, что полковник Брэндон еще не в тех годах, когда друзьям надо опасаться его смерти от естественных причин. Он вполне может прожить еще хоть двадцать лет, но тридцать пять — не тот возраст, когда помышляют о браке.

— Пожалуй, — заметила Элинор, — тридцати пяти и семнадцати не стоит помышлять о браке между собой. Но если бы нашлась одинокая женщина лет двадцати семи, то в свои тридцать пять полковник Брэндон вполне мог бы сделать ей предложение.

— Женщина в двадцать семь лет, — объявила Марианна после недолгого раздумья, — уже должна оставить всякую надежду вновь испытать самой или внушить кому-нибудь нежные чувства, и, если дома ей живется плохо или если у нее нет состояния, она, полагаю, может дать согласие взять на себя обязанности сиделки, ради обеспеченности, которую обретет в замужестве. Вот почему брак с женщиной в годах вполне приемлем. Он заключается ради взаимного удобства, и свет не найдет в нем ничего предосудительного. В моих же глазах подобный брак — вообще не брак. В моих глазах это торговая сделка, в которой каждая сторона находит собственную выгоду.

— Я знаю, — возразила Элинор, — тебя невозможно убедить, что женщина в двадцать семь лет вполне способна питать к тридцатипятилетнему мужчине подлинную любовь и лишь поэтому дать согласие стать спутницей его жизни. Но я отнюдь не согласна с тем, как ты уже приковала полковника Брэндона и его супругу к вечному одру болезни потому лишь, что вчера он мимоходом пожаловался — а день, не забывай, был очень холодный и сырой — на легкое ревматическое покалывание в плече.

— Но он упомянул про фланелевый жилет! — сказала Марианна. — А для меня фланелевые жилеты неотъемлемы от ломоты в костях, ревматизма и прочих старческих немощей.

— Если бы он слег в горячке, ты презирала бы его куда меньше! Ну, признайся, Марианна, ведь воспаленное лицо, потускневшие глаза и частый пульс горячки таят для тебя особую привлекательность, не так ли?

С этими словами Элинор вышла из комнаты, и Марианна тотчас обернулась к матери.

— Мама! — воскликнула она. — Не скрою от вас, что мои мысли все время обращаются к болезням. Я не сомневаюсь, что Эдвард Феррарс тяжело занемог. Мы здесь уже вторую неделю, а он все не едет! Лишь серьезный недуг может объяснить подобное промедление. Что еще задержало бы его в Норленде?

— Ты ждала его так скоро? — сказала миссис Дэшвуд. — Я тут иного мнения. Меня скорее тревожит, что перед нашим отъездом, когда я говорила о том, как он будет гостить у нас в Бартоне, то не замечала в нем ни особой радости, ни готовности принять мое приглашение. А Элинор полагает, что он уже должен был примчаться сюда?

— Я с ней об этом не говорила, но как же иначе?

— Мне кажется, ты ошибаешься. Ведь вчера, когда я упомянула, что в комнате для гостей надо бы заменить каминную решетку, она ответила, что торопиться незачем, так как понадобится эта комната вряд ли очень скоро.

— Как странно! Что это может означать? Впрочем, все их поведение друг с другом необъяснимо. Каким холодным, каким сдержанным было их прощание! Как спокойно они разговаривали накануне, в свой последний вечер вместе! Эдвард простился с Элинор совсем так же, как со мной, — с братской дружественностью, не более. В последнее утро я дважды нарочно оставляла их наедине, и оба раза он тут же, непонятно почему, выходил следом за мной. И Элинор, расставаясь с Норлендом и Эдвардом, плакала гораздо меньше меня. А теперь она все время держит себя в руках. Ни унылости, ни меланхолии! Притом ничуть не избегает общества, не уединяется, не тоскует!

Глава 9

Дэшвуды теперь уже устроились в Бартоне достаточно удобно. Дом, сад и ближние окрестности стали для них привычными, и они обратились к занятиям, которым Норленд был обязан половиной своего очарования, и занятия эти вновь приносили им ту радость, какой они не знали в Норленде после кончины отца. Сэр Джон Мидлтон, первые две недели навещавший их ежедневно и не привыкший у себя дома ни к чему подобному, не умел скрыть своего изумления, всегда заставая их за каким-нибудь делом.

Но, если не считать обитателей Бартон-парка, их редко кто посещал, так как вопреки настойчивым советам сэра Джона почаще видеться с соседями и постоянным заверениям, что его карета всегда к их услугам, дух независимости в сердце миссис Дэшвуд пересиливал желание видеть своих девочек в обществе, и она решительно отказывалась делать визиты соседям, кроме тех, кого они могли навещать и пешком. А таких было мало, и не все они принимали визиты. Милях в полутора от коттеджа в узкой извилистой Алленемской долине, которая, как упоминалось выше, была продолжением Бартонской, барышни во время одной из первых своих прогулок оказались вблизи внушительного вида старинного господского дома, который воспламенил их воображение, напомнив им Норленд, и обеим захотелось побывать в нем. Однако, справившись, они узнали, что владелица, пожилая, весьма почтенная дама, к несчастью, слишком слаба здоровьем, чтобы бывать в обществе, никуда не выезжает и никого у себя не принимает.

Окрестности коттеджа изобиловали прелестными уголками для прогулок. А когда распутица мешала любоваться красотами долин, видные почти из всех окон высокие холмы, пусть более суровые, так и манили насладиться чистейшим воздухом на их вершинах. Вот к такому-то холму в одно достопамятное утро и направили свои шаги Марианна с Маргарет, соблазненные солнечными лучами, порой прорывавшимися сквозь тучи. Перед этим два дня дождь лил не переставая, и они истомились от вынужденного заключения в четырех стенах. Мать и старшая сестра, не слишком доверяя затишью, не захотели расстаться с карандашами и книгой, вопреки уверениям Марианны, что скоро совсем прояснится и в небе над их холмами не останется ни единой хмурой тучи, а потому младшие барышни решили пройтись вдвоем.

Они весело поднимались по склону, радостно приветствовали каждый открывшийся в вышине клочок голубизны как доказательство своей правоты и с восторгом подставляли лицо порывам юго-западного ветра, жалея, что неразумные опасения помешали их матери и Элинор разделить с ними это восхитительное удовольствие.

— Можно ли вообразить что-нибудь чудеснее? — сказала Марианна. — Маргарет, мы пробудем здесь два часа, не меньше!

Маргарет охотно согласилась, и, звонко смеясь, они продолжали идти навстречу ветру еще минут двадцать, но внезапно тучи у них над головой сомкнулись и струи косого дождя принялись хлестать их по лицу.

Захваченные врасплох, они с огорчением вынуждены были повернуть обратно, так как ближе дома укрыться было негде. Однако одно утешение нашлось и тут: капризы погоды смягчали строгость приличий, позволяя пуститься бегом вниз по крутому склону, который вел прямо к самой их калитке.

И они побежали. Марианна было опередила сестру, но вдруг споткнулась и упала, а Маргарет, не в силах остановиться, чтобы помочь ей, благополучно достигла подножия холма.

Но навстречу им поднимался какой-то джентльмен с охотничьим ружьем и двумя пойнтерами. От упавшей Марианны его отделяло лишь несколько шагов, и, положив ружье на траву, он бросился к ней. Она попробовала встать, но удержалась на ногах лишь с большим трудом, так как вывихнула щиколотку. Джентльмен предложил свою помощь, но, заметив, что стыдливость препятствует ей согласиться на требования необходимости, без дальних слов подхватил ее на руки и бережно снес вниз. Маргарет оставила калитку открытой, и, он, пройдя через сад, последовал за Маргарет в дом и расстался со своей ношей только в гостиной, где осторожно опустил ее в кресло.

Элинор и миссис Дэшвуд при их появлении растерянно встали, глядя на него с явным удивлением и тайным восхищением, какого не могла не внушить им его наружность, а он принес извинения за свое внезапное вторжение, объяснив причину с такой учтивой простотой и непринужденностью, что его бесспорная красота приобрела новое обаяние благодаря чарующему голосу и изысканной речи. Окажись он старым, безобразным и вульгарным, миссис Дэшвуд испытывала бы к нему за услугу, оказанную ее девочке, точно такую же признательность, но молодость, благородный облик и изящество придали его поступку в ее глазах особый интерес.

Чувство и чувствительность

Она несколько раз поблагодарила его, а затем с обычной своей мягкой ласковостью пригласила сесть. Но он отказался; одежда его совсем промокла и к тому же выпачкана в глине. Тогда она осведомилась, кому столь обязана. Он ответил, что его фамилия Уиллоби, что он гостит сейчас в Алленеме, а затем попросил оказать ему честь, разрешив завтра побывать у них, чтобы он мог справиться о здоровье мисс Дэшвуд. Честь эту ему оказали с большой охотой, после чего он удалился под проливным дождем, что сделало его еще интереснее.

Благородная красота и редкое изящество их нового знакомого тотчас стали темой всеобщего восхищения: необыкновенная эта привлекательность в сочетании с галантностью придавала особую забавность маленькому приключению Марианны. Сама она, в отличие от матери и сестер, почти его не разглядела. Смущение, которое заставило ее заалеть, когда он подхватил ее в объятия, не позволило ей в гостиной поднять на него глаза. Но и того, что ей удалось заметить, было достаточно, чтобы она присоединилась к общему хору с бурностью, которая всегда сопутствовала ее похвалам. Внешность его и манеры были в точности такими, какими она в воображении наделяла героев любимейших своих романов, а то, как он без лишних церемоний отнес ее домой, говорило о смелости духа и совершенно оправдывало в ее мнении такую вольность. Все связанное с ним было исполнено чрезвычайного интереса. Прекрасная фамилия, и живет он в прелестнейшей из окрестных деревушек, а охотничья куртка, бесспорно, самый бесподобный наряд для мужественного молодого человека. Фантазия ее работала без устали, мысли были одна приятнее другой, и она даже не вспоминала о ноющей щиколотке.

Сэр Джон явился к ним еще до истечения утра, едва наступило новое затишье, позволившее ему выйти из дома. Ему тотчас поведали о том, что случилось с Марианной, и с живейшим волнением задали вопрос, не известен ли ему джентльмен по фамилии Уиллоби, который живет в Алленеме.

— Уиллоби! — вскричал сэр Джон. — Как! Неужели он приехал? Превосходная новость, превосходная! Я завтра же побываю в Алленеме и приглашу его отобедать у нас в четверг.

— Так вы знакомы с ним? — сказала миссис Дэшвуд.

— Знаком с ним? Разумеется! Он же приезжает сюда каждый год.

— И что он за человек?

— Лучше не найти, уверяю вас! Очень недурно стреляет, а уж такого отчаянного наездника во всей Англии не сыщется.

— И ничего больше вы о нем сказать не можете! — негодующе воскликнула Марианна. — Но каков он в обществе? В чем его вкусы, склонности, гений?

Сэр Джон был несколько сбит с толку.

— Об этом я, право, ничего не знаю. Но он добрый малый. А пойнтера лучше его черной суки я не видывал. Он взял ее с собой сегодня?

Но Марианна была не более способна описать масть собаки, чем сэр Джон — тонкости души ее хозяина.

— Но кто он такой? — спросила Элинор. — Откуда он? У него в Алленеме есть собственный дом?

Вот подобными сведениями сэр Джон располагал и не замедлил сообщить им, что никакой собственности у мистера Уиллоби в здешних краях нет, а приезжает он погостить у старой владелицы Алленем-Корта, потому что он ее родственник и наследник.

— Да-да, — продолжал сэр Джон, — его очень и очень стоит поймать, мисс Дэшвуд, уж поверьте мне. К тому же у него есть и собственное недурное имение в Сомерсетшире. На вашем месте я не уступил бы его младшей сестрице, как бы там она ни падала на кручах. Нельзя же, чтобы все кавалеры доставались одной мисс Марианне. Если она не поостережется, как бы Брэндон не взревновал!

— Мне кажется, — со снисходительной улыбкой вмешалась миссис Дэшвуд, — мистер Уиллоби может не опасаться, что мои дочери будут пытаться поймать его, как вы выразились. Они воспитаны не в тех правилах. Мужчинам мы ничем не угрожаем, даже самым богатым. Однако я рада заключить из ваших слов, что он благородный молодой человек и знакомство с ним не будет нежелательным.

— Отличнейший малый, каких поискать, — повторил сэр Джон свою рекомендацию. — Помню, в прошлый сочельник у нас был маленький вечер. Так он танцевал с восьми часов вечера до четырех утра и даже не присел ни разу!

— Неужели! — воскликнула Марианна, и глаза ее заблестели. — И разумеется, грациозно, с самозабвением?

— Весьма. А в восемь утра уже встал, чтобы отправиться пострелять дичь.

— Как мне это нравится! Таким и должен быть молодой человек. Чем бы он ни занимался, пусть в нем горит жар увлечения, пусть он не знает усталости!

— Э-э-э! Понимаю, понимаю, — объявил сэр Джон. — Теперь вы приметесь ловить в свои сети его, а про беднягу Брэндона и думать забудете!

— Этого выражения, — с горячностью возразила Марианна, — я особенно не терплю. Не выношу вульгарности, которые почему-то принимают за остроумие. А «ловить в сети» и «покорять» — самые из них невыносимые. Какой невзыскательный вкус, какая грубость чувств кроются в них. А если когда-нибудь они и казались оригинальными, то время давно отняло у них и такое оправдание.

Сэр Джон не вполне понял эту отповедь, но расхохотался так, словно выслушал что-то чрезвычайно забавное, а затем ответил:

— Вот-вот! Уж вы-то будете покорять направо и налево. Бедняга Брэндон! Он-то давно влюблен по уши, а его поймать в сети стоит, уж поверьте мне, как там ни падай с круч и ни вывихивай щиколотки!

Глава 10

Спаситель Марианны, как, блеснув красноречием, но слегка уклонившись от истины, назвала Уиллоби Маргарет, явился в коттедж спозаранку узнать о здоровье мисс Марианны. Миссис Дэшвуд приняла его не просто любезно, но с сердечностью, рожденной и признательностью, и тем, что она услышала о нем от сэра Джона. Этот визит должен был уверить молодого человека, что в семье, с которой свела его судьба, царят благовоспитанность, утонченность, взаимная привязанность и домашняя гармония. В чарах же их самих убеждать его вторично необходимости не было ни малейшей.

У мисс Дэшвуд были очень нежный цвет лица, черты которого отличались правильностью, и прелестная фигура. Но Марианна не уступала сестре в миловидности и даже превосходила ее. Может быть, сложена она была не столь гармонично, но более высокий рост лишь придавал ее осанке известную величавость, а лицо было таким чарующим, что называвшие ее красавицей меньше уклонялись от истины, чем это обычно при светских похвалах.

Прозрачная смуглость кожи не умаляла яркости румянца, все черты обворожали, улыбка пленяла, а темные глаза искрились такой живостью и одушевлением, что невольно восхищали всех, кто встречал их взор. От

Уиллоби в первые минуты их блеск был скрыт смущением, которое вызвали воспоминания о его услуге. Но когда оно рассеялось, когда она вновь стала сама собой и успела заметить, что безупречность манер в нем сочетается с открытым и веселым характером, а главное, когда он признался в страстной любви к музыке и танцам, она одарила его взглядом, полным такого горячего одобрения, что до конца визита он обращал почти все свои слова к ней.

Чтобы вовлечь ее в разговор, достаточно было упомянуть какое-нибудь любимое ее занятие. В подобных случаях промолчать у нее недоставало силы, и говорила она со всем жаром искренности, без тени робости или сдержанности. Как они с Уиллоби не замедлили обнаружить, танцы и музыка доставляли им равное наслаждение, и причина заключалась в общности их склонностей и суждений. Марианне тотчас захотелось узнать его мнение о других подобных же предметах, и она заговорила о книгах, перечисляя любимых авторов и описывая их достоинства столь восторженно, что молодой человек двадцати пяти лет был бы бесчувственным истуканом, если бы тотчас же не превратился в их пылкого поклонника, даже не прочитав ни единой принадлежащей им строчки. Вкусы и тут оказались поразительно схожими. И он и она обожали одни и те же книги, одни и те же страницы в них, а если и обнаруживались какие-нибудь разногласия, все возражения тотчас уступали силе ее доводов и пламени ее глаз. Он соглашался со всеми ее приговорами, вторил всем ее хвалам, и, задолго до того как его визит подошел к концу, они беседовали со всей свободой давних знакомых.

— Ну, что же, Марианна, — сказала Элинор, едва он откланялся, — мне кажется, за одно короткое утро ты успела очень много! Тебе уже известно, какого мнения мистер Уиллоби придерживается о всех сколько-нибудь важных предметах. Ты знаешь, что он думает о Каупере и Вальтере Скотте, ты убедилась, что достоинства их он ценит так, как они того заслуживают, и получила все возможные заверения, что Поуп восхищает его в должной мере и не более. Но если и дальше предметы для разговора будут обсуждаться с такой поразительной быстротой, долго ли вам удастся поддерживать знакомство? Скоро все интересные темы исчерпаются! Достаточно еще одной встречи, чтобы он изложил свои взгляды на красоту пейзажей и вторые браки, и тебе больше не о чем будет его спрашивать...

— Элинор! — вскричала Марианна. — Честно ли это? Справедливо ли? Неужели мои интересы так убоги? Но я поняла твой намек. Я была слишком непринужденной, слишком откровенной, слишком счастливой! Я погрешила против всех светских правил. Я была искренней и чистосердечной, а не сдержанной, банальной, скучной и лицемерной. Говори я только о погоде и плохих дорогах, открывая рот не чаще двух раз в двадцать минут, мне не пришлось бы выслушать этот упрек.

— Душечка, — поспешила сказать миссис Дэшвуд, — не надо обижаться на Элинор. Она ведь просто пошутила. Разумеется, я строго побранила бы ее, если бы она и правда осуждала радость, которую доставили тебе разговоры с нашим новым знакомым.

И Марианна тут же перестала сердиться.

Уиллоби, со своей стороны, всем поведением показывал, как приятно ему знакомство с ними и как хотел бы он его упрочить. Он бывал у них каждый день. Вначале предлогом служило желание справиться о здоровье Марианны, однако ласковый прием, который он встречал, с каждым разом становился все ласковее, и необходимость в этом предлоге отпала прежде, чем выздоровление Марианны заставило бы отказаться от него. Она не выходила из дома несколько дней, но никогда еще невольное заключение не протекало столь необременительно. Уиллоби обладал недурными талантами, живым воображением, веселостью нрава, умением держаться с дружеской непринужденностью. Он словно создан был завоевать сердце Марианны, ибо ко всему перечисленному добавлялась не только красивая наружность, но и природная пылкость ума, которая пробуждалась и питалась ее собственным примером, ей же представлялась главным его очарованием. Мало-помалу его общество начало доставлять ей упоительную радость. Они беседовали, вместе читали, пели дуэты. Пел и играл он превосходно, а читал с тем чувством и выразительностью, каких, к сожалению, недоставало Эдварду.

Миссис Дэшвуд восторгалась им не менее, чем Марианна. Да и Элинор могла поставить ему в упрек лишь склонность — которая была свойственна и Марианне, а потому особенно ее в нем восхищала, — склонность при любом случае высказывать собственные мысли, не считаясь ни с кем и ни с чем. Привычка скоропалительно составлять и объявлять во всеуслышание свое мнение о других людях, приносить в жертву требования вежливости капризам сердца, завладевать всем желанным ему вниманием и высокомерно пренебрегать общепринятыми правилами поведения обнаруживала легкомысленную беспечность, которую Элинор одобрить не могла, как бы и он сам, и Марианна ее ни оправдывали.

Марианна все более убеждалась, что, в шестнадцать с половиной лет навеки отчаявшись встретить свой идеал, она несколько поторопилась. Уиллоби воплощал все качества, которые в тот черный час, как и в другие, более светлые, представлялись ей в мечтах обязательными для ее будущего избранника. Вел же себя он так, что в серьезности его намерений сомневаться должно было не более, чем в его совершенствах.

И миссис Дэшвуд еще до истечения первой недели уже с надеждой и нетерпением ждала их свадьбы, хотя мысль о предполагаемом богатстве молодого человека в ее соображениях никакой роли не играла, и втайне поздравляла себя с двумя такими зятьями, как Эдвард и Уиллоби.

Друзья полковника Брэндона, столь быстро обнаружившие, что он пленился Марианной, забыли о своем открытии как раз тогда, когда Элинор начала по некоторым признакам подмечать, что это наконец действительно произошло. Их внимание и остроумие отвлек его более счастливый соперник, и шуточки, сыпавшиеся на полковника, пока он еще не был покорен, прекратились как раз тогда, когда его чувства начали оправдывать насмешки, какие весьма заслуженно навлекает сердечный жар. Элинор вынуждена была против воли поверить, что он на самом деле питает к ее сестре склонность, которую миссис Дженнингс приписывала ему для собственного развлечения, и что как бы близость вкусов ни воспламеняла мистера Уиллоби, столь же поразительное несходство их характеров отнюдь не стало помехой для полковника Брэндона. Это ее удручало: на что могли рассчитывать молчаливые тридцать пять лет против полных огня двадцати пяти? Пожелать ему успеха она не могла и потому желала для него равнодушия. Он ей нравился — молчаливая сдержанность придавала ему интерес в ее глазах. Серьезность его не была суровой, сдержанность же казалась следствием каких-то душевных невзгод, а не природной угрюмости нрава. Намеки сэра Джона на прошлые горести и разочарования подтверждали ее заключение, что он несчастен, и внушали ей уважение и сострадание к нему.

Быть может, она уважала и жалела его даже больше из-за пренебрежения Уиллоби и Марианны, которые словно не могли извинить ему, что он не молод и не весел, и, казалось, нарочно искали случая сказать что-нибудь уничижительное по его адресу.

— Брэндон принадлежит к тем людям, — объявил однажды Уиллоби, когда речь зашла о полковнике, — о ком все отзываются хорошо, но чьего общества не ищут, кого все счастливы видеть, но с кем забывают затем обменяться даже двумя-тремя словами.

— Как раз таким он представляется и мне! — воскликнула Марианна.

— Но чем тут гордиться? — заметила Элинор. — Вы оба несправедливы. В Бартон-парке все глубоко его уважают, и я всегда бываю рада случаю побеседовать с ним.

— Ваша к нему снисходительность, — ответил Уиллоби, — бесспорно, свидетельствует в его пользу. Но что до уважения тех, на кого вы сослались, чести ему оно не делает. Кто предпочтет унизительное одобрение женщин вроде леди Мидлтон и миссис Дженнингс безразличию остального общества?

— Но, быть может, брань людей, подобных вам и Марианне, искупает доброе мнение леди Мидлтон и ее матери? Если их похвалы — хула, то ваша хула не равна ли похвалам? Пусть они неразборчивы, но вы не менее предубеждены и несправедливы.

— Защищая своего протеже, вы даже способны на колкости!

— Мой протеже, как вы его назвали, умный человек, а ум я всегда ценю. Да-да, Марианна, даже в тех, кому уже за тридцать. Он повидал свет, бывал за границей, много читал и умеет думать. Я убедилась, что могу почерпнуть у него много разных интересных мне сведений, и он всегда отвечал на мои вопросы любезно и с удовольствием.

— Ну, разумеется! — презрительно перебила Марианна. — Он поведал тебе, что в Индии очень жарко и там много москитов.

— Не сомневаюсь, что поведал бы, если бы я его об этом спросила, но это я и так уже знаю.

— Пожалуй, — вставил Уиллоби, — с его наблюдательностью он заметил еще существование набобов, безоаровых козлов и паланкинов.

— Осмелюсь предположить, что его наблюдательность много тоньше, чем ваши шпильки по его адресу. Но почему вы питаете к нему такую неприязнь?

— Вовсе нет! Напротив, я считаю его весьма почтенным человеком, которого всякий готов хвалить и никто не замечает, у которого столько денег, что он не знает, на что их тратить, и столько досуга, что ему нечем занять время, и еще по два новых костюма каждый год.

— Добавьте к этому, — вскричала Марианна, — что у него нет ни талантов, ни вкуса, ни смелости духа. Что ум его лишен остроты, его чувства — пылкости, а голос — хотя бы малейшего выражения!

— Вы приписываете ему такое множество недостатков, — возразила Элинор, — опираясь главным образом на собственное воображение, что мои похвалы кажутся в сравнении холодными и малозначащими. Я ведь могу только утверждать, что он умный, благовоспитанный, образованный человек с приятными манерами и, мне кажется, добрым сердцем.

— Мисс Дэшвуд! — вскричал Уиллоби. — Вы поступаете со мной жестоко! Вы пытаетесь обезоружить меня доводами рассудка и насильно меня переубедить. Но своей цели вам не достичь! Вашему искусству вести спор я могу противопоставить равное ему упрямство. У меня есть три самые веские причины недолюбливать полковника Брэндона: он пригрозил мне дождем, когда я надеялся на ясную погоду, он выбранил спицы моего кабриолета, и мне не удается продать ему мою гнедую кобылу. Однако, если вам доставит удовольствие услышать, что во всех остальных отношениях я считаю его репутацию безупречной, то я готов тотчас это признать. А вы за такую уступку, которая для меня не столь уж легка, должны оставить мне право недолюбливать его точно так же, как прежде.

Глава 11

Миссис Дэшвуд и ее дочерям, когда они переехали в Девоншир, даже в голову не приходило, что их уединенной жизни так скоро придет конец и постоянные приглашения, постоянные гости почти не оставят им времени для серьезных занятий. Но произошло именно это. Когда Марианна поправилась, сэр Джон принялся приводить в исполнение задуманный им план развлечений дома и на свежем воздухе. В Бартон-парке один танцевальный вечер сменялся другим, и едва стихал октябрьский дождь, как устраивались катания на лодках. Уиллоби был непременным участником этих увеселений, и сопутствующая им свобода от стеснительных церемоний как нельзя более способствовала его дальнейшему сближению с Дэшвудами, позволяла ему находить в Марианне все новые совершенства и выражать свое живейшее восхищение, а в ее словах и поступках обнаруживать знаки расположения к себе.

Их взаимная склонность не могла удивить Элинор, хотя она от души желала, чтобы они не показывали ее столь откровенно, и раза два попыталась убедить Марианну, что некоторая сдержанность была бы приличнее. Но Марианна не терпела скрытности, если могла быть повинна лишь в искренности: подавлять чувства, которые не таили в себе ничего непохвального, значило бы не только обрекать себя на лишние усилия, но и постыдно уступить пошлым и ошибочным понятиям. Уиллоби разделял ее мысли, а их поведение всегда было наглядным доказательством тех убеждений, которым они следовали.

В его присутствии она никого другого не видела. Все, что он делал, было правильно. Все, что он говорил, было умно. Если вечер в Бартон-парке завершался картами, он передергивал в ущерб себе и всем остальным, лишь бы она выиграла; если развлечением служили танцы, то половину их он был ее кавалером, а остальное время они умудрялись стоять рядом и разговаривали только между собой. Разумеется, подобное поведение вызывало всеобщий смех, но даже это не принудило их его переменить. Они, казалось, ничего не замечали.

Миссис Дэшвуд так симпатизировала им, что ей и в голову не приходило несколько умерить столь безудержное выражение их чувства. Она видела в этом естественное следствие пылкости юных душ.

Для Марианны настала пора счастья. Сердце ее принадлежало Уиллоби, и его присутствие одарило их новый дом таким очарованием, что нежная привязанность к Норленду, которую она привезла из Сассекса, совсем изгладилась из ее памяти, каким бы невероятным это ни представлялось ей прежде.

Элинор столь безоблачного счастья не испытывала. На сердце у нее было не так легко и беззаботно, а развлечения не приносили ей такой радости. Заменить ей то, что осталось в прошлом, они не могли, как не могли и смягчить грусть разлуки с Норлендом. Ни в леди Мидлтон, ни в миссис Дженнингс она не обрела собеседниц, способных заинтересовать ее, хотя вторая не умолкала ни на минуту и с самого начала одарила Элинор своим расположением, а потому обращалась преимущественно к ней. Элинор выслушала историю ее жизни уже три или четыре раза, и будь она способна запомнить каждое дополнение и изменение, то еще в самом начале их знакомства уже наизусть знала бы все подробности последней болезни мистера Дженнингса, а также слова, с какими он обратился к жене за несколько минут до

Чувство и чувствительность

того, как скончался. Леди Мидлтон была предпочтительнее своей матушки только потому, что подобной словоохотливостью не отличалась. Элинор не потребовалось особой наблюдательности, чтобы убедиться, что такая сдержанность была только следствием вялости натуры, а не свидетельством ума. С мужем и матерью она вела себя точно так же, как с гостями, а потому дружеской близости с ней не приходилось ни искать, ни желать. Нынче она могла лишь повторить то, что говорила вчера. И каждое ее слово наводило скуку, потому что даже настроения у нее не менялись. Хотя она не возражала против вечеров, которые устраивал ее муж — при условии, что правила хорошего тона будут свято соблюдаться, а она оставит при себе двоих старших сыновей, но никакой радости такие вечера ей, казалось, не доставляли, и с не меньшим удовольствием она могла бы проводить это время у себя наверху. К беседе она добавляла так мало, что гости порой вспоминали о ее присутствии, только когда она начинала нежно унимать своих проказливых сынков.

Из всех их новых знакомых Элинор лишь в полковнике Брэндоне нашла человека, не обойденного талантами, способного вызвать дружеский интерес и быть занимательным собеседником. Об Уиллоби говорить не приходилось. Он внушал ей восхищение и теплые, даже сестринские чувства, но он был влюблен, все свое внимание отдавал Марианне, а для остальных от его присутствия толку было меньше, чем от далеко не таких приятных людей. Но полковнику Брэндону, на его беду, не предоставлялось случая посвящать все мысли одной Марианне, и в разговорах с Элинор он находил некоторое утешение от полного безразличия ее сестры.

Сочувствие Элинор к нему возросло еще больше, когда у нее появились причины подозревать, что ему уже довелось испытать все муки несчастной любви. Подозрение это породили случайно оброненные слова, когда на вечере в Бартон-парке они по взаимному согласию предпочли пропустить свой танец. Несколько минут полковник не спускал глаз с Марианны, а потом прервал молчание, сказав с легкой улыбкой:

— Ваша сестра, насколько я понимаю, не одобряет вторые привязанности.

— Да, — ответила Элинор. — Она ведь очень романтична.

— Вернее, если не ошибаюсь, она просто не верит, что они возможны.

— Пожалуй. Но как ей удается согласить подобное убеждение с тем, что ее собственный отец был женат дважды, я, право, объяснить не берусь. Впрочем, года через два-три в своих приговорах она, несомненно, будет опираться на здравый смысл и наблюдения. И тогда они станут ясны и оправданны не только для нее самой, но и для других.

— Вероятно, так и произойдет, — сказал полковник. — И все же в предубеждениях юного ума есть особая прелесть, и невольно сожалеешь, когда они уступают место мнениям более общепринятым.

— В этом я согласиться с вами не могу, — возразила Элинор. — Чувства, подобные чувствам Марианны, чреваты известной опасностью, и никакие чары искренности и наивной неопытности искупить этого не могут. Всем ее убеждениям присуще злосчастное пренебрежение правилами приличия, и лучшее знакомство со светом, как я ожидаю, принесет ей только пользу.

После короткого молчания полковник вернулся к теме их разговора, спросив:

— В своем осуждении второй привязанности ваша сестра не признает никаких смягчающих обстоятельств? В ее глазах она равно преступна для всех? И те, кто был разочарован в своем первом выборе, из-за непостоянства ли предмета своей привязанности, или из-за каприза судьбы, обязаны равно хранить безразличие до конца своих дней?

Чувство и чувствительность

— Все тонкости ее принципов мне, по чести говоря, неизвестны. Знаю лишь, что ни разу не слышала, чтобы она признала хотя бы один случай второй привязанности извинительным.

— Пребывать в таком убеждении, — заметил он, — долго нельзя. Однако перемена, полная перемена мнений... Нет, нет, не желайте этого! Ведь когда юный ум бывает вынужден поступиться романтическими понятиями, как часто на смену им приходят мнения и слишком распространенные и слишком опасные! Я сужу по опыту. Когда-то я был знаком с барышней, которая и натурой и складом ума очень походила на вашу сестру и мыслила и судила о вещах подобно ей, но затем из-за насильственной перемены... из-за злосчастного стечения обстоятельств... — Тут он внезапно оборвал свою речь, по-видимому, решив, что наговорил лишнего. Это-то и пробудило у мисс Дэшвуд подозрения, которые иначе, вероятно, у нее не зародились бы. Элинор скорее всего оставила бы его слова без внимания, если бы не заметила, как он сожалеет, что они сорвались с его губ. И уж тут не требовалось особой проницательности, чтобы усмотреть в его волнении намек на грустные воспоминания о былом. Элинор дальше этого заключения не пошла, хотя Марианна на ее месте не удовольствовалась бы такой малостью. Пылкое воображение тут же нарисовало бы ей всю печальнейшую чреду событий повести о трагической любви.

Глава 12

На следующее утро во время их прогулки Марианна сообщила сестре новость, которая, несмотря на все, что Элинор знала о безоглядной порывистости и опрометчивости Марианны, поразила ее как совсем уж нежданное подтверждение того и другого. Сестра с величайшим восторгом поведала ей, что Уиллоби подарил ей лошадь, которую сам вырастил в своем сомерсетширском поместье и которая словно нарочно объезжена под дамское седло! Ни на мгновение не задумавшись о том, что держать лошадей их мать не собиралась и что, если из-за такого подарка она вынуждена будет переменить свое намерение, ей придется купить лошадь для лакея, и нанять лакея, который ездил бы на второй лошади, и, вопреки всем прежним планам, построить конюшню для этих двух лошадей, Марианна приняла такой подарок без малейших колебаний и рассказала о нем сестре с восхищением.

— Он сейчас же пошлет за ней своего грума в Сомерсетшир, — добавила она. — И тогда мы с ним будем кататься верхом каждый день. Разумеется, она будет и в твоем распоряжении, Элинор. Нет, ты только представь себе, какое наслаждение — скакать галопом по этим холмам!

Она никак не хотела пробудиться от блаженных грез и признать неприятные истины, сопряженные с осуществлением подобной затеи. Первоначально она наотрез отказалась с ними смириться. Еще один слуга? Но расход такой пустячный! И мама, несомненно, ничего против иметь не будет. А для лакея подойдет любая кляча. К тому же и покупать ее не обязательно: всегда ведь можно брать для него лошадь в Бартон-парке. А что до конюшни, достаточно будет самого простого сарая. Тогда Элинор осмелилась выразить сомнение, прилично ли ей принимать подобный подарок от человека, с которым она так мало... во всяком случае... так недолго знакома.

— Ты напрасно думаешь, Элинор, — горячо возразила Марианна, — будто я мало знакома с Уиллоби. Да, бесспорно, узнала я его недавно. Но в мире нет никого, кроме тебя и мамы, кого я знала бы так хорошо! Не время и не случай создают близость между людьми, но

Чувство и чувствительность

лишь общность наклонностей. Иным людям и семи лет не хватит, чтобы хоть сколько-нибудь понять друг друга, иным же и семи дней более чем достаточно. Я сочла бы себя виновной в куда худшем нарушении приличий, если бы приняла в подарок лошадь от родного брата, а не от Уиллоби. Джона я почти не знаю, хотя мы жили рядом много лет, суждение же об Уиллоби я составила давным-давно!

Элинор почла за благо оставить эту тему. Она знала характер своей сестры. Возражения в столь деликатном вопросе только утвердили бы ее в собственном мнении. Но обращение к ее дочерней привязанности, перечисление всех забот, которые их снисходительная мать навлечет на себя, если — как вполне вероятно — даст согласие на такое добавление к их домашнему устройству, вскоре заставили Марианну отступить, и она обещала ничего не говорить матери (которая по доброте сердца, наверное, не прислушалась бы к голосу благоразумия) о предложенном подарке и при первом же случае сказать Уиллоби, что она не может его принять.

Слово свое она сдержала, и, когда в тот же день Уиллоби пришел с визитом, Элинор услышала, как ее сестра вполголоса сообщила ему, что должна отказаться от его любезного предложения. Затем она объяснила причины такой перемены в своих намерениях, лишив его возможности настаивать и упрашивать. Однако он не скрыл, как разочарован, и, выразив свое огорчение, добавил столь же тихо:

— Но, Марианна, лошадь по-прежнему принадлежит вам, пусть пока вы и не можете на ней ездить. Я оставлю ее у себя только до тех пор, пока вы ее не потребуете. Когда вы покинете Бартон и заживете собственным домом, Королева Мэб будет вас ждать.

Вот что услышала мисс Дэшвуд. И эти слова, и тон, каким они были произнесены, и его обращение к Марианне по имени без обычного «мисс» — все было настолько недвусмысленным и говорило о такой короткости между ними, что она могла дать ей только одно истолкование. И с этой минуты Элинор уже не сомневалась, что они помолвлены. Подобное открытие ее нисколько не удивило, хотя она и недоумевала, почему натуры столь откровенные предоставили случаю открыть это как ей, так и остальным их друзьям.

На следующий день она услышала от Маргарет новое подтверждение своему заключению. Уиллоби накануне провел у них весь вечер, и Маргарет некоторое время оставалась с ними в гостиной одна, и вот тогда-то она и увидела кое-что, о чем торжественно поведала утром старшей сестре.

— Ах, Элинор! — воскликнула она. — Я тебе расскажу про Марианну такой секрет! Я знаю, она очень скоро выйдет замуж за мистера Уиллоби!

— Ты это говорила, — заметила Элинор, — чуть ли не каждый день с тех пор, как они познакомились на Церковном холме. И по-моему, они и недели знакомы не были, как ты возвестила, что Марианна носит на шее медальон с его портретом. Правда, портрет оказался миниатюрой нашего двоюродного деда.

— Но теперь совсем другое дело! Конечно, они поженятся очень скоро: ведь у него есть ее локон!

— Поберегись, Маргарет! А вдруг это локон его двоюродного дедушки?

— Да нет, Элинор! Вовсе не дедушки, а Марианны. Ну как я могу ошибиться? Я же своими глазами видела, как он его отрезал. Вчера вечером, после чая, когда вы с мамой вышли, они начали шептаться, ужасно быстро, и он как будто ее упрашивал. А потом взял ее ножницы и отстриг длинную прядь — у нее ведь волосы были распущены по плечам. А потом поцеловал прядь, завернул в белый листок и спрятал в бумажник.

Такие подробности, перечисленные с такой уверенностью, не могли не убедить Элинор; к тому же они лишь подтверждали все, что видела и слышала она сама.

Но в других случаях проницательность Маргарет досаждала старшей сестре куда больше. Когда миссис Дженнингс как-то вечером в Бартон-парке принялась требовать, чтобы она назвала молодого человека, который пользуется особым расположением Элинор — миссис Дженнингс уже давно умирала от желания выведать это, — Маргарет поглядела на сестру и ответила:

— Я ведь не должна его называть, правда, Элинор?

Разумеется, раздался общий смех, и Элинор постаралась к нему присоединиться. Но удалось ей это с трудом. Она не сомневалась, кого имеет в виду Маргарет, и чувствовала, что не вынесет, если его имя послужит пищей для назойливых шуточек миссис Дженнингс.

Марианна сострадала ей всем сердцем, но только ухудшила положение, когда, вся красная, сказала Маргарет сердито:

— Не забудь, что всякие догадки высказывать вслух непозволительно!

— Да какие же догадки! — ответила Маргарет. — Ты ведь мне сама сказала!

Общество совсем развеселилось, и Маргарет подверглась настойчивому допросу.

— Ах, мисс Маргарет! Ну расскажите же нам все! — не отступала миссис Дженнингс. — Назовите имя этого счастливчика!

— Я не должна, сударыня. Но я очень хорошо знаю его имя. И знаю, где он живет.

— Да-да! Где он живет, мы догадываемся. В собственном доме в Норленде, конечно. Я полагаю, он младший приходский священник.

— Вот уж нет! Он еще ничем не занимается.

— Маргарет! — горячо вмешалась Марианна. — Вспомни же, что это все твои выдумки и такого человека вообще не существует.

— Ну, так, значит, он безвременно скончался, Марианна! Я же знаю, что прежде он существовал, и фамилия его начинается на «эф».

В эту минуту леди Мидлтон громко высказала мнение, что «погода стоит очень дождливая», и Элинор испытала к ней глубокую благодарность, хотя прекрасно понимала, что ее милость вмешалась не ради нее, но потому лишь, что терпеть не могла несветские поддразнивания, которыми так обожали развлекаться ее супруг и матушка. Однако полковник Брэндон, всегда деликатный с чувствами других людей, не замедлил вступить в обсуждение погоды.

Затем Уиллоби открыл крышку фортепьяно и попросил Марианну сыграть. Эти старания разных людей переменить разговор увенчались успехом, и неприятная тема была оставлена. Однако Элинор не так легко оправилась от тревоги, которую она в ней пробудила.

В тот же вечер общество уговорилось на следующий день отправиться осмотреть великолепное имение в двенадцати милях от Бартона, принадлежащее родственнику полковника Брэндона, и полковник должен был открыть им доступ туда, ибо владелец находился за границей и отдал строжайшее распоряжение не допускать в дом посторонних. Тамошние сады славились красотой, и сэр Джон, рассыпавшийся в похвалах им, мог считаться надежным судьей, ибо он уже десять лет как возил своих гостей осматривать их по меньшей мере дважды в одно лето. В парке было обширное озеро, утро можно будет занять прогулкой на лодках. Они возьмут холодную провизию, отправятся в открытых экипажах, и все будет сделано, чтобы пикник удался на славу.

Чувство и чувствительность

Кое-кто из присутствующих счел этот план несколько смелым для такого времени года, тем более что последние две недели не выпало даже дня без дождя, и Элинор уговорила миссис Дэшвуд, которая уже немного простудилась, остаться дома.

Глава 13

Их предполагаемая поездка в Уайтвелл обманула все ожидания Элинор. Она приготовилась вымокнуть, утомиться, пережить бесчисленные страхи, но дело обернулось даже еще хуже: они вообще никуда не поехали.

К десяти часам компания собралась в Бартон-парке, где им предстояло позавтракать. До рассвета шел дождь, но утро сулило некоторую надежду, потому что тучи рассеивались и довольно часто из них выглядывало солнце. Все пребывали в веселом расположении духа и были полны решимости вопреки тяготам и неприятным неожиданностям сохранять бодрость.

Они еще сидели за столом, когда принесли почту. Среди писем одно было адресовано полковнику Брэндону. Он взял конверт, взглянул на надпись на нем, переменился в лице и тотчас вышел из столовой.

— Что с Брэндоном? — спросил сэр Джон.

Ответить никто ничего не мог.

— Надеюсь, он не получил дурных известий, — сказала леди Мидлтон. — Если полковник Брэндон встал из-за стола, даже не извинившись передо мной, значит, случилось что-то из ряда вон выходящее.

Минут через пять полковник вернулся.

— Надеюсь, вы не получили дурных вестей, полковник? — тотчас осведомилась миссис Дженнингс.

— Отнюдь нет, сударыня. Благодарю вас.

— Вам пишут из Авиньона? Надеюсь, вашей сестрице не стало хуже?

— Нет, сударыня. Оно из Лондона. Обычное деловое письмо.

— Так почему же оно вас взволновало, если оно деловое и обычное? Ни-ни, полковник, вы нас не обманете! Придется вам во всем признаться.

— Право, сударыня! — вмешалась леди Мидлтон. — Подумайте, что вы такое говорите!

— Или вас извещают, что ваша кузина Фанни сочеталась браком? — продолжала миссис Дженнингс, пропуская упрек дочери мимо ушей.

— Нет, ничего подобного.

— Ну, так мне известно, от кого оно, полковник. И надеюсь, она в добром здравии.

— О ком вы говорите, сударыня? — сказал он, слегка краснея.

— А! Вы прекрасно знаете о ком.

— Я крайне сожалею, сударыня, — сказал полковник, обращаясь к леди Мидлтон, — что получил это письмо именно сегодня, так как оно связано с делом, которое требует моего немедленного присутствия в Лондоне.

— В Лондоне! — воскликнула миссис Дженнингс. — Но что вам делать там в такую пору?

— Мне чрезвычайно грустно отказываться от столь приятной поездки, — продолжал он. — Тем более что, боюсь, без меня вас в Уайтвелл не впустят.

Какой удар для них всех!

— Но если бы вы написали записку экономке, мистер Брэндон? — огорченно спросила Марианна. — Неужели этого будет не достаточно?

Он покачал головой.

— Но как же так, вдруг не поехать, когда все готово? — воскликнул сэр Джон. — Вы отправитесь в Лондон завтра, Брэндон, и не спорьте!

Чувство и чувствительность

— Будь это возможно! Но не в моей власти задержаться даже на день.

— Если бы вы по крайней мере объяснили нам, что это за дело, — заявила миссис Дженнингс, — мы могли бы решить, можно его отложить или никак нельзя.

— Но вы задержитесь только на шесть часов, — заметил Уиллоби, — если отложите отъезд до нашего возвращения.

— Я не могу позволить себе потерять хотя бы час...

Элинор услышала, как Уиллоби сказал Марианне вполголоса:

— Есть люди, которые не терпят пикников, и Брэндон принадлежит к ним. Попросту он испугался схватить простуду и придумал эту историю, чтобы не ездить. Готов поставить пятьдесят гиней, что письмо он написал сам.

— Нисколько в этом не сомневаюсь, — ответила Марианна.

— Ну, мне давно известно, Брэндон, — сказал сэр Джон, — что вас, если уж вы приняли решение, не переубедить! Однако подумайте! Мисс Кэри с сестрицей приехала из Ньютона, три мисс Дэшвуд прошли пешком всю дорогу от коттеджа, а мистер Уиллоби встал на два часа раньше обычного — и все ради пикника в Уайтвелле.

Полковник Брэндон вновь выразил глубокое сожаление, что стал причиной столь неприятного разочарования, но иного выбора у него, к несчастью, нет.

— Ну, а когда же вы вернетесь?

— Надеюсь, как только ваши дела в Лондоне будут окончены, мы снова увидим вас в Бартоне, — добавила ее милость. — И поездку в Уайтвелл отложим до вашего возвращения.

— Вы очень любезны. Но пока совершенно неизвестно, когда я сумею вернуться, и я не смею что-либо обещать.

— А! Он должен вернуться и вернется! — вскричал сэр Джон. — Я подожду неделю, а потом сам за ним отправлюсь!

— Непременно, сэр Джон, непременно! — подхватила миссис Дженнингс. — И может быть, вы тогда узнаете, что он от нас утаивает.

— Ну, я не охотник совать нос в чужие дела. И кажется, это что-то такое, в чем ему неловко открыться.

Лакей доложил, что лошади полковника Брэндона поданы.

— Вы ведь не верхом отправитесь в Лондон? — осведомился сэр Джон, оставляя прежнюю тему.

— Нет. Только до Хонитона. А оттуда на почтовых.

— Ну, раз уж вы положили уехать, желаю вам счастливого пути. А может, все-таки передумаете, а?

— Уверяю вас, это не в моей власти.

И полковник начал прощаться.

— Есть ли надежда, мисс Дэшвуд, увидеть зимой вас и ваших сестер в столице?

— Боюсь, что ни малейшей.

— В таком случае я вынужден проститься с вами на больший срок, чем мне хотелось бы.

Марианне он лишь молча поклонился.

— Ах, полковник! — сказала миссис Дженнингс. — Уж теперь-то вы можете сказать, зачем вы уезжаете!

В ответ он пожелал ей доброго утра и в сопровождении сэра Джона вышел из комнаты.

Теперь, когда вежливость уже не замыкала уста, сожаления и негодующие возгласы посыпались со всех сторон. Все вновь и вновь соглашались в том, как досадно, как непереносимо подобное разочарование.

— А я догадываюсь, какое это дело! — вдруг торжествующе объявила миссис Дженнингс.

— Какое же, сударыня? — хором спросили все.

— Что-нибудь с мисс Уильямс, ручаюсь вам.

Чувство и чувствительность

— Но кто такая мисс Уильямс? — спросила Марианна.

— Как! Вы не знаете? Нет-нет, что-то о мисс Уильямс вы, конечно, слышали! Она родственница полковника, душенька. И близкая. Такая близкая, что юным барышням и знать не следует. — Чуть понизив голос, она тут же сообщила Элинор: — Это его незаконная дочь!

— Неужели!

— Да-да. И сущий его портрет. Помяните мое слово, полковник завещает ей все свое состояние.

Вернувшийся в столовую сэр Джон немедля присоединился к общим сетованиям, но в заключение сказал, что раз уж они собрались, то им следует придумать, как провести время наиболее приятным образом. После недолгого совещания все согласились, что, хотя счастье они могли обрести лишь в Уайтвелле, тем не менее прогулка в экипажах по окрестностям может послужить некоторым утешением. Приказали подать экипажи. Первым подъехал кабриолет Уиллоби, и никогда еще Марианна не сияла таким счастьем, как в ту минуту, когда впорхнула на сиденье. Уиллоби хлестнул лошадей, они скрылись среди деревьев парка, и общество снова увидело их, только когда они возвратились в Бартон-парк, причем много позднее остальных. Оба были в самом радостном расположении духа, однако объяснили лишь несколько неопределенно, что кружили по проселкам, а не отправились в холмы, как прочие.

Затем уговорились вечером потанцевать, а день провести как можно веселее. К обеду подъехали другие члены семейства Кэри, и сэр Джон с большим удовольствием заметил, что за стол село без малого двадцать человек. Уиллоби занял свое обычное место между двумя старшими мисс Дэшвуд, миссис Дженнингс села справа от Элинор, и еще не подали первого блюда, как она, наклонившись к Марианне за спиной Элинор и Уиллоби, сказала достаточно громко, чтобы услышали и они:

— А я все узнала, несмотря на ваши хитрости! Мне известно, где вы провели утро.

Марианна порозовела и быстро спросила:

— Так где же?

— А разве вы не знали, — вмешался Уиллоби, — что мы катались в моем кабриолете?

— Как не знать, шалопай вы эдакий! Вот потому-то я и потрудилась справиться, где вы катались... Надеюсь, мисс Марианна, ваш дом вам нравится. Он очень обширен, как мне хорошо известно, но я полагаю, к моему первому визиту вы его обставите заново. Когда в последний раз я была там шесть лет назад, он очень в этом нуждался.

Марианна отвернулась в большом смущении. Миссис Дженнингс принялась смеяться, и Элинор пришлось выслушать, как она, в решимости докопаться до истины, не более и не менее как подослала свою горничную к груму мистера Уиллоби и таким образом установила, что они ездили в Алленем и провели там долгое время, гуляя по саду и осматривая дом.

Элинор ушам своим не верила. Она не могла даже вообразить, чтобы Уиллоби пригласил Марианну, а она согласилась войти в дом миссис Смит, с которой была совершенно незнакома.

Едва они покинули столовую, как Элинор спросила об этом Марианну, и, к величайшему ее изумлению, оказалось, что миссис Дженнингс нигде не погрешила против истины. Марианна даже рассердилась на нее за подобные сомнения.

— Почему ты думаешь, Элинор, что мы не могли поехать туда и осмотреть дом? Ведь ты же сама не раз выражала такое желание!

— Да, Марианна. Но я не переступила бы его порога без ведома миссис Смит и в обществе одного лишь мистера Уиллоби.

Чувство и чувствительность

— Но мистер Уиллоби — единственный человек, имеющий право показывать этот дом, а раз мы ехали в кабриолете, никого третьего с нами быть не могло. Такого приятного утра я еще никогда не проводила!

— Боюсь, — сказала Элинор, — приятность еще не залог приличия.

— Напротив, Элинор, более верного залога и найти нельзя. Преступи я истинные требования приличия, то все время чувствовала бы это: ведь, поступая дурно, мы всегда это сознаем, и в таком случае вся приятность была бы для меня испорчена.

— Но, милая Марианна, теперь, когда тебе пришлось выслушать нестерпимо бесцеремонные намеки, неужели ты не убедилась в неосмотрительности своего поведения?

— Если считать бесцеремонные намеки миссис Дженнингс доказательством нарушения приличий, все мы только и делаем, что нарушаем их каждый миг нашей жизни. Ее осуждение трогает меня не более ее похвал. Я не вижу ничего дурного в том, что гуляла в саду миссис Смит и осмотрела ее дом. Со временем они будут принадлежать мистеру Уиллоби и...

— Даже если бы со временем им предстояло принадлежать тебе, Марианна, твоему поступку оправдания нет.

При последних словах Марианна покраснела, но тем не менее нетрудно было заметить, что это был скорее румянец удовольствия. Поразмыслив минут десять, она подошла к сестре и с большим оживлением сказала:

— Пожалуй, Элинор, мне действительно не следовало ездить в Алленем, но мистер Уиллоби непременно хотел показать мне усадьбу. И дом прекрасен, поверь мне. На втором этаже есть очаровательная гостиная, как раз такой величины, какая особенно удобна для постоянного пользования. И будь она хорошо обставлена, ничего прелестнее и представить себе было бы невозможно. Угловая комната, окна выходят на две стороны. За одними лужайка для игры в шары простирается до рощи на крутом склоне, за другими виднеются церковь, деревня и высокие холмы вдали — те самые, которые столько раз возбуждали наше восхищение. Правда, вид ее меня огорчил: более убогой мебели вообразить нельзя, но если ее отделать заново... Уиллоби говорит, что двухсот фунтов будет достаточно, чтобы превратить ее в одну из самых очаровательных летних гостиных в Англии.

Если бы им не мешали другие, Элинор пришлось бы выслушать столь же восторженное описание всех парадных комнат в Алленеме.

Глава 14

Внезапный отъезд полковника Брэндона и его упорное желание скрыть причину занимали миссис Дженнингс еще два-три дня, и она продолжала строить всевозможные предположения, на что была большая мастерица, как все те, кого живо интересует, что, зачем и почему делают их знакомые. Она без конца прикидывала, какое этому может быть объяснение, не сомневалась, что известие он получил дурное, и перебирала всевозможные беды, которые только могли его постигнуть, в твердой решимости не оставить ему никакого избавления хотя бы от двух-трех.

— Разумеется, случилось что-то очень печальное, — рассуждала она. — Я по его лицу прочитала. Бедняжка! Боюсь, он находится в весьма стесненном положении. Поместье в Делафорде, говорят, никогда не приносило дохода более двух тысяч, а его брат оставил дела в очень расстроенном состоянии. Право же, за ним послали по поводу денежных затруднений. Как же иначе? Но так ли это? Я бы все на свете отдала, лишь бы узнать правду.

Чувство и чувствительность

Или все-таки мисс Уильямс? Да, пожалуй, недаром он так смутился, когда я о ней осведомилась. Не лежит ли она в Лондоне больная? Скорее всего так, ведь, как я слышала, она никогда не была крепкого здоровья. Бьюсь об заклад, с мисс Уильямс что-то неладно. Навряд ли у него могли сейчас случиться денежные неприятности, потому что он хороший хозяин и, наверное, уже освободил поместье от долгов. Нет, все-таки что же это может быть? Или его сестре в Авиньоне стало хуже и она послала за ним? Потому-то он так и торопился! Ну, да я от души желаю ему благополучного конца всем его тревогам и хорошую жену в придачу.

Так размышляла, так рассуждала миссис Дженнингс, меняя заключения с каждым новым предположением, которые все представлялись ей одно другого правдоподобнее. Элинор, хотя она искренне принимала к сердцу благополучие полковника Брэндона, не ломала голову над его поспешным отъездом, как того хотелось бы миссис Дженнингс. Не только она полагала, что это обстоятельство не заслуживало ни столь длительного удивления, ни столь многочисленных догадок, но мысли ее поглощала совсем иная непонятная тайна. Она дивилась необъяснимому молчанию, которое ее сестра и Уиллоби хранили о том, что имело особую важность для остального общества, как им было хорошо известно. И с каждым днем молчание это становилось все более непостижимым и не совместимым с натурой обоих. Элинор не могла понять, почему они открыто не объявят миссис Дэшвуд и ей то, что, судя по их поведению друг с другом, несомненно, уже произошло.

Она вполне допускала, что со свадьбой придется повременить, так как полагать Уиллоби богатым, хотя он себе ни в чем не отказывал, особых причин не было. Его поместье, по расчетам сэра Джона, приносило в год фунтов семьсот — восемьсот, но жил он на более широкую ногу, чем позволял подобный доход, и часто жаловался на безденежье. Но странному покрову тайны, который они набрасывали на свою помолвку, хотя покров этот ничего не прятал, Элинор объяснения не находила. Подобная скрытность столь не гармонировала с их взглядом на вещи и обычным поведением, что порой ей в душу закрадывались сомнения, а дали ли они друг другу слово, и они мешали ей спросить Марианну прямо.

Поведение Уиллоби казалось лучшим свидетельством его к ним всем отношения. Марианну он окружал той нежностью, на какую только способно влюбленное сердце, а с ее матерью и сестрами держался как почтительный сын и ласковый брат. Казалось, коттедж стал для него вторым домом, и он проводил у них гораздо больше часов, чем в Алленеме. И если только их всех не приглашали в Бартон-парк, его утренняя прогулка почти неизменно завершалась там, где весь остальной день он проводил с Марианной, а его любимая собака лежала у ее ног.

Как-то вечером, неделю спустя после отъезда полковника Брэндона, он, казалось, дал особую волю привязанности ко всему, что его окружало у них. Миссис Дэшвуд заговорила о своем намерении заняться весной перестройкой коттеджа, и он принялся с жаром возражать против каких-либо изменений дома, который его пристрастным глазам являл вид совершенства.

— Как! — восклицал он. — Перестроить милый коттедж! Нет. На это я своего согласия не дам. Если здесь хоть немного считаются с моими чувствами, к его стенам не добавится ни единого камня, а к его высоте — ни единого дюйма.

— Успокойтесь, — сказала мисс Дэшвуд. — Ничего подобного не произойдет. У мамы никогда не наберется денег на такую перестройку.

Чувство и чувствительность

— От всего сердца рад этому! — вскричал он. — Да будет она всегда бедна, если для ее денег не найдется лучшего применения.

— Благодарю вас, Уиллоби. Но можете быть уверены, что никакие улучшения не соблазнят меня принести в жертву нежность, которую вы или другие, кого я люблю, могут питать к этим стенам. Поверьте, какая бы свободная сумма ни оказалась в моем распоряжении после весеннего сведения счетов, я лучше оставлю ее без употребления, чем потрачу на то, что причинит вам такие страдания! Но неужели этот домик вам серьезно так нравится, что вы не видите в нем никаких недостатков?

— О да! — ответил он. — В моих глазах он само совершенство. Более того, на мой взгляд, счастье возможно лишь в таком домике, и будь я достаточно богат, так немедля снес бы Комбе-Магна и построил его заново точно по плану вашего коттеджа.

— Вместе с темной узкой лестницей и дымящей плитой на кухне, я полагаю? — заметила Элинор.

— Непременно! — вскричал он с тем же жаром. — И с ними, и со всем, что в нем есть. Так, чтобы и по удобствам, и по неудобствам он ни на йоту не отличался от этого. Только тогда, только точно под таким же кровом я смогу быть счастлив в Комбе, как я был счастлив в Бартоне.

— Позволю себе предположить, — сказала Элинор, — что вопреки более просторным комнатам и более широкой лестнице вы все же обнаружите, что ваш собственный дом не уступает в совершенстве этому.

— Бесспорно, есть нечто, что может сделать его неизмеримо дороже для меня, — ответил Уиллоби, — но право вашего коттеджа на мою привязанность навсегда останется особым и несравненным.

Миссис Дэшвуд с радостью поглядела на Марианну, чьи прекрасные глаза были устремлены на Уиллоби с выражением, не оставлявшим ни малейшего сомнения, как хорошо она его понимает.

— Сколько раз, — продолжал он, — год тому назад, гостя в Алленеме, желал я, чтобы Бартонский коттедж перестал пустовать! Проходя или проезжая мимо, я всегда любовался его живописным местоположением и огорчался, что в нем никто не живет. Мне и в голову не приходило, что, не успею я приехать в следующем году, как тут же услышу от миссис Смит, что Бартонский коттедж сдан. Эта новость пробудила во мне такой интерес и такую радость, что их можно признать только предчувствием счастья, какое меня ждало. Не правда ли, Марианна? — добавил он, понижая голос, а затем продолжал прежним тоном: — И вот этот-то дом вы замыслили испортить, миссис Дэшвуд! Лишить его простоты ради воображаемых улучшений? Эту милую гостиную, где началось наше знакомство и где с тех пор мы провели столько счастливых часов, вы низведете до передней, и все будут равнодушно проходить через комнату, которая до сих пор была прелестней, уютней и удобней любых самых величественных апартаментов, какие только есть в мире!

Миссис Дэшвуд вновь заверила его, что о подобной перестройке больше и речи не будет.

— Вы так добросердечны! — ответил он с пылкостью. — Ваше обещание меня успокоило. Но добавьте к нему еще одно и сделайте меня счастливым. Заверьте меня, что не только ваш дом останется прежним, но и вы, и ваше семейство никогда ко мне не переменитесь и всегда будете относиться ко мне с той добротой, которая делает для меня столь дорогим все с вами связанное.

Обещание было охотно дано, и до конца вечера Уиллоби вел себя так, что нельзя было сомневаться ни в его чувствах, ни в счастье, им владевшем.

Чувство и чувствительность

— Вы у нас завтра обедаете? — спросила миссис Дэшвуд, когда он начал прощаться. — Утром я вас не зову, так как мы должны сделать визит леди Мидлтон.

Уиллоби обещал быть у них в четыре часа.

Глава 15

На следующий день миссис Дэшвуд отправилась к леди Мидлтон с двумя дочерьми: Марианна предпочла остаться дома под каким-то не слишком убедительным предлогом, и ее мать, не сомневаясь, что накануне Уиллоби обещал прийти, пока их не будет, настаивать не стала.

Вернувшись из Бартон-парка, они увидели перед коттеджем кабриолет Уиллоби и его слугу, и миссис Дэшвуд убедилась в верности своей догадки. Именно это она и предвидела. Но в доме ее ожидало нечто, о чем никакое предвидение ее не предупредило. Едва они вошли в коридор, как из гостиной в сильном волнении выбежала Марианна, прижимая платок к глазам. Она поднялась по лестнице, не заметив их. Полные недоумения и тревоги, они направились в комнату, которую она только что покинула, и увидели там только Уиллоби, который спиной к ним прислонялся к каминной полке. На их шаги он обернулся. Его лицо отражало те же чувства, которые возобладали над Марианной.

— Что с ней? — воскликнула миссис Дэшвуд. — Она заболела?

— О, надеюсь, что нет, — ответил он, стараясь придать себе веселый вид. И с вымученной улыбкой добавил: — Заболеть должен я, так как меня сразило нежданное несчастье.

— Несчастье?

— Да. Я вынужден отказаться от вашего приглашения. Нынче утром миссис Смит прибегла к власти, какую богатство имеет над бедными, зависимыми родственниками, и дала мне неотложное поручение в Лондон. Я был отправлен в дорогу только что, простился с Алленемом и, для утешения, заехал проститься с вами.

— В Лондон! И нынче утром?

— Теперь же.

— Как жаль! Но миссис Смит, разумеется, вы отказать не можете. И надеюсь, ее поручение разлучит нас с вами ненадолго.

Отвечая, он покраснел:

— Вы очень добры. Но вернуться в Девоншир немедленно мне не удастся. У миссис Смит я гощу не чаще раза в год.

— И кроме миссис Смит, у вас тут друзей нет? И кроме Алленема, вас нигде в здешних краях не примут? Стыдитесь, Уиллоби! Неужели вам нужно особое приглашение?

Он еще больше залился краской, потупился и сказал только:

— Вы очень добры...

Миссис Дэшвуд с недоумением поглядела на Элинор, которая была удивлена не менее. Несколько секунд царило молчание. Его прервала миссис Дэшвуд:

— Могу лишь добавить, милый Уиллоби, что в Бартонском коттедже вам всегда будут рады. Я не жду, что вы вернетесь сразу же, так как лишь вы один можете судить, как взглянула бы на это миссис Смит. Вашему суждению в этом я так же доверяю, как не сомневаюсь в том, чего хотели бы вы сами.

— Мои обязательства, — сбивчиво ответил Уиллоби, — таковы, что... что... боюсь... мне нельзя тешить себя надеждой...

Он умолк. От изумления миссис Дэшвуд не могла произнести ни слова, и наступило новое молчание. На этот раз первым заговорил Уиллоби.

Чувство и чувствительность

— Мешкать всегда неразумно, — произнес он с легкой улыбкой. — Я не стану долее терзать себя, медля среди друзей, чьим обществом мне уже не дано наслаждаться.

Затем он торопливо простился с ними и вышел из гостиной. Они увидели, как он вскочил в кабриолет и минуту спустя скрылся за поворотом.

Миссис Дэшвуд не могла говорить и сразу же ушла к себе, чтобы в одиночестве предаться волнению и тревоге, которые вызвал этот неожиданный отъезд.

Элинор была встревожена нисколько не меньше, если не больше. Она перебирала в памяти их разговор с недоумением и беспокойством. Поведение Уиллоби, когда он прощался с ними, его смущение, притворная шутливость и, главное, то, что приглашение ее матери он выслушал без малейшей радости, с неохотностью, противоестественной во влюбленном, неестественной в нем, — все это вызвало у нее глубокие опасения. То она начинала бояться, что у него никогда не было серьезных намерений, то приходила к мысли, что между ним и ее сестрой произошла бурная ссора. Тогда становилось понятно, почему Марианна выбежала из гостиной в подобном расстройстве, но, с другой стороны, любовь Марианны к нему была такова, что ссора между ними, даже пустяковая, представлялась вовсе невероятной.

Но каковы бы ни были обстоятельства их разлуки, горе ее сестры сомнений не оставляло, и Элинор с нежным состраданием представила себе неистовую печаль, которой Марианна предается, не только не ища в ней облегчения, но, наоборот, видя свой долг в том, чтобы всячески растравлять ее и усугублять.

Через полчаса миссис Дэшвуд вернулась с покрасневшими глазами, но без печати уныния на лице.

— Наш милый Уиллоби уже отъехал от Бартона на несколько миль, Элинор, — сказала она, садясь за рукоделие. — И как тяжело у него должно быть на сердце!

— Все это так странно! Столь внезапный отъезд! Словно решенный тут же. Вчера вечером он был такой счастливый, такой веселый, такой милый со всеми нами! А сегодня, едва предупредив... Уехал без намерения вернуться! Нет, бесспорно, произошло что-то, о чем он нам не сказал. Он был совсем на себя не похож — и в том, как говорил, и в том, как держался. Вы, конечно, тоже это заметили! Так в чем же дело? Или они поссорились? Почему бы иначе ему уклоняться от вашего приглашения?..

— Во всяком случае, не из-за отсутствия желания его принять. Это я заметила! Просто он не мог. Я все обдумала и, поверь, способна объяснить то, что вначале показалось мне не менее странным, чем тебе.

— Неужели?

— Я всему нашла объяснения, которые мне кажутся вполне убедительными. Но ты, Элинор, ты всегда готова сомневаться в чем угодно, и тебя они, конечно, не убедят, я это предвижу. Но меня переменить мнение ты не заставишь. Я не сомневаюсь, что миссис Смит подозревает о его чувствах к Марианне, не одобряет его знакомство с нами, и он пока не решается признаться ей в помолвке с Марианной, но вынужден из-за своего зависимого положения уступить ее замыслам и покинуть Девоншир на некоторое время. Ты, конечно, ответишь, что, может быть это и так, но может быть, и нет. Только я не стану слушать никаких придирок, пока ты не найдешь, как истолковать все это столь же убедительно. Так что же ты скажешь, Элинор?

— Ничего. Ведь вы предвосхитили мой ответ.

— Значит, по-твоему, это может быть и так и не так? Ах, Элинор, твои чувства просто непостижимы! Ты всегда склонна верить в дурное больше, чем в хорошее. Ты предпочтешь сделать Марианну несчастной, а бедняжку Уиллоби виноватым, вместо того чтобы оправдать его! Ты во что бы то ни стало ищешь в нем злокозненности потому лишь, что он простился с нами без обычной своей сердечности? И никакого снисхождения к рассеянию и унылости после подобного удара? Неужели же правдоподобнейшее объяснение следует заранее отвергать оттого лишь, что ему можно найти опровержение? Разве человек, которого у нас всех есть столько оснований любить и ни малейшего — подозревать в неблагородстве, не должен в наших глазах стоять выше обидных сомнений? И сразу же надобно забывать, что могут существовать безукоризненные причины, которые, однако, некоторое время должно сохранять в тайне? В конце концов, в чем, собственно, ты его подозреваешь?

— Ответить на это мне трудно. Однако столь внезапная перемена в человеке невольно наводит на неприятные подозрения. Но совершенная правда и то, что для него, как вы настаиваете, можно сделать исключение, а я стараюсь судить обо всех справедливо. Бесспорно, у Уиллоби могут найтись достаточно веские причины поступить так, но ведь для него естественнее было бы сразу их объявить? Иногда возникает необходимость сохранять что-нибудь в секрете, но в нем подобная сдержанность меня удивляет.

— Тем не менее не ставь ему в вину насилие над собственной природой, если этого потребовала необходимость. Но ты правда признала справедливость того, что я говорила в его защиту? Я очень рада, а он оправдан!

— Не совсем. Можно предположить, что их помолвку (если они помолвлены!) следует скрывать от миссис Смит, и в таком случае Уиллоби благоразумнее всего некоторое время не возвращаться в Девоншир. Но это не причина держать в неведении нас!

— Держать в неведении нас? Душечка, ты упрекаешь Уиллоби и Марианну в скрытности? Вот уж поистине странно! Ведь каждый день твои глаза укоряли их за неосторожность!

— Мне нужно доказательство не их взаимного чувства, — сказала Элинор, — но того, что они помолвлены.

— Я ничуть не сомневаюсь ни в том, ни в другом.

— Но ведь ни она, ни он ни словом вам об этом не обмолвились!

— Зачем мне слова, когда поступки говорят куда яснее их? По-моему, его поведение с Марианной и со всеми нами, во всяком случае последние полмесяца, неопровержимо доказывало, что он любит ее и видит в ней свою будущую жену, а к нам питает приязнь близкого родственника, не так ли? Разве мы не понимали друг друга вполне? Разве его взоры, его манера держаться, его почтительное и заботливое внимание не испрашивали моего согласия ежедневно и ежечасно? Элинор, дитя мое, как можно сомневаться в том, что они помолвлены? Откуда у тебя подобные подозрения? Разве мыслимо, чтобы Уиллоби, несомненно зная о любви твоей сестры к нему, простился бы с ней, вероятно, на долгие месяцы и не признался ей во взаимности? Чтобы они расстались, не обменявшись клятвами?

— Признаюсь, — ответила Элинор, — что все обстоятельства свидетельствуют о их помолвке, кроме одного. Но это обстоятельство — их молчание, и для меня оно почти перевешивает прочие свидетельства.

— Право, я тебя не понимаю! Значит, ты самого низкого мнения об Уиллоби, если после того, как они столь открыто и постоянно искали общества друг друга, природа их короткости способна вызвать у тебя малейшие сомнения! Или с его стороны не было ничего, кроме притворства? Ты полагаешь, что он к ней равнодушен?

— Нет, так я думать не могу. Он должен ее любить, и я уверена, что он ее любит.

— Но какая же это странная любовь, если он покидает ее с такой беззаботностью, с таким безразличием к дальнейшему, какие ты ему приписываешь!

Чувство и чувствительность

— Не забывайте, милая матушка, я ведь никогда не считала, что все уже решено. Не спорю, у меня были сомнения, но они слабеют и, вероятно, скоро вовсе рассеются. Если мы узнаем, что они переписываются, всем моим опасениям придет конец.

— Ах, какая уступка! Если ты увидишь, как их в церкви благословляет священник, то, пожалуй, согласишься, что они намерены пожениться. Гадкая упрямица! Но мне такие доказательства не нужны. По моему мнению, не произошло ничего, что могло бы оправдать подобное недоверие. Ни тени скрытности, ни утаек, ни притворства. Сомневаться в своей сестре ты не можешь, следовательно, подозреваешь Уиллоби. Но почему? Разве он не благородный человек с чувствительной душой? Было в его поведении хоть что-нибудь способное внушить тревогу? Можно ли видеть в нем коварного обманщика?

— Надеюсь, что нет. Думаю, что нет! — вскричала Элинор. — Уиллоби мне нравится, искренне нравится, и сомнение в его чести причиняет мне не меньше страдания, чем вам. Оно возникло невольно, и я постараюсь подавить его. Признаюсь, меня смутило, что утром он был столь мало похож на себя. Он говорил совсем не так, как прежде, и ваша доброта не отозвалась в нем благодарностью. Но все это может объясняться его положением, как вы и сказали. Он только что простился с Марианной, видел, в какой горести она удалилась, но, опасаясь вызвать неудовольствие миссис Смит, должен был побороть искушение незамедлительно сюда вернуться; понимая, однако, в какой неблаговидной, в какой подозрительной роли представит его в наших глазах отказ от вашего приглашения и ссылка на неопределенность дальнейших его планов, он, бесспорно, мог испытывать стеснительное смущение и растерянность. И все же откровенное, безыскусственное признание в своих затруднениях, мне кажется, сделало бы ему больше чести и более гармонировало бы с его характером. Впрочем, я не возьму на себя право порицать чужое поведение потому лишь, что оно не совсем отвечает моим понятиям или не соответствует тому, что мне представляется правильным и последовательным.

— Очень похвально! Уиллоби, бесспорно, не заслужил нашего недоверия. Пусть мы с ним знакомы недавно, но в этих краях он хорошо известен, и у кого нашлось хотя бы одно слово порицания ему? Располагай он возможностью поступать по своему усмотрению и не откладывать женитьбы, действительно, было бы странно, если бы он простился с нами, не объяснив мне прежде своих намерений. Но ведь дело обстоит иначе. Обстоятельства не благоприятствуют их помолвке, так как неизвестно, когда могла бы состояться свадьба, и, пожалуй, пока даже желательно держать ее в тайне, насколько это удастся.

Появление Маргарет прервало их разговор, и Элинор могла на досуге обдумать доводы матери, признать правдоподобность многих из них и от души пожелать, чтобы верными оказались они все.

Марианну они увидели только за обедом, когда она вошла в столовую и села на свое место в полном молчании. Глаза у нее покраснели и опухли, и казалось, что она лишь с трудом удерживает слезы. Она избегала их взглядов, была не в силах ни есть, ни разговаривать, и, когда несколько минут спустя мать с безмолвным сочувствием погладила ее по руке, она не смогла долее сдерживаться и, разрыдавшись, выбежала из комнаты.

Это бурное отчаяние длилось весь вечер. Она была совсем разбита, потому что даже не пыталась совладать с ним. Малейшее упоминание всего, что так или иначе касалось Уиллоби, повергало ее в неистовую печаль, и, как мать и сестры ни старались щадить бедняжку, о чем бы они ни начинали разговора, им не удавалось избежать предметов, которые не напоминали бы ей о нем.

Глава 16

Марианна не простила бы себе, смежи она веки хоть на миг в первую ночь после разлуки с Уиллоби. Ей было бы стыдно смотреть в глаза матери и сестрам, если бы на следующее утро она не поднялась с постели еще более истомленной, чем легла в нее, но чувства, которым минута облегчения представлялась изменой, избавили ее от опасности такого позора. Она провела бессонную ночь и проплакала почти до утра. Встала она с головной болью, была не в силах произнести ни слова, проглотить ни кусочка, каждую минуту причиняя боль матери и сестрам и противясь всем их стараниям предложить ей утешение. Чувствительность ее поистине не знала предела.

Когда завтрак кончился, она ушла гулять в одиночестве и бродила по окрестностям деревни Алленем, терзаясь воспоминаниями о прошлых радостях, и почти все утро проливала слезы печали.

Весь вечер она предавалась такой же тоске. Переиграла все любимые песни, которые игрывал Уиллоби, все дуэты, в которых чаще всего сливались их голоса, и сидела за инструментом, вглядываясь в каждую строчку нот, которые он для нее переписывал, пока ее сердце не исполнилось такой тяжестью, что более не могло принять ни капли грусти. И эту пищу ее горе получало каждый день. Она проводила за фортепьяно долгие часы и то пела, то рыдала, нередко совсем лишаясь голоса от слез. В книгах, как и в музыке, она искала мук, которые приносит сравнение счастливого прошлого с горьким настоящим. Она не читала ничего, кроме того, что они читали вместе.

Выносить долго столь неистовое горе, разумеется, было невозможно, и несколько дней спустя оно перешло в тихую меланхолию, но ежедневные одинокие прогулки продолжались, и порой тягостные мысли вновь вызывали бурные припадки отчаяния.

От Уиллоби писем не было, но Марианна, казалось, их не ждала. Мать ее недоумевала, а Элинор вновь охватила тревога. Но миссис Дэшвуд, когда наступала нужда в объяснениях, умела находить их, во всяком случае, к собственному удовольствию.

— Вспомни, Элинор, как часто сэр Джон сам привозит нам наши письма с почты и отвозит их туда. Мы ведь уже согласились, что некоторая тайна необходима, и нельзя не признать, что сохранить ее не удалось бы, если бы их переписка проходила через руки сэра Джона.

Справедливости этого соображения Элинор отрицать не могла и попыталась поверить, что таких опасений достаточно для их молчания. Однако был очень простой и бесхитростный способ узнать правду и сразу развеять все сомнения, причем, на ее взгляд, настолько хороший, что она прямо посоветовала матери прибегнуть к нему.

— Почему бы вам без обиняков не спросить Марианну, — сказала она, — помолвлена она с Уиллоби или нет? В устах матери, да еще такой доброй, такой снисходительной матери, как вы, подобный вопрос не может обидеть или огорчить. В нем ведь будет говорить ваша любовь к ней. А Марианна всегда была откровенной, и особенно с вами.

— Такого вопроса я не задам за все сокровища мира! Если предположить, что вопреки очевидности они все-таки не дали слова друг другу, какие муки он причинит! И сколько в нем бездушия, как бы ни обстояло дело! Вырвав у нее признание в том, о чем пока ей не хотелось бы говорить вслух никому, я навеки и заслуженно утрачу ее доверие. Я знаю сердце Марианны, знаю, как нежно она меня любит, и, конечно, не последней услышу о помолвке, когда обстоятельства позволят объявить

Чувство и чувствительность

о ней свету. Я не стала бы добиваться откровенности ни от кого, а уж тем более от собственной дочери, потому что чувство долга помешает ей уклониться от ответа, как бы она того ни хотела.

По мнению Элинор, подобная деликатность в подобном деле была излишней, и, напомнив матери, как еще молода Марианна, она повторила свой совет, но тщетно: здравый смысл, здравая осторожность, здравая материнская тревога были бессильны перед романтической щепетильностью миссис Дэшвуд.

Прошло несколько дней, прежде чем близкие Марианны решились упомянуть имя Уиллоби в ее присутствии. Сэр Джон и миссис Дженнингс не были столь тактичны, и их шуточки делали еще чернее многие черные часы. Но как-то вечером миссис Дэшвуд, случайно взяв в руки том Шекспира, не удержалась от восклицания:

— Мы так и не кончили «Гамлета», Марианна! Наш милый Уиллоби уехал прежде, чем мы дошли до последнего акта. Но отложим книгу до его возвращения... Хотя ждать, возможно, придется многие месяцы...

— Месяцы? — вскричала Марианна в сильнейшем удивлении. — Нет. Несколько недель.

Миссис Дэшвуд ее оплошность огорчила, но Элинор обрадовалась, так как слова Марианны неопровержимо доказывали, что она уверена в Уиллоби и осведомлена о его намерениях.

Примерно через неделю после разлуки с ним сестрам удалось убедить Марианну отправиться на обычную прогулку вместе с ними, вместо того чтобы блуждать в одиночестве. До этих пор она всячески избегала сопровождать их: если они намеревались отправиться в холмы, она ускользала в лабиринт проселочных дорог, если же они решали пройтись по долине, она уже исчезала на каком-нибудь склоне, прежде чем они успевали выйти из дома. Но в конце концов Элинор, которой очень не нравилось это стремление все время быть одной, настояла на том, чтобы Марианна осталась с ними. По дороге, уводившей из долины, они шли почти не разговаривая, так как Марианна едва владела собой, и Элинор, добившись одной победы, остерегалась предпринимать что-нибудь еще. Они достигли устья долины, где холмы уступали место столь же плодородной, хотя и менее живописной равнине, и перед ними открылось длинное протяжение почтового тракта, по которому они приехали в Бартон. Прежде они еще ни разу не уходили в этом направлении так далеко и теперь остановились, чтобы обозреть вид, совсем иной, чем открывавшийся из окон их коттеджа.

Вскоре на фоне ландшафта они заметили движущуюся фигуру: к ним приближался какой-то всадник. Несколько минут спустя они различили, что это не фермер, но джентльмен, и еще через мгновение Марианна воскликнула с восторгом:

— Это он! Да-да, я знаю! — и поспешила навстречу.

Но Элинор тут же ее окликнула:

— Марианна, ты ошибаешься! Это не Уиллоби. Этот джентльмен не так высок, и у него другая посадка!

— Нет-нет! — с жаром возразила Марианна. — Конечно, это он. Его осанка, его плащ, его лошадь! Я знала, знала, что он вернется скоро!

Она убыстрила шаги, но Элинор, не сомневавшаяся, что перед ними не Уиллоби, поторопилась нагнать сестру, чтобы избавить ее от неизбежной неловкости. Теперь их от всадника отделяло лишь шагов пятьдесят. Марианна взглянула еще раз, и отчаяние сжало ее сердце. Она повернулась и почти побежала назад, но тут же до нее донеслись голоса обеих ее сестер, к которым присоединился третий, почти столь же знакомый, как голос Уиллоби: они все просили ее остановиться. Она подчинилась, с удивлением обернулась и увидела перед собой Эдварда Феррарса.

Только ему во всем мире она могла простить, что он оказался не Уиллоби, только ему могла приветственно улыбнуться. И она улыбнулась, почти сквозь слезы, на миг при виде счастья сестры забыв о собственном горьком разочаровании.

Эдвард спешился, отдал поводья слуге и пошел с ними в Бартон, куда и направлялся, предполагая погостить у них.

Все трое поздоровались с ним очень сердечно, но особенно Марианна, которой, казалось, его появление было приятней, чем самой Элинор. Собственно говоря, во встрече Эдварда с ее сестрой Марианна вновь почувствовала ту же необъяснимую холодность, которую в Норленде так часто подмечала в поведении их обоих. Особенно ее поразил Эдвард, который и выглядел и выражался совсем не так, как положено влюбленным в подобных случаях. Он казался смущенным, словно бы вовсе им не обрадовался, на лице его не отразилось ни восторга, ни даже просто удовольствия, сам он почти ничего не говорил и лишь отвечал на вопросы и не подарил Элинор ни единого знака особого внимания. Марианна смотрела, слушала, и ее изумление все возрастало. Эдвард начал даже внушать ей что-то похожее на неприязнь, а потому, как, впрочем, было бы неизбежно в любом случае, ее мысли вновь обратились к Уиллоби, чьи манеры являли столь разительный контраст с манерами ее предполагаемого зятя.

После краткого молчания, сменившего первые возгласы и приветствия, Марианна осведомилась у Эдварда, приехал ли он прямо из Лондона. Нет, он уже полмесяца как в Девоншире.

— Полмесяца! — повторила она, пораженная тем, что он уже столько времени находился неподалеку от Элинор и не выбрал времени повидаться с ней раньше.

Он с некоторым смущением добавил, что гостил у знакомых в окрестностях Плимута.

— А давно ли вы были в Сассексе? — спросила Элинор.

— Около месяца тому назад я заезжал в Норленд.

— И как выглядит милый, милый Норленд? — вскричала Марианна.

— Милый, милый Норленд, — сказала Элинор, — вероятно, выглядит так, как всегда выглядел в эту пору года. Леса и дорожки густо усыпаны опавшими листьями.

— Ах! — воскликнула Марианна. — С каким восторгом, бывало, я наблюдала, как они облетают! Как я наслаждалась, когда ветер закручивал их вихрями вокруг меня во время прогулок! Какие чувства пробуждали и они, и осень, и самый воздух! А теперь там некому любоваться ими. В них видят только ненужный сор, торопятся вымести их, спрятать подалее от всех взоров!

— Но ведь не все, — заметила Элинор, — разделяют твою страсть к сухим листьям.

— Да, мои чувства редко разделяются, их редко понимают. Но иногда... — Тут она погрузилась в задумчивость, но вскоре очнулась и продолжала: — Взгляните, Эдвард, — она указывала на вид перед ними, — вот Бартонская долина. Взгляните и останьтесь невозмутимы, если сумеете! Взгляните на холмы. Доводилось вам видеть что-нибудь равное им? Слева среди этих рощ и посадок лежит Бартон-парк. Отсюда виден один его флигель. А там под сенью вот того самого дальнего и самого величественного из холмов прячется наш коттедж.

— Места здесь очень красивые, — ответил он, — но зимой дороги, вероятно, утопают в грязи.

— Как можете вы вспоминать о грязи, видя перед собой такое великолепие!

— Потому лишь, — ответил он с улыбкой, — что вижу перед собой и весьма грязный проселок.

Чувство и чувствительность

— Не понимаю! — сказала Марианна как бы про себя.

— А как вы находите своих новых знакомых? Мидлтоны — приятные люди?

— Ах нет! — ответила Марианна. — Мы не могли бы оказаться в худшем положении!

— Марианна! — с упреком воскликнула ее сестра. — Как ты можешь? Это очень достойные люди, мистер Феррарс, и окружают нас самым дружеским вниманием. Неужели ты забыла, Марианна, сколько приятных дней мы провели благодаря им?

— Нет, не забыла, — негромко ответила Марианна, — как и все мучительные минуты.

Элинор пропустила ее слова мимо ушей и постаралась занять гостя разговором об их новом жилище, о его расположении и прочем, иногда добиваясь от него вежливых вопросов и замечаний. Его холодность и сдержанность больно ее задевали, пробуждали в ней досаду и даже раздражение. Но, решив исходить только из прошлого, а не из настоящего, она ничем не выдала того, что чувствовала, и держалась с ним так, как, по ее мнению, требовало свойство между ними.

Глава 17

Миссис Дэшвуд удивилась лишь на мгновение: она считала, что ничего естественнее его приезда в Бартон быть не могло, и не скупилась на самые радостные восклицания и приветствия. Никакая застенчивость, холодность и сдержанность не устояла бы против столь ласкового приема (а они изменили ему еще прежде, чем он переступил порог коттеджа), радушие же миссис Дэшвуд и вовсе заставило их бесследно исчезнуть. Да и не мог человек, влюбленный в одну из ее дочерей, не перенести часть своего чувства на нее самое, и Элинор с облегчением заметила, что он опять стал похож на себя. Словно привязанность к ним всем вновь воскресла в его сердце, и интерес к их благополучию казался неподдельным. Однако какая-то унылость не оставляла его: он расхваливал коттедж, восхищался видами из окон, был внимателен и любезен, но унылость не проходила. Они это заметили, и миссис Дэшвуд, приписав ее новым стеснительным требованиям его матери, села за стол, полная негодования против всех себялюбивых и черствых родителей.

— Каковы, Эдвард, теперь планы миссис Феррарс на ваш счет? — осведомилась она, когда после обеда они расположились у топящегося камина. — От вас по-прежнему ждут, что вы вопреки своим желаниям станете великим оратором?

— Нет. Надеюсь, матушка убедилась, что таланта к деятельности на общественном поприще у меня не больше, чем склонностей к ней.

— Но как же вы добьетесь славы? Ведь на меньшем ваши близкие не помирятся, а без усердия, без готовности не останавливаться ни перед какими расходами, без стремления очаровывать незнакомых людей, без профессии и без уверенности в себе обрести ее вам будет нелегко!

— Я не стану и пытаться. У меня нет никакого желания обретать известность и есть все основания надеяться, что мне она не угрожает. Благодарение небу, насильственно одарить меня талантами и красноречием не по силам никому!

— Да, я знаю, что вы лишены честолюбия. И очень умеренны в своих помыслах.

— Не более и не менее, чем все люди, я полагаю. Как всякий человек, я хочу быть счастлив, но, как всякий человек, быть им могу только на свой лад. Величие меня счастливым не сделает.

— О, еще бы! — воскликнула Марианна. — Неужели счастье может зависеть от богатства и величия!

— От величия, может быть, и нет, — заметила Элинор, — но богатство очень способно ему содействовать.

— Постыдись, Элинор! — сказала Марианна с упреком. — Деньги способны дать счастье, только если человек ничего другого не ищет. Во всех же иных случаях тем, кто располагает скромным достатком, никакой радости они принести не могут!

— Пожалуй, — с улыбкой ответила Элинор, — мы с тобой пришли к полному согласию. Разница между твоим «скромным достатком» и моим «богатством» вряд ли так уж велика; без них же при нынешнем положении вещей, как, я думаю, мы обе отрицать не станем, постоянная нужда в том или ином будет неизбежно омрачать жизнь. Просто твои представления выше моих. Ну, признайся, что, по-твоему, составляет скромный достаток?

— Тысяча восемьсот, две тысячи фунтов в год, не более!

Элинор засмеялась:

— Две тысячи фунтов в год! Я же одну тысячу называю богатством. Так я и предполагала.

— И все-таки две тысячи в год — доход очень скромный, — сказала Марианна. — Обойтись меньшим никакая семья не может. Я убеждена, что мои требования очень умеренны. Содержать приличное число прислуги, экипаж или два и охотничьих лошадей на меньшую сумму просто невозможно.

Элинор вновь улыбнулась тому, с какой точностью ее сестра подсчитала их будущие расходы по содержанию Комбе-Магна.

— Охотничьи лошади! — повторил Эдвард. — Но зачем они? Далеко ведь не все охотятся.

Порозовев, Марианна ответила:

— Но очень многие!

— Вот было бы хорошо, — воскликнула Маргарет, пораженная новой мыслью, — если б кто-нибудь подарил каждой из нас по огромному богатству!

— Ах, если бы! — вскричала Марианна, и ее глаза радостно заблестели, а щеки покрылись нежным румянцем от предвкушения воображаемого счастья.

— В таком желании мы все, разумеется, единодушны, — заметила Элинор. — Несмотря на то что богатство значит так мало!

— Как я была бы счастлива! — восклицала Маргарет. — Но как бы я его тратила, хотелось бы мне знать?

Судя по лицу Марианны, она такого недоумения не испытывала.

— И я не знала бы, как распорядиться большим богатством, — сказала миссис Дэшвуд. — Ну, конечно, если бы все мои девочки были тоже богаты и в моей помощи не нуждались!

— Вы занялись бы перестройкой дома, — заметила Элинор, — и ваше недоумение скоро рассеялось бы.

— Какие бы великолепные заказы посылались отсюда в Лондон, — сказал Эдвард, — если бы случилось что-нибудь подобное! Какой счастливый день для продавцов нот, книгопродавцев и типографий! Вы, мисс Дэшвуд, распорядились бы, чтобы вам присылали все новые гравюры, ну, а что до Марианны, я знаю величие ее души — во всем Лондоне не наберется нот, чтобы она пресытилась. А книги! Томсон, Каупер, Скотт — она покупала бы их без устали, скупила бы все экземпляры, лишь бы они не попали в недостойные руки! И не пропустила бы ни единого тома, который мог бы научить ее, как восхищаться старым корявым дубом. Не правда ли, Марианна? Простите, что я позволил себе немного подразнить вас, но мне хотелось показать вам, что я не забыл наши былые споры.

— Я люблю напоминания о прошлом, Эдвард, люблю и грустные, не только веселые, и вы, заговаривая о прошлом, можете не опасаться меня обидеть. И вы совершенно верно изобразили, на что расходовались бы мои деньги — во всяком случае, некоторая их часть. Свободные суммы я, разумеется, тратила бы на ноты и книги.

— А капитал вы распределили бы на пожизненные ренты для авторов и их наследников.

— Нет, Эдвард. Я нашла бы ему другое применение.

— Быть может, вы обещали бы его в награду тому, кто напишет наиболее блистательную апологию вашего любимого утверждения, что любить человеку дано лишь единожды в жизни... Полагаю, вы своего мнения не переменили?

— Разумеется. В моем возрасте мнений так легко не меняют. Навряд ли мне доведется увидеть или услышать что-то, что убедило бы меня в обратном.

— Марианна, как вы замечаете, хранит прежнюю твердость, — сказала Элинор. — Она ничуть и ни в чем не изменилась.

— Только стала чуточку серьезней, чем была прежде.

— Нет, Эдвард, — сказала Марианна, — не вам упрекать меня в этом. Вы ведь сами не очень веселы.

— Почему вы так полагаете? — спросил он со вздохом. — Веселость ведь никогда не была мне особенно свойственна.

— Как и Марианне, — возразила Элинор. — Я не назвала бы ее смешливой. Она очень серьезна, очень сосредоточенна, какое бы занятие себе ни выбирала. Иногда она говорит много и всегда с увлечением, но редко бывает весела, как птичка.

— Пожалуй, вы правы, — ответил он. — И все же я всегда считал ее веселой, живой натурой.

— Мне часто приходилось ловить себя на таких же ошибках, — продолжала Элинор, — когда я совершенно неверно толковала ту или иную черту характера, воображала, что люди гораздо более веселы или серьезны, остроумны или глупы, чем они оказывались на самом деле, и не могу даже объяснить, почему или каким образом возникало подобное заблуждение. Порой полагаешься на то, что они говорят о себе сами, гораздо чаще — на то, что говорят о них другие люди, и не даешь себе времени подумать и судить самой.

— Но мне казалось, Элинор, — сказала Марианна, — что как раз и следует совершенно полагаться на мнения других людей. Мне казалось, что способность судить дана нам лишь для того, чтобы подчинять ее приговорам наших ближних. Право же, именно это ты всегда проповедовала!

— Нет, Марианна, никогда. Никогда я не проповедовала подчинение собственных мыслей чужим. Я пыталась влиять только на поведение. Не приписывай мне того, что я не могла говорить. Признаю себя виновной в том, что часто желала, чтобы ты оказывала больше внимания всем нашим знакомым. Но когда же я советовала тебе безоговорочно разделять их чувства и принимать их суждения в серьезных делах?

— Так, значит, вам не удалось убедить вашу сестру в необходимости соблюдать равную вежливость со всеми? — спросил Эдвард у Элинор. — И вы в этом совсем не продвинулись?

— Напротив! — ответила Элинор, бросая на сестру выразительный взгляд.

— Душой я весь на вашей стороне, — сказал он, — но, боюсь, поведением ближе к вашей сестрице. Я от души хотел бы быть любезным, но моя глупая застенчивость так велика, что нередко я выгляжу высокомерным невежей, хотя меня всего лишь сковывает злосчастная моя неловкость. Мне нередко приходит в голову, что природа, видимо, предназначала меня для низкого общества, настолько несвободно чувствую я себя с новыми светскими знакомыми.

Чувство и чувствительность

— У Марианны для ее невежливости такого извинения нет, — возразила Элинор. — Застенчивость ей несвойственна.

— Ее достоинства слишком велики, чтобы оставлять место для должного смущения, — ответил Эдвард. — Застенчивость ведь всегда порождается ощущением, что ты в том или ином отношении много хуже других людей. Если бы я мог убедить себя, что способен держаться с приятной непринужденностью, то перестал бы смущаться и робеть.

— Но остались бы замкнутым, — заметила Марианна. — А это ничуть не лучше!

— Замкнутым? — переспросил Эдвард с недоумением. — Разве я замкнутый человек, Марианна?

— Да. На редкость.

— Не понимаю, — ответил он, краснея. — Замкнутый! Но как? В чем? Что я от вас скрываю? Какой откровенности вы от меня ждали бы?

Элинор удивила его горячность, но, пытаясь свести все к шутке, она сказала:

— Неужели вы так мало знаете мою сестрицу, что не понимаете ее намека? Неужели вам не известно, что она называет замкнутыми всех, кто не сыплет словами столь же быстро и не восхищается тем, что восхищает ее, столь же пылко, как она сама?

Эдвард ничего не ответил. И, вновь погрузившись в еще более невеселую задумчивость, продолжал хранить угрюмое молчание.

Глава 18

Элинор наблюдала унылость своего друга с большой тревогой. Радость от его приезда для нее омрачилась тем, что сам он, казалось, почти никакой радости не испытывал. Очевидно было, что он очень несчастен.

Но она желала бы, чтобы столь же очевидным было и то чувство, которое ранее, как ей представлялось, он к ней, несомненно, питал. Теперь же она утратила прежнюю уверенность. Если в его взоре вдруг появлялась былая нежность, то мгновение спустя это впечатление опровергалось его сдержанностью с ней.

На следующее утро он присоединился к ней и Марианне перед завтраком, раньше миссис Дэшвуд и Маргарет, и Марианна, всегда готовая содействовать их счастью, насколько это было в ее силах, поспешила под каким-то предлогом оставить их одних. Но не успела она подняться и на несколько ступенек, как услышала скрип отворяющейся двери, и, оглянувшись, к своему удивлению, увидела, что Эдвард вышел в коридор следом за ней.

— Я схожу в деревню взглянуть на моих лошадей, — сказал он. — Ведь вы еще не сели завтракать, а я скоро вернусь.

Вернулся он, полный нового восхищения окружающим пейзажем. По дороге в деревню один очаровательный уголок долины сменялся другим, и из деревни, расположенной выше коттеджа, ему открылся обширный вид на окрестности, чрезвычайно ему понравившийся. Разумеется, Марианна была само внимание, а затем принялась описывать собственное восхищение этими картинами и расспрашивать его в подробностях, что особенно его поразило, но тут Эдвард ее перебил:

— Марианна, вам не следует экзаменовать меня с таким пристрастием. Не забывайте, я мало разбираюсь в живописности и, если мы перейдем к частностям, могу ненароком оскорбить ваш слух своим невежеством и дурным вкусом. Я назову холм крутым, а не гордым, склон — неровным и бугристым, а не почти неприступным, скажу, что дальний конец долины теряется из виду, хотя ему надлежит лишь тонуть в неясной голубой дымке. Удовольствуйтесь простыми похвалами, на какие я способен. Это отличная местность, холмы крутые, деревья в лесу один к одному, а долина выглядит очень приятно — сочные луга и кое-где разбросаны добротные фермерские постройки. Именно такой пейзаж я и называю отличным — когда в нем красота сочетается с полезностью — и полагаю, что он живописен, раз заслужил ваше восхищение. Охотно верю, что тут полным-полно скал и утесов, седого мха и темных чащ, но эти прелести не для меня. Я ничего в живописности не понимаю.

— Боюсь, вы не преувеличиваете, — сказала Марианна. — Но к чему хвастать этим?

— Мне кажется, — вмешалась Элинор, — что Эдвард, желая избежать одной крайности, впадает в другую. Оттого что, по его мнению, многие люди вслух восторгаются красотами природы, когда на самом деле безразличны к ним, и такое притворство ему противно, он напускает на себя равнодушие, хотя красоты эти трогают его гораздо больше, чем он готов признаться.

— Совершенно справедливо, — сказала Марианна, — что восхищение прелестью пейзажа превратилось в набор банальных слов. Все делают вид, будто понимают ее, и тщатся подражать вкусу и изяществу того, кто первым открыл суть живописности. Мне противна любая пошлость выражений, и порой я не высказываю своих чувств, потому что не нахожу для излияния их достойного языка, а лишь избитые, тривиальные сравнения, давно утратившие смысл.

— Я убежден, — ответил Эдвард, — что красивый вид действительно вызывает в вас тот восторг, который вы выражаете. Однако ваша сестрица не должна взамен приписывать мне чувства, которых я не испытываю. Красивый вид мне нравится, но не тем, что слывет живописным. Корявые, искривленные, разбитые молнией деревья меня не восхищают, я предпочитаю видеть их стройными, высокими, непокалеченными. Мне не нравятся ветхие, разрушающиеся хижины. Я не слишком люблю крапиву, репьи и бурьян, пусто цветущий. Добротный фермерский дом радует мой взгляд более сторожевой башни, и компания довольных, веселых поселян мне несравненно больше по сердцу, чем банда самых великолепных итальянских разбойников.

Марианна поглядела на Эдварда с изумлением, а затем бросила на сестру сострадательный взгляд. Но Элинор только засмеялась.

На этом разговор прервался, и Марианна погрузилась в молчаливую задумчивость, пока внезапно ее вниманием не завладел совершенно новый предмет. Она сидела рядом с Эдвардом, и, когда он протянул руку за чашкой чая, которую налила ему миссис Дэшвуд, ей бросилось в глаза кольцо у него на пальце — кольцо с вделанной в него прядкой волос.

— Я еще ни разу не видела, чтобы вы носили кольца, Эдвард! — воскликнула она. — Это волосы Фанни? Помнится, она обещала вам локон. Но мне казалось, что они темнее.

Марианна сказала первое, что ей пришло на язык, но, увидев, как ее слова расстроили Эдварда, рассердилась на себя даже больше него. Он густо покраснел и, быстро взглянув на Элинор, ответил:

— Да, это волосы моей сестры. В оправе они несколько меняют цвет.

Элинор перехватила его взгляд и смущенно отвела глаза. Она, как и Марианна, тут же решила, что это ее собственные волосы, но, если Марианна не сомневалась, что он получил их в подарок от ее сестры, Элинор не могла даже предположить, каким образом они у него оказались. Однако, пусть даже он их украл, она не была расположена усмотреть в этом оскорбление и, сделав вид, будто ничего не заметила, тотчас заговорила о чем-то постороннем, тем не менее решив про себя при первом же случае удостовериться, что волосы эти точно такого же оттенка, как ее собственные.

Смущение Эдварда не проходило довольно долго, а затем сменилось еще более упорной рассеянностью. Все утро он выглядел даже еще более мрачным, чем накануне, и Марианна не уставала мысленно корить себя за бездумную неосторожность. Впрочем, она давно бы простила себя, будь ей известно, что ее сестре случившееся отнюдь не было неприятно.

Вскоре после полудня их навестили сэр Джон с миссис Дженнингс, которые, прослышав о том, что в коттедж приехал гость, явились посмотреть его своими глазами. С помощью тещи сэр Джон не замедлил обнаружить, что фамилия Феррарс начинается с буквы «эф», и тут же была заложена мина будущих поддразниваний, взорвать которую без промедления помешала лишь краткость их знакомства с Эдвардом. И пока только их многозначительные взгляды открыли Элинор, какие далеко идущие выводы поспешили сделать они из сведений, добытых от Маргарет.

Сэр Джон никогда не приезжал в коттедж без того, чтобы не пригласить их либо отобедать в Бартон-парке на следующий день, либо выпить там чаю в этот же вечер. На сей раз, чувствуя, что его долг — помочь им принять их гостя наилучшим образом, он объединил оба эти приглашения.

— Вы обязательно должны выпить у нас чаю сегодня, — сказал он, — потому что мы будем только в своем кругу, а завтра непременно ждем вас к обеду, так как соберется большое общество.

Миссис Дженнингс подтвердила, что об отказе и речи быть не может.

— И как знать, — добавила она, — не кончится ли вечер танцами. А уж это должно вас соблазнить, мисс Марианна.

— Танцы! — вскричала Марианна. — Ни в коем случае! Кто же будет танцевать?

— Как «кто»? Вы сами, и Уиттекеры, и Кэри... Да неужто вы думали, что никто не станет танцевать, потому что кое-кто, кого мы называть не будем, взял да уехал!

— Я от всего сердца жалею, что Уиллоби не может к нам присоединиться! — вскричал сэр Джон.

Эта игривость и пунцовый румянец Марианны возбудили у Эдварда неожиданное подозрение.

— Кто такой Уиллоби? — тихо осведомился он у мисс Дэшвуд, рядом с которой сидел.

Она ответила очень коротко. Но лицо Марианны сказало ему гораздо больше. Он увидел достаточно, чтобы не только понять тонкие намеки визитеров, но и новые особенности в поведении Марианны, которые ранее ставили его в тупик. И когда сэр Джон с миссис Дженнингс отправились восвояси, он тут же подошел к Марианне и сказал вполголоса:

— Я кое о чем догадался. Сказать вам, о чем?

— Не понимаю.

— Так сказать?

— Разумеется.

— Ну, хорошо: по-моему, мистер Уиллоби любит охотиться.

Марианна удивилась и смутилась, однако его шутливое лукавство вызвало у нее улыбку, и, помолчав, она сказала:

— Ах, Эдвард! Как вы можете!.. Но надеюсь, придет время... Я уверена, он вам понравится!

— Я в этом не сомневаюсь, — ответил он, несколько растерявшись из-за того, с каким жаром это было сказано; ведь он ни в коем случае не позволил бы себе вернуться к намекам недавних гостей, если бы не счел их привычной шуткой среди их знакомых, для которой она и мистер Уиллоби если и подали повод, то самый незначительный.

Глава 19

Эдвард прогостил в коттедже неделю. Миссис Дэшвуд радушно настаивала, чтобы он остался подольше. Но его цель словно заключалась в том, чтобы терзать себя: он, казалось, был преисполнен решимости уехать именно тогда, когда общество друзей доставляло ему наибольшее удовольствие. Последние два-три дня его настроение, хотя и оставалось неровным, заметно посветлело, дом и окрестности все больше ему нравились, о расставании он говорил со вздохом, упомянул, что совершенно свободен и даже не знает, куда отправится от них, и тем не менее уехать ему необходимо. Редкая неделя проходила так быстро — просто не верится, что она уже промелькнула. Он повторял это снова и снова. Говорил он и многое другое, что приоткрывало его чувства и опровергало поступки. В Норленде ему тоскливо, Лондона он не переносит, но либо в Норленд, либо в Лондон уехать он должен. Их доброту он ценит превыше всего, быть с ними — величайшее счастье. И тем не менее в конце недели он должен расстаться с ними вопреки их настояниям, вопреки собственному желанию и вполне распоряжаясь своим временем.

Элинор относила все несообразности такого поведения на счет его матери, характер которой, к счастью, был известен ей столь мало, что она всегда могла найти в нем извинения для странностей сына. Но несмотря на разочарование, досаду, а порой и раздражение, которые вызывались подобным его обхождением с ней, она очень охотно находила для него разумные извинения и великодушные оправдания, каких ее мать лишь с большим трудом добилась у нее для Уиллоби. Унылость Эдварда, его замкнутость и непоследовательность приписывались зависимому его положению и тому, что ему лучше знать наклонности и намерения миссис Феррарс. Краткость его визита, упорное желание уехать в назначенный срок объяснялись тем же бесправием, той же необходимостью подчиняться капризам матери. Причина заключалась в извечном столкновении долга с собственной волей, родителей с детьми. Элинор дорого дала бы, чтобы узнать, когда все эти затруднения уладятся, когда возражениям придет конец — когда миссис Феррарс преобразится, а ее сын получит свободу быть счастливым. Но, понимая тщету таких надежд, она была вынуждена искать отраду в укреплении своей уверенности в чувствах Эдварда, в воспоминаниях о каждом знаке нежности во взгляде или в словах, которые она замечала, пока он оставался в Бартоне, а главное — в лестном доказательстве их, которое он постоянно носил на пальце.

— Мне кажется, Эдвард, — заметила миссис Дэшвуд за завтраком в день его отъезда, — вы были бы счастливее, если бы избрали профессию, которая занимала бы ваше время, придавала интерес вашей жизни, вашим планам на будущее. Правда, это нанесло бы некоторый ущерб вашим друзьям, так как у вас осталось бы для них меньше досуга. Однако, — добавила она с улыбкой, — вы получили бы от этого одну значительную выгоду: во всяком случае, вы бы знали, куда отправитесь, расставаясь с ними.

— Поверьте, — ответил он, — я и сам давно держусь того же мнения. Для меня было и, возможно, всегда будет тяжким несчастием, что мне нечем занять себя, что я не смог посвятить себя профессии, которая дала бы мне независимость. Но, к несчастью, моя щепетильность и щепетильность моих близких превратила меня в то, что я есть, — в никчемного бездельника. Мы так и не пришли к согласию, какую мне выбрать профессию. Я предпочитал и предпочитаю церковь. Однако моей семье это поприще кажется недостаточно блестящим. Они настаивали на военной карьере. Но это слишком уж блестяще для меня. Юриспруденция признавалась достаточно благородным занятием — многие молодые люди, подвизающиеся в Темпле, приняты в свете и разъезжают по Лондону в щегольских колясках. Только правоведение никогда меня не влекло, даже самые практические его формы, которые мои близкие одобрили бы. Флот? На его стороне мода, но мой возраст уже не позволял думать о нем, когда про него вспомнили... И в конце концов, поскольку настоятельной нужды в том, чтобы я занялся делом, не было, поскольку я мог вести блестящий и расточительный образ жизни не только в красном мундире, но и без него, безделье было признано и имеющим свои преимущества, и вполне приличным благородному молодому человеку. В восемнадцать же лет редко у кого есть призвание к серьезным занятиям и трудно устоять перед уговорами близких не делать решительно ничего. А потому я поступил в Оксфорд и с тех пор предаюсь безделью по всем правилам.

— Но раз оно не сделало вас счастливым, — сказала миссис Дэшвуд, — я полагаю, ваши сыновья получат воспитание, которое подготовит их для стольких же занятий, профессий, служб и ремесел, как сыновей Колумелы.

— Они получат такое воспитание, — ответил он серьезно, — которое сделает их как можно менее похожими на меня. И в чувствах, и в поведении, и в целях — во всем.

— Полноте! В вас говорит грустное расположение духа, не более! Вы поддались меланхолии, Эдвард, и вообразили, будто все, кто не похож на вас, должны быть счастливы. Не забывайте, что всякий человек, каково бы ни было его образование и положение, время от времени испытывает боль от разлуки с друзьями. Подумайте о своих преимуществах. Вам ведь требуется только терпение... или, если воспользоваться более прекрасным словом, — надежда. Со временем ваша матушка обеспечит вам ту независимость, о которой вы тоскуете. Ее долг — помешать вам и дальше бессмысленно растрачивать юность, и, поверьте, она сделает это с радостью. Столько может произойти за недолгие несколько месяцев!

— Боюсь, — ответил Эдвард, — мне и сотни месяцев ничего хорошего не принесут.

Такая мрачность, хотя и не могла передаться миссис Дэшвуд, сделала еще грустнее их прощание, которое вскоре за этим последовало, а на Элинор произвела такое тягостное впечатление, что ей не без труда и совсем не быстро удалось его преодолеть. Но она твердо намеревалась не показывать, что его отъезд огорчил ее больше, чем мать и сестер, а потому не стала прибегать к способу, который столь благоразумно избрала в подобном же случае Марианна, дабы усугублять и укреплять свою печаль, и не старалась проводить часы в безмолвии, одиночестве и безделье. Способы их различались не менее, чем цели, и равно подходили для достижения их.

Едва он скрылся за дверью, как Элинор села рисовать и весь день находила себе разные занятия, не искала и не избегала случая упомянуть его имя, старалась держаться с матерью и сестрами как обычно и если и не смягчила свою печаль, то не растравила ее без нужды и избавила своих близких от лишней тревоги.

Марианна так же не могла одобрить подобное поведение, как ей не пришло бы в голову порицать свое собственное, столь ему противоположное. Вопрос об умении властвовать собой она решала очень просто:

сильные, бурные чувства всегда берут над ним верх, спокойные его не требуют. А чувства ее сестры, пришлось ей со стыдом признать, были, как ни горько и ни обидно, очень спокойными; силу же собственных чувств она блистательно доказала, продолжая любить и уважать эту сестру вопреки столь уничижительному заключению.

Но и не затворяясь у себя в комнате от своих близких, не отправляясь на одинокие прогулки в стремлении избежать их общества, не проводя бессонные ночи в горестных мечтаниях, Элинор каждый день находила время думать об Эдварде и о поведении Эдварда со всем разнообразием чувств, какие рождало ее собственное настроение, — с нежностью, с жалостью, с одобрением, с порицанием и сомнениями. Искать для этого уединения она не видела надобности. Ведь даже если они сидели все вместе в одной комнате, выпадало множество минут, когда каждая занималась делом, препятствовавшим вести общую беседу, и ничто не отвлекало мыслей Элинор от единственного занимавшего их предмета. Внимание и память сосредоточивались на прошлом, разум и воображение стремились отгадать будущее.

Однажды утром, вскоре после отъезда Эдварда, от этих размышлений над альбомом для рисования ее отвлекло появление гостей. Она была одна в гостиной. Стук калитки в зеленом дворике перед домом заставил ее поднять голову, и она увидела, что к входной двери направляется многочисленное общество, состоящее из сэра Джона, леди Мидлтон, миссис Дженнингс и какого-то неизвестного джентльмена с дамой. Она сидела возле самого окна, и сэр Джон, заметив ее, предоставил остальным стучать в дверь, как того требовали правила вежливости, а сам без церемонии направился к ней по траве, и ей пришлось открыть окно. Он тотчас вступил с ней в разговор, хотя до двери было совсем близко и только глухой его не услышал бы.

— Ну-с, — объявил сэр Джон, — мы привели к вам кое-кого. Как вы их находите?

— Ш-ш-ш! Они вас слышат!

— И на здоровье! Это же Палмеры. Шарлотта на редкость хорошенькая, уж поверьте мне. Высуньте голову, и сами увидите!

Но Элинор предстояло ее увидеть через две-три минуты и без такой невоспитанности, и она не последовала его настояниям.

— А где Марианна? Сбежала от нас? Я вижу, ее инструмент открыт!

— Она ушла погулять, если не ошибаюсь.

Тут к ним присоединилась миссис Дженнингс, у которой недостало терпения молча ждать, пока дверь откроют, и она направилась к окну, рассыпаясь в приветствиях:

— Как поживаете, душечка? Как поживает миссис Дэшвуд? А где же ваши сестрицы? Как! Вы совсем одна! Ну, вот и отлично: в компании вам будет веселее! Я привела к вам знакомиться других моих сына и дочь. Вообразите только, пожаловали без предупреждения! Вчера вечером пьем мы чай и я словно бы слышу стук кареты. Но я и представить себе не могла, что это они! Думаю только: никак полковник Брэндон возвратился. И говорю сэру Джону: кажется, карета подъехала. Может быть, полковник Брэндон возвратился...

Элинор вынуждена была в самый разгар ее повествования отвернуться от нее, чтобы встать навстречу остальным гостям. Леди Мидлтон представила новоприбывших. В эту минуту сверху спустились миссис Дэшвуд с Маргарет, все сели и принялись разглядывать друг друга, пока миссис Дженнингс продолжала свою историю, шествуя по коридору в сопровождении сэра Джона.

Миссис Палмер была несколькими годами моложе леди Мидлтон и во всех отношениях на нее не похожа.

Чувство и чувствительность

Невысокая толстушка с миловидным личиком и приветливейшим выражением, какое только можно вообразить. Манеры ее были далеко не столь изысканными, как у сестры, но зато гораздо более располагающими. Она вошла с улыбкой, продолжала улыбаться до конца визита, за исключением тех минут, когда смеялась, и попрощалась с улыбкой. Муж ее был невозмутимый молодой человек лет двадцати пяти или двадцати шести, более светский и чинный, чем его жена, но менее склонный радовать и радоваться. Он вошел в гостиную с чопорным видом, слегка поклонился хозяйкам, не произнеся ни слова, коротко обозрел их, а также комнату и взял со столика газету, которую продолжал читать, пока не настало время откланяться.

Напротив, миссис Палмер, с ее природной приветливостью и счастливым характером, не успела сесть, как принялась изливать восторг, в который ее ввергла гостиная и вся обстановка.

— Ах, какая прелестная комната! Никогда не видела ничего очаровательнее! Только подумайте, мама, как она украсилась с тех пор, как я в последний раз ее видела! Мне она всегда казалась милой, сударыня (это было адресовано миссис Дэшвуд), но вы сделали ее восхитительной! Сестрица, погляди, ну просто чудо, как тут все хорошо! Ах, как мне хотелось бы жить в таком доме! А вам, мистер Палмер?

Мистер Палмер ничего не ответил и даже не поднял глаз от газеты.

— Мистер Палмер меня не слышит! — воскликнула его жена со смехом. — Иногда он становится совсем глух. Так смешно!

Для миссис Дэшвуд это было нечто совсем новое: она никогда не находила ничего остроумного в пренебрежительности и теперь невольно поглядела на них обоих с некоторым удивлением.

Миссис Дженнингс тем временем продолжала, как могла громче, живописать свое изумление накануне вечером, когда увидела зятя и дочь, умолкнув лишь после того, как исчерпала все малейшие подробности. Миссис Палмер от души смеялась, вспоминая, до какой степени были они поражены, и все согласились — по меньшей мере три раза, — что сюрприз оказался преприятнейший.

— Вы понимаете, как рады мы были увидеть их, — добавила миссис Дженнингс, наклоняясь в сторону Элинор и слегка понижая голос, словно обращалась к ней одной, хотя они сидели в противоположных концах комнаты. — Однако я предпочла бы, чтобы они ехали не так быстро и избрали бы не столь кружной путь... ведь они отправились через Лондон, из-за каких-то дел там... а, вы понимаете (тут она многозначительно кивнула, указывая на дочь), это опасно в ее положении. Я хотела, чтобы сегодня она никуда утром не выходила и отдохнула, но она и слышать ничего не желала: так ей не терпелось познакомиться с вами всеми!

Миссис Палмер засмеялась и сказала, что ей это нисколько не повредит.

— Она ожидает в феврале... — продолжала миссис Дженнингс.

Леди Мидлтон не могла долее выносить подобного разговора и потому взяла на себя труд осведомиться у мистера Палмера, нет ли чего-нибудь нового в газете.

— Нет, ничего, — ответил он и продолжал читать.

— А вот и Марианна! — вскричал сэр Джон. — Сейчас, Палмер, вы увидите убийственную красавицу!

Он тотчас вышел в коридор, отворил входную дверь и проводил Марианну в гостиную. Не успела она переступить порог, как миссис Дженнингс осведомилась, не в Алленеме ли она была, а миссис Палмер звонко засмеялась, показывая, как хорошо она понимает подоплеку такого вопроса. Мистер Палмер при появлении

Чувство и чувствительность

Марианны поднял голову, некоторое время смотрел на нее, а затем вновь занялся газетой. Тут взгляд миссис Палмер остановился на рисунках, висевших по стенам. Она встала, чтобы рассмотреть их.

— Ах! Подумать только! До чего же они прелестны! Просто восхитительны! Мама, мама, ну, взгляните же, что за прелесть! Просто глаз оторвать невозможно! — Затем она вновь опустилась в кресло и тотчас про них забыла.

Когда леди Мидлтон поднялась, прощаясь, мистер Палмер поднялся следом за ней, положил газету, потянулся и обвел их всех взглядом.

— Любовь моя, да вы спали? — со смехом спросила его жена.

Он ей ничего не ответил и только сказал, еще раз оглядев комнату, что она низковата, а потолок скошен. После чего поклонился и вышел вместе с остальными.

Сэр Джон потребовал, чтобы они все отобедали в Бартон-парке на следующий день. Миссис Дэшвуд, предпочитавшая не обедать у них чаще, чем они обедали в коттедже, ответила, что она принять его приглашения никак не может, но дочерям предоставляет решать самим. Однако тем было нисколько не любопытно посмотреть, как мистер и миссис Палмер кушают свой обед, а никаких других развлечений это посещение не сулило, и потому они тоже попытались отказаться: погода стоит ненастная и обещает стать еще хуже. Но сэр Джон и слышать никаких отговорок не хотел: он пришлет за ними карету, вот и вся недолга! Леди Мидлтон, хотя отказ миссис Дэшвуд она приняла, тут тоже начала настаивать. Миссис Дженнингс и миссис Палмер присоединили свои мольбы к их уговорам — всем им, видимо, равно не хотелось обедать в тесном семейном кругу, и барышням пришлось уступить.

— Зачем они нас приглашают? — сказала Марианна, едва гости удалились. — Считается, что арендная плата за коттедж очень мала, но тем не менее мы снимаем его на весьма тяжелых условиях, если обязаны обедать у них всякий раз, когда к ним или к нам приезжают гости!

— Они продолжают часто приглашать нас из той же любезности и доброты, как и несколько недель назад, — возразила Элинор. — И если бывать у них нам стало тягостно и скучно, то не потому, что они стали другими. Перемену следует искать не в них.

Глава 20

Едва барышни Дэшвуд вошли в гостиную Бартон-парка в одну дверь, в другую вбежала миссис Палмер, такая же оживленная и веселая, как накануне. Она пожала им всем руки с большой сердечностью и выразила чрезвычайный восторг, что снова их видит.

— Я так вам обрадовалась! — сказала она, садясь между Элинор и Марианной. — День такой хмурый, и я боялась, что вы останетесь дома, а это было бы ужасно! Ведь мы завтра уезжаем. И ничего нельзя поделать, потому что на той неделе мы ждем Уэстонов. Мы же приехали сюда так неожиданно! Я ничего и не знала, как вдруг подают карету, и мистер Палмер спрашивает, поеду ли я с ним в Бартон. Он такой чудак! Никогда ни о чем меня не предупреждает! Мне так жаль, что мы не сможем остаться подольше. Однако, надеюсь, мы очень скоро увидимся в Лондоне!

Им пришлось положить конец этим надеждам.

— Как! Не приедете в Лондон? — воскликнула миссис Палмер со смехом. — Я буду так огорчена! Я могу снять для вас чудеснейший дом, совсем рядом с нами, на Гановер-сквер. Нет, вы должны, должны приехать! Если миссис Дэшвуд не пожелает появляться в обществе, я буду вас сопровождать, пока не подойдет мое время.

Они поблагодарили ее, но остались тверды.

— Ах, любовь моя, — воззвала миссис Палмер к мужу, который как раз вошел в гостиную, — помоги мне убедить мисс Дэшвуд и ее сестриц, что им непременно надо зимой приехать в Лондон.

Ответа от ее любви не последовало, и, слегка поклонившись гостям, он начал бранить погоду.

— Такая гадость! — сказал он. — В подобную погоду все и вся кажется омерзительным. Дождь наводит скуку в доме не менее, чем снаружи. На знакомые лица смотреть противно. Какого дьявола сэр Джон не поставил у себя бильярда? Мало кто знает, что это за чудесное развлечение. Сэр Джон глуп, как эта погода!

Вскоре к ним присоединились и остальные.

— Боюсь, мисс Марианна, — сказал сэр Джон, — сегодня вам пришлось отказаться от вашей обычной прогулки в Алленем.

Марианна нахмурилась и ничего не ответила.

— Ах, не таитесь от нас! — воскликнула миссис Палмер. — Нам все-все известно, уверяю вас. И я восхищена вашим вкусом, он ведь редкий красавец! И знаете ли, в деревне мы почти соседи. От нас до его имения, право, не более десяти миль.

— По меньшей мере тридцать, — сказал ее муж.

— А! Ну, что за разница! В доме у него я не бывала, но, говорят, там все прелестно.

— Более гнусного сарая мне видеть не приходилось, — сказал мистер Палмер.

Марианна хранила молчание, но по ее лицу было видно, с каким интересом она слушает.

— Неужели все там так уж безобразно? — продолжала миссис Палмер. — Значит, мне говорили про какой-то другой очаровательный дом.

Когда они сели за стол, сэр Джон с сожалением заметил, что их всего восемь.

Джейн Остен

— Душа моя, — сказал он, обращаясь к своей супруге, — какая досада, что нас так мало. Почему ты не пригласила Гилбертов приехать к нам сегодня?

— Разве, сэр Джон, когда вы говорили со мной об этом, я не объяснила вам, что вы просите невозможного? Ведь последними обедали они у нас.

— Мы с вами, сэр Джон, о таких церемониях и думать не стали бы, — сказала миссис Дженнингс.

— И показали бы, что дурно воспитаны! — вскричал мистер Палмер.

— Любовь моя, вы всех опровергаете, — заметила его жена с обычным своим смехом. — Знаете ли, это очень грубо.

— Не вижу, кого я опровергал, сказав, что ваша мать дурно воспитана.

— Поносите, поносите меня сколько вашей душе угодно, — вмешалась его добродушная теща. — Шарлотту с шеи у меня вы сняли и назад водворить ее не можете. Тут уж верх остается за мной.

Шарлотта от всего сердца рассмеялась при мысли, что муж не может от нее избавиться. Пусть дуется на нее сколько ему угодно, объявила она с торжеством, жить-то они все равно должны вместе. Более счастливую натуру, упрямо сохраняющую веселое расположение духа, чем миссис Палмер, и вообразить было невозможно. Нарочитое равнодушие, грубость и брюзгливость мужа ничуть ее не трогали, и когда он бранил или язвил ее, она только весело смеялась.

— Мистер Палмер такой чудак! — шепотом сообщила она Элинор. — Он всегда в дурном настроении.

Элинор после некоторых наблюдений не была склонна поверить, что он и в самом деле такой неисправимый брюзга и неблаговоспитанный невежа, каким тщился выставить себя. Быть может, характер у него стал несколько более кислым, когда, подобно многим другим

Чувство и чувствительность   113

мужчинам, он обнаружил, что, по неизъяснимой причине отдав предпочтение красоте, оказался мужем очень глупой женщины, — Элинор знала, что подобного рода промахи весьма обычны и разумный человек довольно скоро перестает страдать и свыкается со своим положением. Нет, решила она, это презрительное обхождение со всеми и поношение всего, что он видел, были скорее плодом стремления выделяться среди других людей желанием показать свое превосходство над ними. Само это желание не представляло собой ничего удивительного или редкого, но средства его достижения, как бы успешно они ни утверждали его бесспорное превосходство в невоспитанности и грубости, не придавали ему привлекательности ни в чьих глазах, кроме его жены.

— Ах, милая мисс Дэшвуд, — сказала миссис Палмер несколько минут спустя, — я хочу просить вас и вашу сестрицу о величайшем одолжении. Не приехали бы вы на Рождество погостить в Кливленде? Прошу вас! И приезжайте, чтобы застать Уэстонов. Вы и вообразить не можете, как счастлива я буду! Любовь моя, — обратилась она к мужу, — ведь вы бы очень желали, чтобы мисс Дэшвуд и мисс Марианна погостили в Кливленде?

— Разумеется, — ответил он с презрительной усмешкой. — Иначе зачем бы я приехал в Девоншир?

— Ну вот! — воскликнула миссис Палмер. — Как видите, мистер Палмер приглашает вас. И отказать вы не можете!

Но они обе поспешно и с большой твердостью ответили отказом.

— Но нет же! Вы обязательно должны приехать и приедете. Я знаю, вам у нас очень понравится. И Уэстоны приедут. Все будет восхитительно. Вы и вообразить не можете, какое Кливленд прелестное место! И у нас сейчас так весело, потому что мистер Палмер все время ездит по графству, чтобы заручиться поддержкой на выборах в парламент. И к нам обедать съезжаются столько людей, кого я прежде в глаза не видела! Это одно очарование! Но бедненький! Как его это утомляет! Ему же надо всем нравиться!

Элинор еле сдержала улыбку, согласившись с тем, что подобная необходимость весьма тяжела.

— Как будет очаровательно, — продолжала Шарлотта, — когда он станет членом парламента, не правда ли? Как я буду смеяться! Так забавно, что на всех его письмах будет ставиться «Ч. П.»! Но знаете, он говорит, что моих писем ни за что франкировать не станет. Ни в коем случае, говорит он. Не так ли, мистер Палмер?

Мистер Палмер словно ее не слышал.

— Вы знаете, он терпеть не может писать! — продолжала она. — Он говорит, что это просто ужасно!

— Нет, — сказал ее муж, — я никогда подобной нелепости не говорил. Не приписывайте мне собственные упражнения в изящной словесности.

— Вот! Видите, какой он смешной чудак! И так всегда! Иногда он по полдня со мной не разговаривает, а потом скажет что-нибудь такое смешное! Ну, о чем угодно!

Когда они удалились в гостиную, миссис Палмер чрезвычайно удивила Элинор, выразив убеждение, что мистер Палмер ей, несомненно, очень понравился.

— Разумеется, — ответила Элинор, — он так любезен!

— Ну... Я очень рада. Я так и полагала, он ведь такой обходительный! И вы мистеру Палмеру чрезвычайно нравитесь, как и ваша сестрица, поверьте мне. И вы даже вообразить не можете, как он будет огорчен, если вы не приедете в Кливленд. Я просто понять не могу, почему вы отказываетесь!

Элинор вновь была вынуждена отклонить ее приглашение и переменила тему, чтобы положить конец дальнейшим уговорам. Она подумала, что миссис Палмер как соседка Уиллоби по имению, вероятно, лучше осведомлена о характере и репутации Уиллоби, чем Мидлтоны, знакомые с ним не особенно близко. А ей очень хотелось получить от кого-нибудь такое подтверждение его достоинств, какое позволило бы долее не опасаться за Марианну. Она начала с того, что осведомилась, часто ли они принимают мистера Уиллоби в Кливленде и хорошо ли они знакомы.

— Ах, разумеется! Я отлично его знаю, — ответила миссис Палмер. — Правда, я ни разу с ним словом не перемолвилась. Но я постоянно вижу его в Лондоне. Как-то так получалось, что я ни разу не приезжала в Бартон, когда он гостил в Алленеме. Мама один раз видела его здесь прежде, но я гостила у моего дяди в Уэймуте. Впрочем, мы, наверное, часто виделись бы с ним в Сомерсетшире, если бы, к сожалению, не бывали там в разное время. Если не ошибаюсь, он редко живет в Комбе, но и в ином случае мистер Палмер, мне кажется, не ездил бы к нему, — ведь он, как вы понимаете, принадлежит к оппозиции, да и дорога туда от нас такая длинная! Знаю-знаю, почему вы о нем справляетесь: ваша сестрица выходит за него. Я ужасно рада, потому что тогда она будет моей соседкой!

— Право, — сказала Элинор, — вам известно об этом гораздо больше, чем мне, если у вас есть причины ожидать этого брака.

— Не спорьте, не спорьте! Вы же знаете, все только про это и говорят! Уверяю вас, я услышала об этом проездом в Лондоне.

— Милая миссис Палмер, помилуйте!

— Даю вам слово. Утром в понедельник я встретила полковника Брэндона на Бонд-стрит, когда мы уже совсем собрались в дорогу, и он мне все рассказал.

— Вы меня крайне удивили! Полковник Брэндон рассказал вам подобную вещь? Нет, тут какое-то недоразумение. Я не могу себе представить, чтобы полковник

Брэндон, даже будь это правдой, счел нужным сообщать подобную новость особе, для которой она ни малейшего интереса не представляет.

— Однако, уверяю вас, все так и было. И я расскажу вам все по порядку. Когда мы встретились, он повернулся и пошел нас проводить; и мы заговорили про мою сестру и зятя, слово за слово, и я ему сказала: «Как я слышала, полковник, в Бартонском коттедже поселились родственницы сэра Джона, и мама пишет, что дочери все очень хорошенькие и одна из них выходит за мистера Уиллоби из Комбе-Магна. Скажите, это правда? Вы же должны знать, раз вы только что из Девоншира!»

— И что ответил полковник?

— О! Да почти ничего. Только по его глазам было видно, что так оно и есть. Какие же тут могут быть сомнения! Я просто в восторге! А когда свадьба?

— Надеюсь, мистер Брэндон был здоров?

— О да! И в полном от вас восхищении. Он так и сыпал похвалами вам.

— Его доброе мнение мне льстит. Он, по-видимому, превосходный человек, и я нахожу его приятным во всех отношениях.

— Как и я! Очаровательнейший человек, и какая жалость, что он такой серьезный и скучный! Мама говорит, что и он влюблен в вашу сестрицу. Могу заверить вас, если так, это очень для нее лестно, потому что он почти никогда ни в кого не влюбляется.

— Мистера Уиллоби хорошо знают в вашей части Сомерсетшира? — спросила Элинор.

— О да! Чрезвычайно хорошо! То есть, по-моему, с ним мало кто знаком, потому что до Комбе-Магна так далеко! Но уверяю вас, все находят его очаровательным. Где бы мистер Уиллоби ни появлялся, он всех обвораживает, так и передайте вашей сестрице. Честное слово, она просто счастливица, что выходит за него. Ну, конечно, и он счастливец: ведь она чудо как хороша собой и так мила, и могла бы выбрать кого угодно! Впрочем, я вовсе не думаю, что вы много уступаете ей в красоте, уверяю вас. По-моему, вы обе чудо как прелестны. И конечно, мистер Палмер того же мнения, хотя вчера мы так и не добились, чтобы он в этом признался.

Как ни мало могла сказать миссис Палмер об Уиллоби, любое свидетельство в его пользу, пусть даже самое незначительное, было приятно Элинор.

— Я так рада, что мы наконец познакомились, — продолжала Шарлотта. — И надеюсь, мы теперь навсегда останемся большими друзьями. Вы и вообразить не можете, как я жаждала вас увидеть! Так восхитительно, что вы поселились в коттедже! Ничего приятнее этого и не придумать! И я так рада, что ваша сестрица делает прекрасную партию. Надеюсь, вы будете часто гостить в Комбе-Магна. Все говорят, что это прелестное место.

— Вы давно знакомы с полковником Брэндоном, не так ли?

— Да, порядочно. С тех пор как моя сестрица вышла замуж. Он такой близкий друг сэра Джона. По-моему, — продолжала она, понизив голос, — он был бы рад просить моей руки. Сэр Джон и леди Мидлтон очень этого желали. Но мама решила, что я могу найти партию получше, не то бы сэр Джон намекнул полковнику, и мы тотчас обвенчались бы.

— Но разве полковник Брэндон не знал заранее, что сэр Джон намерен был говорить с вашей матушкой от его имени? И никогда не признавался вам в своих чувствах?

— Нет-нет! Но если бы мама не стала возражать, он, конечно, был бы в восторге. Он видел меня не больше двух раз, я тогда еще училась в пансионе. Впрочем, счастливее я быть никак не могла бы. Мистер Палмер именно такой мужчина, какие мне нравятся.

Глава 21

Палмеры отправились к себе в Кливленд на следующий день, и две бартонские семьи вновь вынуждены были довольствоваться обществом только друг друга. Однако длилось это недолго. Элинор едва перестала думать о своих последних знакомых — удивляться тому, что Шарлотта столь беспричинно счастлива, а мистер Палмер, человек словно бы не без талантов, ведет себя столь бесцеремонно, и размышлять о том, как часто муж и жена совершенно друг другу не подходят, а усердие сэра Джона и миссис Дженнингс и их страсть к большому обществу уже снабдили ее новыми предметами для наблюдений и заметок.

Однажды утром сэр Джон и миссис Дженнингс отправились в Эксетер и встретили там двух барышень, которые, к большому удовольствию миссис Дженнингс, оказались с ней в родстве, и этого было достаточно, чтобы сэр Джон пригласил их погостить в Бартоне, едва их визит к друзьям в Эксетере подойдет к концу. После такого приглашения тут же оказалось, что в Эксетере их ничто не удерживает, и леди Мидлтон была ввергнута в немалую тревогу, услышав от сэра Джона еще с порога, что ей предстоит принять двух девиц, которых она никогда прежде не видела и чья светскость или хотя бы благовоспитанность оставались под сомнением, ибо заверения ее мужа и матери в подобных случаях не стоили ничего. Родство между ними лишь подливало масла в огонь, и миссис Дженнингс, стараясь ее успокоить, выбрала, к несчастью, не самое лучшее утешение, посоветовав дочери не обращать внимания на их скромное положение: кровные узы это кровные узы, и уж тут ничего не поделаешь! Воспрепятствовать их приезду, однако, было теперь невозможно, и леди Мидлтон, как истинно светская дама, философски смирилась с неизбежным и лишь кротко пеняла мужу не чаще пяти-шести раз на дню.

Барышни прибыли. И выглядели они отнюдь не чуждыми светскому тону. Платья их были очень модными, манеры очень учтивыми: они пришли в восторг от дома, восхищались мебелью и так нежно любили детей, что и часа не прошло, как леди Мидлтон составила о них самое лучшее мнение. Она объявила, что они весьма приятные девицы, а это в устах ее милости было равно самому горячему одобрению. От такой похвалы сэр Джон проникся еще большим уважением к своему умению судить о людях и тут же отправился в коттедж объявить мисс Дэшвуд и ее сестрам о прибытии мисс Стил с сестрой и заверить их, что это милейшие в мире барышни. Однако такая рекомендация мало о чем говорила. Элинор прекрасно знала, что любой уголок Англии изобилует милейшими в мире барышнями, удивительно различными и лицом, и характером, и умом. Сэр Джон требовал, чтобы они немедленно всей семьей посетили Бартон-парк и познакомились с его гостьями. Великодушный добряк! Ему в тягость было только самому пользоваться обществом даже самых дальних родственников.

— Так идемте же! — говорил он. — Прошу вас, идемте, вы должны пойти, право же, должны! Вы и вообразить не можете, как они вам понравятся! Люси убийственная красотка, и такая веселая, такая приятная! Дети все уже от нее ни на шаг не отходят, словно знакомы с ней всю жизнь. И обе они сгорают от нетерпения увидеть вас, потому что слышали в Эксетере, что вы бесподобнейшие красавицы, а я их заверил, что так оно и есть, но только вы еще красивее. Вы придете от них в восторг, право слово. Они привезли целую карету подарков для детей. Как у вас хватает совести не пойти? Ведь они с вами почти в родстве. Вы же родня мне, а они — моей жене, значит, между собой вы тоже родня.

Но все уговоры сэра Джона остались тщетными. Он сумел лишь добиться обещания, что они на днях побывают в Бартон-парке, и, изумленный таким равнодушием, пошел домой, чтобы вновь расписать их барышням Стил, как только что расписывал им барышень Стил.

Когда, исполняя данное слово, они отправились в Бартон-парк и знакомство состоялось, ничего восхитительного в наружности старшей мисс Стил, девицы лет под тридцать с невзрачным простоватым лицом, они не нашли, но совсем отказать в красоте младшей сестре, которой было не более двадцати двух — двадцати трех лет, они не могли. Черты ее лица были миловидными, взгляд живым и быстрым, а ловкость манер, хотя и не заменяла истинного благородства и изящества, все же придавала ей вид определенного достоинства. Держались обе с неописуемой любезностью, и Элинор, наблюдая, как усердно и умело стараются они завоевать расположение леди Мидлтон, должна была признать за ними немалую толику житейской мудрости. Перед ее детьми они млели от восторга, рассыпались в похвалах их ангельской красоте, старались развлекать их, исполняли все их прихоти, а в минуты, свободные от этих важных, возложенных на них вежливостью забот, приходили в экстаз по поводу того, что делала ее милость, если ее милость в эти минуты что-то делала, или же снимали выкройку с нового модного платья, в котором она накануне повергла их в неистовый восторг. К счастью для тех, кто заискивает в других, потакая таким пристрастиям и слабостям, любящая маменька, превосходящая в жадности, когда речь идет о похвалах ее детям, все живые существа, превосходит их и доверчивостью. Требования ее непомерны, зато она охотно проглатывает любую самую грубую лесть, и леди Мидлтон без малейшего удивления или сомнения наблюдала нежнейшую любовь, которую обе мисс Стил изливали на ее детей, и их поистине свя-

Чувство и чувствительность

тое терпение. С материнской гордостью она взирала на дерзкие выходки и проказы, покорно сносившиеся ее родственницами. Она смотрела, как развязываются их шарфы, как растрепываются их локоны, как обыскиваются их рабочие шкатулки и похищаются их ножички и ножницы, пребывая в твердой уверенности, что обе получают от этого такую же радость. Удивило ее лишь равнодушие, с каким Элинор и Марианна не пожелали принять в происходящем никакого участия.

— Джон нынче неистощим на выдумки! — заметила она, когда находчивый малютка вытащил у мисс Стил носовой платок и выбросил его в окно.

А когда несколько минут спустя второй ее сынок принялся изо всей мочи щипать пальцы той же барышни, она сказала только:

— Как Уильям всегда мило играет!

— А какая прелесть моя Аннамария, — добавила она, нежно лаская трехлетнюю девочку, которая вот уже целых две минуты как перестала бегать и кричать. — Такая всегда послушная и тихая. Настоящая мышка!

К несчастью, наклонившись, ее милость булавкой, закалывавшей чепчик, слегка царапнула шейку девочки, и этот образец послушания и кротости разразился такими оглушительными воплями, что никакое самое голосистое существо не смогло бы превзойти их пронзительностью. Материнское отчаяние не знало пределов, однако тревога обеих мисс Стил мало чем ему уступала, и они втроем наперебой делали все, что в подобном ужасном случае могло, как подсказывала им любовь, утишить муки маленькой страдалицы. Ее водворили в материнские объятия, осыпали поцелуями, одна мисс Стил коленопреклоненно промывала ее рану лавандовой водой, а другая набивала вопящий ротик засахаренными сливами. Получая такие награды за слезы, мудрая девочка и не думала унижаться. Она продолжала вопить и рыдать, брыкала братцев при малейшей попытке прикоснуться к ней, и все их объединенные усилия оставались втуне, пока леди Мидлтон, к счастью, не вспомнила, что на прошлой неделе при таких же трагических обстоятельствах ушибленный висок удалось излечить при помощи абрикосового мармелада, и не предложила применить то же целительное средство и к гадкой царапине. Легкое затишье в воплях маленькой барышни позволило надеяться, что оно отвергнуто не будет, и она отправилась в материнских объятиях на его поиски. Оба мальчугана последовали за ней, как ни заклинала их мать не покидать гостиной, и четыре девицы остались одни среди тишины, воцарившейся в комнате впервые за много часов.

— Бедненькая крошка! — тут же воскликнула мисс Стил. — Ведь это ужас как опасно!

— Не понимаю почему! — возразила Марианна. — Пустячная царапинка... Но тревогу всегда преувеличивают, если для нее нет настоящих причин.

— Что за очаровательная дама леди Мидлтон! — сказала Люси Стил.

Марианна промолчала. Она не умела говорить неискренне даже в светской беседе, а потому обязанность лгать, когда того требовала вежливость, всегда падала на Элинор. Выполнила она ее и теперь, отозвавшись о леди Мидлтон с восторженностью, какой не испытывала, — правда, менее горячо, чем мисс Люси.

— И сэр Джон тоже! — вскричала старшая сестра. — Ах, какой бесподобный мужчина!

И вновь мисс Дэшвуд отдала должное ему без особого восхищения, сказав просто, что он очень добр и любезен.

— А детки у них ну чистые ангельчики. Прелестней малюток я не видывала. Признаюсь, я совсем без ума от них. Но, правду сказать, мне милей деток в жизни ничего нет!

Чувство и чувствительность

— Об этом нетрудно догадаться, — с улыбкой произнесла Элинор, — если судить по тому, чему я сейчас была свидетельницей.

— По-моему, — заметила Люси, — вы полагаете, что маленьких Мидлтонов слишком уж балуют. Ну, может быть, им и позволяют чуть-чуть лишнее, но столь нежной матери, как леди Мидлтон, это так простительно! И мне всегда нравится, если дети веселы и шаловливы. Не терплю чинных тихонь!

— Должна признаться, — сказала Элинор, — что в Бартон-парке мысль о тихих чинных детях мне особого отвращения не внушает.

Вслед за ее словами наступило молчание, которое мисс Стил, видимо, большая охотница до разговоров, прервала, внезапно осведомившись:

— А Девоншир вам нравится, мисс Дэшвуд? Уезжать из Сассекса вам, натурально, не очень хотелось?

Несколько удивленная фамильярностью вопроса, а главное, тоном, каким он был задан, Элинор тем не менее ответила утвердительно.

— Норленд же бесподобное место, а?

— Сэр Джон нам его очень расхваливал, — поторопилась объяснить Люси, по-видимому, желая смягчить бесцеремонность сестры.

— Каждому, кто видел Норленд, — сказала Элинор, — он, мне кажется, не может не понравиться. Но конечно, как мы, его красот не знает никто.

— Душки-то кавалеры там были? И много? В здешних краях их что-то не видать. А по мне, без них никакое общество не в общество.

— Но с какой стати ты вообразила, — перебила Люси, краснея за сестру, — будто в Девоншире должно быть меньше благородных молодых людей, чем в Сассексе?

— Ах, сестрица, я же не говорю, что их тут нету. Уж конечно, в Эксетере душек-кавалеров полным-полно.

Только откуда мне знать, какие кавалеры бывали в Норленде! Вот я и подумала, может, в Бартоне мисс Дэшвуд с сестрицами скучно, если тут их не так много, как им привычно. Но может, вам, барышни, кавалеры и ни к чему, может, вам и без них превесело. А я так думаю, что бесподобнее ничего нет, только бы они прифрантились и были обходительны. Коли они неопрятны да невежи, так на них и смотреть не хочется. Вот мистер Роуз в Эксетере уж такой душка, такой кавалер! Он, знаете, писец у мистера Симпсона, а встретить его поутру, так глаза бы мои на него не глядели! Уж натурально, ваш братец, мисс Дэшвуд, пока не женился, был бесподобный кавалер, при его-то деньгах!

— Право, не могу сказать, — ответила Элинор. — Мне не совсем понятен смысл этого слова. Но во всяком случае, если до того, как жениться, он когда-либо был бесподобным кавалером, то он им и остался, потому что никакой перемены в нем незаметно.

— Ах, помилуйте! Да как женатый может быть кавалером? У женатых другие занятия!

— Боже мой, Анна! — воскликнула ее сестра. — Неужели тебе, кроме кавалеров, говорить не о чем? Мисс Дэшвуд подумает, что у тебя голова только ими и полна.

И, чтобы переменить разговор, она принялась восхищаться домом и мебелью.

Обе мисс Стил достаточно себя показали. Вульгарная назойливость и глупость старшей ничем не искупались, а красота и вкрадчивость младшей не помешали Элинор заметить, что в ней нет ни истинной благовоспитанности, ни душевной прямоты, и она вернулась домой без малейшего желания свести с ними более короткое знакомство.

Но мисс Стил и Люси были иного мнения. Они приехали из Эксетера с большим запасом восторгов, чтобы одаривать ими сэра Джона Мидлтона, его супругу, детей и всех его близких, а потому не поскупились на них и для его прекрасных родственниц: по их словам, столь красивых, изящных, образованных и обворожительных девиц они еще не встречали, и пылали желанием сойтись с ними поближе. И, как скоро обнаружила Элинор, сойтись с ними поближе и она и ее сестры были обречены, ибо сэр Джон был всецело на стороне девиц Стил, а при таком союзнике сопротивление оказалось бесполезным, и им пришлось терпеть ту короткость, которая означает, что люди почти каждый день проводят час-два в одной комнате. Большего сэр Джон достичь не мог, чего, впрочем, сам он и не подозревал, искренне полагая, будто проводить время вместе и быть друзьями — это одно и то же, и, до тех пор пока его непрерывные усилия сводить их под одним кровом увенчивались успехом, он не питал ни малейших сомнений, что их уже связывает самая задушевная дружба. Надо отдать ему справедливость: он употреблял все усилия, чтобы утвердить между ними доверенность, сообщая барышням Стил самые сокровенные подробности всего, что он знал или предполагал о своих родственницах, — и чуть ли не на второй раз, как они увиделись, мисс Стил поздравила Элинор с тем, что мисс Марианна и приехать-то не успела, а уже покорила бесподобнейшего душку-кавалера.

— Выдать ее замуж такой молоденькой, чего уж лучше! — сказала она. — А он, как я слышала, всем кавалерам кавалер и писаный красавец. От всего сердца желаю вам того же, да поскорее. Но может, у вас уже припрятан миленький дружок?

У Элинор не было оснований полагать, что сэр Джон, не пощадив Марианну, вдруг пощадит ее и не станет оглашать своих подозрений о ней и Эдварде. Тем более что теперь он даже предпочитал прохаживаться на ее счет, так как эти поддразнивания обладали прелестью новизны и открывали более широкое поле для всяческих догадок. После отъезда Эдварда, всякий раз когда они обедали вместе, сэр Джон пил за ее сердечные чувства с таким многозначительным видом, подмигивая и кивая, что обращал на нее всеобщее внимание. Притом непременно упоминалась буква «эф», которая затем давала пищу для такого количества шуточек, что Элинор давно уже вынуждена была признать ее самой остроумной буквой алфавита.

Как она и ожидала, этими шуточками теперь ублажались сестрицы Стил, и в старшей они возбудили нестерпимое желание узнать имя молодого человека, о котором шла речь. Желание это она часто изъявляла с немалой наглостью, что, кстати, ни в чем не противоречило ее постоянному стремлению выведать побольше о их семье. Впрочем, сэр Джон недолго играл с любопытством, которое обожал разжигать, ибо назвать имя ему было не менее соблазнительно, чем мисс Стил — услышать его.

— Его зовут Феррарс, — сообщил он весьма громким шепотом. — Но, прошу вас, не проговоритесь, это большой секрет!

— Феррарс! — повторила мисс Стил. — Мистер Феррарс большой счастливец, а? Как! Брат вашей невестки, мисс Дэшвуд? Очень миленький молодой человек, очень. Я его преотлично знаю.

— Анна, ну что ты говоришь! — вскричала Люси, которая обычно подправляла все утверждения сестры. — Если мы и видели его раза два у дядюшки, это еще не повод считать его близким знакомым.

Элинор слушала их внимательно, удивляясь про себя. Кто этот дядюшка? Где он живет? Как они познакомились? Она от души желала, чтобы разговор этот продолжался, хотя сама к нему не присоединилась, но тема была тут же оставлена, и впервые, к ее изумлению, миссис Дженнингс либо утратила интерес к мелким сплетням, либо пожелала сохранить при себе то, что было известно ей. Тон, каким мисс Стил говорила про Эдварда, усугубил ее собственное любопытство, потому что в нем ей почудилось злорадство, словно эта девица знала или же воображала, будто знает нечто не делающее ему чести. Но любопытство ее так и осталось неудовлетворенным, ибо с этих пор мисс Стил пропускала мимо ушей имя мистера Феррарса, когда сэр Джон намекал на него или даже произносил его вслух.

Глава 22

Марианна всегда не терпела наглости, вульгарности, невоспитанности и даже иных вкусов, кроме своих собственных, и все эти дни находилась в таком расположении духа, что девицы Стил уж никак не могли ей понравиться, и она отвергала все их попытки сойтись с ней поближе. Этой-то холодностью, обрывавшей все их изъявления дружбы, Элинор и объясняла предпочтение, которое вскоре обе они начали оказывать ей, и особенно Люси, не упускавшая случая вступить с ней в разговор и расположить к себе непринужденной откровенностью.

Люси отличалась природной остротой ума, ее наблюдения нередко казались меткими и забавными, а потому на полчаса Элинор порой находила ее приятной собеседницей. Однако ее способности не подкреплялись образованием, она была невежественна и никогда не пыталась воспитать свой ум с помощью книг. Как ни старалась она выставлять себя в самом выгодном свете, ей не удавалось скрыть от мисс Дэшвуд, насколько малы ее познания, насколько она не осведомлена в самых, казалось бы, обычных предметах. Элинор видела, что образование могло бы развить и облагородить способности, оставшиеся в небрежении, и жалела ее, но видела она также, и без всякой снисходительности, отсутствие душевной утонченности, нравственных устоев и уважения к себе, которые ее угодливость, льстивость и раболепствование перед обитателями Бартон-парка выдавали ежечасно. А потому она недолго могла находить удовольствие от общества особы, в чьей душе фальшь сопутствовала невежеству, чья необразованность мешала им беседовать как равным и чье поведение с остальными лишало всякой цены знаки внимания и уважения, оказываемые ей.

— Вы, полагаю, сочтете мой вопрос странным, — как-то сказала Люси, когда они вместе шли из Бартон-парка в коттедж, — но, прошу вас, ответьте, знакомы ли вы с матерью вашей невестки, с миссис Феррарс?

Элинор, бесспорно, сочла такой вопрос более чем странным, что и отразилось на ее лице, когда она ответила, что с миссис Феррарс не знакома.

— Ах, неужели! — воскликнула Люси. — Меня это удивляет, потому что, казалось мне, вы могли видеть ее в Норленде. В таком случае вы вряд ли можете рассказать мне, какова она.

— О да, — ответила Элинор, остерегаясь высказать свое мнение о матери Эдварда и не испытывая ни малейшей охоты удовлетворить то, что могла счесть лишь вульгарным любопытством. — Я ничего о ней не знаю.

— Вы, конечно, сочли очень странным, что я навожу о ней справки подобным образом, — сказала Люси, внимательно вглядываясь в лицо Элинор, — но, быть может, есть причины... Если бы я осмелилась... И все же льщу себя надеждой, вы поверите, что это не праздное, не дерзкое любопытство.

Элинор вежливо сказала, что подобная мысль была от нее далека, и несколько минут они шли в молчании. Нарушила его Люси, которая вернулась к прежней теме, сказав робким голосом:

— Мне невыносимо думать, что вы сочли меня вульгарно любопытной. Право, я готова сделать что угодно, лишь бы не выглядеть такой в глазах особы, чье доброе мнение стоит так дорого. И естественно, вам я могла бы довериться без опасений. Мне был бы неоценим ваш совет, как следует поступить в столь неловком положении, в каком я очутилась. Однако докучать вам у меня повода нет. Как жаль, что вы не знакомы с миссис Феррарс!

— И мне жаль, — в большом изумлении произнесла Элинор, — если мое мнение о ней могло бы сослужить вам пользу. Но, право, я понятия не имела, что семья эта вам знакома, а потому, признаюсь, была немного удивлена подобным вопросом о характере миссис Феррарс.

— А, конечно, конечно! Я вполне это понимаю. Но если бы я смела рассказать вам все, вы перестали бы удивляться. Пока миссис Феррарс для меня никто, но может настать время... и это в ее воле... когда мы окажемся в очень близком родстве...

При этих словах она стыдливо потупилась, бросив лишь один быстрый взгляд на свою спутницу, проверяя, какое они произвели впечатление.

— Неужели! — воскликнула Элинор. — Как же так? Вы знакомы с мистером Робертом Феррарсом? Возможно ли? — Мысль, что у нее будет такая свойственница, вовсе ее не обрадовала.

— Ах нет, не с мистером Робертом Феррарсом, — ответила Люси, подчеркивая имя. — Я ни разу в жизни его не видела. Но с его, — добавила она, устремив пристальный взгляд на Элинор, — старшим братом.

Что почувствовала Элинор в этот миг? Изумление, которое было бы столь же мучительным, как и сильным, если бы к нему тотчас не примешалось недоверие. Она повернулась к Люси в немом недоумении, не понимая причины или цели подобного признания, и, хотя цвет ее лица изменился, она все больше утверждалась в своем недоверии и не боялась заплакать или упасть в обморок.

— Натурально, вы удивлены, — продолжала Люси, — откуда вам было знать? Полагаю, он ни словом не намекнул ни вам, ни вашим близким. Потому что это было решено держать в глубочайшей тайне, и я до сих пор свято ее соблюдала. Никто из моих родных, кроме Анны, ничего об этом не знает, и я никогда бы вам даже не намекнула, если бы не чувствовала, что могу без колебаний положиться на вашу сдержанность. И право же, я вдруг подумала, что мои расспросы про миссис Феррарс, наверное, должны показаться странными, а потому решила объяснить их причину. И полагаю, мистер Феррарс не будет недоволен, когда узнает, что я доверилась вам: ведь я знаю, как высоко он чтит все ваше семейство и смотрит на вас, мисс Дэшвуд, и двух других барышень как на родных сестер... — Она выжидающе умолкла.

Элинор на несколько мгновений онемела от растерянности, так она была поражена. Но затем, принудив себя заговорить и тщательно выбирая слова, произнесла со спокойствием, которое в достаточной мере скрывало ее изумление и горечь:

— Могу ли я спросить, давно ли вы помолвлены?
— Вот уже четыре года.
— Четыре!
— Да.

Элинор, как ни была она потрясена, все еще была не в силах поверить.

— Я только на днях услышала, что вы вообще знакомы.
— Тем не менее знакомы мы очень давно. Видите ли, он довольно долго был поручен заботам моего дядюшки.
— Вашего дядюшки?
— О да! Мистера Прэтта. Разве он никогда не упоминал про мистера Прэтта?

Чувство и чувствительность

131

— Кажется, он что-то говорил, — ответила Элинор с большим самообладанием, которое укреплялось по мере того, как возрастало ее волнение.

— Он четыре года жил у дядюшки в Лонгстейпле неподалеку от Плимута. Тогда и началось наше знакомство, ведь мы с сестрицей часто гостим у дядюшки. И там же мы заключили помолвку, но уже через год после того, как кончился срок его ученичества. Только он все равно постоянно приезжал к нам. Как вы легко можете вообразить, я не хотела действовать тайком, без согласия его матушки, но я была слишком молода, слишком горячо его любила и не последовала голосу благоразумия, как было должно... Ведь, мисс Дэшвуд, хотя вы и не знаете его так хорошо, как я, все же, полагаю, вы могли заметить, что он очень способен завоевать девичье сердце.

— Бесспорно, — ответила Элинор, сама не зная, что говорит. Однако после минутного размышления она добавила с прежней верой в честь Эдварда и его любовь к ней, вновь убедив себя в лживости своей собеседницы: — Вы помолвлены с мистером Эдвардом Феррарсом! Признаюсь, ваши слова так меня удивили, что, право... прошу вашего извинения, но, право же, тут какое-то недоразумение. Невозможно, чтобы мы имели в виду одного и того же человека. Вероятно, здесь либо ошибка в имени, либо есть какой-то другой мистер Эдвард Феррарс.

— Нет, какая же ошибка! — воскликнула Люси с улыбкой. — Я говорю про мистера Эдварда Феррарса, старшего сына миссис Феррарс, проживающей на Парк-стрит, брата вашей невестки миссис Джон Дэшвуд. Согласитесь же, что я не могу ошибиться в имени человека, от которого зависит все мое счастье.

— Очень странно, — сказала Элинор в мучительном недоумении, — что я ни разу не слышала, чтобы он хотя бы упомянул ваше имя.

Джейн Остен

— Но что тут странного, если вы представите себе наше положение? Важнее всего нам было сохранить это дело в секрете. Вам ведь ни я, ни моя семья неизвестны, и потому причины упомянуть в беседах с вами мое имя представиться никак не могло. И он всегда особо опасался, как бы его сестрица чего-нибудь не заподозрила, и уж одного этого довольно, чтобы он остерегался называть мое имя.

Люси замолчала. Уверенность Элинор была сильно поколеблена, но не ее самообладание.

— Вы помолвлены вот уже четыре года! — сказала она твердым голосом.

— Да. И одному небу известно, сколько еще нам придется ждать. Бедняжка Эдвард. Это приводит его в такое уныние! — Затем, достав из кармана миниатюру, она добавила: — Чтобы не оставалось уже никаких сомнений, любезно взгляните на этот портрет. Натурально, он не воздает должного его наружности, но все же, мне кажется, ошибиться, с кого он рисован, нельзя. Я храню его уже более трех лет.

С этими словами она вложила ей в руку миниатюру, и, едва Элинор взглянула на портрет, какие бы сомнения ей еще ни подсказывали опасение поспешить с вынесением приговора или желание поймать Люси на лжи, усомниться, что перед ней лицо Эдварда, она не могла. И тут же возвратила миниатюру, заметив, что сходство схвачено превосходно.

— Мне так и не удалось подарить ему взамен мой портрет, — продолжала Люси. — К большой моей досаде, потому что он так хотел бы его иметь! Но я решила при первом же удобном случае исполнить его просьбу.

— Вы в своем праве, — спокойно ответила Элинор, и несколько шагов они шли в молчании. Первой его нарушила Люси.

— Я знаю, — сказала она, — я могу положиться на то, что вы не проговоритесь. Ведь вы, конечно, понимаете, как для нас важно сохранить этот секрет от его матери. Боюсь, она никогда не даст согласия. У меня нет приданого, а она, полагаю, очень гордая дама.

— Я не искала вашей доверенности, — ответила Элинор, — но вы вполне правы, думая, что можете положиться на мою скромность. Ваша тайна в полной безопасности. Но извините, если я несколько удивлена столь ненужным признанием. Ведь, открывая мне свой секрет, вы понимали, что, во всяком случае, сохранению его это способствовать не может.

При этих словах она пристально поглядела на Люси, надеясь прочесть что-нибудь по ее лицу — ведь большая часть ее признания могла быть ложью! Однако выражение Люси не изменилось.

— Боюсь, вам кажется, что я допустила большую вольность, — сказала она, — открывшись вам. Да, конечно, мы с вами знакомы недолго, то есть лично, но по описанию вы и ваше семейство известны мне довольно давно, и, едва увидев вас, я почувствовала себя с вами как со старой знакомой. К тому же сейчас я, правда, сочла, что обязана дать вам объяснения после того, как задала такой вопрос про мать Эдварда, тем более что, к несчастью, мне не у кого просить совета. О нас знает только Анна, но на ее суждение совсем нельзя полагаться. И мне от нее больше вреда, чем пользы, ведь я все время боюсь, как бы она меня не выдала. Она совсем не умеет держать язык за зубами, что вы, конечно, заметили, и, право же, когда давеча сэр Джон назвал его имя, я ужас как перепугалась, что она сейчас все и распишет. Даже невообразимо, сколько я душевных мук терплю из-за этого. Дивлюсь, право, что я еще жива после всех страданий, какие переношу ради Эдварда вот уже четыре года. И ничего не известно, и надежды так зыбки, и ведь мы почти не видимся, много-много два раза в год. Право, я даже не понимаю, как у меня еще сердце не разорвалось.

Тут она достала носовой платок, но Элинор не почувствовала к ней особого сострадания.

— Порой, — продолжала Люси, утерев глаза, — я даже думаю, не лучше бы для нас обоих вернуть друг другу слово. — Тут она поглядела прямо в лицо своей собеседницы. — Но у меня недостает решимости. Мне невыносима мысль о том, каким несчастным его сделает одно упоминание о нашем разрыве. Да и я сама... он так мне дорог, что у меня нет сил с ним расстаться. Что бы вы мне посоветовали, мисс Дэшвуд? Как бы вы сами поступили в таком случае?

— Извините меня, — ответила Элинор, которую этот вопрос поверг в изумление, — но в подобных обстоятельствах я никакого совета дать вам не могу. Вы должны положиться на собственное суждение.

— Оно конечно, — продолжала Люси после того, как обе они некоторое время хранили молчание, — его матушка когда-нибудь да должна так или иначе его обеспечить, но бедняжка Эдвард в такой тоске! Он не показался вам унылым, когда гостил у вас в Бартоне? Когда он простился с нами в Лонгстейпле, чтобы отправиться к вам, он был в таком расстройстве, что я боялась, как бы вы не подумали, что он болен.

— Так он приехал к нам от вашего дяди?

— Да-да. Он прогостил у нас две недели. А вы полагали, что он прямо из Лондона?

— Нет, — ответила Элинор, с грустью все более убеждаясь, что Люси не лжет. — Он, помнится, сказал нам, что провел две недели у друзей в окрестностях Плимута. — Вспомнила она и как удивилась тогда, что он больше ничего про этих друзей не сказал и умолчал даже об их имени.

— И вы заметили его уныние? — повторила Люси.
— О да! Особенно в первые дни.
— Я умоляла его побороть себя, опасаясь, как бы вы не заподозрили о причине. Но он впал в такую меланхолию оттого, что не мог провести с нами больше двух недель и видел, как страдаю я. Бедняжка! Боюсь, ему не стало легче: письма его так печальны! Это я получила, когда мы уезжали из Эксетера. — Она достала из кармана письмо и небрежно показала Элинор, кому оно было адресовано. — Полагаю, вы знаете его руку. Почерк у него бесподобный, хотя на этот раз писал он не так хорошо, как обычно. Наверное, устал, потому что исписал весь листок как мог теснее.

Элинор увидела знакомый почерк и уже не могла долее сомневаться. Миниатюра, тешила она себя надеждой, попала к Люси случайно и вовсе не была подарком Эдварда, но если они переписываются, то, значит, они действительно помолвлены — ведь только помолвка дает им подобное право. И на несколько мучительных мгновений она почти утратила власть над собой, сердце ее сжалось, ноги подкашивались, но совладать с волнением было необходимо во что бы то ни стало, и, решительно подавив бурю своих чувств, она почти тотчас сумела возвратить себе спокойствие и сохранить его до конца их беседы.

— В переписке, — сказала Люси, пряча письмо в карман, — мы находим единственное утешение в долгие месяцы постоянных разлук. Да, правда, у меня есть еще его портрет, но бедняжка Эдвард лишен даже такого средства утоления печали. Он говорит, что, будь у него мой портрет, его страдания утишились бы. Когда он последний раз был в Лонгстейпле, я подарила ему свой локон, вделанный в кольцо, и он клянется, что на сердце у него стало легче, хотя, натурально, портрет утешал бы его гораздо больше. Возможно, вы заметили у него на руке это кольцо, когда он был у вас?

— О да, — ответила Элинор ровным голосом, твердость которого прятала такую душевную боль и горечь, каких она еще никогда не испытывала. Она была потрясена, ошеломлена, уничтожена.

К счастью для нее, они уже подходили к коттеджу, и разговор оборвался. Посидев с ними несколько минут, Люси с сестрой отправились назад в Бартон-парк, и Элинор могла теперь вволю думать и страдать.

Глава 23

Как ни мало Элинор доверяла правдивости Люси, на этот раз по зрелом размышлении она не нашла повода заподозрить ее во лжи: никакой соблазн не толкнул бы ее на столь глупую выдумку. И Элинор более не могла, не смела сомневаться в словах Люси, истинность которых подтверждалась множеством всяческих свидетельств и доказательств, а опровергалась лишь ее собственной безрассудной надеждой, что они один обман. Эдвард, бесспорно, мог познакомиться с Люси в доме мистера Прэтта, и это делало все остальное и неопровержимым и невыразимо тягостным. То, что Эдвард гостил где-то в окрестностях Плимута, его меланхолия, горечь, с какой он говорил о неопределенности своего будущего, противоречивость его поведения с ней самой, подробные сведения о Норленде и всей их семье, которыми столько раз удивляли ее обе мисс Стил, миниатюра, письмо, кольцо — все это слагалось в доказательства, которые уже не позволяли опасаться, не винит ли она Эдварда несправедливо, а, наоборот, неумолимо свидетельствовали, как дурно он поступил с ней, и иного объяснения им она не находила, как бы того ни хотела. Возмущение столь бессердечным двуличием, гнев, что ее ввели в подобное заблуждение, вначале мешали ей видеть что-нибудь, кроме собственной обиды. Однако вскоре их сменили новые мысли и догадки. Намеренно ли Эдвард ее обманывал? Притворялся ли он, будто питает к ней чувство, которое вовсе не испытывал? Он помолвлен с Люси, но по велению ли сердца? Нет! Что бы ни было прежде, теперь его сердце принадлежит ей одной. И она не тешит себя ложными мечтами. В Норленде ее мать, сестры, Фанни постоянно замечали его внимание к ней. Нет, в ней говорит не тщеславие! Он, бесспорно, любит ее. Ах, как эта мысль в единый миг утишила негодование! Как соблазнительно было немедля его простить! Да, разумеется, он виноват, очень виноват, что остался в Норленде, когда начал понимать, какую власть она приобретает над ним. Тут ему извинения нет. Но если он ранил ее, то на какие страдания обрек себя! Если ее положение тяжко, то его лишено и тени надежды. Своей опрометчивостью он причинил ей горе, но лишь на время, себя же навсегда обрек бедственному существованию. Когда-нибудь она, быть может, исцелится от печали. Но он — что ждет его впереди? Найдет ли он с Люси Стил хотя бы подобие счастья? Какую жизнь будет влачить он, с его благородством, деликатностью чувств и образованным умом, имея такую жену, как она, — невежественную, лживую и себялюбивую?

В девятнадцать лет пылкое юношеское увлечение затуманило ему глаза на все в ней, кроме красоты и живости характера. Но с тех пор прошло четыре года — те четыре года, когда, если они проведены со смыслом, рассудок обретает силу, — и он должен был увидеть все недостатки ее воспитания, тогда как она, проведя эти годы в далеко не лучшем обществе среди вздорных занятий, несомненно, утратила ту безыскусственную простоту, которая, быть может, прежде придавала ее красоте особую обворожительность.

Полагая, что Эдвард намерен искать ее руки, они предвидели, как нелегко ему будет получить согласие матери на такой брак; но какие же препятствия начнет чинить та, если выбранная им невеста уступает ей не только происхождением, но, вероятно, и состоянием? Правда, мысль об этих трудностях, если его сердце настолько охладело к Люси, вряд ли столь уж для него тяжка, но грустен жребий человека, когда мысль, что его ожидают упреки и неудовольствие близких, приносит с собой облегчение!

Пока эти догадки тягостной чередой сменяли одна другую, Элинор уже плакала о нем больше, чем о себе. Поддерживаемая убеждением, что ничем не заслужила постигшего ее несчастья, утешенная уверенностью, что Эдвард не совершил ни единого неблагородного поступка и достоин прежнего ее уважения, она даже в эти первые минуты после того, как ей был нанесен столь страшный удар, нашла в себе достаточно сил, чтобы держаться спокойно и ничем не вызвать подозрений у матери и сестер. И ей удалось настолько справиться с собой, что за обедом, всего лишь два часа спустя после того, как ей пришлось отказаться от самых своих заветных надежд, никто при взгляде на обеих сестер даже не предположил бы, что Элинор втайне оплакивает судьбу, навсегда разлучившую ее с предметом ее любви, а Марианна мысленно перебирает совершенства человека, чье сердце считала всецело своим и чье лицо ожидала увидеть в каждом экипаже, приближающемся к их дому.

Необходимость скрывать от матери и Марианны то, что было доверено ей под секретом, хотя и требовала от Элинор постоянной осторожности, однако не усугубляла ее горести. Напротив, она находила облегчение в том, что могла пощадить их, и в том, что ей поэтому не приходилось выслушивать негодующие приговоры Эдварду, которые им, несомненно, подсказала бы их любовь к ней и которые ей было бы невмочь терпеть.

Она знала, что их советы и утешения ей не помогут, их нежность и сочувствие лишь питали бы ее страдания, а их собственный пример и похвалы подтачивали бы в ней решимость не терять власти над собой. Терпеть одной ей было легче, а собственный здравый смысл служил такой хорошей поддержкой, что она сохраняла всю свою твердость и выглядела настолько бодрой и веселой, насколько это было совместимо с душевной болью, еще нисколько не утихшей.

Как ни мучителен был для нее первый разговор с Люси, вскоре ее охватило желание возобновить его, и по нескольким причинам. Ей хотелось вновь выслушать подробности их помолвки, ей хотелось яснее понять, каковы на самом деле чувства Люси к Эдварду и есть ли хоть тень искренности в ее изъявлениях нежной любви к нему, а главное, ей хотелось убедить Люси своей готовностью вернуться к этой теме и спокойствием при новом ее обсуждении, что интерес ее — лишь дружеский, ибо она сильно опасалась, что невольным волнением во время их утренней беседы могла по меньшей мере пробудить некоторые сомнения. Что Люси готова ревновать к ней, представлялось вполне вероятным. Ведь Эдвард, бесспорно, отзывался о ней с неизменными похвалами, что явствовало не только из слов Люси, но и из поспешности, с какой та лишь после самого короткого знакомства решилась доверить ей тайну, которую сама же, и справедливо, называла столь важной. И даже шутливые намеки сэра Джона могли оказать свое влияние. Впрочем, пока Элинор была в душе неколебимо уверена, что любима Эдвардом она, ревность Люси подразумевалась сама собой и без побочных свидетельств, а что она им любима, доказывалось этой же уверенностью. Для чего понадобилось посвящать ее в такую тайну, если не для того, чтобы уведомить ее о давних правах Люси на Эдварда и не вынудить в будущем всячески его избегать? Разгадать такие намерения соперницы не составляло труда, и, хотя Элинор твердо решила, как требовали ее понятия о чести и порядочности, превозмочь свое чувство к Эдварду и видеться с ним настолько редко, насколько это будет от нее зависеть, отказать себе в утешительной попытке убедить Люси, что сердце ее ничуть не ранено, она не могла. А в том, что она сумеет выслушать повторение подробностей с полным спокойствием, Элинор не сомневалась: ведь удар был уже нанесен и ничего горше добавить Люси не могла.

Но случай привести это намерение в исполнение представился не сразу, хотя Люси не менее ее самой была склонна продолжить их разговор, чтобы извлечь из него новые выгоды. Однако погода не располагала к прогулкам, во время которых им было бы легче уединиться от общества, и, несмотря на то что они встречались по меньшей мере каждый второй вечер иногда в коттедже, но чаще в Бартон-парке, им просто не позволили бы вести свой разговор. Ни сэр Джон, ни леди Мидлтон ничего подобного не допустили бы. Времени почти не отводилось и для общей беседы: они собирались, чтобы вместе есть, пить и развлекаться, сидя за картами или играя в «Чем дело кончилось» и прочие шумные игры.

После двух-трех таких встреч, когда Элинор так и не перемолвилась с Люси хотя бы словом, утром в коттедж явился сэр Джон и, взывая к их милосердию, умолял, чтобы они непременно отобедали у леди Мидлтон, — ему необходимо заглянуть в свой эксетерский клуб, и она будет вынуждена сесть за стол в полном одиночестве, если не считать ее матушки и мисс Стил с Люси. Предвидя, что благовоспитанная чинность леди Мидлтон предоставит им больше свободы, так как в отсутствие ее супруга никто не станет собирать их в тесный кружок для шумных забав, и она сумеет достигнуть своей цели, Элинор тотчас приняла приглашение. Маргарет с материнского разрешения охотно последовала ее примеру, и Марианна, хотя всегда старалась уклониться, на этот раз дала согласие, уступив настояниям миссис Дэшвуд, которую очень огорчало, что она так упрямо избегает всех развлечений.

Сестры сдержали обещание, и леди Мидлтон была счастливо избавлена от грозившего ей ужасного одиночества. Все было очень чинно и скучно, как и предполагала Элинор. Никто не сказал ничего хотя бы сколько-нибудь нового, и нельзя было бы придумать ничего менее интересного, чем разговор, который они вели за столом, а затем в гостиной. Туда следом за ними явились и дети, и, пока они оставались там, Элинор даже не пыталась привлечь внимание Люси к себе, понимая всю бесполезность этого. Детей увели, только когда был убран чайный поднос. Тотчас разложили ломберный столик, и Элинор уже дивилась собственному простодушию: как могла она хотя бы на миг вообразить, будто в Бартон-парке удастся найти время для такого разговора. Они все встали, готовясь составить партию.

— Я рада, — сказала леди Мидлтон, обернувшись к Люси, — что сегодня вечером вы не станете доплетать корзиночку для бедненькой Аннамарии. Работа при свечах утомила бы ваши глаза! Завтра мы что-нибудь придумаем, чтобы утешить милую крошку, и, надеюсь, она скоро забудет о своем огорчении.

Этого намека было достаточно. Люси сразу опомнилась и ответила:

— Ах, леди Мидлтон, вы ошибаетесь! Я только ждала, чтобы узнать, нужна ли я за карточным столом, не то бы я уже вернулась к своему рукоделию. Я ни за что в мире не соглашусь огорчить нашего ангелочка, а если без меня партия не составится, я кончу корзиночку после ужина.

— Вы очень добры, и, надеюсь, вашим глазам это не повредит... Не позвоните ли вы, чтобы вам принесли свечи для работы? Моя бедная малютка так невыразимо огорчится, если корзиночка завтра утром не будет готова. Хотя я ее и предупредила, что этого никак быть не может, я знаю, что она все-таки ждет.

Люси тотчас придвинула рабочий столик с такой поспешностью и веселой улыбкой, словно не знала наслаждения выше, чем плести корзиночки для избалованных малюток. Остальным леди Мидлтон предложила роббер казино. Все согласились, кроме Марианны, которая с обычным своим пренебрежением к требованиям вежливости воскликнула:

— Меня, ваша милость, прошу извинить, вы знаете, я не выношу карт. С вашего разрешения я сяду за фортепьяно. Я ведь еще его не пробовала после того, как оно было настроено.

И без дальнейших церемоний она направилась к инструменту.

Судя по лицу леди Мидлтон, она возблагодарила небо, что сама ни разу в жизни так грубо никому не отвечала.

— Сударыня, вы же знаете, что Марианну невозможно надолго отлучить от вашего фортепьяно, — сказала Элинор, пытаясь загладить неловкость. — И неудивительно, потому что такого прекрасного звучания мне у других слышать не доводилось.

Оставшиеся пятеро собрались тянуть карты, которые решили бы, кому и в каком порядке садиться играть.

— Если мне выпадет пропустить роббер, — продолжала Элинор, — я могла бы помочь мисс Люси скручивать полоски для корзиночки. Мне кажется, одна она не успеет кончить ее вечером. Ведь работы еще много. А я буду очень рада заняться этим, если она мне разрешит.

— Ах, я была бы чрезвычайно вам признательна! — тотчас отозвалась Люси. — Дела, как вижу, и правда, гораздо больше, чем мне показалось, а все-таки огорчить нашу милую Аннамарию было бы так ужасно!

— Да, убийственно! — подхватила мисс Стил. — Душечка, прелесть, как я ее обожаю!

— Вы очень добры, — сказала леди Мидлтон, обращаясь к Элинор. — И раз вам нравится эта работа, то, может быть, вы предпочтете пропустить этот роббер или все же возьмете карту, положившись на судьбу?

Элинор поспешила воспользоваться первым из этих предложений и таким образом, с помощью вежливой уловки, до каких Марианна никогда не снисходила, и собственной цели добилась, и сделала приятное леди Мидлтон. Люси с готовностью подвинулась, и две прекрасные соперницы, сидя за одним столиком, в полном согласии занялись одним рукоделием. К счастью, фортепьяно, за которым Марианна, вся во власти собственной музыки и собственных мыслей, уже успела забыть, что, кроме нее, в комнате есть кто-то еще, стояло совсем близко от них, и мисс Дэшвуд решила, что под его звуки может без опасения коснуться интересующего ее предмета, не страшась, что их услышат.

Глава 24

Элинор начала твердым, хотя и негромким голосом:

— Я не заслуживала бы доверия, которым вы меня удостоили, если бы не желала и далее им пользоваться и не любопытствовала бы узнать побольше. А потому я не стану извиняться, что вернусь к нашему разговору.

— Благодарю вас, — с жаром воскликнула Люси, — что вы разбили лед! Вы так облегчили мне сердце! Почему-то я все время опасалась, что оскорбила вас своим признанием в тот понедельник.

— Оскорбили? Неужели у вас были подобные опасения? Поверьте, — продолжала Элинор с глубокой искренностью, — я никоим образом не хотела внушить вам такую мысль. Из каких побуждений могли вы довериться мне, если не из самых достойных и самых лестных для меня?

— И все же, — ответила Люси с многозначительным взглядом острых глазок, — уверяю вас, в том, как вы меня слушали, мне почудились холодность и неудовольствие, очень меня расстроившие. Я не сомневалась, что вы на меня сердитесь, и с тех пор все время бранила себя за вольность, с какой решилась обременить вас своими делами. Но я очень рада, что это было лишь мое воображение и на самом деле вы меня ни в чем не вините. Когда бы вы знали, каким утешением было для меня излить вам мое сердце, открыв то, что занимает мои мысли каждый миг моей жизни, право же, ваша сострадательность заставила бы вас простить все прочее.

— О да, мне не трудно поверить, что для вас было большим облегчением открыться мне, и не сомневайтесь, что у вас никогда не будет причины пожалеть об этом. Ваше положение очень тяжело; вы, по-моему, со всех сторон окружены серьезными препятствиями, и вам понадобится вся ваша взаимная привязанность, чтобы выдержать подобные испытания. Мистер Феррарс, если не ошибаюсь, всецело зависит от своей матери.

— Собственных у него есть только две тысячи, и было бы безумием жениться, не рассчитывая ни на что другое. Хотя сама я без единого вздоха отказалась бы от надежд на большее. Я привыкла жить в стесненных обстоятельствах и ради него безропотно переносила бы любую бедность. Но я так его люблю, что не позволю себе эгоистично отнять у него все то, что, быть может, даст ему мать, если он найдет невесту по ее вкусу. Мы должны ждать, и, быть может, много лет. Если бы речь шла о любом другом мужчине, кроме Эдварда, это было бы непереносимо. Но я знаю, что нежности Эдварда и его верности у меня не отнимет никто.

— Подобное убеждение должно служить вам бесценной опорой, и его, конечно, поддерживает такая же вера в вас. Если бы ваша взаимная привязанность ослабела, как, естественно, могло бы произойти на протяжении четырех лет помолвки со многими людьми под воздействием разных обстоятельств, ваше положение было бы действительно прискорбным.

Люси внимательно на нее посмотрела, но Элинор постаралась, чтобы на ее лице не появилось выражения, которое придало бы ее словам скрытый смысл.

— Любовь Эдварда ко мне, — сказала Люси, — подверглась решительному испытанию во время нашей долгой, очень долгой разлуки, наступившей почти сразу после того, как мы дали друг другу слово, и она выдержала его с такой честью, что мне было бы непростительно усомниться в ней теперь. Могу твердо сказать, что с самого начала в этом смысле он ни разу не подал мне хотя бы малейшего повода тревожиться.

Элинор, выслушав это заверение, не знала, то ли вздохнуть, то ли улыбнуться. А Люси продолжала:

— По природе я довольно ревнива, и то, что я ему неровня, что он чаще меня бывает в свете, и наши вечные разлуки сделали меня такой подозрительной, что я в мгновение ока угадала бы правду, если бы его поведение со мной во время наших встреч хоть чуточку переменилось, если бы им овладело непонятное мне уныние, если бы он упоминал бы какую-нибудь барышню чаще других или же в чем-то чувствовал себя в Лонгстейпле не таким счастливым, как прежде. Я вовсе не хочу сказать, что вообще так уж наблюдательна или проницательна, но в подобном случае я бы не ошиблась.

«Все это, — подумала Элинор, — очень мило, но не способно обмануть ни вас, ни меня».

— Тем не менее, — сказала она после краткого молчания, — каковы ваши намерения? Или вы предполагаете просто ждать кончины миссис Феррарс, крайности столь печальной, что даже мысль о ней недопустима? Неужели ее сын согласен смириться с подобным положением вещей и обречь вас всем тяготам многолетней неопределенности, вместо того чтобы, не побоявшись на время вызвать ее неудовольствие, признаться во всем?

— Если бы мы могли быть уверены, что лишь на время! Но миссис Феррарс очень гордая женщина, привыкшая всегда настаивать на своем, и в первом приступе гнева она может отдать все Роберту, и ради Эдварда я должна остерегаться поспешности.

— И ради себя. Или же ваше бескорыстие выходит за все пределы благоразумия.

Люси вновь посмотрела на Элинор, но промолчала.

— А с мистером Робертом Феррарсом вы знакомы? — спросила Элинор.

— Нет. Я никогда в жизни его не видела. Но кажется, он совсем не похож на брата — глуп и большой модник.

— Большой модник! — повторила мисс Стил, чей слух различил эти слова, потому что Марианна на мгновение отняла пальцы от клавиш. — А-а! Они толкуют про своих душек-кавалеров!

— Вот и ошибаешься, сестрица! — воскликнула Люси. — Среди наших кавалеров модников никогда не бывало.

— За кавалера мисс Дэшвуд я могу поручиться, — с веселым смехом подхватила миссис Дженнингс. — Более скромного и благовоспитанного молодого человека редко встретишь. Но Люси такая скрытная плутовка, что никому не догадаться, кто ей по сердцу.

— О! — вскричала мисс Стил, многозначительно на них оглядываясь. — Право слово, кавалер Люси точнехонько такой же скромный и благовоспитанный, как у мисс Дэшвуд.

Элинор невольно покраснела. Люси закусила губу и бросила на сестру сердитый взгляд. На некоторое время воцарилось полное молчание. Положила ему конец Люси, сказав вполголоса, хотя Марианна, словно оберегая их секреты, уже заиграла великолепный концерт:

— Я расскажу вам про план, как положить конец этой неопределенности. Он совсем недавно пришел мне в голову. И я даже должна вас в него посвятить, потому что он отчасти от вас зависит. Натурально, вы, зная Эдварда столько времени, успели понять, что из всех профессий он предпочел бы церковь. Так вот, ему надо поскорее получить сан, а затем с вашей помощью, в которой вы, полагаю, не откажете из дружбы к нему и, смею надеяться, из некоторой симпатии ко мне, убедить вашего братца отдать ему норлендский приход — как я слышала, отличный. Нынешний священник, видимо, долго не проживет. Этого нам было бы достаточно, чтобы пожениться, а в остальном положиться на время и судьбу.

— Я всегда буду рада, — ответила Элинор, — доказать делом мое уважение и дружбу к мистеру Феррарсу. Но не кажется ли вам, что моя помощь тут вовсе не нужна? Он — брат миссис Джон Дэшвуд. И иной рекомендации ее мужу вряд ли потребуется.

— Но миссис Джон Дэшвуд может не захотеть, чтобы Эдвард принял сан.

— В таком случае, боюсь, от моей помощи толку будет мало.

Они вновь надолго замолчали. Наконец Люси с тяжелым вздохом воскликнула:

— Пожалуй, разумнее было бы сразу положить всему конец, расторгнув помолвку. Вокруг нас столько неодолимых препятствий. Пусть мы будем долго очень несчастны, но со временем к нам, наверное, все же вернется душевный покой. Но вы своего совета мне не дадите, мисс Дэшвуд?

— Нет, — ответила Элинор с улыбкой, прятавшей смятение чувств. — Только не в подобном деле. И вы прекрасно знаете, что мое мнение никакого значения для вас иметь не будет, если только не совпадет с тем, чего вы сами хотите.

— Право, вы ко мне несправедливы, — произнесла Люси с чрезвычайной серьезностью. — Ничье мнение я не ставлю столь высоко, как ваше. И мне кажется, услышь я из ваших уст: «Да, я советую вам расторгнуть вашу помолвку с Эдвардом Феррарсом, это вас обоих сделает счастливее», я не замедлила бы это сделать.

Элинор, краснея за фальшивость будущей жены Эдварда Феррарса, сказала:

— После такого комплимента я побоялась бы высказать свое мнение, даже если бы оно у меня было. Он придает моему влиянию незаслуженную силу. У постороннего человека не должно быть власти разлучить тех, кого связывает нежное чувство.

— Но именно потому, что вы посторонний человек, — с некоторой злостью ответила Люси, подчеркивая каждое слово, — ваше мнение и обретает для меня подобное значение. Если бы по той или иной причине вы были бы небеспристрастны, ваше мнение ничего не стоило бы.

Элинор сочла за благо промолчать, опасаясь, как бы они не толкнули друг друга на излишнюю откровенность и несдержанность, и даже почти решила раз и навсегда прекратить этот разговор. Наступила долгая пауза, длившаяся добрые десять минут, и опять первой заговорила Люси.

— Натурально, вы зимой будете в Лондоне, мисс Дэшвуд? — спросила она с обычной своей бесцеремонностью.

— Разумеется, нет.

— Какая жалость! — вздохнула Люси, но ее глаза радостно заблестели. — Мне доставило бы такое удовольствие увидеться с вами там. Но полагаю, вы все же туда приедете. Уж конечно, ваш братец и невестка пригласят вас погостить у них в столице.

— Я не смогу принять их приглашения.

— Ах, какая досада! А я-то надеялась встретиться с вами в Лондоне! Мы с Анной поедем туда в конце января к одним нашим родственникам, они нас уже несколько лет приглашают. Но я еду только ради Эдварда. Он будет там в феврале. А так Лондон совсем меня не манит. У меня не то расположение духа.

Вскоре первый роббер завершился, Элинор позвали к карточному столику, на чем задушевная беседа и кончилась, что нисколько не огорчило ни ту, ни другую, так как за все это время не было произнесено ни единого слова, которое могло бы смягчить их взаимную неприязнь. Элинор села за карты в грустном убеждении, что Эдвард не только не питает ни малейшей нежности к своей будущей жене, но и не найдет в браке даже того счастья, которое она могла бы дать ему, если бы ее сердце хранило хотя бы какое-то чувство к нему — ведь только корысть и эгоизм могли понудить женщину не расторгнуть помолвку с мужчиной, который, как ей, видимо, было прекрасно известно, давно ею тяготился.

После этого вечера Элинор сама к теме их беседы больше не возвращалась, хотя Люси редко упускала случай коснуться ее и, получив письмо от Эдварда, никогда не забывала поделиться своим счастьем с наперсницей. Но Элинор отвечала ей спокойно и осторожно, прекращая разговор, едва позволяла вежливость, так как полагала, что Люси он доставляет ничем не заслуженное удовольствие, а ей самой грозит некоторой опасностью.

Барышни Стил прогостили в Бартон-парке много дольше, чем предполагалось, когда их только пригласили. Они все больше входили там в милость, без них уже не могли обойтись. Сэр Джон и слышать не желал об их отъезде, и вопреки многочисленным давно данным обещаниям, призывавшим их в Эксетер, и настоятельнейшей необходимости немедленно уехать, чтобы сдержать эти обещания, которая наступала в конце каждой недели, они сдавались на уговоры и пробыли в Бартоне почти два месяца, принимая должное участие в приготовлениях к тому празднику, особая святость которого подтверждается сугубой многочисленностью балов и званых обедов.

Глава 25

Хотя миссис Дженнингс имела обыкновение большую часть года проводить у своих дочерей и друзей, отсюда еще не следовало, будто собственного постоянного жилища у нее не было. После кончины мужа, который вел выгодную торговлю не в самой аристократической части столицы, зимой она возвращалась в дом на одной из улиц, примыкающих к Портмен-сквер. И с приближением января ее мысли все чаще обращались к этому дому, куда она в один прекрасный день внезапно, и для них совершенно неожиданно, пригласила поехать с собой старших мисс Дэшвуд. Элинор, не заметив ни как вспыхнуло и тотчас побледнело лицо сестры, ни радостного блеска в ее глазах, с благодарностью, но решительно отказалась за них обеих, в полной уверенности, что Марианна вполне с ней согласна. Сослалась она на то, что они не могут оставить свою мать одну в такое время года. Миссис Дженнингс выслушала ее с удивлением и тут же повторила приглашение.

— Ах Господи! Да ваша матушка прекрасно без вас обойдется, уж поверьте мне, а я от души прошу вас составить мне компанию и ничего даже слушать не хочу! И не бойтесь, что вы меня стесните. Мне никакого беспокойства это не доставит. Отправлю Бетти почтовой

Чувство и чувствительность

каретой, — уж это я, право слово, могу себе позволить! Втроем мы прекрасно уместимся в моем дорожном экипаже. А коли в Лондоне вы не пожелаете всякий раз выезжать со мной, так и отлично, поедете не с одной моей дочкой, так с другой. Я знаю, ваша матушка не будет против. Мне так хорошо удалось сбыть с рук моих девочек, что кому же ей и поручить вас, как не мне! И коли я не выдам замуж хоть одну из вас, так вина будет не моя. Уж я всем молодым людям замолвлю за вас словцо, можете быть уверены!

— Сдается мне, — вмешался сэр Джон, — что мисс Марианна спорить не станет, если ее старшая сестрица даст свое согласие. Ну разве хорошо лишать ее маленькой радости оттого, что мисс Дэшвуд заупрямилась. А потому я вам двоим советую укатить в столицу, когда Бартон вам прискучит, ни слова мисс Дэшвуд не говоря.

— Право же, — сказала миссис Дженнингс, — я буду убийственно рада обществу мисс Марианны, поедет с нами мисс Дэшвуд или нет, да только, по-моему, чем больше, тем веселее, и я думала, им будет приятнее поехать вместе, потому что, чуть я им надоем, они смогут болтать между собой и смеяться у меня за спиной над моими чудачествами. Но если не обеих, так одну из них я заполучить должна! Господи помилуй, да что же, по-вашему, я буду делать дома одна-одинешенька? Ведь до этой зимы при мне всегда была Шарлотта. Ну-ка, мисс Марианна, ударим по рукам, а если мисс Дэшвуд возьмет да передумает, будет еще лучше.

— Благодарю вас, сударыня, от всего сердца благодарю! — пылко воскликнула Марианна. — Своим приглашением вы заслужили мою вечную благодарность, и для меня было бы большим счастьем, нет, великим счастьем его принять. Но моя мать, самая нежная, самая добрая из матерей... Элинор права, и если наш отъезд огорчит ее, лишит душевного покоя... Ах нет! Ничто,

Джейн Остен

ничто не соблазнит меня покинуть ее. Тут не должно, тут не может быть никаких борений!

Миссис Дженнингс повторила свои заверения, что миссис Дэшвуд превосходно без них обойдется, и Элинор, которая теперь поняла сестру и убедилась, какое безразличие ко всему остальному внушает ей нетерпеливая мечта скорее увидеть Уиллоби, не стала прибегать к новым возражениям и сказала лишь, что решать должна их мать, хотя не надеялась найти в ней союзницу в попытке избегнуть поездки в Лондон, которой она не могла одобрить для Марианны, а сама имела веские причины опасаться. Конечно, их мать поддержит всякое желание Марианны! И как внушить ей, что в этом деликатном деле необходимо соблюдать величайшую осторожность, если она с самого начала не слушала никаких предостережений? Объяснить же, почему она сама не хочет ехать в Лондон, Элинор не осмеливалась. Если Марианна, такая нетерпимая, прекрасно знакомая с грубоватыми манерами миссис Дженнингс, к которым неизменно выражала глубокое отвращение, была согласна, ради достижения своей цели, смириться и с ними и с прочим, что должно было постоянно невыносимо ранить ее раздражительную чувствительность, отсюда неопровержимо следовало, насколько важна для нее эта цель, и подобное доказательство явилось для Элинор, несмотря на все, что она наблюдала в прошлом, полной неожиданностью.

Когда она рассказала матери о приглашении, миссис Дэшвуд, убежденная, что в Лондоне ее дочери проведут время превесело, и, вопреки всем нежным заверениям Марианны, заметив, как той хочется поехать, не пожелала и слышать, чтобы они отказались ради нее. Но тут же настояла, чтобы они безотлагательно сообщили миссис Дженнингс о своем согласии, а затем с обычной живостью начала перечислять различные выгоды, которые им всем принесет эта временная разлука.

— Я в восторге от этого плана! — воскликнула она. — В нем все, чего я могла бы пожелать. Мы с Маргарет выиграем от него не меньше, чем вы. После того как вы и Мидлтоны уедете, мы будем тихо и приятно проводить время за книгами и музыкой. И когда вы вернетесь, Маргарет удивит вас своими успехами. К тому же я давно задумала кое-что переделать в ваших спальнях, и теперь это можно будет сделать без всяких неудобств. А вам полезно поехать в Лондон! Я считаю, что всем девицам вашего положения необходимо знакомиться со столичными нравами и развлечениями. Вы будете под опекой превосходной женщины, и я без малейших опасений поручу вас ее добрым заботам и материнскому сердцу. И ведь почти наверное вы увидитесь со своим братом, а каковы бы ни были его недостатки или недостатки его жены, я не могу забыть, чей он сын, и мне невыносима мысль, что вы станете совсем чужими друг другу.

— Как всегда, думая только о нашем счастье, — сказала Элинор, — вы сгладили все помехи, какие могли бы, по-вашему, воспрепятствовать исполнению этого плана. Но остается одно возражение, которое, мне кажется, обойти будет не так просто.

Лицо Марианны вытянулось.

— И о чем же, — сказала миссис Дэшвуд, — моя милая благоразумная Элинор хочет меня предупредить? Какое неодолимое препятствие она назовет? Только ни слова о расходах!

— Вот мое возражение: я самого лучшего мнения о сердце миссис Дженнингс, и все же она не такая женщина, чье общество может быть нам приятно, а покровительство — послужит хорошей рекомендацией в свете.

— Совершенно справедливо, — ответила ее мать. — Но наедине вам с ней оставаться почти не придется, а на людях вы чаще всего будете появляться в сопровождении леди Мидлтон.

— Если Элинор готова отказаться, потому что миссис Дженнингс ей несимпатична, это не может помешать мне принять ее приглашение! — воскликнула Марианна. — Меня такие соображения не смущают, и, полагаю, я без особых усилий сумею терпеть неприятности подобного рода.

Элинор невольно улыбнулась на такое безразличие к манерам дамы, с которой Марианна держалась едва вежливо, и то лишь после долгих уговоров, и решила ехать. Она равно опасалась и покинуть Марианну без иной опоры, кроме собственных ее суждений, и оставить миссис Дженнингс в ее собственной гостиной в часы досуга лишь на милость Марианны. С необходимостью ехать она примирилась еще больше, когда вспомнила, что, по словам Люси, Эдвард Феррарс ожидался в Лондоне не ранее февраля, а еще до того времени срок их визита подойдет к концу, и прервать его можно будет без неприличной спешки.

— Нет, конечно, вы поедете обе! — объявила миссис Дэшвуд. — Эти возражения вздорны. Жизнь в Лондоне доставит вам много радостей, и особенно потому, что вы будете там вместе. А если Элинор снизойдет до того, чтобы, кроме помех, провидеть и удовольствия, она, несомненно, обнаружит, что источники их могут быть самыми разными. Например, почему бы ей не познакомиться поближе с родными ее невестки?

Элинор часто думала о том, как бы нарушить безмятежность, с какой ее мать полагалась на то, что их с Эдвардом связывает взаимное чувство, чтобы несколько смягчить удар, когда обнаружится истина, и вот теперь в ответ на этот намек она, хотя и без всякой надежды на успех, заставила себя приступить к исполнению своего замысла, сказав:

— Мне очень нравится Эдвард Феррарс, и я всегда буду рада его видеть, но что до его близких, мне, право, безразлично, познакомлюсь я с ними или нет.

Миссис Дэшвуд улыбнулась и ничего не ответила. Марианна удивленно подняла на нее глаза, и Элинор поняла, что слова ее пропали втуне.

На этом споры кончились, и вскоре они сошлись на том, что приглашение будет принято без всяких оговорок. Миссис Дженнингс от восторга рассыпалась в обещаниях опекать и развлекать барышень как родных. И обрадовалась не только она. В восторг пришел и сэр Джон. Для человека, больше всего боявшегося хотя бы день провести в одиночестве, добавление к числу обитателей Лондона еще двух было уже кое-что. Даже леди Мидлтон, отступив от своего обыкновения, потрудилась изъявить радость. Ну, а мисс Стил и особенно Люси в жизни не были так счастливы, как в ту минуту, когда узнали столь приятную новость.

Хотя и наперекор своим желаниям, но Элинор уступила с меньшей неохотой, чем ожидала. Что до нее, теперь уже не имело значения, поедет она в Лондон или нет, а видя, как довольна ее мать, как восхищена Марианна, чье лицо, голос, манеры тотчас обрели былую живость и даже большую, чем прежде, веселость, она не могла досадовать на причину и не позволила себе опасаться последствий.

Радость Марианны скорее походила на экстаз, так велико было ее волнение и желание скорее отправиться в путь. Лишь приближающаяся разлука с матерью сдерживала ее, и в минуту прощания горе ее не знало пределов. Миссис Дэшвуд страдала немногим меньше, и из них троих только Элинор, казалось, помнила, что расстаются они отнюдь не на век.

Уехали они в первую неделю января. Мидлтоны собирались следом дней через десять. Барышни Стил до конца удержали свои позиции в Бартон-парке и должны были уехать вместе с семьей.

Глава 26

Оказавшись в карете миссис Дженнингс, направляясь в Лондон под покровительством этой дамы как ее гостья, Элинор невольно дивилась своему положению — столь коротко было их знакомство, столь мало подходили они друг к другу как по возрасту, так и по склонностям и столь неистощимы были ее собственные возражения против этого визита лишь несколько дней назад! Но все их опровергли или обошли с той счастливой юной пылкостью, которой Марианна и их мать были наделены в равной мере, и Элинор, хотя постоянство Уиллоби порой и пробуждало в ней сомнения, не могла, наблюдая блаженное предвкушение, переполнявшее душу Марианны и сиявшее в ее глазах, не чувствовать, как безнадежно ее собственное будущее, как, по сравнению, тягостно настоящее и с какой радостью приняла бы она неопределенность, в которой оставалась Марианна, лишь бы впереди ей так же светила заветная цель, лишь бы у нее было право на такие же мечты. Однако через короткое, через очень короткое время намерения Уиллоби должны будут стать ясными. Вероятно, он уже в Лондоне. Нетерпение Марианны скорее добраться туда показывало, что она полагает найти его там. И Элинор собиралась не только узнать все подробности о его характере, какие только откроют ей ее собственная наблюдательность и сведения, полученные от других, но и с ревностным вниманием следить за его поведением с Марианной, чтобы после первых же их встреч удостовериться, каков он на самом деле и чего ищет. Если заключение будет неблагоприятным, она, во всяком случае, постарается открыть глаза сестре, а если нет — те же усилия употребит на то, чтобы избегать эгоистических сравнений и отгонять сожаления, которые могут омрачить ее радость за Марианну.

Ехали они три дня, и поведение Марианны служило прекрасным образчиком того, какую любезность и внимательность могла в дальнейшем ожидать от нее миссис Дженнингс. Почти всю дорогу она молчала, занятая своими мыслями, и сама не вступала ни в какие разговоры, если не считать восхищенных возгласов при виде той или иной живописной картины природы, но и тогда она обращалась только к сестре. Чтобы загладить подобные выходки, Элинор тотчас заняла пост вежливой гостьи, который себе назначила, и каждую минуту была к услугам миссис Дженнингс, болтала с ней, смеялась с ней и слушала ее сколько могла. Миссис Дженнингс со своей стороны обходилась с ними обеими с величайшей добротой, неустанно заботилась, как бы устроить их поудобнее и облегчить им тяготы пути, и страдала лишь от того, что они отказывались сами заказывать себе обед в гостинице и не желали признаться, предпочтут ли лососину треске или вареную курицу телячьим котлетам. В столицу они въехали в три часа на третий день, радуясь после такого путешествия, что могут покинуть тесноту кареты и вкусить все радости отдыха перед топящимся камином.

Дом был прекрасный, прекрасно обставлен, и барышень немедля проводили в очень уютную комнату. Прежде там обитала Шарлотта, и над каминной полкой еще висел вышитым цветными шелками пейзаж ее работы, доказывая, что она не без пользы воспитывалась семь лет в прославленном столичном пансионе.

Обедать им предстояло не раньше чем через два часа, и Элинор решила воспользоваться этим временем, чтобы написать матери. Через несколько минут Марианна тоже взяла перо.

— Я пишу домой, Марианна, — сказала Элинор. — Так не лучше ли тебе отложить свое письмо на день-два?

— Но я пишу вовсе не маме, — ответила Марианна торопливо, словно желая избежать дальнейших расспросов.

Элинор промолчала, сразу заключив, что в таком случае она пишет Уиллоби, из чего немедленно последовало второе заключение: в какой тайне ни пытаются они это хранить, но помолвлены они несомненно. Такой вывод, хотя и оставлял место для тревоги, ее обрадовал, и она продолжала писать с большей охотой. Марианна отбросила перо через две-три минуты, видимо удовольствовавшись короткой записочкой, которую сложила, запечатала и надписала с нетерпеливой поспешностью. Элинор показалось, что адрес начинался с заглавной «У», но Марианна тут же позвонила и поручила вошедшему на звонок лакею отправить это письмо с двухпенсовой почтой. Что развеяло последние сомнения.

Марианна все еще была в очень веселом расположении духа, но веселость эта прятала возбуждение, которое очень не нравилось Элинор и с приближением вечера заметно усилилось. За обедом она почти ни к чему не притронулась, а когда они затем расположились в гостиной, взволнованно вздрагивала, едва с улицы доносился шум подъезжающего экипажа.

Элинор была рада, что миссис Дженнингс разбирала вещи у себя в спальне и не могла наблюдать за происходящим. До того как подали чай, Марианне пришлось пережить не одно разочарование, потому что всякий раз стучали в чужие двери. Но тут раздался такой громкий стук, что ошибиться было уже нельзя. Элинор не сомневалась, что он возвещает об Уиллоби, а Марианна вскочила и направилась к двери. Воцарилась тишина, и, не выдержав ожидания, которое длилось уже несколько секунд, она открыла дверь, сделала шаг к лестнице, прислушалась и возвратилась в гостиную, вне себя от волнения, вполне понятного, так как ей послышался его голос. В безумном восторге она не удержалась и воскликнула:

— Ах, Элинор, это Уиллоби! Это он, он!

Чувство и чувствительность

И казалось, готова была броситься в его объятия, когда в дверях появился полковник Брэндон.

Перенести такой удар в спокойствии оказалось невозможным, и Марианна тотчас покинула гостиную. Элинор разделяла ее разочарование, но полковнику Брэндону она была от души рада и только огорчилась при мысли, что человек, столь преданный ее сестре, мог заметить, как раздосадована и разочарована была та, увидев его. И она тут же убедилась, что от его проницательности это не ускользнуло: он проводил Марианну взглядом, полным такой растерянности и грусти, что даже забыл поздороваться с ней, но сразу спросил:

— Ваша сестра нездорова?

Элинор с некоторым смущением ответила утвердительно и тут же заговорила о головных болях, дорожном утомлении, расстроенных нервах и обо всем том, чем можно было бы объяснить невежливость Марианны.

Полковник слушал ее с величайшим вниманием, но, видимо, успел взять себя в руки и, больше к этой теме не возвращаясь, сказал, что очень счастлив видеть их в Лондоне, а затем осведомился, как они доехали и как поживают их общие знакомые.

Они продолжали вести светскую беседу, нисколько им не интересную, оба в унынии, оба думая о другом. Элинор хотела бы спросить, в Лондоне ли Уиллоби, но боялась причинить ему боль, упомянув его соперника, и в конце концов, не зная, о чем говорить дальше, спросила, все ли время с тех пор, как они виделись в последний раз, он провел в Лондоне.

— Да, — ответил он с некоторым колебанием. — Почти. Раза два я на несколько дней уезжал в Делафорд, но вернуться в Бартон никак не мог.

Его слова и тон немедленно напомнили ей все обстоятельства его отъезда, а также назойливые расспросы и подозрения миссис Дженнингс, и она испугалась, что собственный ее вопрос мог быть истолкован как свидетельство любопытства, какого она вовсе не испытывала ни тогда, ни теперь.

Но тут в гостиную вошла миссис Дженнингс.

— А, полковник! — вскричала она с обычной своей шумной приветливостью. — Я убийственно рада вас видеть... извините, что замешкалась... Прошу покорно простить меня, но мне надо было оглядеться и заняться делами, я ведь очень давно не была дома, а вы знаете, сколько всяких мелочей набирается, стоит отлучиться. И потом еще Картрайт, нужно было расплатиться. Господи помилуй, да после обеда я ни минуты покоя не знала! Но скажите, полковник, как вы-то догадались, что я приехала?

— Я имел удовольствие услышать об этом от мистера Палмера. Я нынче у них обедал.

— Вообразите! И как они все поживают? Что Шарлотта? Уж, наверное, в три обхвата стала?

— Миссис Палмер, кажется, в полном здравии и поручила передать вам, что завтра же будет у вас.

— Да-да, так я и думала. Но, полковник, я, как видите, привезла с собой двух барышень... То есть видите-то вы сейчас одну, но где-то тут и вторая есть. И не кто иная, как ваша приятельница мисс Марианна, что вам, разумеется, приятно услышать. Право, не знаю, как вы с мистером Уиллоби между собой разберетесь из-за нее! Быть молодой и красивой уж чего лучше! Я тоже вот была когда-то молодой, да только не очень чтобы красивой, на свою беду. Впрочем, замуж я вышла за преотличнейшего человека, а лучше такой судьбы и самой первой красавице не найти! Бедняжка! Он скончался вот уже восемь лет, а то и больше. Но, полковник, где вы были с тех пор, как мы вас видели в последний раз? И как идет ваше дело? Ах, ну к чему секреты между друзьями?

Он ответил на все ее вопросы с обычной своей мягкостью, но так, что она не сумела удовлетворить своего любопытства. Затем Элинор села заваривать чай, и Марианна волей-неволей должна была выйти к ним.

С ее появлением полковник Брэндон стал еще более серьезным и молчаливым, а затем откланялся, как ни уговаривала его миссис Дженнингс посидеть еще немного. Больше никто с визитом не явился, и они единодушно решили лечь спать пораньше.

На следующее утро Марианна проснулась в прекрасном расположении духа, вновь вся сияя радостью. Разочарование прошлого вечера было забыто в предвкушении того, что сулил новый день. Они только встали из-за завтрака, как у дверей остановилась карета миссис Палмер, и минуту спустя она со смехом вошла в гостиную, так радуясь им всем, что трудно было сказать, кого ей приятнее видеть — свою маменьку или бартонских знакомых. Так удивляясь, что они приехали в Лондон, хотя она ничего другого и не предполагала с самого начала! Так сердясь, что они приняли приглашение ее маменьки, после того как ей ответили отказом! Но, натурально, она никогда им не простила бы, если бы они все-таки не приехали!

— Мистер Палмер будет так счастлив вас видеть! — продолжала она. — Как по-вашему, что он сказал, узнав, что вы едете с мамой? Я, право, запамятовала, но это было так забавно!

Часа два они провели за приятной беседой, как выразилась миссис Дженнингс, — иными словами, она сыпала всевозможными вопросами о всех их знакомых, а миссис Палмер смеялась без всякой причины, после чего эта последняя предложила им всем поехать с ней по магазинам, где ей непременно требовалось побывать в это утро, и миссис Дженнингс с Элинор тотчас согласились, так как тоже хотели сделать кое-какие покупки, а Марианна сначала отказалась, но затем сдалась на их уговоры.

Но куда бы они ни заезжали, она все время была настороже. Особенно на Бонд-стрит, где они провели большую часть времени, ее взгляд постоянно скользил по сторонам. И в каком бы магазине они ни находились, она в рассеянии не замечала того, что им показывали, нисколько не разделяя интереса своих спутниц. Она хмурилась, не находила себе места, и напрасно сестра спрашивала ее мнения, даже когда выбор равно касался их обеих. Ничто не доставляло ей никакого удовольствия, она сгорала от нетерпения поскорее вернуться домой и лишь с трудом сдерживала досаду на мешкотность миссис Палмер, чьи глаза замечали каждую красивую, новую или дорогую вещь, которые она жаждала купить все, но не могла выбрать ни единой и проводила время в восторгах и колебаниях.

Домой они вернулись перед полуднем и не успели переступить порога, как Марианна вспорхнула вверх по лестнице, и, когда Элинор поднялась следом за ней, она уже отвернулась от стола с печальным лицом, сказавшим ее сестре без слов, что Уиллоби с визитом не являлся.

— Мне не оставляли письма, пока нас не было? — спросила она у лакея, вошедшего со свертками.

— Нет, никакого письма не оставляли.

— А вы уверены, что ни слуга, ни посыльный не приходили с письмом или запиской?

Лакей ответил, что никто не приходил.

«Как, право, странно! — думала Элинор, с тревогой глядя на сестру. — Если бы она не знала наверное, что он в городе, то написала бы ему не на его лондонский адрес, а в Комбе-Магна. Но если он здесь, как странно, что он не приехал и не написал! Ах, мама, вероятно, вы напрасно разрешили помолвку совсем еще юной девочки с человеком, о котором мы, в конце концов, знаем так мало, и позволили, чтобы все осталось столь неопределенным, столь таинственным! Мне трудно удержаться от расспросов, но мне не простят, если я вмешаюсь!»

После некоторых размышлений она приняла решение, в случае если такое тягостное положение вещей будет продолжаться, постараться убедить миссис Дэшвуд в необходимости навести самые серьезные справки.

В этот день у них, кроме миссис Палмер, обедали еще две пожилые дамы, приятельницы миссис Дженнингс, которых она пригласила утром, встретившись с ними на Бонд-стрит. Первая покинула их вскоре после чая, чтобы успеть на званый вечер, и Элинор пришлось сесть за вист четвертой. Марианна в подобных случаях оказывалась бесполезной, ибо не пожелала выучиться этой игре, однако вечер, хотя она и могла бы заняться чем хотела, прошел для нее не более приятно, чем для Элинор, потому что лихорадка ожидания постоянно сменялась болью разочарования. Она садилась с книгой, но вскоре отбрасывала ее и возвращалась к более интересному времяпрепровождению, расхаживая из угла в угол, на мгновение задерживаясь у окна в надежде услышать долгожданный стук.

Глава 27

— Если такая ясная погода будет стоять и дальше, — заметила миссис Дженнингс, когда они встретились за завтраком на следующее утро, — сэр Джон навряд ли пожелает уехать из Бартона и на той неделе. Ведь заядлому охотнику упустить даже день всегда такая досада. Бедняги! Я очень жалею, когда что-нибудь мешает их забаве. Так они огорчаются!

— Это правда! — вскричала Марианна повеселевшим голосом и подбежала к окну взглянуть на небо. — Как я не подумала! Да, такая погода многих охотников удержит в деревне.

Слова миссис Дженнингс пришлись как нельзя вовремя, и к Марианне вернулось отличное расположение духа.

— Да, для них погода стоит чудесная, — продолжала она, вновь садясь за стол с сияющим от счастья лицом. — Как должны они ей радоваться! (Ее лицо немного омрачилось.) Но долго ведь она не продлится. В это время года и после таких дождей перемена должна наступить очень скоро. Воцарится холод, и, вероятно, жестокий. Еще день-два, пожалуй, но такое редкое тепло не замедлит кончиться. Быть может, уже сегодня к вечеру все замерзнет!

— Ну, во всяком случае, — сказала Элинор, боясь, как бы миссис Дженнингс не прочитала мысли ее сестры с такой же легкостью, как она сама, — мы увидим сэра Джона и леди Мидлтон в городе не позже конца будущей недели.

— Да, душечка, за это я поручусь. Мэри всегда умеет поставить на своем.

«А теперь, — мысленно заключила Элинор, — она напишет в Комбе, чтобы успеть к первой же почте».

Но если Марианна так и поступила, письмо было написано и отослано в такой тайне, что Элинор этого не узнала, хотя и следила за сестрой. Так или иначе, спокойной себя Элинор чувствовать не могла, и все же, видя Марианну вновь веселой, не могла она и слишком предаваться тревоге. А Марианна была очень весела, радовалась теплой погоде и еще более радовалась холодам, скорого наступления которых ожидала.

Утром они главным образом объезжали дома знакомых миссис Дженнингс, оставляя визитные карточки, чтобы оповестить их о ее возвращении в город, и все это время Марианна бдительно следила за направлением ветра, высматривала перемены в небе и воображала перемены в воздухе.

— Не находишь ли ты, Элинор, что сейчас холоднее, чем утром? Право же! У меня руки мерзнут даже в муфте. Вчера, мне кажется, было теплее. И тучи как будто расходятся, вот-вот выглянет солнце, и вечер будет ясный.

Элинор это и смешило и огорчало. Но Марианна упорствовала и каждый вечер в пылании огня, а каждое утро — в состоянии неба видела несомненные признаки наступающих холодов.

У них с Элинор было не больше причин досадовать на образ жизни миссис Дженнингс и круг ее знакомых, чем на ее обхождение с ними, неизменно ласковое и заботливое. В доме у нее все было поставлено на широкую ногу, и, если исключить нескольких старинных друзей из Сити, с которыми она, к большому сожалению леди Мидлтон, и не подумала порвать, среди тех, с кем она обменивалась визитами, не было никого, чье знакомство могло бы показаться нежелательным ее молодым гостьям. Радуясь, что эти ее опасения оказались напрасными, Элинор охотно терпела скуку званых вечеров и дома у миссис Дженнингс, и у ее друзей, где единственным занятием были карты, ее нисколько не привлекавшие.

Полковник Брэндон, приглашенный бывать у них запросто, навещал их почти ежедневно. Он приезжал, чтобы смотреть на Марианну и беседовать с Элинор, которой эти разговоры нередко доставляли больше удовольствия, чем все остальные события дня. Но она с беспокойством убеждалась в постоянстве его чувства к ее сестре и боялась, что оно становится все более сильным. Ей было тягостно видеть, с какой тоской он часто следил за Марианной, и, бесспорно, он стал гораздо печальнее, чем казался в Бартоне.

Примерно через неделю после их приезда не осталось никаких сомнений, что Уиллоби тоже в столице. Когда они вернулись с утренней прогулки в экипаже, на столе лежала его карточка.

— Великий Боже! — вскричала Марианна. — Он приходил, пока мы катались!

Элинор, успокоенная тем, что он, во всяком случае, в Лондоне, осмелилась сказать:

— Разумеется, он заедет завтра утром.

Но Марианна, казалось, не услышала ее и поспешила скрыться с бесценной карточкой, увидев входящую миссис Дженнингс.

Если Элинор воспрянула духом, то к ее сестре сторицей вернулось прежнее волнение. С этой минуты она не могла думать ни о чем другом и, ежечасно ожидая увидеть его, не была способна ничем заняться. На следующее утро она настояла на том, что останется дома.

Элинор поехала с миссис Дженнингс, но ее мысли все время возвращались к тому, что происходило в доме на Беркли-стрит во время ее отсутствия. Однако по возвращении одного взгляда было достаточно, чтобы понять — Уиллоби вторично с визитом не пришел. В эту минуту принесли записку и положили на стол.

— Это мне! — воскликнула Марианна, делая поспешный шаг вперед.

— Нет, мисс, госпоже.

Но Марианна все же схватила записку.

— Да, правда, она адресована миссис Дженнингс! Какая досада!

— Значит, ты ждешь письма? — спросила Элинор, не в силах сдерживаться долее.

— Да... быть может, немножко...

— Ты мне не доверяешь, Марианна, — после некоторого молчания сказала Элинор.

— Ах, Элинор, такой упрек — и от тебя! Ведь сама ты никому не доверяешь!

— Я? — воскликнула Элинор в некотором смущении. — Но, право, Марианна, мне нечего сказать.

— И мне нечего! — с силой возразила Марианна. — Следовательно, мы в одном положении. Нам обеим нечего сказать: тебе, потому что ты молчишь, и мне, потому что я ничего не скрываю!

Элинор, удрученная этим обвинением в скрытности, которое у нее не было права опровергнуть, не знала, как теперь добиться откровенности от Марианны.

Но тут вошла миссис Дженнингс и, когда ей вручили записку, прочла ее вслух. Леди Мидлтон оповещала, что накануне ночью они прибыли к себе на Кондуит-стрит, и приглашала мать и кузин пожаловать к ним вечером. Дела сэра Джона и ее сильная простуда не позволили им самим заехать на Беркли-стрит. Приглашение было принято. Но когда приблизился назначенный час, хотя простая вежливость требовала, чтобы они обе сопровождали миссис Дженнингс, Элинор не без труда удалось добиться, чтобы Марианна поехала с ними; та, все еще не увидевшись с Уиллоби, была не только не склонна искать развлечений вне дома, но к тому же опасалась, что он опять заедет в ее отсутствие.

Когда вечер подошел к концу, Элинор окончательно убедилась, что перемена жилища не оказывает существенного влияния на характер — едва приехав, сэр Джон уже успел собрать вокруг себя почти два десятка молодых людей и устроить для их развлечения маленький бал. Однако леди Мидлтон этого не одобрила. В деревне позволительно устраивать танцы когда вздумается, но в Лондоне, где светская репутация много важнее, а приобретается с большими трудностями, нельзя было ставить ее на карту ради того, чтобы поразвлечь нескольких девиц, — вдруг пойдут слухи, что у леди Мидлтон танцевали какие-то восемь-девять пар под две скрипки и с холодным буфетом вместо ужина!

Среди присутствующих были мистер и миссис Палмер. Первого они после приезда в город еще не видели, ибо, тщательно избегая оказывать теще хоть малейшие знаки внимания, он никогда к ней не ездил. А теперь он, казалось, их не узнал и лишь бегло посмотрел на них, словно спрашивая себя, кто они такие, миссис же Дженнингс сухо кивнул из противоположного угла комнаты. Марианна обвела гостиную быстрым взглядом. Этого оказалось достаточно: Уиллоби среди гостей не было, и она тотчас села в стороне, равно не расположенная ни развлекаться, ни развлекать. Примерно через час мистер Палмер небрежно направился к ним и выразил свое удивление, что видит их в городе, хотя полковник Брэндон услышал об их приезде у него на обеде, а сам он, узнав об их намерении погостить в столице, сказал что-то ужасно забавное.

— Я полагал, что вы обе в Девоншире, — сказал он.
— Да? — ответила Элинор.
— Когда вы намерены вернуться?
— Право, не знаю.
И на этом их беседа завершилась.

Еще никогда Марианна не танцевала с такой неохотой, как в этот раз, и никогда не утомлялась так сильно. На что и пожаловалась, когда они возвращались домой.

— Да-да, — сказала миссис Дженнингс, — и мы хорошо знаем почему. Будь там один кавалер, называть которого не станем, вы ничуточки бы не устали. И, по чести говоря, не слишком-то мило он поступил, не поспешив повидать вас, хотя был приглашен.

— Как приглашен! — вскричала Марианна.
— Мне про это сказала моя дочка Мидлтон. Сэр Джон утром где-то с ним повстречался.

Марианна промолчала, но ее лицо страдальчески омрачилось. Полная нетерпеливого желания избавить сестру от столь ложного положения, Элинор решила за-

Чувство и чувствительность

втра же написать матери в надежде, что, встревоженная состоянием Марианны, она наконец добьется ясного ответа, который следовало бы получить давным-давно. Утром она еще больше укрепилась в своем намерении, когда после завтрака увидела, что Марианна пишет Уиллоби. (Адресатом мог быть только он: никому другому Марианна писать сейчас не стала бы, в этом Элинор не сомневалась.)

Днем миссис Дженнингс уехала куда-то по делам одна, и Элинор села писать матери, а Марианна, не находя себе места, то бродила по гостиной от окна к окну, то опускалась в кресло у камина и погружалась в меланхолические размышления, слишком занятая ими, чтобы отвлечься разговором. Элинор без утайки изложила матери все подробности происходящего, не скрыла, что сомневается в постоянстве Уиллоби, и заклинала ее материнским долгом и любовью добиться от Марианны ответа об истинных отношениях между ними.

Не успела она отложить перо, как стук в дверь возвестил приход визитера и лакей доложил о полковнике Брэндоне. Марианне всякое общество было в тягость, и, успев увидеть его в окно, она поднялась к себе прежде, чем он вошел. Полковник выглядел даже серьезнее обычного и, хотя изъявил удовольствие, что застал мисс Дэшвуд одну, точно у него было намерение сообщить ей нечто конфиденциальное, тем не менее довольно долго сидел молча. Элинор, полагая, что речь пойдет о чем-то имеющем отношение к ее сестре, с нетерпением ждала, когда он наконец заговорит. Уже не впервые испытывала она такое чувство. Несколько раз ранее, начав со слов вроде «ваша сестра выглядит нынче нездоровой» или «ваша сестра, видимо, в грустном расположении духа», он, казалось, был готов либо открыть что-то важное для Марианны, либо задать вопрос, близко ее касающийся. Прошло несколько минут, прежде чем он прервал молчание и с некоторым волнением осведомился, когда ему можно будет поздравить ее с новым братом. К такому вопросу Элинор готова не была и, не найдясь сразу, волей-неволей прибегла к самому простому и обычному средству защиты, спросив в ответ, о чем он говорит. Попытавшись улыбнуться, полковник объяснил, что «о помолвке вашей сестры с мистером Уиллоби знают очень многие».

— Этого никак не может быть, — ответила Элинор, — потому что ее родные ничего ни о какой помолвке не знают.

Полковник с видимым удивлением сказал:

— Прошу у вас прощения. Мой вопрос, боюсь, был неизвинительно дерзок. Но я не предполагал, что это держится в тайне, так как они открыто переписываются и все говорят об их скором браке.

— Как же так? От кого вы это слышали?

— От многих. И от тех, кого вы вовсе не знаете, и от тех, с кем вы близки, — от миссис Дженнингс, миссис Палмер и Мидлтонов. Тем не менее я, возможно, все же не поверил бы — ведь рассудок всегда умеет найти доводы против того, в чем ему не слишком хотелось бы убедиться, — но в руке слуги, открывшего мне дверь, я случайно увидел письмо с адресом мистера Уиллоби, написанным почерком вашей сестры. Я пришел узнать, но получил ответ, еще не задав вопроса. Так все наконец решено? И невозможно... Но у меня нет никакого права... да и никакой надежды преуспеть. Прошу у вас прощения, мисс Дэшвуд. Мне кажется, я позволил себе сказать много лишнего, но я не знаю, как поступить, и всегда глубоко уважал ваше благоразумие. Скажите мне, что все бесповоротно решено, что любая попытка... короче говоря, что остается только скрывать, если скрыть еще возможно...

Его слова, в которых она увидела прямое признание в любви к ее сестре, очень тронули Элинор. Она не сразу нашла в себе силы заговорить и, даже когда успокоилась, некоторое время раздумывала над ответом. Она сама столь мало знала об истинном положении вещей между Уиллоби и ее сестрой, что, пытаясь объяснить его, могла сказать слишком много или слишком мало. Однако чувства Марианны к Уиллоби, по ее глубокому убеждению, не оставляли надежды для полковника Брэндона, каков бы ни был исход, и, желая уберечь поступки сестры от осуждения, она после некоторого размышления решила, что и безопаснее и лучше для него будет сказать больше, чем она на самом деле знала или предполагала. Поэтому она призналась, что, хотя от них самих ни разу ничего прямо о помолвке не слышала, в их взаимной привязанности она не сомневается и поэтому их переписка удивления у нее не вызывает.

Он слушал ее с безмолвным вниманием, а когда она кончила, тут же встал, сказал взволнованным голосом: «Вашей сестрице я желаю всевозможного счастья, а Уиллоби — чтобы он попытался быть достойным ее», попрощался и ушел.

Этот разговор произвел на Элинор тягостное впечатление и не только не развеял другие ее тревоги, но добавил к ним новые; всем сердцем сострадая полковнику Брэндону, она тем не менее не могла пожелать облегчения его душевным мукам, а, напротив, больше всего желала, чтобы произошло событие, которое стократно их усугубило бы.

Глава 28

В течение следующих трех-четырех дней не случилось ничего, что заставило бы Элинор пожалеть о письме, которое она отправила матери: Уиллоби не появлялся и не писал. Затем подошло время званого вечера, куда им предстояло поехать с леди Мидлтон, так как миссис Дженнингс не могла оставить младшую дочь, которой нездоровилось. Марианна одевалась к этому вечеру в глубоком унынии, без единого вздоха надежды или радостного слова и с таким пренебрежением к тому, как она выглядит, словно ей было безразлично, ехать или остаться дома. После чая она в ожидании леди Мидлтон села у камина в гостиной и ни разу не встала со стула, не изменила позы, уйдя в свои мысли и не замечая присутствия сестры. Когда же лакей доложил, что леди Мидлтон ждет их у дверей, она вздрогнула, как будто совсем забыв, зачем она тут сидит.

Они прибыли к назначенному часу, вышли из кареты в свой черед, когда опередившие их экипажи отъехали от крыльца, поднялись по ступенькам, услышали, как звучные голоса повторяют их имена от одной площадки лестницы к другой, и вошли в великолепно освещенный зал, где толпилось множество гостей и было невыносимо жарко. Когда они исполнили долг вежливости, сделав реверанс хозяйке дома, им было дозволено присоединиться к остальным гостям и вкусить свою долю жары и тесноты, которые с их появлением, естественно, несколько увеличились. После того как они некоторое время постояли, почти ничего не говоря и вовсе не двигаясь, леди Мидлтон села играть в казино, а Элинор с Марианной, которая не выразила ни малейшего желания прогуливаться по зале, посчастливилось найти свободные стулья неподалеку от карточного стола. Не прошло и нескольких минут, как Элинор увидела, что всего в нескольких шагах от них стоит Уиллоби, оживленно разговаривая с чрезвычайно модно одетой молодой дамой. Она перехватила его взгляд, и он тотчас ей поклонился, но ничего не сказал и не подошел к ним, хотя не мог не увидеть Марианны, а продолжал болтать со своей собеседницей. Элинор с невольной тревогой

Чувство и чувствительность

повернулась к Марианне. Однако Марианна заметила его лишь в этот миг и, просияв от восторга, тут же побежала бы к нему, если бы сестра не успела ее удержать.

— Боже мой! — воскликнула она. — Он здесь! Он здесь! Ах, почему он не смотрит на меня? Почему я не могу к нему подойти?

— Прошу тебя, успокойся, — сказала Элинор. — И не показывай всем вокруг, что ты чувствуешь. Быть может, он просто тебя еще не увидел.

Однако этому она и сама поверить не могла, а у Марианны в такую минуту не только не хватило бы сил успокоиться, но она нисколько не хотела успокаиваться. Она продолжала сидеть, снедаемая нетерпением, которое отражалось в каждой черте ее лица.

Наконец он обернулся и поглядел на них. Она встала, с нежностью назвала его по имени и протянула ему руку. Он подошел к ним и, обращаясь более к Элинор, чем к Марианне, словно избегая ее взгляда и не замечая протянутой руки, торопливо осведомился о здоровье миссис Дэшвуд и спросил, давно ли они в городе. Элинор так растерялась, что не нашлась что сказать. Но ее сестра не стала сдерживать своих чувств. Лицо ее залилось пунцовой краской, и она воскликнула взволнованным голосом:

— Боже великий! Уиллоби, что все это означает? Разве вы не получили моих писем? Вы не хотите пожать мне руку?

Ему оставалось только подчиниться, но ее прикосновение словно причинило ему боль, и он ни на миг не задержал ее руки в своей. Казалось, он старался овладеть собой. Элинор, не спускавшая глаз с его лица, заметила, что оно обретает невозмутимость. После мгновенной паузы он сказал спокойно:

— Я имел удовольствие заехать на Беркли-стрит в прошлый вторник и весьма сожалел, что не застал дома ни вас, ни миссис Дженнингс. Надеюсь, моя карточка не пропала?

— Но разве вы не получили моих записок? — вскричала Марианна в величайшем расстройстве. — Наверное, произошла ошибка, какая-то ужасная ошибка! Что все это означает? Скажите же мне, Уиллоби, что все это означает?

Он не ответил, но переменился в лице, и к нему вернулась недавняя неловкость. Однако, как будто перехватив взгляд девицы, которая с ним только что беседовала, и почувствовав, что должен незамедлительно справиться с собой, он вновь взял себя в руки и ответил:

— Да, я имел счастье получить уведомление о вашем приезде в столицу, которое вы столь любезно послали мне.

Затем он с легким поклоном поспешно отошел к своей знакомой.

Марианна, смертельно побледнев, опустилась на стул, ноги ее не держали, и Элинор, боясь, что она вот-вот лишится чувств, постаралась заслонить ее от любопытных глаз и смочила ей виски лавандовой водой.

— Пойди к нему, Элинор! — воскликнула ее сестра, едва к ней вернулся дар речи. — И заставь его подойти ко мне. Скажи, что я должна его еще раз увидеть, должна немедля поговорить с ним... У меня нет сил... У меня не будет спокойной минуты, пока все не разъяснится... Какое-то страшное недоразумение... Ах, ну иди же за ним!

— Но как можно? Нет, милая, милая Марианна, ты должна потерпеть. Здесь не место для объяснений. Подожди всего лишь до завтра.

Тем не менее ей лишь с большим трудом удалось удержать сестру, которая хотела сама броситься к нему. Однако убедить ее сдержать волнение, выждать, сохраняя хотя бы внешнее спокойствие, пока ей не представится случай поговорить с ним в большем уединении и более разумно, оказалось невозможным: Марианна продолжала изливать свою горесть тихими восклицаниями и тяжелыми вздохами. Вскоре Элинор увидела, что Уиллоби вышел в двери, ведущие на лестницу, и, сказав Марианне, что он уехал, вновь умоляла ее успокоиться: ведь все равно сегодня она уже не сможет с ним объясниться! Марианна тотчас послала ее просить леди Мидлтон увезти их сию же минуту домой, — в своем отчаянии она была не в силах остаться здесь ни на лишний миг.

Леди Мидлтон, хотя роббер только начался, была слишком благовоспитанна, чтобы, услышав о недомогании Марианны, возразить против ее желания немедленно уехать, тотчас отдала свои карты приятельнице, и они уехали, едва была подана их карета. На Беркли-стрит они возвращались в полном молчании. Муки Марианны были столь велики, что глаза у нее оставались сухи, но, к счастью, миссис Дженнингс еще не вернулась и они смогли сразу же подняться в свою комнату, где Элинор с помощью нюхательной соли удалось несколько привести ее в чувство. Она вскоре разделась и легла, но, видимо, ей хотелось остаться одной, а потому Элинор спустилась в гостиную, где в ожидании миссис Дженнингс у нее было достаточно времени обдумать события вечера.

Сомневаться в том, что Марианна и Уиллоби дали друг другу слово, она не могла. Столь же очевидным было, что его это тяготит: как бы Марианна ни истолковывала все в лад своим желаниям, сама она не видела, каким образом возможно счесть подобные поступки следствием ошибки или недоразумения. Только в полной перемене чувств нашлось бы им объяснение. Ее гнев был бы еще сильнее, если бы она не заметила в Уиллоби смущения, которое, казалось, говорило о том, что он понимает низость своего поведения, а потому все же не настолько лишен всяких правил, чтобы с самого начала без всяких честных намерений только играть с сердцем Марианны.

Разлука могла угасить его чувство, или обстоятельства потребовали, чтобы он его подавил, но ей никак не верилось, что этого чувства вообще не существовало.

Тем не менее она с глубокой тревогой думала о страданиях, которые причинила Марианне эта злополучная встреча, — и о тех, еще более мучительных, которые сулила она в будущем. Собственное ее положение представилось ей несравненно более легким. Ведь пока она сохраняет уважение к Эдварду, у нее всегда остается опора, пусть они и будут разлучены навеки. Горе же Марианны усугублялось всем тем, что могло сделать еще более тяжким подобный невыносимый удар — потерю Уиллоби, неизбежный и скорый разрыв с ним.

Глава 29

Назавтра горничная не успела еще затопить камин у них в комнате, а солнце — набрать силу в холодной хмурости январского утра, как Марианна, даже не одевшись, уже стояла на коленях на диванчике у окна, где было светлее, и писала со всей быстротой, какую допускали непрерывно льющиеся слезы. Разбуженная ее вздохами и рыданиями, Элинор несколько минут с тревогой следила за ней, а затем сказала как могла мягче:

— Марианна, разреши мне спросить...

— Нет, Элинор, — ответила та, — не спрашивай ни о чем. Скоро ты узнаешь все.

Спокойствие отчаяния, с каким это было произнесено, иссякло, едва она договорила, и тут же к ней вернулось прежнее бурное горе. Прошло несколько минут, прежде чем она вновь взяла перо и частые рыдания, вынуждавшие опять его откладывать, подтверждали убеждение Элинор, что ее сестра в последний раз пишет Уиллоби.

Элинор оказывала сестре все ласковые и ненавязчивые знаки внимания, какие были в ее власти, и еще больше постаралась бы отвлечь ее и утешить, если бы сама Марианна не умоляла ее в величайшем нервическом раздражении не заговаривать с ней. В таких обстоятельствах для обеих было лучше не оставаться дольше в обществе друг друга, и терзания духа не только побудили Марианну, едва она оделась, тотчас выйти из комнаты, но и заставили ее в поисках одновременно и одиночества и перемены мест бродить по дому до завтрака, старательно избегая всех.

Во время завтрака она ничего не ела и даже не пыталась есть, однако Элинор не только не уговаривала ее, не выражала ей сочувствия и даже не смотрела на нее, но отдавала все усилия тому, чтобы занимать миссис Дженнингс и сосредоточить внимание ее на одной себе.

Миссис Дженнингс предпочитала завтрак всем другим трапезам, а потому длился он довольно долго, и они только намеревались по его окончании сесть за общий рабочий столик, как Марианне подали письмо. Побледнев как полотно, она поспешно взяла его у слуги и выбежала из комнаты. Элинор, даже не увидев адреса, без колебаний заключила, что оно от Уиллоби, и сердце ее сжалось от боли. Она с трудом заставила себя сидеть прямо, не в силах сдержать дрожь, которую, опасалась она, миссис Дженнингс должна была неминуемо заметить. Однако добрая дама увидела лишь, что Марианна получила письмо от Уиллоби, сочла это весьма забавным и со смехом пожелала ей всяких от него радостей. Не заметила она и трепета Элинор, потому что отматывала шерсть для коврика и в своей сосредоточенности по сторонам не смотрела. Едва за Марианной закрылась дверь, миссис Дженнингс весело продолжала:

— Право слово, в жизни не видывала такой влюбленной девицы! Куда до нее моим дочкам, хотя и они в свое время без глупостей не обошлись. Но мисс Марианну прямо как подменили. От души надеюсь, что он ее долго томить не станет, ведь просто сердце надрывается, на нее глядя, такая она бледненькая и несчастная. Когда же они думают пожениться?

Элинор, которая в эту минуту совершенно не была расположена разговаривать, не могла не ответить на подобный выпад и, принуждая себя улыбнуться, сказала:

— Неужели, сударыня, вы в конце концов и правда убедили себя, будто моя сестра помолвлена с мистером Уиллоби? Я всегда полагала, что вы лишь шутите, но подобный вопрос слишком для этого серьезен, а потому прошу вас долее не предаваться такому обману. Уверяю вас, я была бы чрезвычайно изумлена, услышав, что они намерены пожениться.

— Ай-ай-ай, мисс Дэшвуд! Как вы можете так говорить! Разве мы все не видели, что дело идет к свадьбе? Что они по уши влюбились друг в друга с первого взгляда? Разве я не видела их в Девоншире каждый день вместе — с утра до ночи? И разве я не знала, что ваша сестрица поехала со мной в Лондон, чтобы заказать подвенечное платье? Нет, нет, меня вы не проведете! Оттого, что сами вы большая скрытница, вам и кажется, будто никто вокруг ни о чем не догадывается, ан нет! Уж поверьте мне, весь город об этом знает. Я про это твержу направо и налево, и Шарлотта тоже.

— Право же, сударыня, — с большой твердостью сказала Элинор, — вы заблуждаетесь. И поступаете очень дурно, поддерживая такие слухи, как сами не замедлите убедиться, хотя сейчас мне и не верите.

Миссис Дженнингс только снова засмеялась, но у Элинор не было сил продолжать разговор, и к тому же, желая поскорее узнать, что написал Уиллоби, она поспешила в их комнату. Отворив дверь, она увидела, что Марианна лежит, распростершись на кровати, задыхаясь от рыданий и сжимая в руке письмо, а рядом разбросаны еще два-три. Элинор молча подошла, села на край кровати, взяла руку сестры, несколько раз ласково ее поцеловала и разразилась слезами, вначале почти столь же бурными, как слезы Марианны. Та, хотя не могла произнести ни слова, видимо, была благодарна ей за сочувствие и, после того как они некоторое время плакали вместе, вложила все письма в руку Элинор, а сама закрыла лицо платком, чуть не крича от муки. Элинор, понимая, что подобное горе, как ни тягостно его наблюдать, должно излиться само, не спускала глаз с сестры, пока ее отчаянные страдания не поутихли, и тогда, торопливо развернув письмо Уиллоби, прочла следующее:

«Бонд-стрит, январь

Милостивая государыня!

Я только что имел честь получить Ваше письмо и прошу принять мою искреннейшую за него благодарность. Я был весьма удручен, узнав, что мое поведение вчера вечером не совсем снискало Ваше одобрение, и, хотя мне не удалось понять, чем я имел несчастье досадить Вам, тем не менее умоляю простить мне то, что, заверяю Вас, никак не было с моей стороны преднамеренным. Я всегда буду вспоминать мое былое знакомство с Вашим семейством в Девоншире с самым живейшим удовольствием и льщу себя надеждой, что оно не будет омрачено какой-либо ошибкой или неверным истолкованием моих поступков. Я питаю искреннейшее почтение ко всему Вашему семейству, но если по злополучной случайности я и дал повод предположить большее, чем я чувствовал или намеревался выразить, то могу лишь горько упрекнуть себя за то, что не был более сдержан в изъявлении этого почтения. И Вы согласитесь, что я никак не мог подразумевать большего, когда узнаете, что сердце мое уже давно было отдано другой особе и что в недалеком будущем самые дражайшие мои надежды будут увенчаны. С величайшим сожалением я, как Вы того потребовали, возвращаю письма, которые имел честь получать от Вас, а также локон, коим Вы столь услужливо меня удостоили.

С глубочайшим почтением и совершеннейшею преданностью честь имею быть Вашим усерднейшим и покорнейшим слугой.

Джон Уиллоби».

Легко себе представить, с каким негодованием прочла мисс Дэшвуд это послание. Признание в непостоянстве, подтверждение, что они расстались навсегда, — этого она ожидала, еще не взяв листок в руки, но ей и в голову не приходило, что в подобном случае можно прибегнуть к подобным фразам, как не могла она вообразить, что Уиллоби настолько лишен благородства и деликатности чувств и даже обыкновенной порядочности джентльмена, чтобы послать письмо, столь бесстыдно жестокое, письмо, в котором желание получить свободу не только не сопровождалось приличествующими сожалениями, но отрицалось какое бы то ни было нарушение слова, какое бы то ни было чувство, — письмо, в котором каждая строка была оскорблением и доказывала, что писал его закоренелый негодяй.

Несколько минут Элинор пыталась опомниться от гневного удивления, затем перечитала письмо снова и снова. Но с каждым разом ее отвращение к этому человеку только возрастало, и она так против него ожесточилась, что не решалась заговорить, боясь, как бы не ранить Марианну еще больней, увидев в этом разрыве не потерю для нее, но, напротив, избавление от худшего из зол — от уз, навеки скрепивших бы ее с безнравственным человеком, — истинное спасение, милость провидения.

Размышляя над содержанием письма, над низостью сердца, способного продиктовать его, и, быть может, над совсем иным сердцем совсем иного человека, который вспомнился ей в эту минуту только потому, что он всегда жил в ее мыслях, Элинор забыла о льющихся слезах сестры, забыла о трех еще не прочитанных письмах у себя на коленях и сидела в задумчивости, не замечая времени. Подойдя затем к окну на стук колес внизу, чтобы посмотреть, кто приехал так неприлично рано, она в величайшем изумлении узнала экипаж миссис Дженнингс, который, как она знала, велено было подать в час. Не желая оставлять Марианну одну, хотя и не надеясь пока сколько-нибудь ее утешить, она поспешила найти миссис Дженнингс и извиниться, что не поедет с ней, — ее сестре нездоровится. Миссис Дженнингс приняла ее извинения без всякой досады и лишь добросердечно огорчилась из-за их причины. Проводив ее, Элинор вернулась к Марианне, которая попыталась подняться с кровати, так что сестра только-только успела подхватить ее, когда она чуть было не упала на пол, совсем обессилев после многих дней, проведенных без необходимого отдыха и подкрепления сил. Она давно уже утратила всякий аппетит и почти не смыкала глаз по ночам, и вот теперь, когда лихорадка ожидания перестала ее поддерживать, долгий пост и бессонница обернулись мигренью, желудочным головокружением и общей нервической слабостью. Рюмка вина, которую ей поспешила принести Элинор, несколько подкрепила ее, и наконец у нее достало силы показать, что она не осталась нечувствительна к заботам сестры.

— Бедняжка Элинор! Как я тебя огорчила! — сказала она.

— Я только жалею, что ничем не могу тебе помочь или утешить тебя, — ответила Элинор.

Этого — как, впрочем, и чего бы то ни было другого — Марианна не вынесла и вновь разрыдалась, сумев только воскликнуть с горестью:

— Ах, Элинор, как я несчастна!

Но Элинор более не могла быть безмолвной свидетельницей этих безудержных мук.

— Постарайся совладать с собой, Марианна, — сказала она настойчиво, — если ты не хочешь убить себя и всех, кто тебя любит. Подумай о маме, подумай, как тяжелы будут для нее твои страдания. Ради нее ты должна успокоиться.

— Не могу! Не могу! — восклицала Марианна. — Уйди, оставь меня, если я тебе в тягость! Ах, как легко тем, кто не знает печали, уговаривать других успокоиться! Счастливица Элинор, ты ведь даже представить себе не можешь, какие терзания я испытываю!

— Ты называешь меня счастливицей, Марианна! Ах, если бы ты только знала... Да и как я могу быть счастлива, видя твои страдания?

— Прости, прости меня, — сказала Марианна, обнимая сестру. — Я знаю, как ты мне сочувствуешь, я знаю твое любящее сердце. И все же ты... ты должна быть счастлива. Эдвард любит тебя, так что же, что может омрачить подобное счастье?

— Очень, очень многое, — грустно ответила Элинор.

— Нет, нет, нет! — вскричала Марианна, как безумная. — Он любит тебя, и только тебя. Так какое же может быть у тебя горе?

— Пока я вижу тебя в подобном состоянии, я не в силах радоваться.

— Но другой ты меня никогда не увидишь! Мое горе ничто не способно исцелить!

— Не говори так, Марианна. Неужели у тебя нет никакого утешения? Нет друзей? Разве твоя утрата такова, что ее невозможно возместить? Как ни страдаешь ты

Чувство и чувствительность

теперь, подумай, насколько больше были бы твои страдания, если бы истинный его характер открылся позже, если бы ваша помолвка длилась еще долгие месяцы, прежде чем он вознамерился бы положить ей конец. Каждый лишний день злополучного твоего неведения сделал бы удар еще более ужасным.

— Помолвка? — повторила Марианна. — Но мы не были помолвлены!

— Не были?

— Нет. Он не столь дурен, как ты считаешь. Он не давал мне слова.

— Но он говорил, что любит тебя?

— Да... нет... прямо никогда. День за днем это разумелось само собой, но прямого признания я от него не слышала. Порой мне казалось, что вот-вот... но этих слов он так и не произнес.

— И тем не менее ты писала к нему?

— Да... Что могло быть в этом плохого после всего, что было? Но у меня нет сил говорить...

Элинор промолчала и, вновь взяв три письма, пробежала их с новым любопытством. Первое, которое Марианна отправила ему в день их приезда, было следующего содержания:

«Беркли-сквер, январь
Как Вы будете удивлены, Уиллоби, получив эту записку! И мне думается, Вы ощутите не только удивление, узнав, что я в Лондоне. Возможность приехать сюда, даже в обществе миссис Дженнингс, была искушением, перед которым мы не устояли. Мне очень бы хотелось, чтобы Вы получили это письмо вовремя, чтобы побывать у нас еще сегодня, но я не очень тешу себя такой надеждой. Как бы то ни было, завтра я Вас жду. Итак, до свидания.

М. Д.».

Второе письмо, отосланное наутро после танцев у Мидлтонов, гласило следующее:

«Не могу выразить ни разочарования, которое охватило меня, когда позавчера Вы нас не застали, ни удивления, что Вы все еще не ответили на записку, которую я Вам послала почти неделю тому назад. Ежедневно, ежечасно я ждала, что получу от Вас ответ, и еще больше — что увижу Вас. Прошу, приезжайте опять, как только сможете, и объясните причину, почему я ждала напрасно. В следующий раз лучше приезжайте пораньше, потому что обычно около часа мы куда-нибудь едем. Вчера вечером мы были у леди Мидлтон, устроившей танцы. Мне сказали, что Вы были приглашены. Но может ли это быть? Верно, Вы сильно переменились с тех пор, как мы виделись в последний раз, если Вас приглашали и Вы не пришли. Но не стану даже предполагать такую возможность и надеюсь в самом скором времени услышать из Ваших уст, что это было не так.

М. Д.».

В третьем ее письме говорилось:

«Как должна я понимать, Уиллоби, Ваше вчерашнее поведение? Снова я требую у Вас объяснения. Я была готова встретить Вас с радостью, естественной после такой долгой разлуки, с дружеской простотой, какую, мне казалось, наша близость в Бартоне вполне оправдывала. И как же меня оттолкнули! Я провела ужасную ночь, ища оправдания поступкам, которые иначе чем оскорбительными назвать, пожалуй, нельзя. Но хотя мне пока не удалось найти сколько-нибудь правдоподобного извинения Вашим поступкам, я тем не менее готова выслушать Ваши объяснения. Быть может, Вас ввели в заблуждение или сознательно обманули в чем-то, касающемся меня, и это уронило меня в Ваших глазах? Скажите же мне, в чем дело, назовите причины, побудившие Вас вести себя так, и я приму Ваши оправдания, сама оправдавшись перед Вами. Мне было бы горько думать о Вас дурно, но если так будет, если я узнаю, что Вы не таков, каким мы Вас до сих пор считали, что Ваши добрые чувства ко всем нам были притворством, что меня Вы с самого начала намеревались лишь обманывать, пусть это откроется как можно скорее. Моя душа пока находится в страшном борении. Я хотела бы оправдать Вас, но и в ином случае мои страдания будут все же легче, нежели теперь. Если Ваши чувства переменились, верните мои письма и мой локон.

М. Д.».

Элинор, ради Уиллоби, предпочла бы не поверить, что на письма, полные такой нежности, такого доверия, он был способен ответить подобным образом. Но, как ни осуждала она его, это не заставило ее закрыть глаза на неприличие того, что они вообще были написаны, и она про себя оплакивала пылкую неосторожность, не поскупившуюся на столь опрометчивые доказательства сердечной привязанности, которых даже не искали и для которых ничто им предшествовавшее не давало оснований, — неосторожность, приведшую к неизмеримо тяжким последствиям. Но тут Марианна, заметив отложенные в сторону письма, сказала, что на ее месте в подобных обстоятельствах кто угодно написал бы то же самое, и ничего сверх этого в них нет.

— Я чувствовала, — добавила она, — что помолвлена с ним столь же нерушимо, как если бы нас связала самая торжественная и наизаконнейшая церемония.

— Этому я легко верю, — ответила Элинор. — Но, к сожалению, он того же не чувствовал.

— Нет, чувствовал, Элинор! Много, много недель чувствовал! Я знаю это. Почему бы он теперь ни переменился — а причиной может быть лишь самая черная клевета, использованная против меня, — но прежде я была ему так дорога, как только могла желать моя душа. Локон, со столь равнодушной готовностью возвращенный мне, он молил подарить ему с таким жаром! Если бы ты могла видеть его взгляд, его лицо в ту минуту и слышать его голос!.. Неужели ты забыла последний наш с ним вечер в Бартоне? И утро нашего расставания? Когда он сказал мне, что, возможно, пройдут месяцы, прежде чем мы вновь увидимся... его отчаяние... Как я могу забыть его отчаяние!

На несколько мгновений голос ее прервался, но, когда пароксизм горя прошел, она добавила уже более твердо:

— Элинор, со мной обошлись безжалостно, но это не Уиллоби.

— Милая Марианна, но кто же, если не он? Кто мог подвигнуть его на подобное?

— Весь свет, но только не его собственное сердце! Я скорее поверю, что все, кто с нами знаком, сговорились погубить меня в его мнении, чем признаю его натуру способной на такую жестокость. Эта особа, о которой он пишет, — кто бы она ни была — и все, да все, кроме тебя, дорогая сестра, мамы и Эдварда, способны были жестоко меня оболгать. Кроме вас троих, есть ли в мире человек, которого я не заподозрю раньше, чем Уиллоби, чье сердце знаю так хорошо?

Элинор не стала спорить и сказала только:

— Но кто бы ни были эти презренные твои враги, не допусти, милая сестра, чтобы они злобно торжествовали победу, но покажи, как уверенность в своей незапятнанности и чистоте намерений твердо поддерживает твой дух. Гордость, противостоящая такой низкой злобе, благородна и похвальна.

— Нет, нет! — вскричала Марианна. — Горе, подобное моему, лишено всякой гордости. Мне все равно, кто будет знать, как я несчастна. И пусть кто хочет торжествует над моим унижением. Элинор, Элинор, те, чьи страдания невелики, могут быть горды и непреклонны сколько им угодно, могут пренебрегать оскорблениями или отплачивать за них презрением, но у меня нет на это сил. Я должна мучиться, я должна лить слезы... и пусть радуются те, кто способен на подобное.

— Но ради мамы и меня...

— Для вас я сделала бы больше, чем для себя. Но казаться веселой, когда я так страдаю... Ах, кто может этого требовать!

Вновь они обе умолкли. Элинор задумчиво прохаживалась от камина к окну, от окна к камину, не замечая ни веющего от огня тепла, ни того, что происходило за стеклами, а Марианна, сидя в ногах кровати, прислонилась головой к столбику, опять взяла письмо Уиллоби, с содроганием перечла каждую его фразу, а затем воскликнула:

— Нет, это слишком! Ах, Уиллоби, Уиллоби, неужели это писал ты! Жестоко... жестоко, и найти этому прощенья невозможно. Да, Элинор, невозможно. Что бы ему про меня ни наговорили, не должен ли он был отсрочить приговор? Не должен ли был сказать мне об этом, дать мне случай очиститься? «Локон, коим вы столь услужливо меня удостоили», — повторила она слова письма. — Нет, этого извинить нельзя. Уиллоби, где было твое сердце, когда ты писал эти слова? Такая грубая насмешка!.. Элинор, можно ли оправдать его?

— Нет, Марианна, оправданий ему нет.

— И тем не менее эта особа... как знать, на что она способна?.. И сколько времени тому назад все это было задумано и подстроено ею? Кто она такая?.. Кем она может быть?.. Хотя бы раз в наших разговорах он упомянул про какую-нибудь молодую красавицу среди своих знакомых. Ах, ни про одну, никогда! Он говорил со мной только обо мне.

Джейн Остен

Опять наступило молчание. Марианна приходила во все большее волнение и наконец не смогла его сдержать.

— Элинор, я должна уехать домой. Я должна вернуться и утешить маму. Не можем ли мы отправиться завтра?

— Завтра, Марианна?

— Да. Для чего мне оставаться здесь? Я приехала только ради Уиллоби... А теперь зачем мне быть здесь? Ради кого?

— Завтра уехать мы никак не можем. Мы обязаны миссис Дженнингс не только вежливостью, а ведь даже простая вежливость воспрещает столь спешный отъезд.

— Ну хорошо, тогда послезавтра или еще через день. Но я не могу остаться здесь надолго. Остаться, чтобы терпеть расспросы и намеки всех этих людей? Мидлтоны, Палмеры — как я снесу их жалость? Жалость женщины вроде леди Мидлтон! Ах, что сказал бы на это он!

Элинор посоветовала ей снова прилечь. Она послушалась, но не нашла облегчения. Душевные и телесные страдания не оставляли ее ни на миг, она металась на постели, рыдая все более исступленно, и сестре было все труднее помешать ей встать, так что она уже со страхом подумала, не позвать ли на помощь; однако лавандовые капли, которые она в конце концов уговорила ее выпить, оказали некоторое действие, и до возвращения миссис Дженнингс Марианна лежала на одре своих мук тихо и неподвижно.

Глава 30

Миссис Дженнингс тотчас поднялась к ним, не дожидаясь ответа на свой стук, открыла дверь и вошла с искренней тревогой на лице.

— Как вы себя чувствуете, душенька? — спросила она Марианну с ласковым состраданием, но та молча отвернулась. — Как она, мисс Дэшвуд? Бедняжка! Выглядит она очень плохо. Да и понятно. Да-да, все верно. У него скоро свадьба, у этого мерзавца. Даже слышать о нем не хочу! Мне миссис Тейлор рассказала про это полчаса тому назад, а ей сообщила близкая подруга самой мисс Грей, иначе я бы ни за что не поверила. А так просто провалиться готова была. Ну, ответила я, могу только сказать, что он обошелся с одной моей знакомой барышней как самый подлый человек, и от всей души желаю ему, чтобы жена терзала его с утра до ночи. И так я всегда буду говорить, уж положитесь на меня, душенька. Не терплю подобных проказ, и, если где-нибудь его повстречаю, уж я ему такую острастку задам, что он не скоро опомнится. Только, милая моя мисс Марианна, есть одно утешение: кроме него, в мире найдется еще много молодых людей куда достойнее, и у вас, с вашим-то хорошеньким личиком, недостатка в обожателях не будет. Ах, бедняжечка! Не стану ее больше беспокоить, потому что ей нужно хорошенько выплакаться, да и дело с концом. К счастью, как вы помните, вечером приедут Перри и Сэндерсоны, это ее развлечет.

И она вышла из комнат на цыпочках, словно опасаясь, что даже легкий шум может усугубить страдания ее юной подопечной.

Марианна, к большому изумлению Элинор, решила обедать с ними. Элинор даже попробовала возражать, но нет — она спустится в столовую, она прекрасно все перенесет, а шума вокруг нее будет меньше. Элинор обрадовалась, что она оказалась способной последовать такому побуждению, и, хотя полагала, что Марианна не выдержит до конца обеда, больше не спорила, но, как могла, привела в порядок ее платье и осталась сидеть рядом с ней, чтобы помочь ей подняться с кровати, когда их придут звать к обеду.

За столом Марианна держалась спокойнее и ела больше, чем ожидала ее сестра. Если бы она попробовала заговорить или заметила знаки внимания, какими миссис Дженнингс из самых лучших намерений, но совершенно неуместно ее окружала, это спокойствие, вероятно, быстро ее покинуло бы, но с ее губ не сорвалось ни единого слова и, поглощенная своими мыслями, она не замечала ничего вокруг. Элинор, отдававшая должное доброте миссис Дженнингс, как ни бесцеремонны, а порой и нелепы были изъявления этой доброты, благодарила ее и отплачивала любезностью за любезность вместо сестры. Их заботливая хозяйка видела, что Марианна несчастна, и считала себя обязанной сделать все, чтобы облегчить ее печаль. А потому опекала ее с любовной ласковостью матери, балующей любимое дитя в последний день школьных каникул. Марианну усадили на лучшее место у камина, ей предлагались самые изысканные яства, какие только нашлись в доме, ее развлекали самыми свежими сплетнями. Грустное лицо сестры убивало в душе Элинор всякую мысль о веселии, не то ее позабавили бы попытки миссис Дженнингс исцелить разбитое сердце с помощью разных лакомств, маслин и ярко пылающего огня. Однако эта ласковая настойчивость в конце концов пробудила Марианну от задумчивости. Что-то невнятно пробормотав и сделав знак сестре не следовать за ней, она поднялась и торопливо вышла из комнаты.

— Бедняжечка! — воскликнула миссис Дженнингс, едва она скрылась. — У меня сердце надрывается глядеть на нее. Ах, Господи, она даже вина не допила. И к вяленым вишням не притронулась! Ничего ей не хочется. Да знай я, чего бы она согласилась отведать, я бы хоть на другой конец города за этим послала! Только диву даюсь, как вдруг мужчина — и устроил подобную подлость такой красавице! Ну, да когда у одной денег куры не клюют, а у другой всего ничего, так, Господи, уж тут они не задумываются!..

— Так эта девица... мисс Грей, кажется, вы сказали... очень богата?

— Пятьдесят тысяч фунтов, душенька! А вы ее не видели? Говорят, большая щеголиха, но собой не так чтоб уж очень. Вот ее тетку я хорошо знала — Бидди Хеншоу. Вышла за богача. Ну, да у них в семье все богатые. Пятьдесят тысяч фунтов! И как послушаешь, они в самую пору придутся. Говорят, он совсем профуфырился. Ну, да еще бы! И тебе коляски самые модные, и охотничьи лошади лучших кровей! Только говори не говори, а когда молодой человек, уж кто бы он ни был, обхаживает красивую барышню и обещает руку и сердце, так нет у него никаких прав нарушать слово только потому, что он обеднел, а девица побогаче не прочь за него выскочить. Взял бы продал лошадей, дом сдал внаймы, слуг рассчитал да и привел бы свои дела в порядок, что ему мешало? Уж мисс Марианна подождала бы, ручаюсь. Но где там, по нынешним-то временам! Нынешняя молодежь только о своих удовольствиях и думает!

— А вы не знаете, каков характер мисс Грей? Говорят, она мила?

— Ничего дурного я про нее не слыхала. Правда только, я про нее вообще толком ничего не слышала до нынешнего утра. А тут миссис Тейлор сказала, дескать, намедни мисс Уокер намекнула, что, сдается ей, мистер и миссис Эллисон не слишком огорчатся, выдав мисс Грей замуж, потому что она никогда не соглашалась с миссис Эллисон, что...

— Но кто такие Эллисоны?

— Ее опекуны, душенька. Но теперь она совершеннолетняя и сама может выбирать. Вот и выбрала, ничего не скажешь!.. Как же теперь? — продолжала она после паузы. — Ваша сестрица поднялась к себе поплакать, я думаю. И ничем ее утешить нельзя? И одну ее оставлять так просто бессердечно. Ну да скоро приедут наши друзья, это ее немножко развлечет. Во что бы нам поиграть? Вист, я знаю, она терпеть не может. Ну, а если попробовать что-нибудь другое?

— Право же, сударыня, я очень благодарна вам за вашу доброту, но вы напрасно затрудняетесь. Марианна, полагаю, сегодня больше не захочет выходить из комнаты. Я попробую уговорить ее лечь пораньше. Ей необходимо отдохнуть.

— Пожалуй, это ей будет полезней всего. Пусть только скажет, что подать ей на ужин, да и ляжет! Господи, неудивительно, что она последние недели две была такая бледная и унылая! Уж наверное, она все это время знала, к чему дело идет. А нынешнее письмо положило всему конец! Бедняжечка! Да знай я, так не стала бы шутить с ней о нем за все мои деньги! Только откуда мне было догадаться? Я же думала, это просто любовная записочка, а уж вам-то известно, как молодежь любит, когда их поддразнивают по таким поводам. Господи! До чего расстроятся сэр Джон и леди Мидлтон, когда узнают! Не растеряйся я так, то заехала бы на Кондуит-стрит по дороге домой предупредить их. Ну, я к ним завтра съезжу.

— Я полагаю, вам незачем предупреждать миссис Палмер и сэра Джона, чтобы они никогда больше не упоминали о мистере Уиллоби в присутствии моей сестры и даже косвенно не намекали на прошлое. И собственное доброе сердце подскажет им, как жестоко было бы показать ей, что им все известно. И чем меньше будут они говорить об этом со мной, тем мне будет легче, как вам, сударыня, с вашей добротой легко понять.

— Господи помилуй! Как не понять! Вам, натурально, ничего слышать про это не хочется. А уж при вашей сестрице я ни за что в мире неосторожного словечка не оброню. Как вот сегодня за обедом, вы же сами видели. И сэр Джон тоже, и мои дочки — они ведь все очень об-

Чувство и чувствительность

ходительные и деликатные, — а уж тем более коли я им намекну, а это я не премину сделать. Вот и по-моему, чем меньше в таких случаях говорится, тем скорее все проходит и забывается. А какая польза от разговоров?

— Тут они могут только повредить, и даже более, чем обычно в подобных случаях, так как есть обстоятельства, которые ради всех, кого они касаются, не следует делать предметом сплетен. В одном я тем не менее должна оправдать мистера Уиллоби, помолвлен с моей сестрой он все-таки не был.

— Ну уж, душенька, не защищайте его! Не был помолвлен! После того как водил ее в Алленеме по всему дому и даже указывал, какие комнаты они отделают для себя!

Ради сестры Элинор уклонилась от дальнейших объяснений, в душе надеясь, что ради мистера Уиллоби продолжать их она не обязана, ибо установление истины причинило бы Марианне большой вред, а ему принесло бы очень мало пользы. Обе они помолчали, но затем миссис Дженнингс с неукротимой своей бодростью разразилась новой речью:

— Что же, душечка, не зря говорится, худа без добра не бывает: полковник Брэндон зато в выигрыше. Теперь-то он ее добьется. Это уж как пить дать. Помяните мое слово, к Иванову дню они поженятся, не иначе. Господи! Как он будет посмеиваться, когда узнает! Вот бы ему прийти сегодня вечером! И для вашей сестрицы он партия куда лучше. Две тысячи в год, и ни долгов, ни обязательств... кроме, конечно, побочной дочки... Да-да, про нее-то я забыла. Ну да ее можно отдать в учение, это недорого обойдется. Вот и с плеч долой. Делафорд прекрасное имение, уж поверьте мне. И дом прекрасный, как говорится, по старинной моде строен, отменно и со всеми мыслимыми удобствами. По сторонам загорожен длинными садовыми стенами, а вдоль них выращены лучшие в стране фруктовые деревья. А в углу такая шелковица, доложу я вам! Господи, да мы с Шарлоттой просто объелись ягодами с нее в тот единственный раз, когда там побывали! И голубятня, и бесподобнейшие рыбные садки, и преотличный канал, — ну, словом, все, чего душа ни пожелает. А главное — до церкви рукой подать и всего четверть мили от почтового тракта, вот всегда и найдется развлечение от скуки — стоит только пойти посидеть в старой тисовой беседке за домом, откуда видны все проезжающие кареты. Бесподобное место. Мясник в деревне совсем рядом, и до дома священника десять шагов. На мой вкус, оно в тысячу раз прелестней Бартон-парка: там ведь мясо покупать приходится за три мили, а ближе вашей матушки соседей никого. Ну, я подбодрю полковника, едва случай выпадет. Как говорится, где потеряешь, там и найдешь. Вот только бы нам добиться, чтобы она выкинула Уиллоби из головы!

— Если бы нам это удалось, сударыня, — сказала Элинор, — мы прекрасно обойдемся и без полковника Брэндона!

С этими словами она поднялась и отправилась на поиски Марианны, которая, как она и ожидала, уединилась у себя в комнате и, когда она вошла, в безмолвной тоске склонялась над угасающим огнем, даже не засветив свечи.

— Оставь меня одну, — только и сказала она.

— Оставлю, — ответила Элинор. — Если ты ляжешь.

Но Марианна в нервическом раздражении сначала было наотрез отказалась, но потом все-таки уступила ласковым настояниям сестры, и Элинор ушла, только когда увидела, что она приклонила измученную голову на подушку и что, как ей показалось, была готова отдаться благодетельному сну.

В гостиную, куда она затем спустилась, вскоре вошла миссис Дженнингс, держа в руках до краев полную рюмку.

— Душенька, — сказала она еще с порога, — я только сейчас вспомнила, что у меня хранится немного отменнейшего старого констанциевского вина, лучше какого никто не пробовал, и я налила рюмочку для вашей сестрицы. Мой бедный муженек! Уж как он его любил! Свою желчную подагру только им и пользовал и все приговаривал, что помогает оно лучше всех снадобий на свете. Так отнесите его вашей сестрице!

— Сударыня, — ответила Элинор, улыбнувшись разнице недугов, которые это средство излечивало, — вы очень, очень добры! Но когда я ушла от Марианны, она уже засыпала, я надеюсь. Мне кажется, сон для нее сейчас лучшее целительное средство, а потому, с вашего позволения, я выпью это вино сама.

Миссис Дженнингс, как ни сожалела она, что опоздала на пять минут, удовольствовалась таким выходом из положения, а Элинор, выпив полрюмки, подумала, что пока еще не ей решать, полезно ли оно при желчной подагре, но вот испробовать, насколько оно целебно для разбитого сердца, можно и на ней не хуже, чем на ее сестре.

Когда подали чай, приехал полковник Брэндон, и по тому, как он оглядел комнату, Элинор тотчас заключила, что он и не ждал и не желал увидеть Марианну, — что, короче говоря, он уже знает, чем объясняется ее отсутствие. Миссис Дженнингс это в голову не пришло, и, направившись к чайному столику, за которым председательствовала Элинор, она ей шепнула:

— Полковник все такой же хмурый. Ему ничего еще не известно. Так вы скажите ему, душенька.

Вскоре полковник пододвинул свой стул поближе к ней и, бросив на нее взгляд, который сказал ей, что он знает все, спросил, как чувствует себя ее сестра.

— Марианна занемогла, — ответила Элинор. — Ей нездоровилось весь день, и мы уговорили ее лечь.

— Так, значит, — произнес он нерешительно, — то, что мне довелось услышать утром, возможно, близко... возможно, ближе к истине, чем сначала я был в силах поверить.

— Но что вы слышали?

— Что джентльмен, которого я имел основания полагать... вернее, что человек, который, насколько я знал, был связан словом... Но сказать вам это? Если вам уже все известно, а, конечно, это так, то я буду избавлен...

— Вы говорите, — ответила Элинор с принужденным спокойствием, — о женитьбе мистера Уиллоби на мисс Грей? Да, мы все знаем. Как видно, нынче это стало всеобщим достоянием, и нас оповестили еще утром. Мистер Уиллоби непостижим. А где услышали про это вы?

— В книжной лавке на Пэлл-Мэлл, куда я зашел по делу. Две дамы поджидали свою карету, и одна рассказывала второй про какую-то свадьбу голосом столь громким, что я невольно все слышал. Мое внимание остановило часто повторявшееся имя «Уиллоби», «Джон Уиллоби», а затем последовало безоговорочное утверждение, что свадьба его с мисс Грей дело решенное и ее можно больше не держать в секрете — назначена она через несколько недель. А затем последовал подробный рассказ о приготовлениях к ней и прочем. Одно обстоятельство особенно запечатлелось у меня в памяти, так как оно окончательно подтвердило, о ком шла речь: сразу же после венчания молодые отправятся в Комбе-Магна, сомерсетширское имение жениха. Представьте мое изумление! Но бесполезно описывать, что я почувствовал. Справившись у приказчика, когда они уехали, я узнал, что разговорчивая дама была некая миссис Эллисон, а это, как я выяснил позднее, фамилия опекуна мисс Грей.

— Совершенно верно. Но довелось ли вам услышать, что у мисс Грей есть пятьдесят тысяч фунтов? Полагаю, именно в этом кроется объяснение.

Чувство и чувствительность

— Вполне возможно. Однако Уиллоби способен... так по крайней мере кажется мне... — Он было умолк, но затем добавил голосом, которому словно сам не доверял: — А ваша сестра... как она перенесла?..

— Ее страдания были беспредельны. Могу только надеяться, что они окажутся столь же краткими. Ей был... ей нанесен тяжелейший удар. Мне кажется, до вчерашнего дня она ни разу не усомнилась в его чувствах к ней. И даже сейчас, быть может... Но я почти убеждена, что он никогда не питал к ней искренней нежности. Вкрадчивый обманщик! И многое свидетельствует, что у него нет сердца.

— О да, — сказал полковник Брэндон, — очень многое! Но ваша сестра... Если не ошибаюсь, вы полагаете, что она не вполне разделяет ваше мнение?

— Вы же знаете ее натуру и понимаете, с каким восторгом она оправдала бы его, если бы могла.

Он ничего не ответил, а затем чайный поднос унесли, гости начали усаживаться за карты, и они не могли продолжать свой разговор. Миссис Дженнингс, с удовольствием наблюдавшая за их беседой, ждала, что после объяснения мисс Дэшвуд лицо полковника озарится внезапной радостью, как пошло бы человеку в цвете молодости, надежд и счастья, но, к большому ее недоумению, до конца вечера оно оставалось даже еще более серьезным и задумчивым, чем обычно.

Глава 31

Против своих ожиданий, почти всю ночь Марианна довольно спокойно спала, но утром, едва она открыла глаза, горе обрушилось на нее с той же силой.

Элинор всячески побуждала ее изливать свои чувства, и до завтрака они много раз возвращались все к одному и тому же — Элинор, не колеблясь в своем убеждении, ласково, но настойчиво уговаривала сестру, а Марианна с прежней бурностью утверждала то одно, то другое. Порой она не сомневалась, что Уиллоби столь же несчастен и ни в чем не повинен, как она сама, то в беспредельном отчаянии не находила ему никаких оправданий. В эту минуту она была исполнена глубокого безразличия к мнению света, а в ту намеревалась бежать от него навсегда — для того лишь, чтобы в третью готовиться с гордостью им пренебречь. Но в одном ее твердость была неизменна: всеми силами она избегала общества миссис Дженнингс, а когда это оказывалось невозможным, хранила упорное молчание. Ей была противна мысль, что миссис Дженнингс может искренне ей сострадать.

— Нет, нет! — восклицала она. — Участливость ей недоступна. Ее добродушие — это не доброта, а сердце не способно на истинную симпатию. Ей нужна только пища для сплетен, и я ей интересна лишь как их источник.

Элинор не требовались эти доказательства пристрастности и несправедливости во мнениях сестры о других людях, — мнениях, порождаемых нетерпимой щепетильностью ее собственной натуры и излишней важностью, которую она придавала утонченной чувствительности и безупречной изящности манер. Подобно доброй половине людей — если среди них наберется половина умных и порядочных, — Марианна, при всех своих превосходных талантах и превосходных качествах души, не всегда была справедлива и доступна доводам рассудка. Она требовала от других мнений и чувств, подобных ее собственным, и судила об их побуждениях по тому, какое впечатление на нее производили их поступки сию минуту. И пока они с Элинор сидели у себя в комнате после завтрака, сердце миссис Дженнингс упало в ее мнении, упало еще ниже потому лишь, что по собственной своей слабости она превратила в источник новых страданий искреннейшее поползновение миссис Дженнингс немного ее утешить из наилучших побуждений.

Миссис Дженнингс вошла к ним с письмом в вытянутой руке и, сияя веселой улыбкой, в полной уверенности, что доставит Марианне радость, сказала:

— Ну, душенька, уж это, конечно, вас подбодрит!

Марианне больше ничего не потребовалось. В мгновение ока воображение начертало ей письмо от Уиллоби, полное нежности и раскаяния, без ущерба для него убедительно разъясняющее все, что произошло. И она уже видела, как следом вбегает Уиллоби, кидается к ее ногам и красноречивейшим взглядом подтверждает каждое слово письма. Но следующее мгновение рассеяло грезы, рожденные первым. Почерк был почерком матери. Впервые при виде его она не испытала никакой радости и от горчайшего разочарования, сменившего миг упоительной надежды, а вернее, экстаза, почувствовала, что лишь теперь узнала подлинные муки.

Даже в самую красноречивую минуту у нее не нашлось бы слов, чтобы выразить всю неслыханную жестокость миссис Дженнингс, и теперь она могла упрекнуть ее лишь неудержимо хлынувшим потоком слез. Впрочем, упрек этот пропал втуне, и миссис Дженнингс, не скупясь на самые заботливые изъявления сочувствия, удалилась, все еще советуя ей поскорее прочесть письмо, чтобы утешиться. Однако письмо это, когда Марианна настолько успокоилась, что смогла его вскрыть, отнюдь не послужило к ее утешению. Уиллоби заполнял каждую его страницу. Просьба Элинор побудила миссис Дэшвуд, все еще убежденную в их помолвке и с прежней доверчивостью полагавшуюся на его постоянство, всего лишь попросить Марианну быть откровеннее с ними обеими, причем с такой любовью к ней, с такой нежностью к Уиллоби и с таким упованием на их будущее взаимное счастье, что Марианна к концу его разрыдалась еще больше.

Вновь нетерпеливое желание поскорее вернуться домой овладело ею. Ее матушка стала ей еще дороже, чем прежде, — дороже как раз из-за чрезмерного, хотя и вовсе не заслуженного ее доверия к Уиллоби, и она, как безумная, настаивала, чтобы они немедля, сейчас же отправились в путь. Элинор, которая не могла решить, что было бы лучше для Марианны — остаться в Лондоне или возвратиться в Бартон, ничего не стала ей советовать, но попросила потерпеть, пока они не узнают мнения их матери, и в конце концов добилась от сестры такой уступки.

Миссис Дженнингс покинула их ранее обычного, страдая от того, что Палмеры и Мидлтоны еще не разделяют с ней ее огорчения, и, решительно отказавшись от предложения Элинор поехать с ней, рассталась с ними до конца утра. Элинор с очень тяжелым сердцем села писать матери, расстроенная тем, как плохо, судя по этому письму к Марианне, сумела подготовить ее к дурным новостям, но поставить миссис Дэшвуд в известность о том, что произошло, и получить распоряжения относительно будущего было необходимо, и со всей возможной быстротой. Марианна же, спустившаяся в гостиную, едва миссис Дженнингс уехала, присела к столу, за которым писала Элинор, и, следя за движением ее пера, сетовала, что ей выпала столь тяжкая обязанность, и еще больше сетовала на то, каким ударом письмо это будет для их матери.

Так продолжалось около четверти часа, как вдруг Марианна, чьи нервы не выдерживали никакого внезапного звука, вздрогнула от стука в дверь.

— Кто это может быть? — воскликнула Элинор. — И так рано! А я полагала, что мы покуда в безопасности.

Марианна подошла к окну.

— Полковник Брэндон! — произнесла она с досадой. — От него мы никогда в безопасности не бываем!

— Но миссис Дженнингс дома нет, и он не станет заходить.

— Даже в этом я на его деликатность не положусь, — возразила Марианна, уже направляясь к лестнице. — Человек, которому некуда девать собственное время, всегда без малейшего зазрения совести посягает на чужое.

Ее заключение оказалось верным, хотя строилось оно на ложной предпосылке и предубеждении. Но как бы то ни было, полковник Брэндон попросил доложить о себе, и Элинор, не сомневаясь, что сюда его привела искренняя тревога за Марианну, свидетельство которой она увидела в расстроенном, опечаленном выражении его лица и в том, как обеспокоенно, хотя и кратко осведомился он о ее здоровье, не могла извинить сестре подобное пренебрежение к нему.

— Я встретил миссис Дженнингс на Бонд-стрит, — сказал он, поздоровавшись, — и она уговорила меня заехать. Впрочем, без особого труда, так как я предполагал, что, вероятно, застану вас одну, чего мне очень хотелось. Моя цель... мое желание... единственная причина, почему я этого желал... Мне кажется... я надеюсь, это может принести утешение... Нет-нет, какое же утешение?.. Об утешении пока, разумеется, нет речи... Но убедить вашу сестру... раз и навсегда... Мои чувства к ней, к вам, к вашей матушке — вы позволите мне дать им доказательство, открыв вам кое-какие обстоятельства, которые ничто, кроме самого искреннего уважения... кроме горячего желания быть полезным... Мне кажется, моя смелость оправданна... хотя я потратил много часов, убеждая себя, что поступаю правильно, но ведь я могу и ошибаться? — Он умолк.

— Я понимаю, — ответила Элинор. — Вы хотели бы сообщить мне что-то о мистере Уиллоби. Нечто такое, что еще больше обличит его характер. Разумеется, это самая дружеская услуга, какую вы можете оказать Марианне. Я буду благодарна за все, что услышу, как будет и она... но только со временем. Прошу, прошу вас рассказать мне все.

— Непременно. Короче говоря, когда я уехал из Бартона в октябре... Нет, так вам будет трудно понять... Я должен вернуться в прошлое. Боюсь, мисс Дэшвуд, во мне вы найдете очень плохого рассказчика. Не знаю даже, с чего начать. Нет, без моей собственной истории, к сожалению, обойтись нельзя. Но тут я, правда, буду краток. Такая тема, — добавил он с тяжелым вздохом, — не соблазнит меня на излишние подробности.

Он умолк, собираясь с мыслями, а затем с новым вздохом продолжал:

— Вероятно, вы забыли разговор... ведь на вас он, полагаю, никакого впечатления произвести не мог... Наш разговор как-то вечером в Бартон-парке — во время танцев, — когда я упомянул, что ваша сестра Марианна немного напоминает мне одну мою давнюю знакомую.

— Нет-нет, — сказала Элинор, — я отлично помню.

Ему как будто было приятно, что она не забыла.

— Если меня не обманывает, не дразнит пристрастная память, они были сходны не только наружностью, но и по натуре. Тот же сердечный жар, та же пылкость воображения и характера. Та, о ком я говорю, была близкая моя родственница, осиротевшая во младенчестве и находившаяся под опекой моего отца. Почти однолетки, мы с самого нежного возраста играли вместе и делили все забавы. Не помню времени, когда б я не любил Элизы. Когда же мы выросли, я питал к ней чувство, на которое, возможно, вы, судя по нынешней моей угрюмости, не сочтете меня способным. Ее же привязанность ко мне, я убежден, была столь же горячей, как вашей сестры — к мистеру Уиллоби, и столь же злосчастной, хотя и по иной причине. В семнадцать лет я потерял ее навеки. Ее выдали замуж, выдали против ее воли за моего брата. Она была богата, а наше родовое имение обременяли долги. Боюсь, лишь этим объяснялось поведение того, кто был ее дядей и опекуном. Мой брат был ее недостоин, он даже не любил ее. Я лелеял надежду, что ее чувство ко мне послужит ей опорой во всех бедах, и некоторое время так оно и было. Но наконец горестность ее положения — с ней обходились с большой жестокостью — ослабила ее решимость, и хотя она обещала мне, что ничему... Но как путано я рассказываю! Я ведь даже не упомянул, как все это произошло. Мы решили бежать в Шотландию, и ждать оставалось лишь несколько часов, когда горничная моей кузины выдала нашу тайну, то ли по легкомыслию, то ли из коварства. Меня отослали к родственнику, жившему совсем в другой части страны, а ее лишили свободы, общества, каких бы то ни было развлечений, пока мой отец не настоял на своем. Я слишком полагался на ее твердость, и удар оказался суровым, но, будь ее брак счастливым, наверное, я, тогда еще совсем юный, через несколько месяцев примирился бы с ним и, уж во всяком случае, не сожалел бы о нем сейчас. Но счастливым он не был. Мой брат не питал к ней ни малейшей привязанности, его влекли низменные удовольствия, и с самого начала он обходился с ней дурно. Следствие всего этого для столь молодой, живой и неопытной женщины, как миссис Брэндон, было лишь естественным. Вначале она смирилась со своей злополучной участью, и было бы лучше, если бы она не пережила тех страданий, которые вызывали в ней воспоминания обо мне. Но можно ли удивляться, что верность подобному мужу хранить было трудно и что, не имея друга, который мог бы дать ей добрый совет или удержать ее (мой отец прожил после их свадьбы лишь несколько месяцев, я же находился с моим полком в Индии), она пала? Если бы я остался в Англии, быть может... Но я решил ради счастья их обоих не видеться с нею несколько лет и ради этого добился перевода в другой полк. Потрясение, которое я испытал, узнав о ее свадьбе, — продолжал он с необыкновенным волнением, — было пустяком по сравнению с тем, что я почувствовал, когда примерно два года спустя до меня дошла весть о ее разводе. Вот откуда эта мрачность... Даже сейчас мысль о тех страданиях...

Его голос прервался, он поспешно встал и несколько раз прошелся по комнате. Элинор, тронутая его признанием и, еще больше, этой душевной бурей, не могла вымолвить ни слова. Он увидел ее исполненный сочувствия взгляд, подошел к ней, взял ее руку, пожал, а затем поцеловал с почтительной благодарностью. Через две-три минуты он справился с собой и продолжал уже спокойно:

— После этих тягостных дней прошло почти три года, прежде чем я вернулся в Англию. Едва приехав, я тут же, разумеется, попытался ее разыскать. Но поиски эти были столь же тщетными, как и печальными. Мне удалось найти только первого ее соблазнителя, и были все основания опасаться, что, расставшись с ним, она лишь еще более погрузилась в греховную жизнь. Положенное ей по закону содержание совсем не соответствовало ее приданому и было далеко не достаточно для обеспеченного существования, а от брата я узнал, что за несколько месяцев до моего приезда право на получение этих денег было передано другому лицу. Он полагал, и с полнейшим притом хладнокровием, что ее мотовство и воспоследовавшая нужда принудили ее отказаться от небольшого, но постоянного дохода ради единовременного получения необходимой ей в ту минуту суммы. В конце концов, когда я пробыл в Англии более полугода, я все же отыскал ее. Сочувствие к бывшему моему слуге, для которого наступили черные дни, привело меня в дом тюремного смотрителя, где он содержался как несостоятельный должник, и вот там-то, в таком же заключении я увидел мою несчастную сестру. Как она изменилась, как увяла, измученная всеми страданиями, какие только можно вообразить! Я был не в силах поверить, что изможденная больная женщина передо мной была когда-то той прелестной, цветущей здоровьем красавицей, которую я обожал. Что я вынес при виде ее... но зачем ранить ваши чувства подобным описанием? Я и так уже вас расстроил. И то, что она, казалось, была в последней стадии чахотки, послужило... да, в таком положении это послужило единственным мне утешением. Жизнь уже не могла дать ей ничего, кроме возможности достойнее приготовиться к смерти. И эта возможность была ей дана. Я поместил ее в удобную квартиру, где за ней был самый лучший уход, и навещал ее каждый день остававшегося ей недолгого срока. Я был с ней в ее последние минуты.

Он снова умолк, чтобы смирить волнение, и Элинор полным жалости восклицанием выразила свое сострадание судьбе его бедной кузины.

— Надеюсь, вашу сестру не оскорбит, — сказал он затем, — что я нашел сходство между ней и моей несчастной опозоренной родственницей. Их жребий, их судьбы не могут быть одинаковы, и, если бы нежная от природы натура одной нашла бы опору в более твердом духе или более счастливом браке, она могла бы стать всем тем, чем, как вы увидите, станет со временем другая. Но к чему все это ведет? Я словно бы расстроил вас без всякой нужды. Ах, мисс Дэшвуд! Подобные воспоминания... погребенные уже четырнадцать лет... к ним опасно возвращаться! Я постараюсь не отвлекаться и сосредоточусь на важнейшем. Она доверила моим заботам свое единственное дитя, малютку девочку, плод ее первого греха, которой тогда было три года. Она любила дочь и не расставалась с ней. Для меня это было дорогим, священным поручением, и с радостью я исполнил бы его в полной мере, сам следя за ее воспитанием, если бы мое положение это дозволяло. Но у меня не было ни семьи, ни дома, и поэтому я отдал малютку Элизу в пансион. Я навещал ее там, когда мог, а после смерти моего брата около пяти лет тому назад, когда фамильное имение перешло ко мне, она часто гостила у меня в Делафорде. Я называл ее своей дальней родственницей, но мне хорошо известно, что меня подозревают в куда более близком с ней родстве. Три года тому назад — ей тогда едва исполнилось четырнадцать лет — я взял ее из пансиона и поручил заботам весьма почтенной дамы, проживающей в Дорсетшире и опекавшей еще трех-четырех девочек примерно того же возраста. Два года у меня были все основания быть довольным ее пребыванием там. Но в прошлом феврале, почти год тому назад, она внезапно исчезла. Я разрешил ей — неосторожно, как показало дальнейшее, — по ее настойчивой просьбе поехать погостить в Бате у подруги, которая ухаживала там за больным отцом. Я знал его за превосходного человека и был хорошего мнения о его дочери — лучшего, чем она заслуживала, так как эта девица с неколебимым и неразумным упрямством отмалчивалась и отказывалась сказать хотя бы что-то, зная, разумеется, все. Ее отец, человек весьма порядочный, но не слишком наблюдательный, мне кажется, действительно ни о чем не подозревал, потому что редко покидал дом и девушки гуляли по городу одни и заводили знакомства, какие хотели. Он даже пытался убедить меня, как свято верил сам, что его дочь не была ни во что посвящена. Короче говоря, мне удалось узнать только, что она уехала неведомо куда, об остальном же восемь месяцев я мог лишь строить предположения.

Вы можете себе представить, о чем я думал, чего боялся и как страдал.

— Великий Боже! — вскричала Элинор. — Неужели... неужели Уиллоби?

— Первое известие о ней, — продолжал полковник, — пришло в прошлом октябре. Ее письмо мне переслали из Делафорда, и я получил его в то самое утро, когда мы намеревались посетить Уайтвелл. В этом заключалась причина моего внезапного отъезда из Бартона — отъезда, который, несомненно, показался всем крайне странным, а некоторых, боюсь, и обидел. Мистер Уиллоби, полагаю, и не подозревал, когда каждый его взгляд осуждал меня за неучтивость, с какой я расстроил пикник, что мне необходимо было торопиться на помощь той, кого он обездолил и вверг в несчастье! Но и знай он это, что переменилось бы? Угасла бы его веселость? Перестал бы он находить радость в улыбках вашей сестры? Нет. Ведь он уже совершил то, на что не способен ни один человек, чье сердце открыто состраданию. Он оставил девушку, чью юность и невинность погубил, в самом отчаянном положении — без дома, без помощи, без друзей, скрыв от нее даже свой адрес! Он уехал, обещая вернуться. Но не вернулся, не написал ей и никак о ней не позаботился.

— Это превосходит всякое вероятие! — воскликнула Элинор.

— Теперь вы знаете его — мот, повеса и даже хуже. А я, зная все это уже не один месяц... Вы можете представить себе, что я пережил, убедившись, что ваша сестра все так же им увлечена, и услышав заверения, что их свадьба чуть ли уже не назначена. Представьте себе, что я почувствовал, думая обо всех вас! Когда на прошлой неделе я застал вас одну, я приехал, чтобы узнать правду, хотя еще не решил, как поступлю, когда ее узнаю. Мое поведение в тот день вы, конечно, не могли не счесть странным, но теперь вам оно понятно. Видеть, как вы все обмануты, наблюдать, как ваша сестра... Но что я мог сделать? Надежды, что мое вмешательство принесет пользу, у меня не было, а к тому же порой мне казалось, что под влиянием вашей сестры он может исправиться. Но теперь, после такого бесчестного оскорбления, как знать, каковы были его истинные намерения в отношении ее? Но во всяком случае, она даже теперь и, уж конечно, в дальнейшем может поблагодарить судьбу, когда сравнит нынешнее свое положение с положением моей бедной Элизы, когда подумает, как оно тяжко и безнадежно, когда вообразит, как должна страдать эта несчастная, любя его, все еще любя его не менее сильно, чем она сама, и терзаясь раскаянием до конца своих дней. Конечно же, такое сравнение может принести ей пользу. Она поймет, как, в сущности, ничтожны ее страдания. В них нет ее вины, и они не навлекут на нее позора. Напротив, всех ее друзей они привяжут к ней еще сильнее. Сострадание к ее несчастью, уважение к твердости, с какой она его переносит, укрепят их чувства к ней. Однако вы должны по своему усмотрению решить, сообщать ли ей то, что услышали от меня. Вам лучше знать, какое это произведет впечатление. Но если бы я искренне, от всей души не был убежден, что могу оказать ей услугу, смягчить ее сожаления, я ни в коем случае не стал бы обременять вас рассказом о моих семейных горестях, рассказом, который к тому же можно истолковать как желание возвысить себя в вашем мнении за счет других.

Элинор тотчас от всего сердца поблагодарила его за откровенность и доверие, добавив, что Марианне подобные сведения должны помочь.

— Меня больше всего страшат, — сказала она, — ее старания найти ему оправдание. Твердое убеждение в его недостойности не так ее терзало бы. Теперь же, хотя вначале она и будет страдать еще больнее, исцеление придет быстрее, я уверена. А вы, — продолжала она после недолгого молчания, — видели мистера Уиллоби после того, как расстались с ним в Бартоне?

— Да, — ответил он мрачно. — Один раз я с ним встретился. Это было неизбежно.

Элинор, пораженная его тоном, с тревогой посмотрела на него, говоря:

— Как? Вы встретились с ним, чтобы?..

— Иной встречи между нами быть не могло. Элиза, хотя и с величайшей неохотой, назвала мне имя своего любовника, и, когда он приехал в Лондон — через полмесяца после меня, — мы встретились в назначенном месте, он — чтобы защищать, а я — чтобы покарать его поступок. Мы оба остались невредимы, вот почему наша встреча не получила огласки.

Элинор вздохнула, подумав, насколько воображаема такая необходимость, но говорить об этом мужчине и солдату сочла бесполезным.

— Столь схожа, — сказал полковник Брэндон после паузы, — злополучная судьба матери и дочери! И так дурно исполнил я взятый на себя долг!

— А она все еще здесь?

— Нет. Едва она оправилась после родов — она написала мне незадолго до них, — я увез ее с ребенком в деревню, где она и будет жить.

Затем он спохватился, что Элинор, вероятно, следует быть с сестрой, и поспешил откланяться, а она еще раз от всего сердца поблагодарила его, исполненная сострадания и уважения к нему.

Глава 32

Когда мисс Дэшвуд пересказала сестре содержание этого разговора, что она не замедлила сделать, впечатление оно произвело не совсем такое, как она ожидала.

Нет, Марианна, казалось, не усомнилась в истине ни одной из подробностей, а слушала с начала до конца с неизменным и покорным вниманием, не прерывала, не возражала, не пыталась найти оправдание Уиллоби и лишь тихими слезами словно подтверждала, что это невозможно. Однако, хотя все это уверило Элинор в том, что она уже не сомневается в его виновности, хотя, к большому удовольствию сестры, она перестала избегать полковника Брэндона, когда он приходил с визитом, и разговаривала с ним, порой даже сама к нему обращаясь с сочувственным уважением, и хотя она уже не предавалась исступленному отчаянию, но облегчение к ней не приходило. Недавнее борение духа лишь сменилось тягостным унынием. Убеждение в бесчестности Уиллоби причиняло ей муки даже еще более горькие, чем те, какие она переносила, полагая, что потеряла его сердце. Мысли о том, как он соблазнил и бросил мисс Уильямс, о несчастьях злополучной его жертвы, подозрения, какую судьбу он, быть может, уготовлял ей самой, так угнетали ее, что у нее не хватало сил открыться даже Элинор, и она предавалась тоске в молчании, удручавшем ее сестру куда сильнее, чем могли бы ее удручить самые несдержанные и самые частые излияния этого горя.

Описывать, какие чувства испытала миссис Дэшвуд, получив письмо Элинор, и излагать ее ответ значило бы повторить описание того, что чувствовали и говорили ее дочери, — разочарование, лишь немногим менее горькое, чем пережитое Марианной, возмущение, даже превосходящее негодование Элинор. От нее, одно за другим, приходили длинные письма, повествуя о всех ее страданиях и мыслях, выражая тревогу и нежное сочувствие Марианне, умоляя, чтобы она с твердостью переносила это несчастье. Поистине тяжкой была беда Марианны, если ее мать говорила о твердости! И унизительным, ранящим гордость — источник сожалений, которым она умоляла ее не предаваться!

Вопреки собственным своим желаниям миссис Дэшвуд решила, что пока Марианне ни в коем случае не следует возвращаться в Бартон, где все будет напоминать ей о прошлом особенно сильно и мучительно, постоянно воскрешая в ее памяти Уиллоби таким, каким она всегда видела его там. А потому она настоятельно советовала дочерям и дальше остаться у миссис Дженнингс, не сокращая своего визита, срок которого, хотя точно и не назывался, должен был, согласно всем ожиданиям, составить никак не меньше пяти-шести недель. В Бартоне они не смогут найти того разнообразия занятий, впечатлений и общества, какое в Лондоне по временам, как она всем сердцем надеется, будет отвлекать Марианну от ее горя и, быть может, даже пробудит в ней некоторый интерес к жизни, как бы сейчас она ни отвергала самую мысль о чем-либо подобном.

Ну, а опасность еще раз увидеть Уиллоби была, по мнению ее матери, в столице лишь немногим больше, чем в деревенской глуши, — ведь все те, кто считаются ее друзьями, теперь порвут с ним всякое знакомство. С умыслом их никто сводить не станет, по недосмотру такая неожиданность произойти не может, случайная же встреча среди лондонских толп даже менее вероятна, чем в уединении Бартона, когда после свадьбы он приедет в Алленем погостить, что миссис Дэшвуд вначале полагала вероятным, а затем мало-помалу убедила себя считать неизбежным.

У нее была еще одна причина желать, чтобы ее дочери остались в Лондоне: пасынок известил ее в письме, что прибудет с супругой туда во второй половине февраля, а им, была она убеждена, следовало иногда видеться с братом.

Марианна обещала покориться решению матери и теперь подчинилась ему без возражений, хотя оно было прямо противоположным тому, чего она хотела и ждала, а также казалось ей совершенно неверным, опирающимся на ошибочную предпосылку: продлевая время их пребывания в Лондоне, оно лишало ее единственного возможного утешения, ласкового материнского сочувствия, и обрекало на такое общество и такие светские обязанности, которые, несомненно, не позволят ей обрести хотя бы минуту покоя.

Впрочем, она нашла большое облегчение в мысли, что несчастье для нее должно было обернуться радостью для Элинор. Эта последняя со своей стороны, предполагая, что избежать встреч с Эдвардом вовсе ей не удастся, тешила себя надеждой, что продление их визита, как ни тяжело будет оно для нее, окажется полезнее Марианне, чем немедленное возвращение в Девоншир.

Ее тщательные старания уберечь сестру от каких-либо упоминаний об Уиллоби не остались втуне. Марианна, ничего не подозревая, пожинала их плоды: ни миссис Дженнингс, ни сэр Джон, ни даже миссис Палмер при ней о нем никогда не заговаривали. Элинор предпочла бы, чтобы эта сдержанность распространялась и на нее, но об этом нельзя было и мечтать, и день за днем ей приходилось выслушивать, как они изливают свое негодование.

Сэр Джон просто не поверил бы! Человек, о котором у него были все основания придерживаться самого высокого мнения! Такой веселый! Он всегда полагал, что лучше наездника не найти во всей стране! Нет, понять тут что-нибудь немыслимо. Пусть отправляется к дьяволу, туда ему и дорога. Он больше с ним слова не скажет, где бы они ни повстречались, да ни за что на свете! Даже в бартонской роще в засаде на птиц, хотя бы они два часа ждали там бок о бок! Какой негодяй! Какая подлая собака! А ведь, когда они в последний раз виделись, он предложил ему выбрать любого щенка Шалуньи! И нате вам!

Чувство и чувствительность

Миссис Палмер по-своему гневалась не меньше. Решено, она тут же порвет с ним всякое знакомство! И она очень рада, что никогда не была с ним знакома. Как жаль, что Комбе-Магна в таком близком соседстве от Кливленда! А впрочем, что за важность, раз ездить туда с визитами все равно слишком далеко! Он так ей ненавистен, что она даже имени его больше никогда не упомянет и уж всем расскажет, кого только ни увидит, какой он бессердечный шалопай!

Остатки своего сочувствия миссис Палмер тратила на то, чтобы узнавать все подробности приближающейся свадьбы и пересказывать их Элинор. Она скоро уже знала, у какого каретника заказан новый экипаж, какой художник пишет портрет мистера Уиллоби и в каком магазине можно увидеть туалеты мисс Грей.

Невозмутимо вежливое безразличие леди Мидлтон проливало бальзам на душу Элинор, измученную шумными соболезнованиями остальных. Ей была приятна уверенность, что в кругу их друзей есть кто-то, кому она нисколько не интересна, ей служило большим утешением знать, что есть кто-то, кто не любопытствует о подробностях и не исполнен тревоги о здоровье ее сестры.

Свое мнение о случившемся леди Мидлтон выражала примерно один раз в день или дважды, если к теме возвращались слишком уж часто, произнося: «О, ужасно!» — и благодаря этому постоянному, хотя и краткому, излиянию чувств не только с самого начала виделась с обеими мисс Дэшвуд без малейшего расстройства, но вскоре и без малейшего воспоминания о недавних событиях; а поддержав таким образом достоинство своего пола и подвергнув суровому осуждению все дурное в другом, могла позаботиться и о блеске своих званых вечеров, решив (хотя в большой мере и против мнения сэра Джона) сразу же после свадьбы непременно завезти карточку миссис Уиллоби, чье состояние сулило ей весьма завидное положение в свете.

Однако деликатные неназойливые расспросы полковника Брэндона нисколько мисс Дэшвуд не досаждали. Он более чем заслужил дружеское право касаться несчастья ее сестры своими ревностными и благородными стараниями облегчить его. Главной наградой за тягостное признание в прошлых печалях и нынешних ранящих его гордость обстоятельствах служила ему жалость, с какой Марианна порой смотрела на него, и ласковость в ее голосе, когда (хотя случалось это и очень редко) она бывала вынуждена или вынуждала себя заговорить с ним. Так он убеждался, что ответом на его самоотверженность была возросшая симпатия к нему, а у Элинор появлялась надежда, что симпатия эта в дальнейшем возрастет и укрепится. Но миссис Дженнингс, которая ни во что посвящена не была и знала лишь, что полковник хранит прежний печальный вид, не сдаваясь на ее уговоры сделать предложение или поручить ей сделать это за него, на исходе второго дня уже мысленно перенесла их свадьбу с Иванова дня на Михайлов, а к концу недели вообще перестала верить в этот брак. Сближение между полковником и мисс Дэшвуд наводило на мысль, что все прелести шелковицы, канала и тисовой беседки достанутся ей, и миссис Дженнингс последнее время совсем позабыла про мистера Феррарса.

В начале февраля, примерно через две недели после письма Уиллоби, Элинор досталась тяжкая обязанность сообщить сестре, что он женат. Она позаботилась, чтобы Марианна услышала об этом от нее, едва обряд был совершен, не желая, чтобы она узнала все из газет, которые торопливо проглядывала каждое утро.

Марианна выслушала ее со сдержанным спокойствием, не обронив ни слова и сначала без слез. Но вскоре они хлынули бурным потоком, и до конца дня она терзалась почти так же, как в тот день, когда поверила в неизбежность его женитьбы.

Новобрачные покинули Лондон сразу же после церемонии, и, так как встречи с ними пока можно было не опасаться, в Элинор проснулась надежда, что ей удастся убедить сестру, которая не покидала дома с рокового дня, мало-помалу начать снова выезжать.

Тогда же барышни Стил, только-только водворившиеся у своей родственницы, проживавшей в Бартлетовских Домах в Холборне, поспешили нанести визит более знатной и богатой родне на Кондуит-стрит и Беркли-стрит, где были приняты с большим удовольствием.

Только Элинор не почувствовала ни малейшей радости. Их присутствие всегда было ей тягостно, и она не знала, как более или менее вежливо ответить на неумеренные восторги Люси, восхищенной, что она все-таки успела застать ее в столице.

— Я была бы ужасно расстроена, если бы все-таки не застала вас здесь, — повторяла она, делая ударение на «все-таки». — Но я знала, что так и будет. Я почти не сомневалась, что вы покуда еще задержитесь в Лондоне, хотя, если помните, в Бартоне вы мне сказали, что не останетесь дольше месяца. Но я тогда же подумала, что вы перемените решение, когда наступит время. Какая жалость была бы уехать прежде, чем приедут ваш братец с сестрицей. А уж теперь вы, натурально, не станете торопиться с отъездом. Я до смерти рада, что вы не сдержали слова.

Элинор прекрасно ее поняла, и ей потребовалось все ее самообладание, чтобы не показать этого.

— Ну, моя миленькая, и как же вы доехали? — осведомилась миссис Дженнингс.

— Только не в дилижансе, уж позвольте вас заверить! — тотчас с торжеством воскликнула мисс Стил. — Мы всю дорогу ехали на почтовых в сопровождении уж такого душки-кавалера! Доктор Дэвис ехал в Лондон, вот мы и придумали попроситься с ним. И он вел себя так по-благородному и заплатил за наем дорожной коляски не то на десять, не то на двенадцать шиллингов больше нас.

— А! А! — вскричала миссис Дженнингс. — Очень любезно! И конечно, доктор холостяк, хоть об заклад побьюсь!

— Ну вот! — сказала мисс Стил, хихикнув в притворном смущении. — Все меня дразнят доктором, уж не знаю почему. Кузины твердят, что я обзавелась обожателем. А я-то, я-то и помнить о нем забываю. «Ах, Нэнси, твой кавалер пожаловал!» — говорит намедни кузина, когда увидела, как он переходит улицу. Мой кавалер, говорю. О ком бы это ты? Доктора за своего кавалера я и не считаю вовсе.

— Отнекивайтесь, отнекивайтесь! Так я вам и поверю. Я ведь вижу, что доктор попался!

— Вот уж нет! — объявила ее родственница с притворным жаром. — И вы уж, прошу, если где зайдет такой разговор, прямо так и скажите!

Миссис Дженнингс не поскупилась на приятные заверения, что и не подумает возражать, и мисс Стил вознеслась на вершину счастья.

— Полагаю, вы останетесь погостить у вашего братца с сестрицей, мисс Дэшвуд, когда они приедут в город? — спросила Люси, переходя после краткого прекращения враждебных намеков к новой атаке.

— Не думаю.

— Ах, что вы! Как можно!

Элинор не стала доставлять ей дальнейшего удовольствия новыми возражениями.

— Как очаровательно, что миссис Дэшвуд могла отпустить вас на столь долгое время...

— Долгое? — перебила миссис Дженнингс. — Да они только-только приехали!

Чувство и чувствительность

Люси была вынуждена замолчать.

— Такая жалость, что нам нельзя повидать вашу сестрицу, — сказала мисс Стил. — Такая жалость, что ей нездужится! (Марианна при их появлении покинула гостиную.)

— Вы очень добры. Моя сестра будет не менее огорчена, что не повидала вас. Но последние дни ее постоянно мучают мигрени, общество и разговоры ее слишком утомляют.

— Вот жалость-то! Но такие старые знакомые, как мы с Люси! Уж мы-то ее не утомим. Да мы и словечка не скажем...

Элинор с величайшей вежливостью отклонила такое предложение. Ее сестра, вероятно, прилегла или в домашнем платье и не может к ним выйти.

— Только-то и всего! — вскричала мисс Стил. — Так мы сами к ней поднимемся!

Элинор почувствовала, что больше не в силах терпеть эту бесцеремонную назойливость, но от необходимости положить ей конец ее избавило резкое замечание Люси, которое, как не раз случалось прежде, не сделав приятнее манеры одной сестры, тем не менее помогло обуздать вульгарность другой.

Глава 33

Вначале Марианна возражала, но в конце концов уступила уговорам сестры и согласилась выехать утром с ней и миссис Дженнингс на полчаса. Однако она поставила непременным условием, что не будет никому наносить визитов, а только проводит их в магазин Грея на Секвилл-стрит, где Элинор вела переговоры об обмене некоторых старомодных украшений ее матери.

Когда они остановились у дверей ювелира, миссис Дженнингс вспомнила, что в дальнем конце улицы проживает дама, которую ей давно надо было навестить, и, так как никаких дел у Грея ее не ждало, было решено, что она отправится к своей знакомой, пока ее юные приятельницы будут заняты в магазине, а затем вернется за ними туда.

Поднявшись по лестнице, Элинор с Марианной оказались среди настоящей толпы и, так как не нашлось ни одного свободного приказчика, им оставалось только ждать. Они выбрали прилавок, перед которым стоял только один джентльмен, и сели сбоку, полагая, что он задержится не особенно долго, да и благовоспитанность, как надеялась Элинор, должна была заставить его поторопиться. Однако взыскательность глаза и тонкость вкуса оказались у него сильнее благовоспитанности. Он заказывал для себя футлярчик под зубочистку и, пока не выбрал наилучшую форму, размер и узор, почерпнув их из собственной фантазии, после того как четверть часа разглядывал каждый из имевшихся в магазине футлярчиков, его учтивое внимание к ожидающим барышням ограничилось двумя-тремя весьма бесцеремонными взглядами, которые помогли запечатлеть в памяти Элинор его фигуру и лицо, отличавшиеся прирожденной бесспорной и сугубой незначительностью, несмотря на все прикрасы, какие только могла им придать новейшая мода.

Это наглое их разглядывание и щенячья заносчивость, с какой он объявлял чудовищным или ужасным каждый футлярчик для зубочистки, ему предлагаемый, не вызвали у Марианны досадливого презрения, так как она ничего не заметила: она была способна погрузиться в свои мысли и ничего вокруг не видеть в магазине мистера Грея с той же легкостью, как у себя в спальне.

В конце концов важный вопрос был решен. Остановив выбор на слоновой кости, золоте и жемчуге и указав, как их сочетать, джентльмен назвал последний день, до какого он мог продлить свое существование без футлярчика для зубочистки, неторопливо натянул перчатки и, удостоив Элинор с Марианной еще одного взгляда, более требовавшего восхищения, нежели его выражавшего, удалился со счастливым видом подлинного самодовольства и притворного равнодушия.

Элинор не стала тратить время попусту и почти закончила свои переговоры, когда возле нее остановился еще один джентльмен. Она взглянула на него и не без удивления узнала своего брата.

Их родственная нежность и радость от нежданной встречи оказались как раз в меру для магазина мистера Грея. Джон Дэшвуд отнюдь не был огорчен, вновь увидев сестер, они разделяли это чувство, а о здоровье их матушки он справился с надлежащим почтением и интересом.

Элинор узнала, что они с Фанни в городе уже два дня.

— Я весьма желал навестить вас вчера, — сказал он, — но это оказалось невозможным, так как мы повезли Гарри на Эксетерскую биржу посмотреть диких зверей, а остаток дня провели у миссис Феррарс. Гарри был чрезвычайно доволен. Нынче утром я твердо намеревался заехать к вам, если бы у меня нашлись свободные полчаса, но по приезде в город всегда бывает столько неотложных дел! Сюда я заглянул заказать Фанни печатку. Но уж завтра я непременно смогу заехать на Беркли-стрит и познакомиться с вашей приятельницей миссис Дженнингс, дамой, как я понимаю, весьма состоятельной. И разумеется, Мидлтоны! Вы должны меня им представить. Я буду счастлив оказать им всяческое уважение, как родственникам моей мачехи. Как я понимаю, вы нашли в них добрейших соседей.

— О да! Их заботы о наших удобствах, их дружеское внимание ко всем мелочам выше всяких похвал.

— Я чрезвычайно рад это слышать. Право, чрезвычайно рад. Но иначе и быть не могло. Они люди весьма богатые, они в родстве с вами, и желание услужить вам, различные знаки расположения лишь естественны. Итак, вы отлично устроились в своем коттедже и ни в чем не нуждаетесь! Эдвард весьма мило описал нам его — совершенство в своем роде, как он выразился, и вам всем как будто чрезвычайно нравится. Нам было весьма приятно это услышать, уверяю вас.

Элинор стало немного стыдно за брата, и она нисколько не пожалела, что лакей миссис Дженнингс, пришедший сообщить, что его госпожа ждет их внизу, помешал ей ответить.

Мистер Дэшвуд проводил их по лестнице до дверей, был представлен миссис Дженнингс у дверцы ее кареты и, вновь выразив надежду, что сможет заехать к ним на следующее утро, попрощался с ними.

Визит он нанес, как обещал, и передал извинение их невестки, которая не смогла приехать с ним, но «она столько времени проводит со своей матушкой, что, право же, не в состоянии бывать где-нибудь еще». Однако миссис Дженнингс тут же его заверила, что между ними церемонии ни к чему, что все они свойственники или почти, а потому она не замедлит побывать у миссис Джон Дэшвуд и привезет к ней ее сестриц. Он держался с ними спокойно, но очень ласково, с миссис Дженнингс был весьма внимателен и учтив, а на полковника Брэндона, приехавшего почти следом за ним, глядел с интересом, словно подтверждавшим его готовность быть не менее учтивым и с ним, если окажется, что и он богат.

Пробыв у них полчаса, он попросил Элинор прогуляться с ним до Кондуит-стрит и представить его сэру Джону и леди Мидлтон. Погода была на редкость хорошей, и она охотно согласилась. Не успели они выйти из дома, как он начал наводить справки.

— Кто этот полковник Брэндон? Состоятельный человек?

— Да. У него в Дорсетшире прекрасное имение.

— Очень рад это слышать. Он показался мне весьма благородным джентльменом, и, полагаю, Элинор, я почти наверное могу поздравить тебя с превосходным устройством твоего будущего.

— Меня, братец? О чем вы говорите?

— Ты ему нравишься. Я внимательно за ним следил и твердо в этом убежден. Но каковы его доходы?

— Около двух тысяч в год, если не ошибаюсь.

— Две тысячи в год! — И со всей пробудившейся в нем великодушной щедростью он добавил: — Элинор, от всего сердца я желал бы ради тебя, чтобы их было вдвое больше.

— Охотно верю, — ответила Элинор, — но я убеждена, что у полковника Брэндона нет ни малейшего желания жениться на мне.

— Ты ошибаешься, Элинор, очень-очень ошибаешься. Тебе стоит пальцем пошевелить, и он — твой. Быть может, пока он еще не совсем решился, быть может, скромность твоего состояния его удерживает, быть может, друзья ему отсоветывают. Но те легкие знаки внимания и поощрения, которые девице оказать нетрудно, поймают его на крючок, хочет он того или нет. А тебе нет никаких причин не попробовать. Ведь нельзя же предположить, что какая-либо прежняя привязанность... короче говоря, тебе известно, что о той привязанности и речи быть не может, что препятствия непреодолимы — с твоим ли здравым смыслом не видеть этого! Останови свой выбор на полковнике Брэндоне. И с моей стороны ты можешь рассчитывать на всяческую учтивость, которая расположит его и к тебе, и к твоей семье. Эта партия всех удовлетворит. Короче говоря, такой оборот дела... — он понизил голос до внушительного шепота, — будет чрезвычайно приятен всем заинтересованным сторонам. — Опомнившись, он поспешил добавить: — То есть я хотел сказать, что все твои друзья горячо желают, чтобы ты была устроена. И особенно Фанни! Твои интересы очень дороги ее сердцу, уверяю тебя. И ее матушке, миссис Феррарс, добрейшей женщине, это, право, доставит истинное удовольствие. Она сама на днях так сказала.

Элинор не удостоила его ответом.

— Вот будет поразительно, — продолжал он, — и даже забавно, если брат Фанни и моя сестра вступят в брак в одно и то же время! И все же такое совпадение не столь уж невероятно.

— Так, значит, — с решимостью спросила Элинор, — мистер Эдвард Феррарс намерен жениться?

— Это еще решено не окончательно, но некоторые приготовления ведутся. У него превосходнейшая мать! Миссис Феррарс с величайшей щедростью закрепит за ним тысячу фунтов годового дохода, если этот брак состоится. Речь идет о высокородной мисс Мортон, единственной дочери покойного лорда Мортона, с тридцатью тысячами фунтов приданого. Весьма желательная партия для обеих сторон, и я не сомневаюсь, что со временем они соединятся узами брака. Тысяча фунтов в год — сумма, с какой матери расстаться нелегко, и тем более отдать ее навсегда, но у миссис Феррарс очень благородная душа. Вот тебе еще один пример ее щедрости: позавчера, едва мы приехали сюда, она, зная, что в деньгах мы должны быть стеснены, вложила Фанни в руку пачку банкнот на сумму в двести фунтов. И это весьма и весьма кстати, так как расходы, пока мы здесь, у нас чрезмерно велики.

Он помолчал, ожидая от нее согласия и сочувствия, и она принудила себя сказать:

— Ваши расходы и в городе и в деревне, бесспорно, должны быть значительны, но ведь и доход у вас большой.

Чувство и чувствительность

— О, совсем не такой большой, как, быть может, полагают многие люди. Впрочем, я не намерен жаловаться, он, бесспорно, недурен и, надеюсь, со временем увеличится. Огораживание норлендского выгона, которое сейчас ведется, поглощает значительную его часть. А к тому же за последние полгода я сделал небольшое приобретение. Исткингемская ферма. Ты должна ее помнить, там еще жил старик Гибсон. Земля эта во всех отношениях очень меня прельщала, и примыкала она к моим землям, а потому мой долг был ее приобрести. Я провинился бы перед своей совестью, если бы допустил, чтобы она попала в чужие руки. Человеку приходится платить за свои удобства, и она обошлась мне в огромную сумму.

— Какой на самом деле, по вашему мнению, не стоила?

— Ну, надеюсь, что не так. Я бы мог на следующий же день продать ее дороже, чем приобрел. Но вот платеж наличными мог поставить меня в весьма тяжелое положение, ибо курсы были очень низки, и, не окажись у меня в банке достаточной суммы, мне пришлось бы продать ценные бумаги с большим убытком.

Элинор могла только улыбнуться.

— Другие огромные и неизбежные расходы ожидали нас, когда мы переехали в Норленд. Наш досточтимый батюшка, как тебе прекрасно известно, отказал всю стэнхиллскую движимость — вещи все очень ценные — твоей матери. Я отнюдь не сетую на такой его поступок. Он имел бесспорное право распоряжаться своей собственностью по своему усмотрению, но мы по этой причине вынуждены были в весьма значительном количестве приобретать столовое белье, фарфор и прочее, чтобы заменить то, что было увезено. Ты без труда поймешь, сколь мало можно почесть нас богатыми после всех этих расходов и сколь кстати пришлась доброта миссис Феррарс.

— О, разумеется, — сказала Элинор. — И надеюсь, благодаря ее щедрости вам еще доведется жить не в столь стесненных обстоятельствах.

— Ближайшие год-два должны немало этому поспособствовать, — ответил он с глубокой серьезностью. — Однако пока остается сделать еще очень много. Для оранжереи Фанни даже фундамент не заложен, а цветник разбит только на бумаге.

— А где будет оранжерея?

— На пригорке за домом. Вырубили старые ореховые деревья, чтобы освободить для нее место. Ею можно будет любоваться из разных уголков парка, а цветник расположится по склону прямо перед ней — вид обещает быть прелестным. Мы уже расчистили пригорок от старых кустов шиповника и боярышника.

Элинор скрыла и свою грусть и негодование, радуясь, что с ними нет Марианны, которая, разумеется, не промолчала бы.

Достаточно подробно объяснив, как он сейчас беден, и разделавшись с необходимостью купить сестрам в подарок серьги, когда он следующий раз заглянет к Грею, мистер Джон Дэшвуд повеселел и поздравил Элинор с тем, что она сумела заручиться дружбой миссис Дженнингс.

— Она кажется весьма почтенной дамой. Ее дом, ее образ жизни — все говорит о превосходнейшем доходе, и знакомство это не только уже было весьма вам полезным, но сулит немалые выгоды в будущем. То, что она пригласила вас в город, указывает на большую к вам привязанность, и, по всей видимости, когда она скончается, вы забыты не будете. А наследство она, судя по всему, должна оставить немалое.

— Напротив, по-моему, никакого. Ведь у нее лишь право пожизненного пользования доходами с имущества, которое затем отойдет ее дочерям.

Чувство и чувствительность

— Но откуда ты взяла, что она тратит весь свой доход? Благоразумные особы всегда что-нибудь экономят. А всем накопленным она может распоряжаться по собственному усмотрению.

— Но не думаете ли вы, что она, вероятнее, оставит все своим дочерям, а вовсе не нам?

— Обе ее дочери сделали чрезвычайно выгодные партии, а потому я не вижу, с какой стати она должна и дальше их обеспечивать. С другой стороны, по моему мнению, обходясь с вами с таким вниманием и добротой, она дала вам некое право на будущие ее заботы, которое добропорядочная женщина не может не признать. Ее доброта к вам превосходит всякое описание, и, поступая так, она, естественно, понимает, какие это порождает надежды.

— Но не у тех, кого это касается больше всего. Право, братец, в своих заботах о нашем благополучии и благосостоянии вы преступаете границу вероятия.

— Ах да, разумеется! — воскликнул он, опомнившись. — Люди так часто и хотели бы что-нибудь сделать, но не могут. Не могут. Кстати, милая Элинор, что такое с Марианной? Она выглядит нездоровой, очень бледная, похудела. Она больна?

— Да, ей нездоровится. Несколько недель она страдает от нервического недомогания.

— Весьма сожалею. В ее годы болезнь — неумолимый враг красоты. И как недолго она цвела! Еще в сентябре я готов был поклясться, что мало найдется красавиц, равных ей и более способных пленять мужчин. В ее красоте было что-то такое, что всегда их чарует. Помнится, Фанни говорила, что она выйдет замуж раньше тебя и сделает партию гораздо лучше. Нет-нет, Фанни чрезвычайно тебя любит, но так ей казалось. Однако она, бесспорно, ошиблась. Я сомневаюсь, чтобы теперь Марианна нашла жениха с доходом более чем пятьсот—шестьсот фунтов годовых, и то в самом лучшем случае; и я весьма и весьма заблуждаюсь, если тебя не ждет нечто куда более внушительное. Дорсетшир! Я плохо знаю Дорсетшир, но, милая Элинор, с большим удовольствием узнаю его теперь. И полагаю, могу поручиться, что Фанни и я будем среди самых первых и самых счастливых за тебя твоих гостей.

Элинор постаралась, как могла убедительней, внушить ему, что нет ни малейших оснований ожидать, что она станет женой полковника Брэндона, но брак этот сулил столько приятного для него самого, что он не мог отказаться от такой надежды и принял твердое решение сойтись с указанным джентльменом поближе и всеми возможными знаками внимания способствовать его заключению. Некоторые угрызения совести, что сам он ничего не сделал для сестер, только возбуждали в нем настойчивое желание, чтобы другие люди делали для них как можно больше, и брак с полковником Брэндоном или наследство от миссис Дженнингс превосходнейшим образом искупили бы его собственное небрежение своим долгом.

К своему удовольствию, они застали леди Мидлтон дома, а сэр Джон вернулся, когда они еще не ушли. Все обменивались множеством учтивостей. Сэр Джон всегда готов был дарить расположение каждому встречному, и, хотя мистер Дэшвуд, по-видимому, ничего не понимал в лошадях, он вскоре уже считал его весьма добрым малым, а леди Мидлтон нашла его достаточно бонтонным, чтобы счесть знакомство с ним приятным, и мистер Дэшвуд удалился очарованный ими обоими.

— Фанни будет в восхищении, — сказал он сестре на обратном пути. — Леди Мидлтон истинно светская дама. Я убежден, что Фанни будет рада познакомиться с ней. И миссис Дженнингс также весьма и весьма превосходная женщина, хотя в светскости несколько и уступает дочери. Твоя сестра может без малейших сомнений нанести ей визит, что, признаюсь, нас слегка смущало — и вполне естественно: мы ведь знали только, что миссис Дженнингс вдова человека, нажившего деньги самым плебейским образом, и Фанни с миссис Феррарс полагали, что и она и ее дочери не принадлежат к тем женщинам, в чьем обществе Фанни прилично бывать. Но теперь я могу вполне ее разуверить, сообщив о них всех самые лестные сведения.

Глава 34

Миссис Джон Дэшвуд настолько полагалась на суждение мужа, что на следующий же день нанесла визиты миссис Дженнингс и ее старшей дочери. И доверие ее было вознаграждено, когда она убедилась, что даже первая, даже женщина, у которой гостят ее золовки, вполне достойна ее внимания. Леди же Мидлтон ее совершенно очаровала.

Леди Мидлтон была не менее очарована миссис Дэшвуд. Холодный эгоизм в характере обеих оказался взаимно привлекательным и способствовал их сближению, как и чинная благопристойность манер, и душевная черствость.

Однако те же самые манеры, которыми миссис Дэшвуд заслужила доброе мнение леди Мидлтон, пришлись не по вкусу миссис Дженнингс, которая увидела в ней просто невысокую, заносчивого вида, чопорную женщину, которая поздоровалась с сестрами мужа без малейшей нежности и просто не находила, о чем с ними говорить: из той четверти часа, которой она удостоила Беркли-стрит, по меньшей мере семь с половиной минут она сидела в полном молчании.

Элинор, хотя она предпочла сама об этом не спрашивать, очень хотела узнать, в городе ли Эдвард, но Фанни ни под каким видом не согласилась бы произнести это имя в присутствии золовки до той поры, пока у нее не появилась бы возможность сообщить ей о дне его свадьбы с мисс Мортон или пока не сбылись бы надежды, которые ее супруг возлагал на полковника Брэндона. По ее неколебимому убеждению, они все еще были настолько привязаны друг к другу, что при каждом удобном случае следовало и словом и делом ослаблять эту привязанность. Впрочем, сведения, на которые поскупилась она, были незамедлительно получены из другого источника. Вскоре пришла Люси, ища у Элинор сочувствия: они с Эдвардом не могут увидеться, хотя он приехал в город вместе с мистером и миссис Дэшвуд! Заехать к их кузине он не хочет из опасения, что все откроется, и, хотя их обоюдное желание поскорее встретиться поистине неописуемо, судьба обрекает их пока лишь переписываться.

Затем Эдвард сам известил их о своем приезде, дважды заехав на Беркли-стрит. Дважды, вернувшись после утренних визитов, они находили на столе его карточку. Элинор была рада, что он приезжал, и еще более рада, что он ее не застал дома.

Дэшвуды пришли в такой восторг от Мидлтонов, что решили — как ни мало были они склонны давать что-либо кому-либо — дать в их честь обед. И несколько дней спустя после первого знакомства пригласили сэра Джона с супругой отобедать у них на Харли-стрит, где они сняли на три месяца отличный дом. Приглашены были также Элинор с Марианной и миссис Дженнингс, а кроме того, Джон Дэшвуд позаботился заручиться согласием полковника Брэндона, который принял его приглашение и все сопровождавшие его любезности не без удивления, но с удовольствием, потому что всегда был рад оказаться в одном обществе с обеими мисс Дэшвуд. Им предстояло познакомиться с миссис Феррарс, но Элинор так и не удалось выяснить, будут ли на обеде сыновья этой последней. Впрочем, присутствие и одной миссис Феррарс придало для нее интерес этому обеду: правда, теперь она могла думать о предстоящей встрече без былой тревоги, которую прежде внушала ей мысль о знакомстве с матерью Эдварда, и больше ее совсем не трогало, какое мнение та о ней составит, однако желание собственными глазами увидеть миссис Феррарс и узнать, какова же она на самом деле, нисколько в ней не угасло.

Интерес, который вызывал в ней предстоящий обед, еще более возрос, хотя радости ей это никакой не доставило, когда оказалось, что на обеде будут присутствовать и обе мисс Стил.

Так хорошо зарекомендовали они себя леди Мидлтон, так угодили ей своим усердием, что она с не меньшей охотой, чем сэр Джон, пригласила их погостить неделю на Кондуит-стрит, хотя Люси отнюдь не отличалась светскостью манер, а ее сестру нельзя было назвать даже благовоспитанной; и едва они услышали про приглашение Дэшвудов, как оказалось, что им будет особенно удобно начать свой визит незадолго до того дня, на который был назначен обед.

То обстоятельство, что они были племянницами джентльмена, несколько лет обучавшего брата миссис Джон Дэшвуд, вряд ли особенно способствовало тому, что им нашлось место за ее столом, но они были гостьями леди Мидлтон, и это не могло не распахнуть перед ними двери ее дома. Люси, которая давно желала быть представленной близким Эдварда, самой узнать их характеры и понять, какие ее ждут трудности, а также попробовать им понравиться, пережила одну из счастливейших минут своей жизни, когда получила карточку миссис Джон Дэшвуд.

На Элинор карточка эта произвела совсем иное впечатление. Она тут же подумала, что Эдвард живет у матери и, следовательно, не может не быть приглашен вместе с матерью на обед, который дает его сестра. Но увидеть его в первый раз после всего, что произошло, в обществе Люси! Нет, у нее вряд ли достанет сил вынести подобное испытание.

Эти опасения, быть может, не вполне опирались на доводы рассудка и, уж конечно, не на истинное положение вещей. Однако ее избавило от них не собственное благоразумие, но доброе сердце Люси, которая, рассчитывая причинить ей жестокое разочарование, сообщила, что во вторник Эдвард на обеде никак быть не может, и, в надежде уколоть ее побольнее, добавила, что мешает ему чрезвычайная любовь к ней — он не способен в ее присутствии скрывать свои чувства.

И вот наступил знаменательный вторник, в который должно было состояться знакомство обеих барышень с этой грозной свекровью.

— Пожалейте меня, дорогая мисс Дэшвуд! — шепнула Люси, когда они рядом поднимались по лестнице, так как Мидлтоны приехали почти одновременно с миссис Дженнингс и все они вместе последовали за лакеем. — Здесь ведь только вы знаете, как я нуждаюсь в сочувствии... Ах, право же, я еле держусь на ногах. Подумать только! Еще миг, и я увижу особу, от которой зависит все мое счастье... которая станет моей матерью!..

Элинор могла бы незамедлительно утешить бедняжку, указав, что, вполне вероятно, им миг спустя предстоит увидеть мать мисс Мортон, а вовсе не ее, однако она лишь ответила, и с большой искренностью, что от души ее жалеет — к величайшему изумлению Люси, которая, хотя и ощущала немалую робость, однако надеялась, что внушает Элинор жгучую зависть.

Миссис Феррарс оказалась маленькой щуплой женщиной с осанкой прямой до чопорности и лицом серьезным до кислости. Цвет его был землисто-бледный, черты — мелкие, лишенные красоты и выразительности.

Однако природа все-таки не сделала их совсем уж незначительными, наградив ее выпуклым лбом, который придавал им внушительность чванливой гордости и недоброжелательности. Она была скупа на слова, ибо в отличие от большинства людей соразмеряла их с количеством своих мыслей, но и из тех немногих, которые она все-таки обронила, ни одно не было обращено к мисс Дэшвуд, в отличие от взглядов, говоривших о решимости в любом случае проникнуться к ней неприязнью.

Однако теперь это поведение нисколько не ранило Элинор, хотя еще недавно оно сделало бы ее глубоко несчастной. Но у миссис Феррарс больше не было власти причинять ей страдания, и ее только позабавило совсем иное обращение с обеими мисс Стил, рассчитанное, по-видимому, на то, чтобы она во всем почувствовала, как ею пренебрегают. Но Элинор не могла сдержать улыбки, наблюдая милостивое обхождение и матери и дочери именно с той — ибо особое внимание было обращено на Люси, — кого, будь им известно столько, сколько ей, они поторопились бы обдать холодом, тогда как к ней, хотя у нее не было никакой власти уязвить их гордость, обе нарочито не обращались. Но и улыбаясь на любезность, расточаемую столь неудачно, Элинор невольно задумалась о мелкой злобности, эту любезность породившую, и, видя, как мисс Стил и Люси усердно тщатся ее заслужить, не могла не почувствовать глубокого презрения ко всем четырем.

Люси упивалась счастьем оттого, что ее так отличают, а мисс Стил для полного блаженства не хватало только шуточек по адресу ее и доктора Дэвиса.

Обед был великолепный, лакеи многочисленными, и все свидетельствовало о любви хозяйки дома к показной пышности и возможностях хозяина потакать ей. Несмотря на улучшения и новые постройки в Норленде, несмотря на то что его владелец, если бы не несколько тысяч наличными, был бы вынужден с убытком продать ценные бумаги, ничто не свидетельствовало о безденежье, на которое он намекал своими сетованиями, или о скудости в чем-либо, кроме скудости разговоров, но зато уж ее не заметить было нельзя. Джон Дэшвуд не находил сказать ничего, что стоило бы послушать, а его супруга — и того меньше. Впрочем, особо в вину им этого ставить не следовало, так как в подобном положении находились и почти все их гости, которым для того, чтобы быть приятными собеседниками, не хватало либо ума, как природного, так и развитого образованием, либо истинной светскости, либо живости мысли, либо благожелательности.

В гостиной, куда после конца обеда удалились дамы, скудость эта стала особенно очевидной, так как джентльмены все же вносили в беседу некоторое разнообразие, касаясь то политики, то огораживания, то выездки лошадей, дам же, пока не подали кофе, занимал лишь один предмет — сравнение роста Гарри Дэшвуда и Уильяма, второго сына леди Мидлтон, так как они оказались почти ровесниками.

Если бы оба мальчика присутствовали тут, тема быстро исчерпалась бы, ибо их можно было бы просто поставить затылком друг к другу. Но в наличии имелся только Гарри, а потому с обеих сторон высказывались лишь предположения, причем никому не возбранялось твердо придерживаться собственного мнения и повторять его опять и опять, сколько им было угодно.

Партии распределялись следующим образом.

Обе маменьки, хотя каждая была убеждена, что ее сынок выше, любезно уступали пальму первенства другому.

Обе бабушки с той же пристрастностью, хотя и большей искренностью утверждали каждая, что выше, бесспорно, ее собственный внук.

Люси, которая равно стремилась угодить и тем и другим, полагала, что оба мальчика для своего возраста удивительно высоки, и даже вообразить не могла, что один хотя бы на волосок выше другого, а мисс Стил со всей поспешностью еще горячее высказывалась в пользу и того и другого.

Элинор, один раз заметив, что, по ее мнению, выше Уильям, — чем еще сильнее оскорбила миссис Феррарс и Фанни, — не считала нужным отстаивать свое мнение новыми его повторениями, а Марианна, когда воззвали к ней, оскорбила их всех, объявив, что ей нечего сказать, так как она никогда над этим не задумывалась.

Перед отъездом из Норленда Элинор очень искусно расписала для невестки два экрана, и они, только что натянутые на рамки и доставленные сюда, украшали гостиную; на них упал взгляд Джона Дэшвуда, когда он сопроводил остальных джентльменов в гостиную, и они тут же были услужливо вручены полковнику Брэндону, чтобы тот мог ими полюбоваться.

— Это рукоделие моей старшей сестры, — сказал мистер Дэшвуд, — и вы, как человек с тонким вкусом, полагаю, оцените их по достоинству. Не знаю, доводилось ли вам уже видеть ее рисунки, но, по мнению всех, они бесподобны.

Полковник, хотя и заметил, что он отнюдь не знаток, но похвалил экраны с жаром, как, впрочем, похвалил бы любую вещь, расписанную мисс Дэшвуд. Это, как и следовало ожидать, возбудило общее любопытство, и экраны начали переходить из рук в руки. Миссис Феррарс, не расслышавшая, что это работа Элинор, непременно пожелала взглянуть на них, и, после того как они удостоились лестного отзыва леди Мидлтон, Фанни подала их матери, заботливо осведомив ее, что они расписаны мисс Дэшвуд.

— Гм, — заметила миссис Феррарс, — очень мило! — И, даже не взглянув на них, возвратила их дочери.

Быть может, Фанни все-таки на миг показалось, что такая грубость чрезмерна, потому что, чуть-чуть покраснев, она поторопилась сказать:

— Да, не правда ли, они очень-очень милы? — Но тут же, по-видимому, испугалась, что позволила себе излишнюю вежливость, которую можно счесть за одобрение, и добавила: — Не кажется ли вам, что они несколько напоминают стиль мисс Мортон, сударыня? Вот кто пишет красками поистине восхитительно! Как очарователен последний ее пейзаж!

— Да, очарователен. Но да ведь она во всем бесподобна!

Этого Марианна стерпеть не могла. Миссис Феррарс сразу же ей не понравилась, а такие неуместные хвалы другой художнице в ущерб Элинор — хотя она не подозревала, что за ними кроется на самом деле, — заставили ее тут же пылко воскликнуть:

— Очень странная дань восхищения! Что нам мисс Мортон? Кто ее знает, кому она интересна? Мы думаем и говорим сейчас об Элинор! — И, взяв экраны из рук невестки, принялась восхищаться ими так, как они заслуживали.

Миссис Феррарс, видимо, разгневалась и, еще выпрямив и без того прямую спину, ответила на эту язвительную тираду:

— Мисс Мортон — дочь лорда Мортона!

Фанни, казалось, рассердилась не меньше, и ее муж совсем перепугался дерзости сестры. Вспышка Марианны ранила Элинор гораздо больше, чем причина, ее вызвавшая, но устремленные на Марианну глаза полковника Брэндона свидетельствовали, что он видит лишь ее благородство, лишь любящее сердце, которое не снесло обиды, причиненной сестре, пусть и по столь ничтожному поводу.

Но Марианна не успокоилась. Спесивое пренебрежение, с каким миссис Феррарс с самого начала обходилась с Элинор, сулило ее сестре, как ей казалось, терзания и горе, к которым ее собственная раненая чувствительность внушала ей особый ужас, и, подчинившись порыву любви и возмущения, она подбежала к сестре, обвила рукой ее шею и, прижавшись щекой к ее щеке, произнесла тихим, но ясным голосом:

— Милая, милая Элинор, не обращай на них внимания. Они не стоят твоего огорчения.

Речь ее прервалась. Не в силах справиться с собой, она спрятала лицо на плече Элинор и разразилась слезами. Все обернулись к ней, — почти все с искренней тревогой. Полковник Брэндон вскочил и направился к ним, сам не понимая зачем. Миссис Дженнингс с весьма многозначительным «Ах, бедняжка!» тут же подала ей свою нюхательную соль, а сэр Джон воспылал таким негодованием против виновника этого нервического припадка, что немедленно подсел к Люси Стил и шепотом вкратце поведал ей всю возмутительную историю.

Впрочем, несколько минут спустя Марианна настолько оправилась, что отказалась от дальнейших забот и села на свое прежнее место. Однако до конца вечера она пребывала в угнетенном состоянии духа.

— Бедная Марианна! — сказал вполголоса ее брат полковнику Брэндону, как только ему удалось заручиться его вниманием. — Она слабее здоровьем, чем ее сестра, и очень нервна. Ей не хватает крепкой конституции Элинор. И нельзя не признать, насколько тяжело переносить юной девице, которая была красавицей, утрату былой прелести. Возможно, вы не поверите, но всего лишь несколько месяцев назад Марианна была очень красива, — не менее, чем Элинор. Теперь же, как вы видите, она совсем увяла.

Глава 35

Любопытство Элинор было удовлетворено — она увидела миссис Феррарс. И нашла в ней все, что могло сделать нежелательным новое сближение между их семьями. Она получила достаточно доказательств ее чванливости, ее мелочности и упрямого предубеждения против нее самой, чтобы отлично себе представить, какие помехи и трудности препятствовали бы помолвке и вынуждали бы откладывать свадьбу ее и Эдварда, если бы он был свободен. То, что она успела увидеть, почти внушило ей радость, что одно непреодолимое препятствие навеки избавило ее от необходимости терпеть новые грубые выходки миссис Феррарс, зависеть от ее капризов или пытаться заслужить ее доброе мнение. Хотя она все же не могла радоваться тому, что Эдвард связан неразрывными узами с Люси, ее не оставляла мысль, что, будь Люси более его достойной, ей правда следовало бы радоваться.

Она недоумевала, как может Люси столь обольщаться милостивым вниманием к ней миссис Феррарс, как могут своекорыстие и тщеславие настолько ослеплять ее, что она приняла за чистую монету знаки расположения, которыми ее одаривали только в пику Элинор, и возложила какие-то надежды на предпочтение, которое было ей оказано лишь из неведения об истинном положении вещей. Тем не менее так оно и было, что доказывали не только взгляды Люси в то время, но и восторги, которые она откровенно излила на следующее утро, когда попросила леди Мидлтон завезти ее на Беркли-стрит, рассчитывая застать Элинор одну и поведать ей о своем счастье. Судьба ей улыбнулась: не успела она войти, как миссис Дженнингс получила записочку от миссис Палмер и поспешила к ней.

— Милый мой друг! — воскликнула Люси, едва они остались вдвоем. — Я приехала поделиться с вами своим счастьем. Может ли что-нибудь быть более лестным, чем вчерашнее обхождение со мной миссис Феррарс? Такая снисходительность! Вы ведь знаете, как я пугалась даже мысли о встрече с ней. Но едва меня ей представили, она меня так обласкала, что, как ни суди, я должна была ей очень понравиться! Разве не правда? Вы ведь сами все видели. Ну можно ли истолковать это иначе?

— Она действительно была с вами весьма любезна.

— Любезна! Неужто вы ничего, кроме любезности, не заметили? Нет, это больше, много больше. Такая доброта — и только со мной одной! Ни гордости, ни высокомерия. И ваша сестрица тоже была так внимательна и ласкова!

Элинор предпочла бы переменить разговор, но Люси продолжала требовать подтверждения, что у нее есть причины радоваться, и Элинор вынуждена была сказать:

— Бесспорно, если бы они знали о вашей помолвке, такое обхождение было бы весьма лестным, но при настоящих обстоятельствах...

— Я догадывалась, что вы это скажете! — быстро перебила Люси. — Но с какой стати миссис Феррарс было делать вид, будто я ей нравлюсь, если бы на самом деле это было не так? А мне важнее всего ей понравиться. Нет, вам не удастся убедить меня в противном. Я теперь уверена, что все кончится хорошо и никаких помех не будет. Миссис Феррарс обворожительная дама, как и ваша сестрица. Обе они бесподобны, право, бесподобны! Не понимаю, почему я ни разу от вас не слышала, какая приятная дама миссис Дэшвуд.

На это Элинор ответить было нечего, и она ничего не сказала.

— Вам нездоровится, мисс Дэшвуд? Вы какая-то грустная... все время молчите. Нет, вы решительно нездоровы.

— Я никогда не чувствовала себя лучше.

— От всей души рада этому, но только вот вид у вас совсем больной! Мне было бы так жаль, если бы вы захворали! Вы ведь были для меня такой опорой и поддержкой! Только Богу известно, что я делала бы без вашей дружбы...

Элинор попыталась найти вежливый ответ, но сомневалась, что ей это удалось, однако Люси, видимо, была им удовлетворена, так как тотчас сказала:

— О да, я нисколько не сомневаюсь в вашем расположении ко мне, и, если не считать любви Эдварда, оно величайшее из моих утешений. Бедняжка Эдвард! Но, кстати, одна хорошая новость: теперь мы сможем видеться, и видеться часто, потому что леди Мидлтон в восторге от миссис Дэшвуд и мы, полагаю, станем постоянными гостями на Харли-стрит, Эдвард же половину времени проводит у сестры, а кроме того, и миссис Феррарс будет теперь обмениваться визитами с леди Мидлтон. А миссис Феррарс и ваша сестрица были столь добры, что несколько раз повторили, как они будут рады видеть меня у себя. Ах, они такие обворожительные дамы! Право же, если вы когда-нибудь скажете вашей сестрице, какого я о ней мнения, вам будет даже трудно выразить, насколько оно высоко!

Но Элинор не дала ей никаких оснований надеяться, что она передаст ее слова миссис Джон Дэшвуд. А Люси продолжала:

— Натурально, я в один миг заметила бы, если бы миссис Феррарс меня сразу невзлюбила. Если бы она, например, только слегка мне поклонилась, не сказав ни слова, а потом перестала бы вовсе меня замечать, ни разу бы не взглянула на меня приветливо... ну, вы понимаете, что я хочу сказать... если бы со мной обошлись столь сурово, я в отчаянии оставила бы всякую надежду. Я бы этого не перенесла. Ведь уж если она кого невзлюбит, так, я знаю, это уж навсегда.

От необходимости отвечать на это вежливое злорадство Элинор избавила внезапно распахнувшаяся дверь. Лакей доложил о мистере Феррарсе, и следом за ним в гостиную вошел Эдвард.

Воцарилась тягостная неловкость, ясно отразившаяся на лицах всех троих. Вид у них был очень глупый, и Эдвард, казалось, предпочел бы не входить, а тотчас уйти. Они попали в то самое положение, которого все трое всячески стремились избегнуть, — да к тому же и при наиболее неприятных обстоятельствах. Не только они встретились все трое, но вдобавок наедине. Первыми опомнились барышни. Люси была гостьей, видимость тайны следовало сохранить, а потому она могла ограничиться лишь нежным взглядом и, поздоровавшись, больше ничего не говорить.

Но Элинор должна была играть свою роль хозяйки, и ей ради него так хотелось сыграть эту роль хорошо, что она после лишь самого легкого колебания поздоровалась с ним почти непринужденно, почти естественно, а после еще одного усилия и вовсе справилась с собой. Ни присутствие Люси, ни некоторая обида не помешали ей сказать, как рада она его видеть и как сожалеет, что ее не было дома, когда он раньше заходил на Беркли-стрит. И она не побоялась быть с ним по-дружески приветливой (на что он имел право как друг семьи и почти родственник), несмотря на наблюдательные глаза Люси, которые, как она не замедлила убедиться, пристально за ней следили.

Ее приветливость несколько успокоила Эдварда, и он осмелился даже сесть, но его смущение превосходило их смущение в пропорции, оправданной положением вещей, хотя, быть может, и редкой для пола, к которому он принадлежал. Но его сердце не было равнодушно, как у Люси, а совесть не была чиста, как у Элинор.

Люси сидела скромно и чинно, решительно не желая помочь остальным, а потому хранила молчание, и разговор поддерживала почти одна Элинор, которая сама сообщила, как чувствует себя их мать, и как им нравится Лондон, и все то, о чем он должен был бы справиться, но не справился. На этом ее усилия не завершились: вскоре она нашла в себе столько героизма, что решила оставить их наедине, сославшись на то, что ей следует позвать Марианну. И не только решила, но сделала, причем самым великодушным образом, мужественно помедлив несколько минут на площадке, прежде чем войти к сестре. Но после этого, однако, времени на восторги Эдварду уже более не осталось, ибо радость заставила Марианну тут же поспешить в гостиную. Эта радость, как и все ее чувства, была очень бурной, а выражалась еще более бурно. Она протянула ему руку и воскликнула с нежностью любящей сестры:

— Милый Эдвард! Вот счастливая минута! Она почти искупает все остальное.

Эдвард попытался ответить должным образом на ее искренность, но на глазах таких свидетельниц он не осмелился сказать и половину того, что чувствовал на самом деле. Они снова все сели и минуты две молчали. Марианна переводила выразительный, полный нежности взгляд с Эдварда на Элинор, сожалея лишь, что совершенно ненужное присутствие Люси препятствует им выразить все восхищение от этой встречи. Первым заговорил Эдвард: у нее нездоровый вид, уж не вреден ли ей Лондон?

— Ах, не думайте обо мне! — ответила она пылко, хотя ее глаза наполнились слезами. — Не думайте о моем здоровье. Элинор ведь здорова, как вы видите. Этого должно быть довольно для нас обоих.

Такое утверждение никак не могло облегчить положение и Эдварда и Элинор или пролить бальзам в душу Люси, которая поглядела на Марианну отнюдь не с благодарным выражением.

— Но Лондон вам нравится? — задал Эдвард первый подвернувшийся на язык вопрос, лишь бы переменить тему.

— Нисколько. Я полагала, что найду в нем много приятного, но не нашла ничего. Ваш визит, Эдвард, вот единственная радость, которую он мне подарил. И слава богу, вы такой же, каким были всегда!

Она умолкла, но никто ничего не сказал.

— Мне кажется, Элинор, — продолжала Марианна, — нам следует поручить себя попечению Эдварда на обратном пути в Бартон. Я полагаю, что мы уедем через неделю или две, и, надеюсь, Эдвард не будет очень недоволен такой обязанностью.

Бедный Эдвард пробормотал что-то, но что — не понял никто, и он сам в том числе. Однако Марианна, которая заметила его смущение и без труда нашла ему причину, наиболее ей приятную, была совершенно довольна и вскоре заговорила о другом.

— Ах, какой день, Эдвард, мы провели вчера на Харли-стрит! Такой скучный, такой невыносимо скучный! Но мне об этом надо сказать вам очень много такого, чего сейчас я сказать не могу.

С этой похвальной сдержанностью она отложила до другого времени, когда они будут избавлены от постороннего присутствия, рассказ о том, что их общих родственников она нашла еще более неприятными, чем прежде, а уж его мать и вовсе ужасной.

— Но почему вас там не было, Эдвард? Почему вы не пришли?

— Я обещал быть в другом месте.

— Обещали! Но что значит подобное обещание, когда речь шла о встрече с такими близкими друзьями.

— Быть может, мисс Марианна, — воскликнула Люси, радуясь случаю немножко свести с ней счеты, — вы полагаете, что молодые джентльмены никогда не держат обещаний, как в малом, так и в большом, если им того не хочется?

Элинор очень рассердилась, но Марианна, по-видимому, не заметила шпильки, потому что ответила с полным спокойствием:

— Нет-нет. Если говорить серьезно, я убеждена, что только щепетильность помешала Эдварду все-таки прийти на Харли-стрит. Я всей душой верю, что более щепетильного человека на свете не существует. И все свои обещания он исполняет с неизменной точностью, пусть оно будет самым пустячным или в ущерб его собственным интересам или удовольствию. Он совестится причинять огорчения, обманывать ожидания и совершенно лишен себялюбия, как никто среди тех, кого я знаю. Да, Эдвард, это так, и я не собираюсь молчать. Как? Неужели вы никогда не слышали, чтобы вас хвалили? Ну, в таком случае вам нельзя быть моим другом. Ведь все, кто принимает мою любовь и уважение, должны смиряться с тем, как я вслух отдаю должное их достоинствам.

Однако на сей раз две трети ее слушателей предпочли бы, чтобы она воздала должное каким-нибудь другим достоинствам, и Эдварда это так мало подбодрило, что он вскоре встал, собираясь откланяться.

— Как, вы уже уходите! — воскликнула Марианна. — Дорогой Эдвард, я вас не отпущу!

И, отведя его в сторону, она прошептала, что Люси, конечно же, уйдет очень скоро. Но даже такие заверения пропали втуне, и он все-таки ушел. Люси, которая пересидела бы его, продлись его визит даже два часа, теперь не замедлила последовать его примеру.

— И почему она завела обыкновение постоянно бывать здесь? — вскричала Марианна, едва они остались вдвоем. — Неужели она не видела, что она лишняя? Какая досада для Эдварда!

— Но почему? Мы ведь все его друзья, и с Люси он знаком много дольше, чем с нами. Вполне естественно, что ему было так же приятно увидеть ее, как и нас.

Марианна устремила на нее пристальный взгляд и сказала:

— Ты знаешь, Элинор, я не переношу, когда говорят так. Если же ты, как я подозреваю, просто хочешь выслушать возражения, то тебе следовало бы вспомнить, что я для этого не гожусь. Я никогда не снизойду до того, чтобы у меня исторгали заверения, в которых не нуждаются.

С этими словами она вышла из комнаты, и Элинор не решилась пойти за ней для продолжения разговора, потому что данное Люси обещание не позволяло ей привести доводы, которые убедили бы Марианну, и как ни тяжки могли быть для нее последствия упорного заблуждения сестры, ей оставалось только смириться с ними. Правда, она могла тешиться надеждой, что Эдвард постарается пореже подвергать себя и ее опасности выслушивать не к месту радостные заверения Марианны и избавит их от повторения тех страданий, которые оба они испытывали во время последнего их свидания. И надеяться на это у нее были все причины.

Глава 36

Несколько дней спустя газеты поведали миру, что супруга Томаса Палмера, эсквайра, благополучно разрешилась сыном и наследником. Весьма интересное и приятное оповещение, — во всяком случае, для всех их близких, которые уже знали о радостном событии.

Событие это, столь важное для полноты счастья миссис Дженнингс, тотчас изменило обычные порядки в ее доме, а тем самым и привычный порядок дня гостивших у нее барышень. Миссис Дженнингс, желая как можно долее оставаться с Шарлоттой, теперь уезжала к ней с раннего утра, едва успев одеться, и возвращалась поздно вечером, Элинор же с Марианной по настоятельному приглашению Мидлтонов проводили весь день на Кондуит-стрит. Если бы им предоставили выбор, они предпочли бы не покидать Беркли-стрит хотя бы до исхода утра, но пойти наперекор всеобщим настояниям они, разумеется, не могли. Поэтому им было суждено весь день составлять компанию леди Мидлтон и обеим мисс Стил, в чем эти трое не находили ни малейшего удовольствия, как бы вслух ни заверяли в обратном.

Для леди Мидлтон они были слишком умны и образованны, а мисс Стил и Люси видели в них узурпаторш, вторгнувшихся в их владения и присваивающих часть благ, которые они почитали собственным достоянием. Хотя леди Мидлтон всегда была любезна с Элинор и Марианной, она терпеть их не могла. Они не льстили ни ей, ни ее детям, и она считала их черствыми, а потому, что они любили чтение, подозревала их в сатиричности, быть может, не совсем зная, что такое сатиричность. Но стоило ли обращать внимание на такой пустяк? Словечко было модным и употреблялось по всякому поводу.

Их присутствие тяготило и ее и Люси. Ей оно мешало бездельничать, а Люси — заниматься делом. Сидеть перед ними сложа руки леди Мидлтон стыдилась, а Люси, опасаясь их презрения, не решалась пускать в ход лесть, которую обычно с такой гордостью изобретала и тщательно обдумывала. Одна лишь мисс Стил не особенно огорчалась, и в их власти было вполне примирить ее с собой. Если бы одна или другая рассказала бы ей все подробности интрижки Марианны с мистером Уиллоби, она сочла бы себя вполне вознагражденной за потерю лучшего послеобеденного места у камина, какого лишилась с их появлением в доме. Но этот жест умиротворения сделан не был, как часто она ни изъявляла Элинор сочувствие ее сестрице и ни роняла намеки на непостоянство кавалеров, когда Марианна оказывалась поблизости. Первая выслушивала ее с полным безразличием, а вторая отвечала лишь брезгливым взглядом. Тем не менее они все же могли бы заручиться ее дружбой без особого труда. Что им стоило пройтись иногда насчет нее и доктора! Но они, подобно почти всем остальным, были столь мало склонны одолжить ее, что в те дни, когда сэр Джон дома не обедал, мисс Стил, случалось, не слышала ни единой шуточки по своему адресу, кроме тех, которые отпускала сама.

Однако вся эта зависть, неудовольствие, раздражение оставались неизвестны миссис Дженнингс, и она, наоборот, считая, что барышням должно быть куда как весело в обществе друг друга, вечером не забывала вслух порадоваться за своих молодых приятельниц, которым уже столько времени не приходится скучать со старухой. Иногда она заезжала за ними к сэру Джону, а иногда встречала их уже дома, но каждый раз в превосходнейшем расположении духа, очень веселая, очень довольная собой — ведь если Шарлотта чувствует себя хорошо, то, конечно, лишь благодаря ее заботам! — и горя желанием поведать новости о здоровье Шарлотты с такой полнотой и подробностями, что заинтересовать они могли бы разве что мисс Стил. Правда, одно ее тревожило, как она ежедневно жаловалась: мистер Палмер придерживался обычного для его пола, но противоестественного для отца убеждения, будто все младенцы на одно лицо, и, хотя в этом младенце сама она ясно замечала поразительное сходство с любыми его родственниками с обеих сторон, переубедить жестокосердого родителя ей не удавалось. Он упорно стоял на том, что их младенец ничем не отличается от остальных младенцев того же возраста, и от него не удавалось получить подтверждения даже такой простой и непререкаемой истины, что это самое прелестное дитя в мире.

Теперь мне предстоит поведать о несчастье, которое примерно тогда же постигло миссис Джон Дэшвуд. Когда ее сестры в первый раз заехали с миссис Дженнингс к ней на Харли-стрит, судьба привела туда одну ее знакомую — обстоятельство, которое само по себе, казалось бы, никакой опасностью ей не угрожало. Но до тех пор, пока воображение других людей подстрекает их неверно толковать наше поведение и выносить суждения, опираясь на никчемные пустяки, наше счастье всегда в известной мере предано воле случая. И вот эта дама, к тому же приехавшая несколько поздно, позволила своему воображению увести ее так далеко от истинного положения вещей и даже простой вероятности, что, едва познакомившись с двумя мисс Дэшвуд, которых ей представили как сестер мистера Дэшвуда, она тотчас вбила себе в голову, будто они гостят тут. И дня два спустя, вследствие этого недоразумения, прислала приглашения и им вместе с мистером и миссис Дэшвуд на небольшой музыкальный вечер, который устраивала у себя. Таким образом, миссис Джон Дэшвуд не только пришлось с большими для себя неудобствами одолжить золовкам свою карету, но и — что было еще хуже — ей предстояло терпеть все неприятные последствия такого невольного внимания к ним; как знать, не сочтут ли они ее обязанной и во второй раз взять их куда-нибудь? Правда, у нее всегда была в запасе возможность отказать им. Но этого ей было мало: когда люди знают, что поступают дурно, их оскорбляет, если от них ждут более достойного поведения.

Марианна постепенно так привыкла выезжать каждый день, что ей уже было все равно, ехать или нет, и она спокойно и машинально одевалась перед каждым вечером, не ожидая от него ни малейшего удовольствия, а часто даже и не зная, куда они отправляются.

К своему туалету и наружности она стала так равнодушна, что не тратила на них и половины того внимания и интереса, какими, едва она была готова, их успевала одарить мисс Стил за пять минут. От взыскательного взгляда этой девицы и ее жадного любопытства не ускользала ни единая мелочь, она видела все, осведомлялась обо всем, не находила покоя, пока не узнавала, что стоила каждая часть туалета Марианны, могла назвать число ее платьев точнее самой Марианны и лелеяла надежду выведать, прежде чем они расстанутся, во сколько ей обходится еженедельная стирка и сколько ежегодно она тратит на себя. Бесцеремонность этих расспросов обычно увенчивалась комплиментом, который Марианна, хотя он добавлялся для ее умиротворения, полагала совсем уж бесстыдной наглостью: после того, как ее подвергали допросу о цене и выкройке ее платья, о цвете ее туфелек и о прическе, ей почти непременно объявлялось, что она, «право слово, выглядит первейшей щеголихой и, всеконечно, заведет много обожателей».

Подобным напутствием ее проводили и на этот раз, когда подъехала карета их брата, которую они не заставили дожидаться и пяти минут, весьма огорчив такой пунктуальностью свою невестку: приехав первой, та надеялась, что они замешкаются, чем причинят неудобства ее кучеру или же ей самой.

Ничего особо примечательного во время вечера не произошло. Среди гостей, как всегда на музыкальных вечерах, было много истинных ценителей и гораздо больше тех, кто в музыке ничего не понимал. Музыканты же, как обычно, по собственному мнению и мнению ближайших их друзей, еще раз доказали, что среди английских любителей лучше их никого не найдется.

Элинор не была музыкальна и не притворялась музыкальной, а потому не стеснялась отводить взгляд от фортепьяно, когда ей того хотелось, и, не смущаясь присутствием ни арфы, ни виолончели, останавливала взгляд на чем-нибудь другом. Таким образом она обнаружила в группе молодых людей того самого джентльмена, который прочел им у Грея лекцию о футлярчиках для зубочисток. Вскоре она заметила, что он поглядывает на нее и что-то фамильярно говорит ее брату. Она уже решила позднее спросить у этого последнего, кто он такой, как они оба подошли к ней и мистер Дэшвуд представил ей мистера Роберта Феррарса.

Он обратился к ней с развязной учтивостью и изогнул шею в поклоне, который лучше всяких слов подтвердил, что он и в самом деле тот пустой модник, каким его когда-то отрекомендовала Люси. Как счастлива была бы она, если бы ее чувство к Эдварду питалось не его достоинствами, но достоинствами его родственников! Ибо тогда этот поклон его брата довершил бы то, чему начало положила злобная вздорность матери и сестры. Но, удивляясь столь большому различию между братьями, она убедилась, что бездушие и самодовольство одного нисколько не принизили в ее мнении скромность и благородные качества другого. Откуда взялось такое различие, ей объяснил сам Роберт за четверть часа их беседы: говоря о своем брате и оплакивая чрезвычайную gaucherie*, которая мешала тому вращаться в свете, он с безыскусственной откровенностью приписал ее великодушно не какому-либо природному недостатку, но лишь злосчастной судьбе брата, получившего частное образование, тогда как он, Роберт, хотя, возможно, ни в чем его от природы особенно и не превосходя, но лишь благодаря преимуществам образования, какое дается в наших лучших школах, может быть принят в самом взыскательном обществе наравне с кем угодно.

---

* Неловкость *(фр.).*

Чувство и чувствительность

— Клянусь душой, — заключил он, — я убежден, что иной причины здесь нет, о чем я постоянно твержу маменьке, когда она огорчается из-за этого. «Сударыня, — говорю я ей, — не стоит так терзать себя! Сделанного не вернешь, и вина только ваша. Почему вы допустили, чтобы мой дядюшка, сэр Роберт, против вашей же воли, убедил вас поручить Эдварда заботам частного учителя в самую решающую пору его жизни? Пошли вы его не к мистеру Прэтту, а в Вестминстер, как послали меня, и у вас сейчас не было бы никаких поводов к огорчению». Вот как гляжу на это я, и маменька теперь тоже видит, что совершила непоправимую ошибку.

Элинор ничего не возразила, ибо, какое бы мнение ни сложилось у нее о преимуществах школьного образования вообще, одобрить пребывание Эдварда в лоне семьи мистера Прэтта она не могла.

— Вы, если не ошибаюсь, проживаете в Девоншире, — сказал он затем. — В коттедже близ Долиша.

Элинор вывела его из заблуждения относительно местоположения их дома, и он, по-видимому, весьма удивился, что в Девоншире можно жить и не близ Долиша. Но зато весьма одобрил выбранное ими жилище.

— Сам я, — объявил он, — обожаю коттеджи. В них всегда столько всяческих удобств и бездна изящества. Ах, право же, будь у меня деньги, я купил бы кусок земли и построил себе коттедж где-нибудь под Лондоном, чтобы ездить туда в кабриолете, когда мне заблагорассудится, приглашать к себе близких друзей и наслаждаться жизнью. Всем, кто намеревается строить себе дом, я советую построить коттедж. Недавно ко мне пришел мой друг лорд Кортленд, чтобы узнать мое мнение, и положил передо мной три плана, начерченные Бономи. Мне предстояло указать лучший. «Мой дорогой Кортленд, — сказал я, бросая их все три в огонь, — не останавливайте выбора ни на одном из них, но постройте себе коттедж!» И, полагаю, это решит дело. Некоторые люди воображают, будто в коттедже не может быть никаких удобств из-за тесноты, — продолжал он. — Но это заблуждение. В прошлом месяце я гостил у моего друга Эллиота близ Дартфорда. Леди Эллиот очень хотелось дать небольшой бал. «Но, боюсь, это невозможно, — сказала она. — Ах, милый Феррарс! Посоветуйте же мне, каким образом его устроить? В коттедже не найдется ни единой комнаты, в которой поместилось бы более десяти пар, а где сервировать ужин?» Я тотчас понял, что ничего трудного тут нет, и ответил: «Дражайшая леди Эллиот, не тревожьтесь. В столовой будет просторно и для восемнадцати пар, карточные столы можно расставить в малой гостиной, в библиотеке сервируйте чай и легкую закуску, а ужин прикажите подать в большой гостиной». Леди Эллиот пришла в восторг от этого плана. Мы обмерили столовую, и оказалось, что она как раз подходит для восемнадцати пар, и все было устроено точно по моему совету. Таким образом, если только знать, как взяться за дело, в коттедже можно столь же себя не стеснять, как и в более обширном доме!

Элинор со всем согласилась, ибо не сочла, что он заслуживает того, чтобы с ним разговаривали серьезно.

Джон Дэшвуд получил от музыки не больше удовольствия, чем старшая из его сестер, и, подобно ей, мог думать о другом, а потому ему в голову пришла мысль, которую по возвращении домой он сообщил жене, чтобы получить ее одобрение.

Раздумывая над ошибкой миссис Деннисон, предположившей, будто его сестры гостят у него, он решил, что, пожалуй, было бы прилично действительно пригласить их к себе, пока миссис Дженнингс не перестанет проводить все время с дочерью. Лишних расходов это почти не потребует, не причинит им никаких неудобств, а подобный знак внимания, как подсказывала ему его

Чувство и чувствительность

чувствительная совесть, позволит считать, что он щепетильно выполняет данное отцу слово. Фанни такое предложение изумило.

— Не вижу, как это сделать, — сказала она, — не обидев леди Мидлтон, у которой они проводят все дни. Иначе я, натурально, была бы очень-очень рада. Ты знаешь, я всегда готова оказывать им все знаки внимания, какие только могу, — ведь вывезла же я их в свет не далее как сегодня. Но пригласить их, когда они — гостьи леди Мидлтон? Так не делают!

Ее муж с большим смирением все же не признал этот довод весомым.

— Они проводят все дни на Кондуит-стрит уже неделю, — возразил он. — И леди Мидлтон не обидится, если они проведут такой же срок у своих ближайших родственников.

Фанни помолчала, а затем с новой энергией сказала:

— Любовь моя, я с восторгом пригласила бы их, будь это в моей власти. Но я уже решила попросить милейших мисс Стил провести у нас несколько дней. Они очень благовоспитанные, достойные девицы, и, мне кажется, мы должны оказать им это внимание, потому что их дядюшка был наставником Эдварда, и превосходным. Видишь ли, твоих сестриц нам ничто не помешает пригласить и на другой год, но мисс Стил, возможно, больше в Лондон не приедут. Я не сомневаюсь, что они тебе понравятся. Да ведь они тебе уже очень нравятся, как ты сам прекрасно знаешь. И маменька к ним расположена, и Гарри к ним так привязался!

Мистер Дэшвуд больше не колебался. Он признал, что милейших мисс Стил следует пригласить безотлагательно, и умиротворил свою совесть, твердо решив пригласить сестер в следующем же году, впрочем, не без тайной надежды, что через год нужды в таком приглашении не будет: Элинор приедет в Лондон уже супругой полковника Брэндона, а с ними и Марианна в качестве их гостьи.

Фанни, радуясь своему счастливому избавлению и гордясь находчивостью, с какой избежала опасности, на следующее же утро написала Люси, приглашая ее с сестрой провести несколько дней на Харли-стрит, как только леди Мидлтон будет это удобно. Этого было достаточно, чтобы Люси почувствовала себя очень счастливой, и с весомой на то причиной. В миссис Дэшвуд она словно бы обрела союзницу, разделяющую все ее надежды, способствующую достижению ее целей! Подобный случай постоянно бывать в обществе Эдварда и его близких наиболее практическим образом помогал осуществлению ее заветных планов, а само приглашение весьма льстило ее самолюбию. Его можно было лишь принять с величайшей благодарностью и безотлагательно, а потому тут же оказалось, что они предполагали уехать от леди Мидлтон как раз через два дня — хотя раньше об этом никем ни слова сказано не было.

Когда приглашение было предъявлено Элинор, что произошло через десять минут после того, как его принесли, она впервые подумала, что у Люси, пожалуй, и правда есть повод для надежд. Такая любезность после столь краткого знакомства, казалось, подтверждала, что ее порождает отнюдь не просто желание побольше уязвить ее, Элинор, и обещала, что со временем и при известной ловкости старания Люси увенчаются полным успехом. Ее лесть уже возобладала над чванством леди Мидлтон и пробила брешь в крепости сердца миссис Джон Дэшвуд. А такие победы сулили другие, и более важные.

Барышни Стил отбыли на Харли-стрит, и все новые и новые вести об их фаворе там укрепляли уверенность Элинор. Сэр Джон, несколько раз заезжавший туда, описывал дома, в какой они милости, приводя убедительнейшие ее примеры. Миссис Джон Дэшвуд никогда еще не встречала девиц, которые так ей нравились бы; она подарила обеим по игольнику работы какого-то французского эмигранта; она называет Люси по имени и представить себе не может, что должна будет расстаться с ними!

Глава 37

К концу второй недели миссис Палмер настолько оправилась, что ее мать уже не считала необходимым посвящать ей все свое время, но начала ограничиваться двумя или даже одним визитом в день, а в промежутках возвращалась домой, возобновляя обычный свой образ жизни, и ее молодые гостьи с большой охотой приняли в нем прежнее участие. На третье или на четвертое утро после того, как они перестали покидать Беркли-стрит спозаранку, миссис Дженнингс, вернувшись от миссис Палмер, вошла в гостиную так торопливо и с таким многозначительным видом, что Элинор, сидевшая там одна, тотчас приготовилась выслушать что-то из ряда вон выходящее, и правда, почтенная дама без промедления вскричала:

— Господи! Мисс Дэшвуд, душенька, вы слышали новости?

— Нет, сударыня. Но что случилось?

— Такое, что даже вообразить нельзя! Но я вам расскажу все по порядку. Приезжаю я к Шарлотте, а она насмерть из-за младенчика перепугана. Думала, он опасно захворал — плакал, ворочался и весь пошел прыщичками. Я только на него глянула и говорю: «Господи, душечка, это же вовсе вздор, это потница!» И нянька то же самое твердит. Но Шарлотта ничего слышать не желала, пока не послали за мистером Донаваном. А он, к счастью, как раз воротился с Харли-стрит и — сразу сюда. Ну, едва он посмотрел на мальчика, как следом за нами повторил: потница, мол, и ничего больше. У Шарлотты отлегло от сердца. А мне, когда он совсем собрался уходить, возьми да и взбреди в голову — вот уж, право, не знаю, с чего бы! — но только я возьми и спроси его, нет ли чего-нибудь новенького. Тут он ухмыльнулся, хихикнул и напустил на себя серьезность, будто невесть какой ему секрет известен, а потом и говорит шепотом: «Я опасаюсь, как бы до барышень, которые у вас гостят, не дошли какие-нибудь неверные слухи о нездоровье их сестрицы, а потому, полагаю, мне следует сказать, что, по моему мнению, поводов особо тревожиться вовсе нет. К миссис Дэшвуд, уповаю, скоро вернется прежнее здоровье».

— Как! Фанни заболела?

— Точь-в-точь что я сказала, душенька. «Помилуйте! — говорю, — миссис Дэшвуд заболела?» Тут-то все наружу и выплыло. А узнала я, чтобы долго не повторять, вот что: мистер Эдвард Феррарс, тот самый молодой человек, о котором я с вами все шутила (по правде сказать, я убийственно рада, что на самом-то деле ничего тут не было), так мистер Эдвард Феррарс, оказывается, вот уж год, как не два, помолвлен с моей кузиной Люси! Вот оно что, душенька! И ни одна живая душа ничего ведать не ведала, кроме Нэнси. Нет, вы только вообразите! Что они друг другу понравились, тут удивляться нечему, но что между ними дело сладилось, а никому и невдомек, вот это странно! Мне, правда, вместе их ни разу видеть не довелось, не то, думаю, я сразу поняла бы, куда ветер дует. Ну, как бы то ни было, они все держали в страшном секрете, потому что боялись миссис Феррарс; и ни она, ни ваш братец, ни сестрица ничегошеньки даже не подозревали до нынешнего утра. А тут бедная Нэнси, — вы ведь знаете, намерения у нее всегда самые лучшие,

Чувство и чувствительность

только звезд она с неба не хватает, — тут бедная Нэнси взяла да все и выложила. «Помилуйте, — думает она про себя, — они же от Люси совсем без ума и не станут им чинить никаких помех!» И отправляется к вашей сестрице, которая сидит себе одна за пяльцами и знать не знает, что ей сейчас предстоит услышать. Да она всего за пять минут до того говорила вашему братцу, что задумала сосватать Эдварду дочку лорда, уж не помню какого. А тут, вообразите, такой удар ее гордости и спеси! У нее тотчас начался сильнейший нервический припадок, и ваш братец услышал ее крики внизу у себя в кабинете, где он сел писать распоряжения управляющему в деревню. Натурально, он бросился наверх, и произошла ужасная сцена — Люси как раз вошла в комнату, ни о чем не ведая. Бедняжечка! Мне ее жаль. И должна сказать, обошлись с ней дурно: ваша сестрица бранилась на чем свет стоит и скоро довела ее до обморока. Нэнси упала на колени и обливалась горючими слезами, а ваш братец расхаживал взад и вперед по комнате и твердил, что, право, не знает, как тут быть. Миссис Дэшвуд кричала, чтобы духу их в доме сию же минуту не осталось, и вашему братцу тоже пришлось упасть на колени, упрашивая дозволить им остаться, пока они вещи свои не уложат. У нее начался новый нервический припадок, и он так перепугался, что послал за мистером Донаваном, и мистер Донаван застал в доме страшную сумятицу. У дверей уже стояла карета, чтобы увезти моих бедненьких кузин, а когда он уходил, они как раз в нее садились. Бедняжке Люси, сказал он, было так дурно, что она еле на ногах держалась. Да и Нэнси чувствовала себя не лучше. Признаюсь, на вашу сестрицу я сердита и от всего сердца надеюсь, что они поженятся назло ей. А каково будет бедному мистеру Эдварду, когда он про это узнает! Чтобы с его невестой обошлись так низко! Говорят, он в нее убийственно влюблен, да почему бы и нет! Не удивлюсь, если он придет в ярость! И мистер Донаван того же мнения. Мы с ним преподробно все обсудили, а к тому же он немедля должен был вернуться на Харли-стрит, чтоб быть под рукой, когда миссис Феррарс услышит новость. За ней послали, едва Люси с Нэнси уехали, и ваша сестрица была уверена, что с ней тоже случится нервический припадок. И поделом ей! Мне их ничуточки не жаль. Терпеть не могу, когда люди льстятся только на деньги и знатность. Почему бы мистеру Эдварду и Люси не пожениться? Миссис Феррарс, уж конечно, может обеспечить сына очень прилично, а если у Люси за душой всего ничего, так зато лучше ее никто не умеет из ничего сделать многое. Да если бы миссис Феррарс назначила ему всего пятьсот фунтов ежегодно, Люси все бы устроила, как иные и на восемьсот фунтов не устроят. Господи, как бы они уютно жили в коттеджике вроде вашего или чуть попросторней, с двумя горничными и двумя лакеями. А у меня для них и старшая горничная на примете есть: сестра моей Бетти сейчас как раз без места, и она им отлично пришлась бы.

Тут миссис Дженнингс умолкла, и Элинор, у которой было достаточно времени собраться с мыслями, сумела ответить так, как следовало, и сказать то, что оправдывалось обстоятельствами. Радуясь, что ее не подозревают в особом интересе к случившемуся, что миссис Дженнингс (как последнее время она и надеялась) перестала искать в ней тайную любовь к Эдварду, и, главное, радуясь, что Марианны не было рядом, она могла говорить без неловкости и, как ей казалось, вынести беспристрастное суждение о поведении всех участников интриги.

Но она не бралась решать, чем случившееся может обернуться для нее самой, хотя старательно гнала от себя надежду, что следствием не обязательно должна явиться свадьба Эдварда с Люси. Ей не терпелось узнать, что

Чувство и чувствительность

скажет и сделает миссис Феррарс, хотя в общих чертах предположить это было и нетрудно. Но еще больше она хотела бы знать, как поведет себя Эдвард. Его она очень жалела, Люси весьма мало, да и то ценой значительных усилий, остальных же — ничуть.

Миссис Дженнингс была не способна говорить ни о чем другом, и Элинор скоро поняла, что ей необходимо подготовить Марианну, незамедлительно вывести ее из заблуждения, открыть ей истинное положение вещей, чтобы у нее нашлась сдержанность слушать эти разговоры, не выдавая ни тревоги за сестру, ни досады на Эдварда.

Задача ей предстояла тяжкая. Ведь она должна была отнять у сестры, как она искренне верила, главное ее утешение, сообщить ей об Эдварде подробности, которые, думала она со страхом, могут навеки уронить его во мнении Марианны; ведь та, разумеется, не замедлит обнаружить в ее положении сходство с собственным, в мыслях чрезвычайно усилит это сходство, неверно его истолкует и со всей силой воскресит свое горе. Но тягостную эту обязанность выполнить было тем не менее необходимо, и Элинор поспешила к сестре.

Она не собиралась останавливаться на собственных чувствах или описывать свои страдания: лишь власть над собой, которую она неизменно сохраняла с той минуты, когда узнала о помолвке Эдварда, могла что-то сказать о них Марианне. Рассказ Элинор был кратким и ясным. И хотя совсем сохранить бесстрастие она все же не сумела, но не сопровождала свою речь ни бурным волнением, ни неистовыми сетованиями. Чего нельзя сказать о ее слушательнице: Марианна смотрела на сестру с ужасом и безудержно рыдала. Элинор была осуждена утешать других не только в их горе, но и в своем собственном. Она всячески настаивала, что переносит его спокойно, и старалась доказать, что Эдвард ни в чем, кроме опрометчивости, не повинен.

Однако Марианна довольно долго не желала верить ни тому, ни другому. Эдвард представлялся ей вторым Уиллоби, а раз уж Элинор призналась, что любила его всем сердцем, значит, и муки ее столь же велики! Люси же Стил казалась ей до того противной, до того неспособной покорить сколько-нибудь чувствительного молодого человека, что сначала она никак не хотела поверить в пусть и угасшую любовь Эдварда к подобной девице, а затем отказывалась найти ему извинение. Нет, нет, как можно хотя бы говорить, что это вполне естественно! И Элинор перестала ее убеждать, понимая, что признать, насколько это естественно, она сумеет, лишь когда ей будет дано лучше узнать человеческую натуру.

Она едва успела сказать про помолвку Эдварда с Люси и о том, сколько времени они были помолвлены, как Марианна дала волю своим чувствам, и Элинор, вместо того чтобы излагать события в их последовательности, очень долго успокаивала ее, умоляла не принимать все так близко к сердцу и опровергала обвинения, сыпавшиеся на Эдварда. Наконец Марианна вернулась к предмету разговора, спросив:

— Но как давно тебе было известно об этом, Элинор? Он тебе написал?

— Четыре месяца. Когда Люси в ноябре приехала в Бартон-парк, она очень скоро под секретом рассказала мне про свою помолвку.

Взгляд Марианны выразил изумление, для которого она не сразу нашла слова. После долгого молчания она воскликнула:

— Четыре месяца! Ты знала об этом уже четыре месяца?

Элинор кивнула.

— Как! Все время, пока ты ухаживала за мной в моем горе, ты хранила в сердце такую тайну? И я еще упрекала тебя в том, что ты счастлива!..

— Но сказать тебе тогда, насколько ты ошибаешься, было невозможно.

— Четыре месяца! — вновь вскричала Марианна. — И ты была так спокойна! Так весела! Но откуда брались у тебя силы?

— Из сознания, что я исполняю свой долг. Я обещала Люси сохранить ее тайну, а потому обязана была избегать всего, что могло бы намекнуть на истинное положение вещей, и я не имела права причинять моим близким и друзьям тревогу, рассеять которую было бы не в моей власти.

Марианну это, казалось, глубоко поразило.

— Мне часто хотелось разуверить тебя и маму, — добавила Элинор. — И раза два я пыталась. Но убедить вас, не нарушив оказанного мне доверия, я не сумела.

— Четыре месяца!.. И ты ведь его любила!..

— Да. Но любила я не только его. Мне был дорог душевный покой других, и я радовалась, что могу скрыть от них, как мне тяжело. Теперь я способна думать и говорить об этом без боли. И не хочу, чтобы ты страдала из-за меня, потому что, поверь, я сама уже почти не страдаю. У меня есть опора, и не одна. Насколько я могу судить, горе постигло меня не из-за какого-нибудь моего безрассудства, и я старалась переносить его так, чтобы никого им не удручать. Эдварда мне обвинять не в чем. Я желаю ему счастья в уверенности, что он всегда будет исполнять свой долг, и, хотя сейчас, быть может, его и терзают сожаления, в конце концов он это счастье обретет. Люси достаточно разумна, а это надежная основа для всего лучшего в семейной жизни. И ведь какой бы чарующей, Марианна, ни была мысль о единственной и неизменной любви и как бы ни провозглашалось, что все наше счастье навсегда зависит от одного-единственного человека, так нельзя... так не годится, так не может быть! Эдвард женится на Люси, он женится на женщине, которая красотой и умом превосходит очень многих, и время, и привычка заставят его забыть, что когда-то другая, как ему казалось, ее превосходила...

— Если ты способна так рассуждать, — сказала Марианна, — если, по-твоему, утрату самого драгоценного так легко восполнить чем-то другим, то твоя решимость, твое самообладание, пожалуй, не столь уж удивительны. Они становятся для меня постижимыми.

— Я понимаю. Ты полагаешь, будто я вообще особых страданий не испытывала. Но, Марианна, четыре месяца все это тяготело надо мной и у меня не было права никому открыться! Я знала, как глубоко опечалитесь вы с мамой, когда вам станет известна правда, и не могла никак вас подготовить. Мне рассказала об этом, чуть ли не насильно сделав меня своей наперсницей, та, чья давняя помолвка разрушила мои надежды, — и рассказала, как мне чудилось, со злорадным торжеством. В ответ на ее подозрения мне следовало сохранять безразличный вид, хотя речь шла о том, что для меня было важнее всего. И так повторялось не один раз. Мне вновь и вновь приходилось выслушивать, как она описывает свои чаяния и торжествует. Я знала, что навеки разлучена с Эдвардом, и не узнала ни единой подробности, которая заставила бы меня подумать, не к лучшему ли это! Ничто не умалило его достоинств и не доказало, что он ко мне равнодушен. Я должна была сносить злобу его сестры и оскорбительное обращение его матери, терпеть кару за чувство, которое не могло подарить мне никакой радости. И все это происходило тогда, когда, как тебе известно, у меня были и другие горести. Если ты все-таки допускаешь, что и я способна чувствовать, то, конечно, сумеешь представить себе, как я страдала эти дни. Спокойствие, с каким я сейчас говорю, утешения, какие я пытаюсь найти, — все это плоды постоянных и мучительных усилий, они возникли не сами собой

Чувство и чувствительность

и вначале не приносили мне никакого облегчения. Нет, Марианна. Если бы тогда я не была связана обещанием молчать, пожалуй, ничто — даже любовь к самым дорогим для меня людям — не удержало бы меня от того, чтобы открыто показать, как я несчастна!

Марианна совсем присмирела.

— Ах, Элинор! — воскликнула она. — Из-за тебя я себя навсегда возненавидела. Как безжалостна была я с тобой! С тобой — единственным моим утешением, опорой во всех моих муках, когда казалось, что ты страдаешь только со мной и из-за меня! И это — моя благодарность? И так-то я тебе отплачиваю? Твое благородство — горький укор мне, потому-то я и порицала твое поведение!

За этим признанием последовали нежнейшие ласки. Марианна была готова на все, лишь бы искупить свою вину перед сестрой, и Элинор без труда заручилась ее обещанием говорить о случившемся без малейшей горечи, при встречах с Люси ничем не выдавать возросшей неприязни к ней, а если случай сведет ее с Эдвардом, выказывать ему всю былую сердечность. Уступки были велики, но уж если Марианна признавала себя неправой, никакие жертвы ее не останавливали.

Обещание сдерживаться она исполнила безупречно. Слушая рассуждения миссис Дженнингс о случившемся, она ни разу не изменилась в лице, не возражала ей и даже трижды сказала «да, сударыня». Когда же та принялась хвалить Люси, она только пересела с одного стула на другой, а спазму в горле, которую у нее вызвало описание пылкой любви Эдварда, мужественно скрыла. Столь героическое поведение сестры внушило Элинор уверенность, что сама она выдержит любое испытание.

Следующее утро принесло с собой новые мучения — их брат почел необходимым нанести им визит, дабы с весьма мрачным видом обсудить ужасное событие, а также сообщить им, как чувствует себя его супруга.

— Полагаю, вы слышали, — начал он с грустной серьезностью, едва опустился на стул, — о возмутительнейшем открытии, которое имело вчера место под нашим кровом?

Они ответили ему лишь утвердительным взглядом, минута была слишком опасной для слов.

— Ваша сестра, — продолжал он, — страдала безмерно. Как и миссис Феррарс... Короче говоря, это была сцена столь необоримого отчаяния... Но уповаю, буря все же пронесется, не сокрушив никого из нас. Несчастная Фанни! Вчера у нее один нервический припадок тотчас сменялся другим. Но не стану излишне вас тревожить. Донаван утверждает, что особой опасности нет. Конституция у нее здоровая, а решимость возобладает над чем угодно. Перенесла она все это с поистине ангельской кротостью! Она говорит, что никогда больше ни о ком хорошего мнения не будет. И неудивительно — после того, как ее столь коварно обманули! Столь черная неблагодарность в ответ на такую снисходительность, такое доверие! Ведь она пригласила этих девиц погостить у нее только из доброты сердечной. Только полагая, что они заслуживают некоторого поощрения, что они скромны и благовоспитанны и будут приятными собеседницами. Ведь мы лишь поэтому, вопреки самому горячему нашему желанию, не пригласили тебя с Марианной пожить у нас, пока вы, милостивая государыня, ухаживали за вашей дочерью. И так ее вознаградить! «Ах, я от всей души хотела бы, — говорит бедняжка Фанни с обычной своей сердечностью, — чтобы мы вместо них пригласили твоих сестриц!»

Тут он умолк, чтобы выслушать положенные изъявления благодарности, после чего продолжал:

— Что перенесла несчастная миссис Феррарс, когда Фанни ей все рассказала, не поддается никакому описанию! Подумать только! Она с истинно материнской любовью находит для него отличную партию, а он все это время тайно помолвлен с совсем другой особой! Подобное подозрение ей и в голову прийти не могло. И тем более в отношении такой особы. «Уж тут-то, — говорила она, — казалось, я могла ничего не опасаться!» Муки ее были просто неописуемы! Однако мы обсудили, что следует предпринять, и в конце концов она послала за Эдвардом. Он явился. Но мне грустно рассказывать о том, что произошло. Все уговоры миссис Феррарс расторгнуть помолвку, подкрепляемые моими доводами и мольбами Фанни, оказались тщетными. Долг, сыновья и братская привязанность — все было забыто. Никогда бы прежде я не поверил, что Эдвард способен на подобное упрямство и бесчувственность. Мать открыла ему свое великодушное намерение: если он женится на мисс Мортон, она передаст ему в полное владение норфолкское поместье, которое после уплаты поземельного налога приносит чистый годовой доход в тысячу фунтов. И в отчаянии даже пообещала добавить еще двести фунтов. А затем указала, какая нищета его ждет, если он не откажется от этого мезальянса. Ему придется довольствоваться собственными двумя тысячами фунтов, и пусть не смеет являться к ней на глаза, пусть не только не надеется на ее помощь, но, более того, пусть знает: если он попробует найти себе какое-нибудь доходное занятие, она постарается воспрепятствовать ему, насколько это будет в ее власти.

Тут Марианна, вне себя от негодования, хлопнула в ладоши и вскричала:

— Боже милосердный, неужели это возможно?!

— Ты вправе изумляться, Марианна, упрямству, перед которым бессильны даже такие доводы, — сказал ее брат. — Твое восклицание вполне естественно.

Марианна собралась было возразить, но вспомнила свое обещание и промолчала.

— Да-да, — возобновил он свой рассказ, — все оказалось тщетным. Эдвард говорил мало, но зато самым решительным тоном. Ничто не подвигнет его расторгнуть помолвку. Он сдержит слово, во что бы это ему ни обошлось.

— Значит, — с грубоватой прямотой перебила миссис Дженнингс, не в силах долее молчать, — он вел себя как порядочный человек! Прошу у вас прощения, мистер Дэшвуд, но, поступи он иначе, я бы сказала, что он негодяй! Это дело имеет такое же отношение ко мне, как и к вам, потому что Люси Стил моя родственница, и я убеждена, что в мире не найти девушки лучше и более достойной хорошего мужа!

Джон Дэшвуд весьма удивился, но он был флегматичен, неуязвим к уколам и предпочитал со всеми ладить, а уж тем более с обладателями приличных состояний, и потому ответил без малейшей досады:

— Сударыня, я никогда не позволю себе отозваться непочтительно о тех, кто имеет честь состоять с вами в родстве. И мисс Люси Стил, не спорю, особа, возможно, весьма достойная, но брак этот, как вы сами понимаете, невозможен. Согласиться же на тайную помолвку с юношей, порученным попечениям ее дяди, и тем более с сыном столь состоятельной дамы, как миссис Феррарс, это все-таки, пожалуй, немного чересчур. Но, впрочем, миссис Дженнингс, я вовсе не намерен бросать тень на поведение тех, кто пользуется вашим расположением. Мы все желаем ей всяческого счастья, а миссис Феррарс с начала и до конца вела себя так, как на ее месте вела бы себя любая нежная и заботливая мать. Великодушно и щедро. Эдвард сам выбрал свой жребий, и, боюсь, тяжкий.

Марианна вздохнула, разделяя его опасения, а сердце Элинор разрывалось при мысли, что должен был чувствовать Эдвард, пренебрегая угрозами матери ради той, кто ничем не могла его вознаградить за подобное благородство.

— Но как же все это кончилось, сударь? — спросила миссис Дженнингс.

— Сколь ни грустно, сударыня, самым прискорбным разрывом. Мать отреклась от Эдварда. Он вчера же покинул ее дом, но, куда он отправился и в Лондоне ли он еще, мне неизвестно. Ведь мы, разумеется, никаких справок наводить не можем.

— Бедный молодой человек! Что с ним теперь будет?

— Поистине, сударыня, весьма печальная мысль! Рождением предназначенный для столь обеспеченной жизни! Право, не представляю себе участи более злополучной! Проценты с двух тысяч фунтов — кто способен прожить на них? И терзания при мысли, что он, если бы не его собственное безумие, через какие-то три месяца получал бы годовой доход в две тысячи пятьсот фунтов. (Мисс Мортон ведь имеет тридцать тысяч фунтов.) Более тяжкого положения я вообразить не могу. Мы все должны ему сочувствовать, тем более что не в нашей власти хоть чем-нибудь облегчить его участь.

— Бедняжка! — вскричала миссис Дженнингс. — У меня он всегда найдет стол и кров, как я и скажу ему, едва только увижу. Нельзя же допустить, чтобы он сейчас жил на свой счет в каком-нибудь захудалом пансионе или дешевой гостинице!

Элинор мысленно поблагодарила ее за доброту к Эдварду, хотя и не могла не улыбнуться тому, как доброта эта была выражена.

— Если бы он только соизволил позаботиться о себе в той мере, в какой его близкие желали позаботиться о нем, — сказал мистер Джон Дэшвуд, — то уже занял бы приличествующее ему положение и ни в чем не нуждался. Но теперь никто не в силах оказать ему помощь. И ему готовится еще один удар, пожалуй, самый тяжкий. Его матушка в весьма естественном гневе решила немедля передать в собственность Роберту имение, предназначавшееся Эдварду, если бы он вел себя достойно. Когда я расстался с ней нынче утром, она советовалась об этом со своим поверенным.

— Что же! — сказала миссис Дженнингс. — Такова ее месть. Каждый сводит счеты по-своему. Но вот я бы не стала обогащать одного сына, потому что другой мне перечил!

Марианна встала и прошлась по комнате.

— Что может язвить молодого человека больнее, — продолжал Джон, — чем зреть младшего брата владельцем имения, которое должно было принадлежать ему самому? Несчастный Эдвард! Я всей душой ему сострадаю.

После нескольких минут таких же сетований он встал, неоднократно заверил сестер, что недуг Фанни, по его искреннему убеждению, большой опасностью не угрожает, а потому им не следует излишне тревожиться, и наконец удалился, оставив своих собеседниц при едином мнении — во всяком случае, во всем, что касалось поведения миссис Феррарс, его с Фанни и Эдварда.

Едва дверь за ним закрылась, как Марианна дала волю своему негодованию, и столь бурно, что Элинор тоже не сдержалась, а миссис Дженнингс и не намеревалась сдерживаться, и все трое с превеликим жаром принялись обсуждать и осуждать.

Глава 38

Миссис Дженнингс горячо хвалила поведение Эдварда, хотя и пребывала в неведении всей меры его благородства, известной лишь Элинор и Марианне. Только они знали, как скуден был источник, питавший его непокорность, и какое малое ждало его утешение — если не считать сознания исполненного долга — за утрату близких и богатства. Элинор гордилась его твердостью, а Марианна простила ему все его прегрешения, сочувствуя ему в его несчастье. Однако, хотя Элинор уже не должна была таиться от сестры и между ними восстановилось прежнее доверие, ни той, ни другой, когда они оставались наедине, не хотелось касаться этой темы. Элинор избегала ее, потому что слишком пылкие, слишком настойчивые убеждения Марианны еще больше укрепляли в ней веру в любовь Эдварда, как ни старалась она гнать от себя такие мысли. У Марианны же не хватало духа вести разговоры, после которых она испытывала возрастающее недовольство собой, невольно сравнивая поведение Элинор со своим.

Сравнение это неизменно ее удручало, но не побуждало, как надеялась Элинор, хотя бы теперь побороть свое горе. Она непрестанно упрекала себя, горько сожалела, что не пыталась сдерживаться ранее, но все ограничивалось лишь муками раскаяния, без попыток как-то поправить былое. Дух ее очень ослабел, она не верила, что у нее достанет на это сил, а потому только еще более предавалась унынию.

Следующие два дня не принесли никаких новостей о том, что происходило на Харли-стрит или в Бартлетовских Домах. Хотя им уже было известно очень много и у миссис Дженнингс нашлось бы, что порассказать своим приятельницам, почтенная дама, однако, положила себе сначала побывать у своих родственниц, утешить их и узнать побольше, и лишь необычное число визитеров помешало ей навестить их в пределах этого срока.

Третий день пришелся на воскресенье, и такое ясное, такое солнечное, что многие выбрали его для прогулок по Кенсингтонским садам, хотя завершилась лишь вторая неделя марта. Отправились туда и Элинор с миссис Дженнингс. Марианна, которая, зная, что Уиллоби вернулись в Лондон, постоянно опасалась случайной встречи с ними, предпочла не ездить в столь публичное место и осталась дома.

В садах к ним вскоре присоединилась задушевная подруга миссис Дженнингс и всецело завладела ее вниманием, чему Элинор была рада, так как могла спокойно предаться размышлениям. Ни Уиллоби, ни его жену, ни Эдварда она нигде не заметила и некоторое время вообще не видела знакомых лиц, как вдруг, к немалому ее удивлению, с ней поздоровалась мисс Стил, которая с некоторым смущением изъявила большое удовольствие, что повстречала их, а когда миссис Дженнингс обошлась с ней весьма ласково, покинула на время своих спутников и присоединилась к ним. Миссис Дженнингс поспешно шепнула Элинор:

— Душечка, узнайте, как у них там. Только спросите, а уж она сама вам все доложит. Я ведь не могу бросить миссис Кларк.

К счастью для любопытства миссис Дженнингс, да и самой Элинор, мисс Стил готова была доложить обо всем без каких-либо вопросов, иначе им бы не пришлось ничего узнать.

— Уж до чего я рада, что повстречалась с вами, — начала мисс Стил, фамильярно беря ее под руку. — Ведь вас-то мне хотелось видеть больше всех на свете. — Она понизила голос: — Миссис Дженнингс небось все слышала? Очень она сердита?

— На вас, как мне кажется, — нисколько.

— Это хорошо. А леди Мидлтон, она-то сердится?

— Мне это представляется маловероятным.

— Ну, я убийственно рада. Господи помилуй! Чего я только не натерпелась! В жизни не видывала Люси в такой злости. Она даже поклялась, что не станет отделывать мне новую шляпку и до могилы ничего делать для меня не будет. Теперь-то она поостыла, и у нас с ней опять все ладно. Вот поглядите, бант на шляпку она пришила, и перо вставила тоже она. Вчера вечером. Теперь вы, натурально, будете надо мной смеяться. Но почему бы мне и не носить розовых лент, а? Пусть это любимый цвет доктора, мое-то какое дело? Да я бы и знать не знала, что оно так, коли бы он сам не упомянул, что из всех цветов ему подавай розовый. От моих кузин мне просто житья нет! Признаюсь, когда они принимаются за свои шутки, я порой не знаю, куда глаза девать!

Обнаружив, что она сбилась на тему, которую Элинор предпочитает обходить полным молчанием, мисс Стил почла за благо вернуться к прежнему предмету их беседы.

— Знаете, мисс Дэшвуд, — произнесла она с торжеством, — пусть люди болтают про мистера Феррарса что хотят, и будто он откажется от Люси, так ничего подобного, уж можете мне поверить! Одна подлость распускать такие пакостные слухи. Люси про себя может думать что ей заблагорассудится, тут спору нет, но другие-то с какой стати выдают это за решенное дело!

— Уверяю вас, ничего подобного я не слышала, — ответила Элинор.

— Да неужто? Но мне доподлинно известно, что про это ходят толки. И среди многих. Мисс Годби так прямо и отпечатала мисс Спаркс, что только полоумному может взбрести в голову, будто мистер Феррарс откажется от такой невесты, как мисс Мортон, у которой тридцать тысяч фунтов, из-за Люси Стил, у которой всего ничего. Это я знаю от самой мисс Спаркс. И сверх того Ричард, мой кузен, все твердил, что мистер Феррарс, когда дойдет до дела, с крючка сорвется, это уж как пить дать. А Эдвард три дня к нам глаз не казал, так уж я сама прямо не знала, что и вообразить. Да и Люси, сдается мне, тоже думала, что все пропало. Ведь мы уехали от вашего братца в среду, а Эдварда не видели ни в четверг, ни в пятницу, ни в субботу и даже вообразить не могли, что с ним сталось. Но нынче утром он объявился. Как раз мы домой вернулись из церкви, и тут все и разъяснилось: как его в среду вызвали на Харли-стрит, и как маменька и все они его уговаривали, и как он перед ними всеми объявил, что никого, кроме Люси, не любит и ни на ком, кроме Люси, не женится. И из-за всего этого он пришел в такое расстройство, что вскочил на лошадь и ускакал куда-то за город и весь четверг и всю пятницу просидел в какой-то гостинице, чтобы прийти в себя. И, все хорошенько обдумав, и не один раз, сказал он, порешил он, что, коли у него нет никакого состояния, ну ровнехонько ничего, с его стороны неблагородно ждать, чтобы она сдержала слово в ущерб себе: у него за душой всего две тысячи фунтов и никаких надежд. Ведь даже если он примет сан, как порой подумывал, то прихода не получит, а на жалованье младшего священника разве смогут они прожить? Ему невыносимо думать, на какую нужду она себя обрекает, и потому он ее умоляет, если у нее есть сомнения, положить сейчас же всему конец и предоставить его собственной его судьбе. Я своими ушами слышала, как он изъяснялся. И про то, чтобы расторгнуть помолвку, он заговорил только ради нее и для нее, а вовсе не потому, что ему так приспичило. Я хоть под присягой покажу, что он и словечком не заикнулся, что, мол, она ему надоела или что ему бы жениться на мисс Мортон. И не намекнул даже. Ну, да Люси, натурально, и слушать такие разговоры не пожелала, а прямо ему сказала (ну, там и про нежность, и про любовь, знаете ли, как положено, и все прочее, чего повторять не годится), она ему прямо сказала, что и думать о расторжении помолвки не желает, и с ним может прожить на сущие пустяки, и пусть у него есть самая малость, она будет очень рада и это заполучить, знаете ли. Ну, и все прочее. Он был прямо-таки убийственно счастлив и некоторое время толковал о том, как им поступить, и они порешили, что он безотлагательно получит сан, а свадьбу они отложат, пока для него не отыщется прихода. А больше я ничего не услышала, потому что кузина крикнула снизу, мол, миссис Ричардсон заехала в карете и приглашает одну из нас с ней в Кенсингтонские сады. Вот мне и пришлось войти к ним и прервать их разговор. Только Люси отказалась поехать, потому что не хотела расставаться с Эдвардом, а я сбегала наверх, надела шелковые чулочки и уехала с Ричардсонами.

— Я не совсем поняла, как вы могли прервать их разговор, — вы же были все вместе?

— Вот уж нет! Да неужто, мисс Дэшвуд, вы думаете, что люди будут нежничать, коли они не одни? И не совестно вам? Так-таки вы и не знаете, как оно бывает! — Тут она притворно хихикнула. — Конечно, они заперлись вдвоем в гостиной, а я под дверью слушала.

— Как! — воскликнула Элинор. — Вы повторяли мне то, что узнали, подслушивая в замочную скважину? Мне жаль, что я не знала этого прежде, не то бы, разумеется, не допустила, чтобы вы пересказали мне подробности разговора, который вообще не должны были знать. Как вы можете так обманывать доверие вашей сестры?

— Ах ты господи! Пустяки какие. Я ведь просто стояла у двери и слышала, что можно было услышать. Будто Люси того же не сделала бы, сиди в гостиной я с кавалером! Да что там! Года два тому назад, когда мы с Мартой Шарп секретничали где-нибудь в уголке, она то в чуланчике пряталась, то за ширмой, лишь бы узнать, про что такое мы шушукаемся.

Элинор попыталась переменить тему, но мисс Стил не замедлила вернуться к тому, что занимало все ее мысли:

— Эдвард говорит, что скоро поедет в Оксфорд, а пока он поселился в доме на Пэлл-Мэлл. Ну и злыдня его маменька, а? Да и ваш братец с сестрицей не добрее. Ну, уж я не стану вам на них наговаривать. И правду сказать, они нас отправили в собственном экипаже, чего я, признаюсь, и не ожидала. Я-то страх как боялась, что ваша сестрица потребует назад рабочие шкатулочки, которые подарила нам чуть не накануне. Однако про них и не упомянули, а я свою припрятала, чтобы она никому на глаза не попалась. Эдвард говорит, у него в Оксфорде дела и он должен поехать туда на время, а потом, как только подыщет епископа, так и будет посвящен в сан. Хотела бы я знать, в каком приходе ему сыщется место младшего священника? Господи помилуй, — продолжала она, захихикав, — голову прозакладываю, я знаю, что скажут мои кузины, когда узнают. Они скажут, чтобы я поскорее отписала доктору: пусть похлопочет за Эдварда в приходе, где он сейчас поселился. От них другого и не жди, только я на такое ни за что на свете не решусь. «Фи! — отвечу, — да как вам такое в голову прийти могло? Стану я доктору писать, как бы не так!»

— Что же, — заметила Элинор, — всегда полезно приготовиться к худшему. Ответа им вам, во всяком случае, придумывать не придется.

Мисс Стил намеревалась продолжать, но, увидев, что к ним приближаются ее спутники, воскликнула:

— А! Вон и Ричардсоны. Я бы вам много еще чего порассказала, да только они меня ждут. Очень благородные люди, можете мне поверить. Он деньги так и гребет, и они свой выезд держат. У меня нет времени самой поговорить с миссис Дженнингс, так вы уж передайте ей, будьте добреньки, как я рада, что она на нас сердца не держит, и леди Мидлтон тоже. И если вам с вашей сестрицей понадобится куда уехать, а миссис Дженнингс одна оставаться не пожелает, так, натурально, мы счастливы будем погостить у нее, сколько ей захочется. Леди Мидлтон, пожалуй, в этом сезоне нас уж больше не пригласит. Так до свидания. Жалко, мисс Марианны тут не было. Кланяйтесь ей от меня. А-а! Да на вас ваш муслин в горошек. И как это вы не боитесь порвать его об ветки?

И, выразив это опасение, она только успела попрощаться с миссис Дженнингс, как миссис Ричардсон позвала ее, и Элинор получила новую пищу для размышлений, хотя почти все, что ей пришлось услышать, она заранее предвидела, а об остальном догадывалась. Как она и предполагала, брак Эдварда с Люси был настолько же твердо решен, насколько неопределенным оставалось время их свадьбы — в полном согласии с ее умозаключениями все зависело от того, когда он получит приход, на что пока надежды, казалось, не было никакой.

Едва они сели в карету, как миссис Дженнингс приготовилась слушать новости, но Элинор не хотелось передавать дальше подробности, сообщенные ей особой, которая узнала их самым недостойным образом, и она ограничилась кратким изложением того, что, по ее мнению, сама Люси поспешила бы предать огласке ради собственной чести. Она сказала только, что помолвку они не расторгают, а затем объяснила, как они надеются приблизить счастливую развязку. На что миссис Дженнингс, естественно, ответила следующее:

— Решили обождать, пока он получит приход! Ну, мы все знаем, чем это кончится. Подождут-подождут да через год и согласятся на место младшего священника с жалованьем фунтов пятьдесят в год вдобавок к процентам от его двух тысяч и тем крохам, какие сумеют уделить ей мистер Стил и мистер Прэтт. И пойдет у них прибавление семейства каждый год! Помилуй их Боже! Ну и бедны же они будут. Надо поглядеть, какая у меня для них мебель найдется... Две горничные и два лакея, как бы не так! Что бы я там прежде ни говорила. Нет-нет, им нужна служанка покрепче для всей черной работы. А сестра Бетти им теперь не подойдет!

На следующее утро почта за два пенни доставила Элинор письмо от самой Люси.

«Бартлетовские Дома, март
Уповаю, моя милая мисс Дэшвуд простит меня за вольность, что я ей пишу. Но я знаю, из дружбы ко мне Вам будет приятно услышать такие добрые вести обо мне и моем дорогом Эдварде, после всех бед, какие нас постигли, а потому не буду больше просить извинения, но продолжу, что, слава богу, мы, хотя и ужасно перестрадали, теперь спокойны и так счастливы взаимной нашей любовью, как должны быть всегда. Мы перенесли тяжкие испытания, претерпели злые гонения, но тем не менее полны признательности ко многим друзьям, и в их числе к Вам, чью великую доброту я всегда буду помнить с благодарностью, как и Эдвард, которому я про нее рассказала. Полагаю, Вы, как и дражайшая миссис Дженнингс, будете довольны узнать, что вчера днем я провела с ним два счастливых часа: он ничего слышать не желал о нашей разлуке, как настойчиво я, полагая в этом мой долг, ни уговаривала его вернуть мне слово благоразумия ради, и, дай он только согласие, тут же простилась бы с ним навсегда. Но он сказал, что ни за что этого не сделает, что готов терпеть материнский гнев, лишь бы мое сердце было ему отдано. Натурально, будущее у нас не блестящее, но мы можем лишь ждать и уповать на лучшее. Он вскоре примет сан и, буде в Вашей власти рекомендовать его какой-нибудь персоне, в чьем распоряжении окажется вакантный приход, я верю, Вы про нас не забудете, и дражайшая миссис Дженнингс, льщу себя надеждой, замолвит о нас словечко сэру Джону, или мистеру Палмеру, или еще кому-нибудь из своих друзей, кто мог бы нас облагодетельствовать. Бедная Анна, что

говорить, очень виновата, но она хотела сделать как лучше, а потому я промолчу. Уповаю, миссис Дженнингс не сочтет за большой труд навестить нас, ежели как-нибудь утром окажется в этой стороне. Уж такая бы это была снисходительность! А родственники мои почтут за большую честь познакомиться с ней. Листок напоминает мне, что пора кончать, и потому прошу Вас передать мою почтительную благодарность и поклон ей, и сэру Джону, и леди Мидлтон, и прелестным деткам, когда Вам случится их увидеть, а также нежный привет мисс Марианне.
Остаюсь Ваша и проч. и проч.»

Едва дочитав письмо, Элинор исполнила то, чего, по ее мнению, старалась добиться та, кто его сочинил, и тут же вручила листок миссис Дженнингс, которая начала читать вслух, сопровождая чтение множеством замечаний.

— Право, отлично!.. Как мило она пишет... Да-да, и надо было предложить ему свободу, если бы он захотел... Но от Люси другого и ждать нельзя... Бедняжечка! Ах, как мне жалко, что у меня нет для него прихода... Называет меня «дражайшая миссис Дженнингс», как вы заметили. Другой такой добросердечной девочки не найти... Бесподобно, право слово, бесподобно! Как она изящно все выразила. Да-да, натурально, я у нее побываю. И как она внимательна: никого не позабыла!.. Спасибо, душенька, что дали мне его прочесть. Такое хорошее письмо мне редко доводилось читать, оно делает и уму и сердцу Люси большую честь!

Глава 39

Элинор с Марианной провели в Лондоне уже больше двух месяцев, и последняя изнемогала от нетерпения поскорее уехать. Она тосковала по деревенскому воздуху, свободе, тишине и уверила себя, что если и может найти облегчение, то в Бартоне, и нигде боле. Элинор желала вернуться домой лишь немногим менее сестры и отказывалась назначить отъезд на завтра лишь потому, что помнила о всех тяготах долгого пути, которые Марианна объявляла ничтожными пустяками. Однако она начала серьезно подумывать об отъезде и даже упомянула про это их радушной хозяйке, восставшей против такого намерения со всем красноречием гостеприимства, но затем возник план, который представился Элинор наиболее практичным, хотя и означал, что домой они вернутся не сразу, а лишь еще через несколько недель. В конце марта Палмеры решили возвратиться в Кливленд, чтобы провести там Пасху, и Шарлотта самым настоятельным образом пригласила поехать с ними как миссис Дженнингс, так и ее молодых приятельниц. Только ее приглашение мисс Дэшвуд не сочла бы возможным принять из щепетильности, но мистер Палмер искренне поддержал жену, и Элинор согласилась с удовольствием, тем более что с тех пор, как стало известно о несчастье Марианны, он обходился с ними несравненно учтивее, чем прежде.

Но когда она сообщила о своем согласии Марианне, та сначала воспротивилась.

— Кливленд! — вскричала она с сильным волнением. — Нет-нет, в Кливленд я поехать не могу...

— Ты забываешь, — мягко перебила Элинор, — что Кливленд расположен совсем не там... Вовсе не по соседству с...

— Однако он в Сомерсетшире! В Сомерсетшир я поехать не в силах... Нет, Элинор, ты не можешь требовать, чтобы я...

Элинор не стала настаивать, что подобные чувства необходимо побороть просто из приличия, но лишь попыталась возбудить другие, которые возобладали бы над ними, а потому представила этот план как наиболее удобный и надежный способ осуществить ее желание вернуться к любимой матери, причем, возможно, и без особого промедления. От Кливленда, расположенного в нескольких милях от Бристоля, до Бартона был лишь день пути, хотя и полный день, и мать могла послать своего слугу сопровождать их, а так как больше недели им в Кливленде оставаться незачем, то, следовательно, они будут дома через три недели с небольшим. Мать Марианна любила настоящей любовью, и это чувство без особого труда восторжествовало над воображаемыми страхами.

Миссис Дженнингс ее гостьи надоели столь мало, что она неотступно уговаривала их вернуться с ней из Кливленда в Лондон. Элинор была ей очень признательна за такое расположение, но своих намерений они не изменили, и, когда получили на них материнское согласие, данное очень охотно, затруднения с их возвращением домой оказались настолько улажены, что Марианна обрела некоторое облегчение, подсчитывая часы, которым предстояло миновать, прежде чем она увидит Бартон.

— Ах, полковник! Уж и не знаю, что мы с вами будем делать без наших мисс Дэшвуд! — воскликнула миссис Дженнингс, здороваясь с ним, когда он впервые навестил ее после того, как их отъезд был решен. — Ведь от Палмеров они поедут прямо домой, как я их ни упрашивала. Вот и остается нам с вами позевывать в одиночестве, когда я возвращусь! Господи, так вот и будем сидеть и смотреть друг на дружку, будто две сонные кошки.

Быть может, миссис Дженнингс, набрасывая столь выразительную картину их грядущей скуки, уповала таким способом подтолкнуть полковника на объяснение, которое избавило бы его от столь томительной судьбы. Если это было так, у нее вскоре могла появиться уверенность, что своей цели она добилась: едва Элинор отошла к окну, где ей удобнее было снять размеры гравюры, которую она намеревалась скопировать, он тотчас решительно последовал за ней и несколько минут что-то ей серьезно говорил. От миссис Дженнингс не ускользнуло и впечатление, которое его слова производили на Элинор; хотя почтенная дама никогда не унизилась бы до того, чтобы подслушивать, и даже пересела поближе к Марианне, игравшей на фортепьяно, она не могла не заметить, что Элинор переменилась в лице, слушала с большим волнением и даже отложила гравюру. Ее надежды еще более укрепились, когда музыка на мгновение смолкла и до нее донеслись слова полковника, который, по-видимому, извинялся за то, что его дом недостаточно хорош. Какие еще нужны были доказательства! Правда, ее несколько удивило, зачем вообще потребовались подобные извинения, но затем она подумала, что это лишь положенная в таких случаях формальность. Ответ Элинор заглушила музыка, но, судя по движению ее губ, она, по-видимому, не придала состоянию дома ни малейшей важности, и миссис Дженнингс мысленно похвалила ее за искренность. Они продолжали разговаривать, но больше она ничего не слышала до тех пор, пока Марианна вновь не сделала паузу, и тут полковник произнес спокойным голосом:

— Боюсь только, что произойти это может не так уж скоро.

Изумленная и возмущенная такой бессердечной холодностью, миссис Дженнингс чуть было не вскричала: «Господи помилуй! Да что же вам мешает!» Однако вовремя спохватилась и ограничилась следующим безмолвным восклицанием: «Странно! Он ведь с каждым днем не молодеет!»

Впрочем, эта отсрочка как будто не оскорбила и не раздосадовала его прекрасную собеседницу, потому что миссис Дженнингс совершенно явственно расслышала, когда минуту-другую спустя они отошли от окна, как Элинор сказала, причем голосом, исполненным истинного чувства:

— Я всегда буду считать себя весьма вам обязанной.

Это признание восхитило миссис Дженнингс, и она лишь не могла понять, каким образом полковник после столь лестных для него слов нашел в себе силы почти тотчас откланяться с полнейшей невозмутимостью, ничего даже Элинор не ответив! Вот уж она не подумала бы, что ее друг окажется столь бесстрастным женихом!

Разговор же между ними шел на самом деле вот о чем.

— Я слышал, — сказал полковник с глубоким сочувствием, — как несправедливо и бессердечно обошлись с вашим молодым другом мистером Феррарсом его родные. Ведь, если не ошибаюсь, они отреклись от него за то, что он отказался разорвать помолвку с весьма достойной девицей. Меня не ввели в заблуждение? Это так?

Элинор ответила утвердительно.

— Как ужасна жестокость, бездумная жестокость, — продолжал он горячо, — с какой разлучают... или пытаются разлучить молодых людей, связанных давним чувством. Миссис Феррарс не понимает, что она делает... на что может толкнуть своего сына. Я раза два-три встречал мистера Феррарса на Харли-стрит, и он мне очень понравился. Он не принадлежит к тем молодым людям, которых узнаешь близко за столь короткий срок, однако я видел его достаточно, чтобы пожелать ему счастья ради него самого, и тем более — как вашему другу. Насколько я понял, он намерен принять сан. Не откажите в любезности передать ему, что делафордский приход, как мне сообщили с утренней почтой, теперь вакантен, и он может его получить, если сочтет для себя подходящим... Но в последнем, принимая во внимание нынешние его обстоятельства, вероятно, сомнений быть не может. К сожалению, он не принадлежит к богатым приходам, так как весьма невелик, и приносит не более двухсот фунтов в год. Правда, доходы, вероятно, можно несколько увеличить, однако, боюсь, не настолько, чтобы избавиться от всех забот. Тем не менее, если мистеру Феррарсу он подойдет, я буду чрезвычайно рад услужить ему. Заверьте его в этом, прошу вас.

Удивление, в которое ввергло Элинор это поручение, вероятно, было бы лишь немногим больше, если бы он и правда предложил ей руку и сердце. Всего два дня тому назад она не сомневалась, что Эдвард обречен очень долго пребывать в младших священниках — и вот ему предлагают приход, а с ним и возможность жениться! И не кого-нибудь другого, но ее — ее! — просят сообщить ему эту приятную новость! Миссис Дженнингс почти угадала, какое чувство ей овладело, хотя и приписала его совершенно неверной причине. Пусть к нему примешивалось многое не столь чистое и радостное, но ее уважение к добросердечию полковника и благодарность за дружбу, подсказавшую ему, какую услугу он может оказать, возросли во сто крат, и она выразила их с искренним жаром. От души поблагодарила его, отозвалась о нравственных устоях и убеждениях Эдварда с той похвалой, какой они в ее глазах заслуживали, и обещала исполнить его просьбу с удовольствием, если уж ему угодно возложить такую приятную обязанность на кого-то другого. Но, право же, лучше его самого этого никто не сделает! Иными словами, она, бесспорно, предпочла бы уклониться, чтобы избавить Эдварда от той боли, которую он не мог не почувствовать, услышав такую новость из ее уст; однако полковник Брэндон по столь же деликатным причинам желал избежать прямого разговора и вновь попросил ее стать посредницей с такой настойчивостью, что у нее не хватило духа ему отказать. Эдвард, насколько ей было известно, еще не покинул

Лондона, и по счастливой случайности мисс Стил сообщила ей его адрес. А потому она полагала, что сумеет исполнить возложенное на нее поручение еще до исхода дня. Затем полковник заговорил о том, как он рад обзавестись таким приятным во всех отношениях соседом, и вот тут-то с сожалением и упомянул, что дом невелик и несколько запущен, но Элинор, не обманув ожиданий миссис Дженнингс, не придала этому никакого значения — во всяком случае, небольшим размерам дома.

— Мне кажется, маленький дом для них даже удобнее, более соответствует величине и их семьи, и их доходов.

Из чего полковник с изумлением заключил, что, по ее мнению, мистер Феррарс, получив приход, не замедлит вступить в брак. Сам он не сомневался, что делафордский приход не может обеспечить молодому человеку, если он женится, тот образ жизни, к которому он привык. Что он и поспешил объяснить.

— Доход столь невелик, что и одинокого человека он почти не обеспечит. Жениться, располагая только им, мистер Феррарс никак не сможет. С сожалением должен сказать, что большего я сделать не в силах, — ничего другого в моем распоряжении нет. Если же какой-то непредвиденный случай доставит мне возможность оказать ему новую услугу, то мое мнение о нем должно перемениться самым нежданным образом, если я тогда не сделаю для него столько, сколько от всей души хотел бы сделать теперь. Ведь все, чем я могу услужить ему сейчас, это сущий пустяк и нисколько не приблизит его к осуществлению того, что должно быть его главным, его единственным заветным желанием. Нет, жениться еще будет нельзя. Во всяком случае, боюсь, произойти это может не так уж скоро...

Последняя фраза, понятая неправильно, не могла не оскорбить чувствительности миссис Дженнингс. Однако после точного изложения беседы полковника Брэндона и Элинор у окна благодарность, которую та выразила ему на прощание, в целом могла бы показаться и достаточно взволнованной, и вполне достойной даже в том случае, если бы ей действительно сделали предложение.

Глава 40

— Ну, мисс Дэшвуд, — сказала миссис Дженнингс с многозначительной улыбкой, едва они остались одни, — я не спрашиваю вас, что говорил вам полковник, — хотя я, право же, постаралась сесть подальше, но тем не менее кое-что невольно расслышала. Поверьте, в жизни я не была так довольна. И от всего сердца желаю вам всяческой радости.

— Благодарю вас, сударыня, — сказала Элинор. — Для меня это правда большая радость, и доброту полковника Брэндона я очень ценю. Мало кто поступил бы так! Столь сострадательное сердце редко можно встретить. Я так удивилась...

— Господи помилуй! Душенька, вы уж слишком скромны! Меня вот это ничуточки не удивило. Я последнее время ничего другого и не ждала.

— Да, разумеется, вам хорошо известна благожелательность полковника. Но предвидеть, что случай представится так скоро, вы все же не могли!

— Случай! — повторила миссис Дженнингс. — Ну, если уж мужчина примет такое решение, случай он всегда сумеет сыскать. Так что же, душенька, еще раз поздравляю вас и желаю вам радости. И если в мире бывают счастливые парочки, я знаю, что скоро такую увижу!

— И поедете для этого в Делафорд, я полагаю? — заметила Элинор с легкой улыбкой.

Чувство и чувствительность

— Всенепременно, душенька! А что дом нехорош, уж, право, не понимаю, о чем полковник и думал. Лучше дома я не видывала.

— Он просто сказал, что дом надо подновить.

— А кто виноват? Почему он его не подновил? Кому этим заняться, как не ему?

Но тут вошел лакей и доложил, что карета подана. Миссис Дженнингс тотчас начала собираться, говоря:

— Ах, душенька, мне пора ехать, а я еще и половины не сказала, чего хотела. Ну да потолкуем вечером, когда нам никто не помешает. Вас я с собой не приглашаю, головка ведь у вас сейчас совсем другим занята, до общества ли тут! Да вам и не терпится все поскорее рассказать сестрице!

(Марианна вышла из гостиной следом за полковником.)

— Разумеется, сударыня, я расскажу Марианне. Но больше пока никому.

— Ах вот как! — разочарованно вздохнула миссис Дженнингс. — Значит, вы не хотите, чтобы я и Люси сказала? Я нынче думаю заехать в Холборн.

— Нет, сударыня. И Люси. Прошу вас. Отсрочка на один день большого значения не имеет, а, пока я не напишу мистеру Феррарсу, мне кажется, никому больше об этом знать не следует. Я сейчас же сяду писать. Ведь для него каждый час дорог, так как ему предстоит еще получить сан.

Это объяснение сначала чрезвычайно изумило миссис Дженнингс. Она никак не могла взять в толк, почему мистера Феррарса надо ставить об этом в известность, да еще в такой спешке. Но ее тут же осенила блестящая мысль, и она воскликнула:

— О-о! Понимаю, понимаю! Так это будет мистер Феррарс! Ну, тем лучше для него. Да, конечно, ему надо побыстрее получить сан. И я ужасно рада, что между вами и это решено. Только, душечка, удобно ли, чтобы вы сами? А не полковник? Кому же написать, как не ему?

Элинор не вполне поняла начало этой речи, но не стала спрашивать объяснения и ответила только на последний вопрос:

— Полковник Брэндон настолько деликатен, что ему неловко самому сообщить мистеру Феррарсу о своем намерении.

— И он поручает это вам! Странная деликатность, право! Однако не буду вам мешать. (Элинор уже приготовилась писать.) Вам виднее. Ну, так до свидания, душенька. Ничего приятнее я не слышала с тех пор, как Шарлотта разрешилась!

И она вышла — только для того, чтобы тотчас вернуться.

— Душечка, я как раз вспомнила про сестру Бетти. Мне было бы очень приятно устроить ее к такой хорошей госпоже. Но, честно скажу, годится ли она в камеристки, я не знаю. Горничная она превосходная и шьет преискусно. Ну, да у вас еще будет время обо всем этом поразмыслить.

— Ах, разумеется, сударыня, — ответила Элинор, почти ее не слушая и думая лишь о том, как бы поскорее остаться одной.

Ее теперь всецело занимала мысль, с чего начать письмо Эдварду, каким образом изложить все? Казалось бы, что могло быть проще? Но только не для нее. Она равно боялась сказать слишком много или слишком мало и в задумчивости склонялась над листом бумаги с пером в руке, пока ее размышления не прервало появление самого Эдварда.

Он намеревался занести карточку вместо прощального визита, но столкнулся в дверях с миссис Дженнингс, которая, извинившись, что не может вернуться в комнаты вместе с ним, настояла, чтобы он поднялся в гостиную: мисс Дэшвуд сейчас там и желала бы поговорить с ним по весьма важному и неотложному делу.

Элинор как раз в утешение себе подумала, что написать все-таки много легче, чем передать ему поручение полковника устно, и тут в дверях появился он, обрекая ее на более тягостное испытание. Она совсем смешалась. Они еще не виделись с тех пор, как его помолвка получила огласку, а он, конечно, полагал, что для нее это явилось новостью. Подобная неловкость в совокупности с недавними ее мыслями и необходимостью исполнить поручение полковника ввергли ее в тягостное смущение, не уступавшее его собственному, и несколько минут они сидели друг против друга, испытывая величайшую неловкость. Эдвард никак не мог вспомнить, извинился ли он за свое вторжение, когда переступил порог гостиной, но на всякий случай испросил у нее прощение по всем правилам, едва сумел заговорить, после того как опустился на стул.

— Миссис Дженнингс передала мне, — сказал он, — что вы желаете о чем-то со мной поговорить... то есть если я верно ее понял... иначе я не позволил бы себе войти столь бесцеремонно... хотя мне было бы очень грустно уехать из Лондона, не повидав вас и вашу сестру. Тем более что теперь лишь очень не скоро... то есть маловероятно, чтобы я имел удовольствие увидеться с вами в ближайшее время. Завтра я еду в Оксфорд.

— Однако вы не уехали бы, — сказала Элинор, приходя в себя и решаясь как можно скорее покончить с самым страшным, что ей предстояло, — без самых лучших наших пожеланий, пусть даже мы не сумели бы высказать их вам самому. Миссис Дженнингс вы поняли совершенно верно. Мне действительно нужно сообщить вам нечто важное, и я уже собралась доверить это бумаге. Мне дано очень приятное для меня поручение (тут ее дыхание чуть убыстрилось). Полковник Брэндон, который был здесь всего десять минут назад, просил меня передать вам, что будет очень рад, если вы получите сан, предложить вам делафордский приход, в настоящее время вакантный, и только сожалеет, что доход от него невелик. Мне хотелось бы принести вам свои поздравления с тем, что у вас есть столь почтенный и предупредительный друг, и присоединиться к его пожеланию, чтобы доход, на который вы можете рассчитывать — он составляет около двухсот фунтов в год, — был бы значительно больше и дал бы вам... вместо того чтобы оказаться лишь временной опорой... короче говоря, позволил бы вам обрести все счастье, какого вы ищете.

Так как сам Эдвард не мог бы выразить того, что почувствовал, сделать это за него никому другому было не дано. Лицо его выразило все изумление, какое должно было вызвать столь нежданное, столь непредвиденное известие, но произнес он только два слова:

— Полковник Брэндон!

— Да, — продолжала Элинор, собираясь с духом, раз уж худшее осталось позади. — Полковник Брэндон полагает таким способом выразить вам сочувствие по поводу того, что недавно произошло... к тяжкому положению, на которое обрекла вас ваша семья, — сочувствие, разделяемое, разумеется, и мной, и Марианной, и всеми вашими друзьями. И это — знак его глубокого уважения к вам и особенно одобрения того, как вы поступили в недавних обстоятельствах.

— Полковник Брэндон предлагает мне приход! Возможно ли?

— Оттого что ваши близкие вас оттолкнули, вы удивляетесь, что находите дружбу у других!

— Нет, — ответил он, вновь смутившись, — только не тому, что нахожу ее у вас. Неужели я не понимаю, что всем этим обязан вам, вашей доброте! Мои чувства... я выразил бы их, если бы мог. Но вы знаете, что красноречием я не наделен...

— Вы ошибаетесь! Уверяю вас, обязаны вы этим только... или почти только собственным достоинствам и умению полковника Брэндона оценить их. Я тут ни при чем. О том, что приход вакантен, я узнала от него, и лишь после того, как он объяснил свое намерение. А прежде я даже не подозревала, что у него есть в распоряжении приход. Как мой друг... друг всей нашей семьи, возможно, он... нет, я знаю, что он с тем большим удовольствием готов услужить вам. Но, право же, моим ходатайствованиям вы ничем не обязаны.

Правдивость вынудила ее признать, что очень маленькую роль она все же тут сыграла, но ей вовсе не хотелось выглядеть в глазах Эдварда его благодетельницей, а потому призналась она в этом с большой неохотой, чем, возможно, укрепила проснувшееся в нем подозрение. Когда Элинор умолкла, он некоторое время сидел в задумчивости и наконец, словно бы с усилием, произнес:

— Полковник Брэндон кажется весьма благородным и во всех отношениях достойным человеком. Ничего, кроме похвал ему, я не слышал, и ваш брат, как мне известно, самого высокого о нем мнения. Без всяких сомнений, он превосходный человек и держится как истый джентльмен.

— О да, — ответила Элинор. — При более коротком знакомстве вы, несомненно, убедитесь, что он именно таков, каким вы представляете его себе понаслышке, а это очень важно, так как вы будете ближайшими соседями — мне говорили, что от господского дома до церковного расстояние самое небольшое.

Эдвард ничего не ответил, но, когда она отвернула лицо, обратил на нее взгляд, полный невыразимой грусти, словно говорившей, что ему было бы легче, если бы это расстояние вдруг стало длиннее, и на очень много.

— Полковник Брэндон, кажется, живет на Сент-Джеймс-стрит, — сказал он затем, вставая.

Элинор назвала ему номер дома.

— Я должен поспешить, чтобы успеть выразить ему ту благодарность, которую вы не захотели выслушать, и сказать, что он сделал меня очень... необыкновенно счастливым человеком.

Элинор не стала его удерживать и на прощание заверила его, что неизменно желает ему счастья, какой бы оборот ни приняла его судьба. Он попытался ответить ей такими же пожеланиями, но язык плохо ему повиновался.

«Когда я увижу его в следующий раз, — сказала себе Элинор, глядя на закрывшуюся за ним дверь, — я увижу его мужем Люси!»

С этим приятным предвкушением она вновь опустилась в кресло и мысленно вернулась в прошлое, перебирая в памяти все сказанные Эдвардом слова, стараясь постигнуть его чувства и, разумеется, вспоминая собственные без малейшей радости.

Миссис Дженнингс возвратилась после визита к прежде ей незнакомым людям, и, хотя ей было о чем порассказать, открывшийся ей важный секрет настолько ее занимал, что она заговорила о нем, едва увидела Элинор.

— Ну, душечка! — воскликнула она. — Я послала к вам вашего молодого человека. Вы на меня не в обиде? И полагаю, вам оказалось нетрудно... Он согласился охотно?

— Да, сударыня. И как могло быть иначе?

— Ну, и скоро ли он будет готов? Раз уж все зависит от этого?

— Я столь мало осведомлена в подобных вещах, — ответила Элинор, — что не решусь даже высказать пред-

Чувство и чувствительность

положение, сколько времени и каких приготовлений это потребует. Но полагаю, месяца через два-три он будет облечен в сан.

— Два-три месяца! — вскричала миссис Дженнингс. — Господи помилуй, душенька! Вы говорите так спокойно, словно речь идет о дне-другом! И полковник согласен ждать два-три месяца? Господи, спаси меня и помилуй! Уж я бы не стерпела! И как ни приятно услужить бедному мистеру Феррарсу, по-моему, ждать ради него два-три месяца — это уж чересчур! И можно ведь подыскать кого-нибудь не хуже. И уже облеченного саном!

— Но, сударыня, о чем вы говорите? — спросила Элинор. — Ведь цель полковника Брэндона в том и заключается, чтобы помочь мистеру Феррарсу.

— Ах, душенька! Да неужто, по-вашему, я поверю, будто полковник Брэндон женится на вас только ради того, чтобы заплатить десять гиней мистеру Феррарсу!

Недоразумение долее продолжаться не могло, и последовали объяснения, которые немало повеселили обеих собеседниц и не причинили им особого огорчения, так как миссис Дженнингс просто заменила одну причину радоваться на другую, причем не закаялась надеяться, что просто поторопила события.

— Да, да! Дом священника там невелик, — сказала она после того, как первая буря удивления и восторга поутихла, — и, может быть, требует починки. Но услышать, будто человек извиняется, как мне показалось, за тесноту дома с пятью гостиными на первом этаже, что мне доподлинно известно, и где можно разместить — мне так экономка сказала — пятнадцать кроватей!.. Да еще перед вами, хотя вы и на свой коттедж никогда не жаловались! Ну, как тут было не всплеснуть руками! Но, душечка, мы уж должны постараться, чтобы полковник подправил дом, приготовил его для них, прежде чем Люси туда поедет.

Джейн Остен

— По мнению полковника Брэндона, доход настолько невелик, что для женатого человека его совсем недостаточно...

— Полковник вздор говорит, душенька. Раз сам он получает в год две тысячи, так ему и чудится, будто женатому человеку на меньшее не прожить. Уж поверьте мне, если только я жива буду, то еще до Михайлова дня поеду погостить в делафордском приходе. А если там не будет Люси, так меня туда ничем не заманить!

Элинор вполне согласилась с ней, что со свадьбой временить не станут.

Глава 41

Эдвард, поблагодарив полковника Брэндона, отправился сообщить о своем счастье Люси, и к тому времени, когда он добрался до Бартлетовских Домов, оно настолько било через край, что Люси, как на следующий день она заверила миссис Дженнингс, никогда еще не видела его в столь радостном расположении духа.

В ее собственном счастье и радостном расположении духа сомнений, во всяком случае, быть никаких не могло, и она с восторгом разделила надежды миссис Дженнингс, что еще до Михайлова дня они все встретятся под уютным кровом церковного дома в Делафорде. В то же время она не только не уклонилась от того, чтобы воздать должное Элинор, как упрямо воздавал его Эдвард, но, напротив, говорила о дружеском расположении Элинор к ним обоим с самой теплой благодарностью, охотно признала все, чем они были ей обязаны, и без обиняков объявила, что никакие старания мисс Дэшвуд оказать им услугу, в прошлом или в будущем, ее не удивят, ибо мисс Дэшвуд, как она твердо убеждена, способна сделать все на свете ради тех, в ком принимает участие.

Ну а полковнику Брэндону она не только готова была поклоняться как святому, но и от души желала избавить его от всех забот житейской суеты, не подобающих святым, — желала, чтобы десятина его прихода была увеличена насколько возможно, и втайне решила, что в Делафорде постарается прибрать к рукам его слуг, его карету, коровник и птичник.

С тех пор как Джон Дэшвуд побывал на Берклистрит, прошло более недели, а они оставили нездоровье его жены без внимания, лишь один раз устно о ней осведомившись, и Элинор почувствовала, что долее откладывать визит к ней никак нельзя. Однако исполнение этого светского долга совсем ее не манило, а к тому же она не нашла поддержки ни у Марианны, ни у миссис Дженнингс. Первая не только наотрез отказалась поехать к невестке, но и всячески пыталась отговорить сестру, вторая же, хотя ее карета всегда была к услугам Элинор, питала к миссис Джон Дэшвуд такую антипатию, что не пожелала сделать ей визит, сколь ни любопытно было ей взглянуть, как та выглядит после скандального открытия, и сколь ни хотелось ей уязвить все семейство, открыто став на сторону Эдварда. Таким образом, Элинор волей-неволей вынуждена была отправиться на Харли-стрит в одиночестве, обрекая себя на тет-а-тет с женщиной, причин не терпеть которую у нее было куда больше, чем у Марианны и миссис Дженнингс.

Лакей, однако, объявил, что миссис Дэшвуд никого не принимает. Но карета еще не успела тронуться, как из дверей вышел супруг этой последней. Увидев Элинор, он изъявил величайшее удовольствие, сообщил, что как раз направлялся на Беркли-стрит и пригласил ее войти — Фанни будет ей так рада!

Они поднялись в гостиную.

— Наверное, Фанни у себя, — сказал он. — Я сейчас схожу за ней, так как, полагаю, ничего против того, чтобы увидеться с тобой, она иметь не может. Отнюдь! Отнюдь! И особенно теперь... А впрочем, она всегда особенно благоволила к тебе и Марианне... Но почему Марианна не приехала?

Элинор произнесла какие-то извинения.

— Впрочем, я не жалею, что вижу тебя одну, — сказал он, — так как мне необходимо о многом с тобой поговорить. Полковник Брэндон... Неужели это так? Он правда предложил Эдварду свой вакантный приход? Я услышал об этом вчера совершенно случайно и собрался к вам, чтобы узнать достоверно.

— Да, это правда. Полковник Брэндон отдает делафордский приход Эдварду.

— Право! Кто бы мог поверить? Никакого родства! И они ведь даже незнакомы! И это в наши дни, когда за приход можно взять вполне приличную сумму! Сколько он приносит?

— Около двухсот фунтов в год.

— Очень недурно! Если священник стар и болен, так что вакансия должна скоро открыться, владелец может обещать приход заранее и получить, я полагаю, эдак полторы тысячи. Почему он не уладил этого до кончины старика? Теперь, натурально, думать о продаже уже поздно. Но столь разумный человек, как полковник Брэндон! Право, не понимаю, как он мог быть столь нерасторопен, когда речь шла о самом обычном, самом естественном деле! Что же, не стану спорить: в человеческих характерах таится множество противоречий. А впрочем, поразмыслив, я, кажется, догадался. Приход предоставляется Эдварду временно, пока тот, кому полковник его продал, не достигнет надлежащего возраста. Да-да, так оно и есть, можешь мне поверить.

Однако Элинор решительно опровергла это заключение и объяснила, что передать предложение полковника Эдварду было поручено ей, а потому не знать его

Чувство и чувствительность

условий она никак не может, и брату осталось только смириться с достоверностью ее сведений.

— Право, трудно поверить! — вскричал он, дослушав ее. — И что могло побудить полковника Брэндона на подобный поступок?

— Очень просто: желание оказать услугу мистеру Феррарсу.

— Ну-ну... Но, как ни судить о полковнике Брэндоне, Эдвард должен почитать себя большим счастливцем. Однако при Фанни ты лучше об этом не упоминай. Хотя я ее подготовил и она перенесла это известие с большим мужеством, но навряд ли ей будет приятен такой разговор.

Элинор не без труда удержалась и не сказала, что, по ее мнению, Фанни могла бы и вовсе не огорчаться из-за прихода, предоставленного ее брату, поскольку никакого денежного ущерба это обстоятельство ни ей, ни ее сыночку не причиняет.

— Миссис Феррарс, — добавил Джон, понижая голос, — пока ничего не знает, и я убежден, что лучше всего будет скрывать от нее правду как можно дольше... Конечно, когда они поженятся, боюсь, она узнает все.

— Но к чему такие предосторожности? Разумеется, миссис Феррарс вряд ли порадуется, что ее сыну будет на что жить, тут никаких сомнений нет. Судя по ее поведению, от нее нельзя ожидать ничего, кроме полного к нему равнодушия. Она отказалась от сына, навсегда отреклась от него и принудила всех, кого могла, порвать с ним всякие отношения. Как же можно даже вообразить, что после подобного поступка она способна испытывать из-за него печаль или радость? Его судьба должна быть ей безразлична. Вряд ли она настолько слаба духом, что, отказавшись от утешения, каким дети служат матери, все-таки сохранила материнскую заботливость!

— Ах, Элинор! Рассуждения твои вполне логичны, но опираются они на неведение человеческой природы. Не сомневайся: когда Эдвард заключит свой злополучный брак, для чувств его матери не будет ни малейшей разницы, отреклась она от него или нет. А потому от нее необходимо скрывать все, что может ускорить наступление этого ужасного события. Миссис Феррарс не способна забыть, что Эдвард ее сын!

— Право, вы меня удивляете. Казалось бы, это обстоятельство должно уже совершенно изгладиться из ее памяти!

— Ты к ней непростительно несправедлива. Миссис Феррарс — нежнейшая в мире мать!

Элинор промолчала.

— Теперь, — продолжал мистер Дэшвуд после краткой паузы, — мы подумываем о том, чтобы на мисс Мортон женился Роберт.

Элинор, улыбнувшись серьезной важности в тоне своего брата, ответила невозмутимо:

— Мне кажется, ей самой никакого выбора не предоставляется?

— Выбора? О чем ты говоришь?

— Только о том, что, судя по вашим словам, мисс Мортон совершенно безразлично, выйдет ли она за Эдварда или за Роберта.

— Бесспорно! Ведь ничего не изменилось. Роберт теперь во всех смыслах займет положение старшего сына. Ну, а что до прочего, так оба они весьма приятные молодые люди, и не вижу, в чем один хоть немного уступал бы другому.

Элинор ничего не ответила, и Джон также некоторое время молчал. Размышления его разрешились следующей тирадой.

— В одном, дражайшая сестра, я могу тебя заверить, — произнес он жутким шепотом, беря ее за руку, —

и непременно сделаю это, ибо знаю, как ты будешь польщена. У меня есть веские причины полагать... То есть мне это известно из надежнейшего источника, или я промолчал бы, так как непозволительно говорить что-либо подобное на ветер... Но мне из самого надежного источника известно... сам я этого от миссис Феррарс не слышал, но она сказала своей дочери, а я узнал от нее... Короче говоря, какие бы возражения ни вызвала некая... некий союз... ну, ты понимаешь... Ей он все же был бы предпочтительней и не причинил бы столько досады, как нынешний! Я был безмерно рад услышать, что миссис Феррарс видит это в подобном свете... Весьма приятно и лестно для всех нас! «Ах, это было бы несравнимо, — сказала она, — несравнимо меньшее из двух зол!» И теперь она смирилась бы с этим без возражений, лишь бы избежать худшего. Но впрочем, об этом теперь и речи быть не может... Не следует ни думать, ни упоминать... то есть о чем-либо подобном... Совершенно несбыточно... и осталось позади, давно позади. Но я почел за благо рассказать тебе об этом, так как понимаю, какую радость тебе доставлю. Впрочем, дорогая Элинор, у тебя нет никаких причин для сожалений. Для тебя, бесспорно, все складывается превосходно. Нисколько не хуже, а может быть, и лучше, если принять во внимание все обстоятельства. Давно ли ты видела полковника Брэндона?

Элинор услышала достаточно если не для того, чтобы ее тщеславие было польщено и она возвысилась бы в собственных глазах, так для того, чтобы взволноваться и задуматься, а потому с облегчением увидела, что в гостиную входит мистер Роберт Феррарс, избавляя ее от необходимости отвечать и от опасности услышать из уст брата еще что-нибудь не менее утешительное. Они немного побеседовали, но тут мистер Джон Дэшвуд спохватился, что Фанни все еще пребывает в неведении о визите его сестры, и отправился на ее розыски, а Элинор представилась возможность узнать Роберта поближе. Обнаружив, что его беззаботное легкомыслие и слепое самодовольство остались прежними и он нисколько не смущен тем, что в ущерб отринутому за душевное благородство брату ему досталась столь несправедливо большая доля материнской любви и щедрости, которые он заслужил лишь распущенным образом жизни, она окончательно утвердилась в своем весьма низком мнении о его уме и сердце.

Они и двух минут не пробыли наедине, как Роберт заговорил об Эдварде. Он тоже прослышал про приход и сгорал от любопытства. Элинор повторила все, что уже сказала Джону, и на Роберта это произвело столь же сильное, хотя и совсем иное впечатление. Он неприлично захохотал. Эдвард станет священником и поселится в крохотном сельском доме — о, это чрезвычайно смешно! А когда он нарисовал воображаемую картину, как Эдвард в белом стихаре возносит молитву и объявляет о предстоящем бракосочетании пастуха Джона Смита с птичницей Мэри Браун, веселью его уже не было предела.

Элинор в полном молчании без тени улыбки ожидала, когда он даст отдохнуть своему остроумию, но не сумела удержаться, и глаза ее выразили все презрение, которое оно в ней пробудило. Однако раскаиваться ей не пришлось: она облегчила свое сердце, Роберт же не сумел прочесть ее взгляда и оставил насмешки ради мудрых назиданий, побуждаемый не ее неодобрением, но лишь собственной чувствительностью.

— Да, бесспорно, мы можем смотреть на это как на недурную шутку, — сказал он наконец, оборвав притворный смех, когда искренний уже довольно давно перестал его душить, — но, слово благородного человека, дело это весьма серьезное. Бедный Эдвард! Он погиб безвозвратно. Я чрезвычайно об этом сожалею... Ведь кому, как не мне, знать, какой он добрый малый. Не много найдется людей, которые могли бы сравниться с ним порядочностью. Вы не должны, мисс Дэшвуд, судить его слишком строго после столь недолгого с ним знакомства. Бедный Эдвард! Манерами он, бесспорно, не блистает. Но ведь мы, как вам известно, не все от рождения наделены равными талантами, равным умением держаться в свете. Бедняга! Увидеть его в столь низком кругу! Да, это достойно жалости. И все же, слово благородного человека, другого такого доброго сердца во всей стране не найдется. И заверяю вас, я, право же, никогда в жизни не был так удручен, как в ту минуту, когда все обнаружилось. Просто поверить не мог! Первой мне сообщила об этом маменька, и я, почувствовав, что должен проявить решимость, тотчас сказал ей: «Сударыня, не знаю, как намерены поступить вы, но что до меня, так я, если Эдвард женится на этой молодой особе, больше не желаю его видеть!» Вот что я тотчас сказал. Я никогда не был столь удручен. Бедный Эдвард! Он безвозвратно погубил себя. Закрыл перед собой все двери в порядочное общество! Но, как я тут же сказал маменьке, меня это нисколько не удивило, если вспомнить, какое воспитание он получил. Ничего иного и ждать было нельзя. Моя бедная мать была вне себя!

— Вы когда-нибудь видели эту молодую особу?

— Да, один раз, когда она гостила тут. Я как-то заглянул сюда на десять минут, и этого было более чем достаточно. Жалкая провинциалочка — ни светскости, ни манер, ни даже особой красоты. О, я превосходно ее помню! Именно такая девица могла бы пленить беднягу Эдварда. Едва маменька рассказала мне все, как я предложил поехать к нему и отговорить его от этого брака. Но, как ни жаль, было уже поздно что-нибудь сделать: к несчастью, все произошло в мое отсутствие, а после разрыва, вы понимаете, я уже не мог вмешаться. Но если бы меня осведомили на несколько часов раньше, весьма вероятно, еще удалось бы найти то или иное средство. Натурально, я употребил бы самые веские доводы. «Милый мой, — сказал бы я, — подумай, что ты вознамерился сделать! Обзавестись столь низким родством! Решиться на подобный мезальянс, когда вся твоя семья против!» Короче говоря, я убежден, что еще можно было бы принять меры. Но теперь уже поздно. Он будет голодать! О да, голодать!

Едва он с величайшим спокойствием пришел к такому выводу, как появление миссис Джон Дэшвуд положило конец разговору на эту тему. Однако, хотя Фанни касалась ее лишь в самом тесном семейном кругу, Элинор не замедлила обнаружить, какое действие произвело на нее все происшедшее: к обычной холодной надменности теперь примешивалось некоторое смущение, и с золовкой она обошлась гораздо приветливее обычного, а услышав, что Элинор с Марианной намерены на днях покинуть столицу, даже выразила огорчение — она так надеялась видеться с ними почаще! Муж, вошедший в гостиную следом за ней и восхищенно ловивший каждое ее слово, усмотрел в усилии, которое она над собой сделала, доказательство несравненной нежности сердца и пленительной обходительности.

Глава 42

Еще один короткий визит на Харли-стрит, во время которого Элинор выслушала поздравления брата по поводу того, что они доедут почти до самого Бартона, совсем не тратясь на дорогу, а также и того, что полковник Брэндон собрался приехать в Кливленд через день-два после них, заключил свидания брата и сестер в Лондоне, а весьма неопределенное приглашение Фанни непременно завернуть в Норленд, если они окажутся где-нибудь поблизости — что было весьма маловероятно, — как и более сердечное, хотя и данное с глазу на глаз, обещание Джона незамедлительно навестить Элинор в Делафорде, остались единственным залогом их будущих встреч в деревне.

Элинор забавляло упорство, с каким все старались отправить ее в Делафорд, хотя именно там она вовсе не хотела бы гостить, и уж тем более поселиться. Не только ее брат и миссис Дженнингс уже видели в нем ее будущий дом, но и Люси, когда они прощались, настоятельно просила, чтобы она непременно туда приехала.

В ранний апрельский день и почти ранним утром от дома на Гановер-сквер и от дома на Беркли-стрит тронулись дорожные экипажи, которым предстояло встретиться в условленном месте на дороге. Чтобы Шарлотта и младенец не очень утомлялись, путешествовать они намеревались не спеша и лишь на третьи сутки прибыть в Кливленд, где вскоре к ним должны были присоединиться мистер Палмер с полковником Брэндоном, предполагавшие ехать гораздо быстрее.

Марианна, как ни мало приятных часов провела она в Лондоне и как ни торопилась его покинуть, тем не менее испытывала горькие муки, когда настал час проститься с домом, с последним местом, где она еще лелеяла те надежды, ту веру в Уиллоби, которые теперь угасли навсегда. Не могла она и не пролить слез, покидая город, где оставался Уиллоби, чьи новые занятия и планы ей не было дано разделить.

Элинор же уезжала с радостью. Никакие сходные мысли ее к Лондону не приковывали: с теми, кто оставался там, ей легко было не видеться хоть век; она освобождалась от дружбы, которую навязывала ей Люси, была довольна, что увозит сестру и что Уиллоби после свадьбы так с ней и не встретился, и с надеждой думала о том, как несколько месяцев тихой жизни в Бартоне вернут душевный покой Марианне и укрепят ее собственный.

В пути с ними ничего не случилось, на второй день они достигли благословенного — или рокового — графства Сомерсет, ибо в воображении Марианны он рисовался то таким, то эдаким, а на третий еще задолго до полудня прибыли в Кливленд.

Кливлендский дом, вместительный, новой постройки, стоял на пригорке, и перед ним простиралась уходящая вниз лужайка. Парка при нем не было, но сады возмещали это обширностью. Как во всех столь же богатых поместьях, там имелись и обсаженные кустами дорожки, и тенистая, усыпанная песком аллея, которая огибала лесные посадки, заканчиваясь у парадного фасада, и живописные купы деревьев на лужайке. Сам дом окружали ели, рябины и акации, густой стеной вместе с черными итальянскими тополями заслоняя от него службы.

Марианна переступила его порог с бурным волнением, рожденным мыслью, что от Бартона ее отделяют всего восемьдесят миль и менее тридцати миль — от Комбе-Магна. Не пробыв в его стенах и пяти минут, она, пока остальные хлопотали вокруг Шарлотты, помогая ей показывать ее дитя экономке, вновь переступила порог и поспешила по дорожке между кустами, уже одевавшимися весенний наряд, к отдаленному холму, увенчанному греческим храмом, и там ее тоскующему взору за широкой равниной на юго-востоке открылась гряда холмов на горизонте, с которых, как ей вообразилось, можно было увидеть Комбе-Магна.

В эти минуты неизъяснимого бесценного страдания она сквозь горькие слезы радовалась, что приехала в Кливленд и, возвращаясь в дом иной дорогой, наслаждаясь приятным правом деревенской свободы вольно бродить по окрестностям в блаженном одиночестве, положила себе все свободные часы каждого дня их пребывания в гостях у Палмеров отдавать таким блужданиям наедине с собой.

Марианна вернулась как раз вовремя, чтобы вместе с остальными осмотреть ближайшие окрестности дома, и утро прошло незаметно, пока они прогуливались по огороду, любовались цветущими фруктовыми деревьями в шпалерах у его стен, слушали сетования садовника на черную гниль и ржу, посещали оранжереи, где Шарлотта долго смеялась, услышав, что ее любимые растения по недосмотру были высажены в землю слишком рано и их побили утренние заморозки, — а затем отправились на птичий двор, и там она нашла еще множество причин для веселья: скотница жаловалась, что коровы дают куда меньше молока, чем ожидалось, куры не желали высиживать цыплят, их повадилась таскать лиса, а выводок уж таких хороших индюшат весь скосила болезнь.

Утро было ясное, и Марианна, строя свои планы, даже и не подумала, что погода может перемениться, прежде чем они покинут Кливленд. А потому после обеда она с большим изумлением обнаружила, что зарядил дождь — и надолго. Она мечтала вновь посетить в сумерках греческий храм, а может быть, и побродить по садам, и, будь вечер просто холодным и сырым, она ни за что не отказалась бы от своего намерения. Но даже она не была способна убедить себя, что затяжной и сильный дождь — это самая приятная или сухая погода для прогулок.

Общество их было невелико, и они тихо коротали вечерние часы. Миссис Палмер занималась своим младенцем, а миссис Дженнингс — рукоделием. Они разговаривали о друзьях, оставшихся в Лондоне, обсудили, какие вечера даст и на каких побывает леди

Мидлтон, и долго рассуждали, добрались ли мистер Палмер с полковником Брэндоном только до Рединга или успели проехать больше. Элинор, сколь ни мало все это ее интересовало, присоединилась к их беседе, а Марианна, обладавшая особым даром отыскивать дорогу в библиотеку в любом доме, как бы ни избегали этой комнаты его хозяева, скоро нашла себе книгу.

Неизменная дружеская приветливость миссис Палмер не оставляла никаких сомнений, что для нее они — самые желанные гостьи. Безыскусственность и сердечность ее манер более чем искупали недостаток такта и вкуса, нередко заставлявший ее отступать от правил хорошего тона. Доброта, которой дышало ее хорошенькое личико, пленяла, глуповатость, хотя и очевидная, не отталкивала, потому что в ней не было даже капли самодовольства, и Элинор была готова извинить ей все, кроме ее смеха.

Джентльмены прибыли на следующий день к очень позднему обеду, увеличив самым приятным образом их общество и внеся желанное разнообразие в темы беседы, которые за долгий и по-прежнему дождливый день успели порядком исчерпаться.

Элинор мало видела мистера Палмера, но и в эти краткие часы наблюдала столько перемен в его обращении с ней и ее сестрой, что совершенно не представляла себе, каков он будет в лоне собственной семьи. Но она не замедлила убедиться, что со всеми своими гостями он держится как истый джентльмен, и лишь очень редко бывает груб с женой и тещей. Оказалось, что он может быть очень приятным собеседником, чему мешала лишь склонность воображать, будто и всех прочих людей он превосходит так же, как, несомненно, превосходил миссис Дженнингс и Шарлотту. В остальном характер и привычки, насколько могла судить Элинор, ничем не выделяли его среди мужчин того же возраста и круга. Ел он очень изящно, вставал и ложился спать в самое неопределенное время, питал любовь к своему ребенку, хотя и прятал ее под маской пренебрежения, и каждое утро развлекался бильярдом, вместо того чтобы заниматься делами. Однако теперь он нравился ей много больше, чем она ожидала, хотя в глубине сердца она ничуть не жалела, что сильнее он ей понравиться не может, как не жалела, что, наблюдая его эпикурейскую праздность, его эгоизм и самовлюбленность, невольно и с радостью возвращается в мыслях к благородству Эдварда, простоте его вкусов и скромности.

Об Эдварде, вернее, о некоторых его делах она кое-что узнала от полковника Брэндона, который недавно побывал в Дорсетшире и, видя в ней как дорогого друга мистера Феррарса, так и внимательную, расположенную к нему самому слушательницу, подробно рассказал ей про дом священника в Делафорде, про то, что там следовало бы подправить и какие именно починки он собирается произвести. Такое его поведение, а также нескрываемая радость от их встречи, хотя они не виделись всего десять дней, удовольствие, с каким он вступил в разговор с ней, и неизменный интерес к ее мнению вполне могли объяснить, почему миссис Дженнингс была столь убеждена, будто он к ней неравнодушен; да и сама Элинор, пожалуй, заподозрила бы то же, если бы с самого начала не была уверена, что сердцем его всецело владеет Марианна. Вот почему ничего подобного ей все-таки и в голову бы не пришло, если бы не намеки миссис Дженнингс. Впрочем, она считала себя более тонкой наблюдательницей, потому что следила и за его глазами, тогда как миссис Дженнингс разбирала лишь его поведение, отчего не заметила его тревоги, когда Марианна пожаловалась на боль в висках и горле, ибо тревогу эту выражали только его взоры, а не слова, и она совершенно ускользнула от внимания почтенной дамы, но Элинор различила в них и нежное беспокойство, и чрезмерный испуг влюбленного.

Две восхитительные прогулки в сумерках на третий и четвертый их вечер в Кливленде (и не только по сухим дорожкам цветника, но и по всему саду, причем по самым укромным его уголкам, сохранившим некую дикость, где деревья были наиболее могучими, трава же — наиболее высокой и сырой) одарили Марианну, к тому же не потрудившуюся тотчас снять мокрые башмачки и чулки, сильнейшей простудой, которая через день-два, как ни пренебрегала она ею, как ее ни отрицала, настолько разыгралась, что все вокруг заметили, а она была вынуждена признать, как ей худо. Немедля ее засыпали целительными советами, и, по обыкновению, она не приняла ни одного. Жар, лихорадка, слабость во всех членах, кашель, боль в горле — это пустяки и к утру после крепкого сна пройдут сами собой. Лишь с большим трудом Элинор уговорила сестру, когда та легла, все же испробовать одно-два простейших средства.

Глава 43

Утром Марианна встала в урочное время, на все заботливые расспросы отвечала, что ей лучше, и в доказательство попыталась провести день за привычными занятиями. Но лишь час за часом сидела в ознобе у камина с книгой, которую не могла читать, или в томной слабости полулежала на диване. Когда же, расхворавшись еще более, она рано пожелала уйти к себе, полковник Брэндон был изумлен спокойствием ее сестры: Элинор весь день, не слушая возражений Марианны, преданно за ней ухаживала и заставила ее принять на сон грядущий все необходимые лекарства, но, подобно ей, верила во врачующую силу сна и не испытывала особой тревоги.

Однако ночь, проведенная в лихорадочных метаниях по постели, обманула ожидания обеих. И когда Марианна все-таки захотела подняться, она тут же вынуждена была признать, что ей трудно даже сидеть, и снова легла. Элинор не замедлила последовать совету миссис Дженнингс и послала за палмеровским аптекарем.

Он приехал, осмотрел больную и, хотя заверил мисс Дэшвуд, что через три-четыре дня ее сестра совсем оправится, однако упомянул о возможной горячке и обронил словечко «заразительность», перепугав миссис Палмер, которая тотчас подумала о своем малютке. Миссис Дженнингс с самого начала относилась к болезни Марианны более серьезно, чем Элинор, а выслушав мистера Гарриса, встревожилась еще больше, подтвердила все страхи Шарлотты и потребовала, чтобы она немедленно покинула Кливленд вместе с сыном. Мистер Палмер, хотя и утверждал, что их опасения беспричинны, тем не менее не мог противостоять тревоге и настояниям жены, и ее отъезд был решен. Менее чем через час после того, как мистер Гаррис поднялся к Марианне, Шарлотта с сыном и нянькой уже отбыла к близкому родственнику мистера Палмера, чей дом был расположен за Батом. Муж, уступая ее мольбам, обещал последовать за ней туда через день-два. Она почти столь же настойчиво уговаривала и мать поехать с ней, но миссис Дженнингс с истинной добротой, которая навеки завоевала ей сердце Элинор, объявила, что не покинет Кливленда, пока Марианна совсем не выздоровеет, неусыпными заботами стараясь заменить ей мать, от которой ее увезла. И Элинор нашла в ней ревностную и деятельную помощницу, готовую делить с ней все тяготы ухода за больной, к тому же умудренную опытом, который не раз оказывался как нельзя более кстати.

Бедняжка Марианна, томимая лихорадкой и слабостью, испытывая боль во всем теле, уже оставила надежду встретить следующий день здоровой, и мысль о том, что принес бы этот день, если бы не злосчастный недуг, усугубляла ее страдания. Ведь поутру они должны были наконец-то отправиться домой в сопровождении лакея миссис Дженнингс и на второй день еще до двенадцати часов обрадовать мать нежданным своим появлением. Молчание она прерывала лишь сетованиями на столь несносную отсрочку, как ни утешала ее Элинор, которая пока еще сама нисколько не сомневалась, что продлится эта отсрочка недолго.

Следующий день никаких изменений в состоянии больной не принес. Лучше ей не стало, но, если не считать, что это само по себе уже было дурным признаком, не стало и хуже. Общество же их потеряло еще одного члена. Мистер Палмер, хотя и предпочел бы остаться, повинуясь как голосу истинного человеколюбия и душевной доброты, так и желанию показать, сколь мало значат для него страхи жены, все же сдался на уговоры полковника Брэндона исполнить данное ей обещание. А полковник в свой черед и с большей настойчивостью заговорил о собственном отъезде. Однако этому — и весьма уместно — воспрепятствовало доброе сердце миссис Дженнингс. Отослать полковника, когда его возлюбленная была в такой тревоге за сестру, значило бы, подумала она, обречь их обоих на лишние терзания, а потому тотчас объявила ему, что он непременно должен остаться в Кливленде ради нее — чтобы ей было с кем играть в пикет по вечерам, пока мисс Дэшвуд будет ухаживать за сестрой наверху, и еще по разным причинам. Она так настойчиво уговаривала его, что он не мог не дать согласия (уступив, кстати, заветному желанию собственного сердца). К тому же просьбу миссис Дженнингс с жаром поддержал мистер Палмер, который, видимо, испытал немалое облегчение при мысли, что в Кливленде останется человек, как никто другой способный помочь мисс Дэшвуд и советом и делом, если они ей понадобятся.

Марианну, естественно, держали обо всем этом в неведении. Она не знала, что невольно вынудила хозяев Кливленда покинуть собственный дом лишь через неделю после того, как они туда вернулись. Ее не удивляло, что миссис Палмер не заходит к ней в спальню, и, вовсе про нее не вспоминая, она ни разу даже не произнесла ее имени.

После отъезда мистера Палмера прошло два дня, а ее состояние оставалось все тем же. Мистер Гаррис, навещавший ее каждый день, по-прежнему бодро предрекал скорое выздоровление, и мисс Дэшвуд придерживалась того же мнения. Но миссис Дженнингс и полковник Брэндон их надежд отнюдь не разделяли: почтенная дама почти в самом начале болезни уверовала, что Марианне более уж с постели не встать, а полковник, нужный ей главным образом для того, чтобы выслушивать ее печальные пророчества, не мог по состоянию своего духа не поддаться их влиянию. Он пытался доводами рассудка прогнать свои страхи, тем более вздорные, что аптекарь говорил совершенно другое, однако долгие часы, которые он ежедневно проводил в полном одиночестве, не могли не плодить грустных мыслей, и ему никак не удавалось избавиться от предчувствия, что более он уже Марианны не увидит.

Однако на утро третьего дня их с миссис Дженнингс мрачные опасения почти вовсе рассеялись — мистер Гаррис, выйдя от больной, объявил, что ей значительно лучше: пульс стал сильнее и все симптомы много благоприятнее, чем накануне. Элинор подтвердила его слова, была весела и радовалась, что в письмах к матери, полагаясь более на свое суждение, чем на суждение миссис Дженнингс, объясняла их задержку самым легким недомоганием и чуть ли не назвала срок, когда Марианна сможет отправиться домой.

Однако день этот кончился далеко не столь приятно, как начался. К вечеру Марианне опять стало очень худо, жар и боли вернулись с еще большей силой. Ее сестра, однако, по-прежнему отказывалась замечать всю серьезность этих симптомов, приписывая их утомлению больной, которая, пока ей перестилали постель, некоторое время сидела в креслах, и, напоив ее успокоительной микстурой, с радостью увидела, как она погрузилась в сон, который мог быть только целительным. Сон этот, хотя далеко не такой спокойный, как хотелось бы Элинор, был очень долгим, но она, желая своими глазами увидеть его следствия, приготовилась сидеть с сестрой, пока та не пробудится. Миссис Дженнингс, ничего не зная о перемене в состоянии больной, против обыкновения, легла спать очень рано, а ее горничная, одна из главных сиделок, отдыхала и ужинала в комнате экономки, оставив Элинор в спальне наедине с Марианной.

А сон той становился все более тревожным, она металась на постели, жалобно стонала, и сестра, наблюдавшая за ней с неослабным вниманием, уже почти решилась пробудить ее от столь тяжелой дремы, но тут Марианна, возможно, встревоженная каким-то звуком, вдруг донесшимся из коридора, внезапно очнулась сама, вскинулась и лихорадочно вскрикнула:

— Мама приехала?

— Еще нет, — ответила Элинор, с трудом подавляя ужас и помогая Марианне лечь поудобнее. — Но, надеюсь, она скоро будет здесь. Ты ведь знаешь, что отсюда до Бартона путь неблизкий.

— Только пусть не едет через Лондон, — с той же лихорадочной торопливостью продолжала Марианна. — Если она поедет через Лондон, я ее уже не увижу.

Элинор со страхом поняла, что сестра бредит, и, стараясь ее успокоить, поспешно пощупала ей пульс. Таким слабым и частым он еще не был! Марианна же по-прежнему бессвязно говорила о матери, и сестра, перепугавшись, решила не только немедленно послать за мистером Гаррисом, но и отправить кого-нибудь в Бартон за миссис Дэшвуд. Естественно, ей тут же пришла в голову мысль, что об этом плане следует посоветоваться с полковником Брэндоном, и, едва горничная явилась на ее звонок, она, оставив ее с больной, поспешила спуститься в гостиную, где, как ей было известно, его можно было застать и в гораздо более поздний час.

Это были минуты не для колебаний или церемоний, и полковник без промедления узнал о всех ее страхах и затруднениях. Развеять ее страхи у него не хватало ни мужества, ни уверенности, и он слушал ее в скорбном молчании, однако затруднениям ее тут же пришел конец: с поспешностью, доказывавшей, что и эта причина, и эта услуга в его мыслях предвосхищались уже давно, он тотчас вызвался сам отправиться за миссис Дэшвуд, и Элинор скоро оставила слабые попытки возражать. Она поблагодарила его коротко, но с самой глубокой признательностью, и он вышел, чтобы послать своего слугу за мистером Гаррисом и распорядиться о почтовых лошадях для себя, а она села написать несколько строк матери.

Какой утешительной опорой был в подобную минуту друг, подобный полковнику Брэндону! Лучшего спутника для ее матери (эта мысль немного облегчила ей сердце) она и пожелать не могла. Спутник, чьи советы поддержат ее, чье участливое внимание облегчит ей тяготы пути, чья дружба, быть может, утишит ее тревогу! В той мере, в какой столь внезапный и страшный удар можно смягчить, его присутствие, его заботы, его помощь оберегут ее.

Он же, какие бы чувства его ни обуревали, отдавал распоряжения и собирался с хладнокровием деятельного ума и даже вычислил для Элинор примерный срок, когда его можно будет ждать обратно. Ни мгновения не было потеряно напрасно. Лошадей подали даже прежде, чем их ждали; полковник с сосредоточенным видом пожал ей руку и поспешил сесть в экипаж, сказав вполголоса несколько слов, которых она не расслышала. Время близилось к полуночи, и Элинор поднялась в спальню сестры, чтобы там дождаться аптекаря и провести у ее постели оставшуюся часть ночи. Проходили часы, полные страданий, почти равных у обеих: Марианна была в бреду, не избавлявшем ее от боли, Элинор терзала жесточайшая тревога, а мистер Гаррис все не ехал. Теперь Элинор сторицей расплачивалась за недавние беспечные надежды, горничная же, разделявшая ее бдение (она решительно запретила будить миссис Дженнингс), усугубляла эти муки намеками на мрачные пророчества своей госпожи.

Марианна в забытьи по-прежнему жалобно звала мать, и всякий раз ее слова заставляли болезненно сжиматься сердце бедняжки Элинор. Она горько упрекала себя за то, что столько дней легкомысленно не замечала серьезности недуга, тщетно придумывала средство, которое принесло бы немедленное облегчение, воображала, что вскоре уже ничто не сможет принести этого облегчения, что они мешкали слишком долго, и уже словно видела, как приезжает ее сокрушенная горем мать и находит любимую дочь мертвой или же в тяжком бреду, более неспособную ее узнать и проститься с ней.

Элинор собралась вновь послать за мистером Гаррисом, и если его не нашли бы, то за кем-нибудь еще, но тут он — шел уже шестой час утра — приехал сам. Однако его приговор несколько искупил такое промедление: признав, что в состоянии его пациентки произошло неожиданное и неблагоприятное изменение, он, однако, решительно отрицал, что опасность сколько-нибудь велика, и ручался, что новое лекарство непременно принесет облегчение, с неколебимой уверенностью, которая отчасти передалась Элинор. Затем он пообещал приехать часа через три-четыре и отбыл восвояси, оставив и больную, и ее преданную сиделку несколько ободрившимися по сравнению с тем, какими он их нашел в первые минуты своего визита.

В большом расстройстве, пеняя всем, что ее тотчас не разбудили, узнала миссис Дженнингс поутру о событиях ночи. Недавние дурные предчувствия овладели ею с удвоенной силой, и она не сомневалась в печальном исходе; как ни пыталась она утешать Элинор, убеждение, что Марианна уже не жилица, не позволяло ей к выражениям сочувствия добавить слова надежды. Сердце почтенной дамы было исполнено искренней горести. Скоропостижная и безвременная смерть столь юной, столь прелестной девушки, как Марианна, не оставила бы равнодушным и человека вовсе постороннего, а на тревогу и сострадание миссис Дженнингс у Марианны были и другие права. Она три месяца прожила под ее кровом и сейчас все еще находилась под ее опекой, а к тому же не так давно стала жертвой тягчайшего оскорбления и с тех пор все время томилась в грусти. Видела миссис Дженнингс и терзания ее сестры, своей любимицы, а когда вспоминала, что собственной матери Марианна, вероятно, столь же дорога, как ей самой — Шарлотта, ее переполняло живейшее сострадание к мукам миссис Дэшвуд.

Второй раз мистер Гаррис не заставил себя ждать долее обещанного времени, но надежды, с какими он оставил больную после первого своего визита, его обманули. Новые лекарства не помогли, жар не спал, и Марианна, так и не придя в себя, не металась более лишь потому, что погрузилась в тяжкое забытье. Элинор, распознавшая — и преувеличившая — опасения, охватившие его в эту минуту, выразила мнение, не следует ли им пригласить кого-нибудь для консилиума, но он счел это преждевременным: у него есть в запасе другое лекарство, целительностью, по его убеждению, не уступающее утреннему, и он отбыл со словами ободрения, которые достигли слуха мисс Дэшвуд, но не ее сердца. Она сохраняла спокойствие, пока мысли ее не обращались к матери, но надежду почти утратила. Так продолжалось почти до полудня: она сидела возле сестры, боясь оставить ее хотя бы на минуту, воображение рисовало ей горесть всех их близких, а уныние подкреплялось и усугублялось вздохами миссис Дженнингс, которая без колебаний приписывала тяжесть и опасность недуга Марианны долгим предшествовавшим ему неделям страданий после постигшего ее удара. Элинор не могла не согласиться с правдоподобием такого заключения, и оно влило новую горечь в ее размышления.

Однако к полудню Элинор начала — но с трепетом, со страхом обмануться, понуждавшим ее ничего не говорить даже миссис Дженнингс, — как ей мнилось, замечать легкое улучшение пульса сестры. Она выжидала, не спуская глаз с больной, вновь и вновь его щупала и, наконец, с волнением, скрыть которое под маской внешнего спокойствия ей оказалось труднее, чем все предшествовавшие страхи, осмелилась выразить свою надежду вслух. Миссис Дженнингс, хотя, сама пощупав пульс Марианны, была вынуждена признать временное улучшение, тем не менее попыталась убедить молодую свою приятельницу не доверять ему, и Элинор, перебрав в уме все доводы в пользу столь мрачного взгляда, принялась и сама убеждать себя в том же. Но было поздно. Надежда уже проникла в ее сердце, и она наклонилась над сестрой в трепетном ожидании... сама не зная чего.

Чувство и чувствительность

Прошло полчаса, но благоприятные признаки не исчезали. И подкреплялись новыми. Дыхание, цвет лица, губы, уже не обметанные, — все, казалось, говорило, что болезнь отступает, и вот уже Марианна устремила на сестру разумный, хотя и томный от слабости взор. Теперь Элинор равно разрывалась между опасениями и надеждой и не находила ни минуты покоя, пока наконец в четыре часа не приехал мистер Гаррис. А тогда его поздравления, его заверения в том, что перелом в состоянии больной превзошел самые радужные его ожидания, убедили ее, утешили и вызвали слезы радости.

Марианне было настолько лучше, что аптекарь объявил ее вне опасности. Миссис Дженнингс, возможно удовлетворившись тем, что ее дурные предчувствия отчасти сбылись в недавней тревоге, позволила себе положиться на его суждение и с непритворной радостью, а вскоре уже с веселой бодростью признала большую вероятность полного и быстрого выздоровления.

Элинор такой же бодрости не испытывала. Радость ее была иного свойства и веселости не порождала. Мысль, что Марианна возвратится здоровой к жизни и друзьям, вливала в ее сердце блаженное успокоение, преисполняла его пылкой благодарностью провидению, но наружу эти чувства не вырвались ни в словах, ни в веселых улыбках. Чувства, теснившиеся в душе Элинор, были сильными, но немыми.

Весь день она провела рядом с сестрой, оставляя ее лишь изредка и ненадолго, рассеивала все страхи, отвечала на все вопросы, произносимые еле слышным голосом, предвосхищала все желания и внимательно следила за каждым ее взглядом, каждым вздохом. Разумеется, время от времени ее охватывала боязнь нового ухудшения и недавние тревоги воскресали с прежней силой, но затем тщательнейшая проверка подтверждала, что обнадеживающие признаки становятся все более явными, а когда около шести часов Марианна погрузилась в тихий и, по всей видимости, благодетельный сон, последние сомнения ее сестры рассеялись.

Теперь уже приближался час, когда можно было ожидать полковника Брэндона. В десять часов, полагала Элинор, или лишь немногим позднее ее мать отдохнет от невыносимой тревоги, которая должна томить ее в пути. И полковник тоже! Ведь и его муки, конечно, лишь немногим меньше. Ах, как невыносимо медленно тянется время, пока они обречены быть в неведении!

В семь часов, оставив Марианну все так же сладко спящей, она спустилась в гостиную к миссис Дженнингс выпить чаю. Страхи не дали ей позавтракать, а чувства прямо противоположные помешали съесть за обедом что-нибудь существенное, и теперь, когда все душевные бури сменились радостным спокойствием, она села за стол с большим удовольствием. После чая миссис Дженнингс посоветовала ей прилечь до приезда матери, а тем временем с Марианной посидит она, но Элинор не испытывала никакого утомления, предполагала, что не сумеет сейчас уснуть хотя бы на миг, и не хотела разлучаться с сестрой ни на одну лишнюю минуту. Поэтому миссис Дженнингс только проводила ее наверх в комнату больной, чтобы собственными глазами убедиться, все ли по-прежнему обстоит благополучно, после чего, оставив Элинор ее заботам и мыслям, удалилась к себе в спальню писать письма, а затем и отойти ко сну.

Вечер был холодный и бурный. Вокруг дома завывал ветер, в окна хлестал дождь, но Элинор, вся во власти счастья, не замечала ничего. Марианну шум бури не тревожил, ну, а что до путешественников — за все неудобства, которые они терпят сейчас, их ждет величайшая из наград.

Часы пробили восемь. Раздайся десять ударов, Элинор не усомнилась бы, что слышит стук колес подъезжающего экипажа. И хотя они никак не могли успеть так рано, она вопреки очевидности почти поверила своим ушам, вышла в гардеробную и открыла ставень, чтобы убедиться, не фантазия ли это. И тотчас увидела, что слух ее не обманул: внизу блестели фонари кареты. В их неверном свете она различила, что запряжена карета как будто четверней, и это, хотя и свидетельствовало о том, как была встревожена ее мать, в какой-то мере объясняло столь быстрый их приезд.

Никогда еще Элинор не было так трудно сохранять спокойствие. Какие ее мать сейчас, когда карета остановилась у дверей, должна испытывать сомнения, страхи, а может быть, и отчаяние! Но она одним словом развеет их, снимет невыносимый гнет! Думать так и оставаться спокойной было немыслимо. Она могла лишь поторопиться. Задержавшись, только чтобы позвать к Марианне горничную миссис Дженнингс, Элинор сбежала с лестницы.

Шум в прихожей предупредил ее, что они уже в доме. Она бросилась в гостиную, вошла — и увидела там одного Уиллоби.

Глава 44

Элинор в ужасе замерла и, подчиняясь первому душевному движению, повернулась, чтобы покинуть гостиную; ее пальцы уже коснулись дверной ручки, но он остановил ее, поспешив следом и произнеся голосом не столько молящим, сколько требовательным:

— Мисс Дэшвуд, на полчаса... на десять минут прошу вас остаться.

— Нет, сударь, — твердо ответила она, — я не останусь. Какое дело может быть у вас ко мне? Слуги, полагаю, не сообразили предупредить вас, что мистер Палмер в отъезде.

— Пусть бы они сто раз предупреждали меня, что мистер Палмер и все его присные провалились в тартарары, — вскричал он яростно, — это не помешало бы мне войти! Мое дело к вам, и только к вам.

— Ко мне? — в величайшем изумлении воскликнула Элинор. — Если так, будьте кратки и, если можете, сдержитесь хоть немного.

— Сядьте, и я обещаю вам и то и другое.

Она помедлила, не зная, как поступить. Что, если сейчас подъедет долгожданный экипаж и полковник Брэндон застанет здесь Уиллоби? Однако она обещала выслушать его, к чему ее побуждало не только данное слово, но и любопытство. И после недолгого колебания она сказала себе, что благоразумие требует поспешить, а ее согласие приблизит конец этого нежданного свидания, и, молча направившись к столику, села возле него.

Уиллоби придвинул себе стул напротив, и почти полминуты он и она хранили молчание.

— Прошу вас, поторопитесь, сударь, — наконец нетерпеливо сказала Элинор. — У меня нет лишнего времени.

Он продолжал сидеть в позе глубокой задумчивости, как будто не услышав ее слов.

— Ваша сестра, — вдруг воскликнул он, — вне опасности! Так мне сказал лакей. Благодарение Богу! Но правда ли это?

Элинор не ответила, и он повторил свой вопрос с еще большей настойчивостью:

— Богом вас заклинаю, скажите мне: она вне опасности или же нет?

— Надеемся, что да.

Он вскочил и прошелся по комнате.

— Знай я это полчаса назад... Но раз уж я здесь, — с вымученной живостью добавил он, вновь опускаясь на стул, — то какая разница? Так порадуемся же вместе, мисс Дэшвуд, полагаю, в последний раз, но меня, право, все располагает к веселости. Скажите мне откровенно, — по его щекам разлился багровый румянец, — кем вы меня считаете более: негодяем или глупцом?

Элинор взглянула на него с еще большим изумлением. Ей оставалось только предположить, что он пьян: лишь так можно было объяснить и столь странный визит, и подобные манеры, и она тотчас встала со словами:

— Мистер Уиллоби, советую вам пока вернуться в Комбе, у меня нет более времени оставаться с вами. Какое бы дело ни привело вас ко мне, завтра вам будет легче обдумать его и объяснить.

— О, я понимаю ваш намек, — ответил он с выразительной улыбкой. — Да, я пьян, очень пьян: пинта портера с холодной говядиной в Мальборо совсем свалила меня с ног.

— В Мальборо! — воскликнула Элинор, все менее и менее что-нибудь понимая.

— Совершенно верно. Я уехал из Лондона утром в восемь и с этого часа не выходил из кареты, если не считать десяти минут в Мальборо, где я перекусил, пока меняли лошадей.

Твердость его тона и ясный взгляд убедили Элинор, что какое бы непростительное безумие ни привело его в Кливленд, порождено оно было не вином, и после недолгого раздумья она сказала:

— Мистер Уиллоби, вам следовало бы знать, как знаю я, что ваше появление здесь после всего, что произошло, и ваши настояния, чтобы я вас выслушала, требуют весомого извинения. Так в чем же оно? Чего вы хотите?

— Я хочу, — ответил он с жаром, — если сумею, чуть-чуть угасить вашу ненависть ко мне. Я хочу предложить некоторые объяснения, некоторые оправдания происшедшему; открыть перед вами мое сердце и, убедив вас, что я, хотя никогда не мог похвастать благоразумием, подлецом все же был не всегда, добиться пусть тени прощения от Ма... от вашей сестры.

— Вы правда приехали только ради этого?

— Клянусь душой! — ответил он с такой пылкостью, что она вспомнила прежнего Уиллоби и против воли поверила в его искренность.

— Если причина лишь в этом, вы можете сразу же успокоиться: Марианна проща... она давно вас простила.

— Неужели! — вскричал он все с той же пылкостью. — Но в таком случае она простила меня прежде, чем следовало бы. Но теперь она простит меня снова, и по более основательным причинам. Так вы согласны меня выслушать?

Элинор наклонила голову.

— Не знаю, — начал он после некоторого раздумья, пока она молча ждала его слов, — как сами вы объясняли себе мои поступки с вашей сестрой и какие дьявольские побуждения мне приписывали... Быть может, вы и теперь останетесь прежнего мнения обо мне, но почему бы не попытаться? Я расскажу вам все без утайки. Когда я только сблизился с вашей семьей, у меня не было иной цели, чем скрасить время, которое я должен был провести в Девоншире, — скрасить так, как прежде мне не доводилось. Пленительная красота вашей сестры и обворожительные манеры не могли оставить меня совсем равнодушным, а ее поведение со мной почти с первых же минут... Теперь, когда я думаю, каким оно было и какова она сама, то лишь дивлюсь бесчувственности своего сердца. Тем не менее, признаюсь, вначале польщено было лишь мое тщеславие. Не заботясь о ее счастье, думая лишь о собственном удовольствии, уступая побуждениям, которым я всегда давал над собой излишнюю власть, я всеми средствами, какие были в моем распоряжении, старался понравиться ей, отнюдь не помышляя ответить взаимностью.

Чувство и чувствительность

Тут мисс Дэшвуд, обратив на него взгляд, полный гневного презрения, перебила его словами:

— Мистер Уиллоби, едва ли стоит вам продолжать, а мне слушать. Подобное вступление не может привести ни к чему достойному. Не вынуждайте меня страдать, выслушивая и дальше ваши признания.

— Нет, я требую, чтобы вы выслушали все до конца! — возразил он. — Состояние мое никогда не было особенно велико, а мои вкусы всегда требовали больших расходов, и меня с ранней юности влекло общество людей много меня богаче. Каждый год по достижении совершеннолетия, и даже ранее, я умножал свои долги. И хотя кончина моей пожилой родственницы мисс Смит должна была бы поправить мои дела, однако полагаться на это не следовало, да к тому же и срок мог быть самым отдаленным; вот почему я уже довольно давно решил избавиться от долгов, подыскав себе богатую невесту. По той же причине я и помыслить не мог о том, чтобы связать свой жребий с вашей сестрой, и с бессердечием, эгоизмом, жестокостью, какие самый негодующий, самый презрительный взгляд — даже ваш, мисс Дэшвуд! — не способен осудить достаточно сурово, я потакал своему капризу и старался завоевать ее нежность, ничего не предлагая в ответ. Но одно все же чуть смягчает гнусность такого себялюбивого тщеславия: я попросту не представлял себе всю тяжесть удара, какой намеревался нанести, тогда еще не зная, что такое — любить. Но узнал ли я это потом? Тут есть место сомнениям. Ведь люби я истинно, мог ли бы я принести мою любовь в жертву эгоизму и алчности? Или, что еще важнее, мог ли бы я ради них пожертвовать ее любовью? Но я это сделал. В стремлении избежать относительной бедности, которую ее привязанность и ее общество превратили бы в ничто, я, обретя богатство, лишился всего, что могло бы сделать его желанным.

— Так, значит, — сказала Элинор, слегка смягчаясь, — вы верите, что одно время питали к ней искреннее чувство?

— Не покориться таким чарам, устоять перед такой нежностью? Какой мужчина в мире был бы на это способен? Да, сам того не замечая, я полюбил ее, и счастливейшими часами моей жизни были те, которые я проводил с ней, когда всем сердцем верил в честность своих намерений, в благородство каждого своего чувства! Но даже и тогда, когда я твердо намеревался просить ее руки, решительное объяснение я с непростительным легкомыслием откладывал со дня на день, не желая заключать помолвку, пока дела мои в таком беспорядке. Не стану искать извинений и приму любые ваши упреки во вздорности, и хуже чем вздорности, этого опасения связать себя словом, когда я был уже связан честью. Дальнейшее показало, что вел я себя как хитрый глупец, предусмотрительно запасающийся лазейкой для того, чтобы покрыть себя несмываемым позором и сделать несчастным навеки. Однако наконец я отбросил колебания и положил, как только мы останемся наедине, оправдать свои настойчивые ухаживания и открыто заверить ее в чувстве, которое я столь старательно выставлял напоказ. Но в промежутке... Но за те несколько часов, которым суждено было пройти до того, как мне представился случай объясниться с ней, возникло одно... обстоятельство... злополучное обстоятельство, положившее конец моим намерениям, а с ними — и всякой надежде на счастье. Открылось, что... — Тут он запнулся и опустил глаза. — Миссис Смит каким-то образом узнала... полагаю, от весьма дальних своих родственников, в чьих интересах было бы лишить меня ее расположения... об интрижке, о связи... Но надо ли мне договаривать? — добавил он, еще более краснея и вопросительно глядя на Элинор. — Ваша

Чувство и чувствительность

дружеская близость... Полагаю, вы уже давно обо всем этом осведомлены?

— Да, — ответила Элинор, краснея в свою очередь и вновь изгоняя из сердца всякое сочувствие к нему. — Я знаю все. И какое объяснение могли бы вы предложить, чтобы чуть уменьшить свою вину в этом ужасном деле, признаюсь, превосходит мое понимание.

— Вспомните, — вскричал Уиллоби, — от кого вы слышали об этом! Можно ли ожидать, что рассказ был беспристрастен? О, я признаю, что должен был бы с уважением отнестись к ее возрасту и положению. Я не собираюсь подыскивать извинения себе и все же не хочу, чтобы вы думали, будто для меня вовсе нет оправданий, будто, раз уж участь ее злополучна, значит, сама она безупречна, и если я распутник, то, следовательно, она святая! Если неистовство ее страсти, недалекость ее ума... Однако я не намерен защищать свое поведение. Ее чувства ко мне заслуживали лучшего обхождения, и я часто осыпаю себя горькими укоризнами, вспоминая нежность, которая оказалась способной на краткий срок вызвать взаимность. Я хотел бы, от всего сердца хотел бы, чтобы этого не случилось. Но я причинил страдания не только ей, но и той, чье чувство ко мне (позволено ли мне сказать это?) было не менее пылким, а ум и душа... о, насколько прекраснее!..

— Но ваше равнодушие к несчастной... Как ни неприятно мне говорить на подобную тему, но не могу не сказать, что ваше равнодушие к ней нисколько не оправдывает того, как жестоко вы с ней обошлись. Не думайте, что недалекость... что природная ограниченность ее ума хоть в чем-то извиняет столь очевидное ваше бессердечие. Вы ведь знали, что, пока вы развлекаетесь в Девоншире, приводя в исполнение новые планы, всегда такой веселый, такой счастливый, она томится в безысходной нищете!

— Честью клянусь, я этого не знал! — воскликнул он горячо. — Я забыл, что не объяснил ей, куда мне писать. Но, право же, здравый смысл мог научить ее, как меня найти.

— Оставим это, сударь. Но что сказала миссис Смит?

— Она тотчас с величайшим негодованием спросила, правда ли это, и не трудно догадаться, в какое ввергла меня смятение. Чистота ее жизни, суровость понятий, удаленность от света — все было против меня. Отрицать своего проступка я не мог, а все попытки смягчить его оставались втуне. Мне кажется, она и прежде была склонна сомневаться в безупречной нравственности моего поведения, а к тому же ее обидело мое невнимание во время этого визита, мои постоянные отлучки. Короче говоря, дело кончилось полным разрывом. У меня был один-единственный способ спасти себя. Возмущаясь моей безнравственностью, добрая женщина обещала простить мне прошлое, если я женюсь на Элизе. Этого я сделать не мог, на что она объявила, что больше не желает меня знать, и отказала мне от дома. Всю ночь — мой отъезд был отложен до утра — я провел в размышлениях о том, как мне теперь поступить. Борьба была тяжкой, но длилась недолго. Моего чувства к Марианне, моей уверенности в ее взаимности оказалось мало, чтобы перевесить страх перед бедностью и возобладать над ложным понятием о необходимости располагать большими деньгами, которое было мне вообще свойственно и еще более укрепилось в обществе людей богатых. Я имел причины полагать, что нынешняя моя жена не ответит мне отказом, если я соберусь сделать ей предложение, и убедил себя в благоразумии такого решения, не видя иного выхода. Но до того, как я покинул Девоншир, меня ожидало тяжелое испытание. Я в этот день обещал обедать у вас и обязан был принести вам какие-то извинения. Но вот написать или самому заехать? Я долго колебался. Я страшился увидеть Марианну и даже опасался, что встреча с ней может заставить меня переменить намерение. Но здесь, однако, я, как показало дальнейшее, не воздал должного силе своего духа: я приехал, я увиделся с ней, увидел ее горе и покинул ее в горе — покинул в надежде более никогда с ней не встречаться.

— Но почему вы все-таки приехали, мистер Уиллоби? — спросила Элинор с упреком. — Ведь достаточно было бы записки с извинениями. Для чего вам нужно было приезжать?

— Ради моей гордости. Уехать почти тайком мне было невыносимо — я не хотел, чтобы вы — и все соседи — заподозрили то, что произошло между мной и миссис Смит, и решил побывать у вас по дороге в Хонитон. Но встреча с вашей милой сестрой была ужасна, да к тому же я застал ее одну. Ваша матушка и вы с младшей сестрой куда-то ушли, и я не знал, когда вы возвратитесь. Лишь накануне я ушел от нее с такой твердой, такой глубокой решимостью поступить как должно! Еще несколько часов — и она была бы связана со мной навеки! И я вспоминал, как весело, как легко было у меня на сердце, когда я возвращался пешком из коттеджа в Алленем, довольный собой, полный нежности ко всем людям! Но во время этой последней нашей еще дружеской встречи я чувствовал себя настолько виноватым перед ней, что у меня едва хватило сил притворяться. Ее печаль, ее разочарование, ее горькие сожаления, когда я сообщил ей, что должен покинуть Девоншир без промедления — ах, никогда мне их не забыть! — вместе с такой доверчивостью, с такой уверенностью во мне!.. О Боже мой!.. Каким бессердечным я был негодяем!

Наступило молчание. Первой заговорила Элинор:

— Вы сказали ей, что скоро вернетесь?

— Я не знаю, что я ей сказал! — ответил он с досадой. — Несомненно, меньше, чем требовало прошлое, но, вероятно, больше, много больше, чем оправдывалось будущим. У меня нет сил вспоминать об этом... Нет-нет! А потом пришла ваша добрая матушка, чтобы еще больше пытать меня своей ласковостью и доверием. Слава Богу, что все-таки для меня это было пыткой! Я был глубоко несчастен. Мисс Дэшвуд, вы и вообразить не можете, какое для меня сейчас утешение вспоминать ту свою горесть. Я так зол на себя за глупое подлое безумие собственного сердца, что все мои былые из-за него страдания теперь составляют единственную мою гордость и торжество. Что же, я уехал, покинув все, что любил, — уехал к тем, к кому в лучшем случае был лишь равнодушен. Мое возвращение в Лондон... Я ехал на своих лошадях, и потому медленно... И ни единого собеседника, а собственные мои мысли такие веселые... будущее, когда я о нем думал, такое манящее! А когда я вспоминал Бартон, картины представлялись моему взору такие успокоительные! О, это была поистине чудесная поездка!

Он умолк.

— Что же, сударь, — сказала Элинор, которая, хотя и жалела его, все больше желала, чтобы он поскорее уехал, — вы кончили?

— Кончил? О нет! Или вы забыли о том, что произошло в Лондоне. Это гнусное письмо... Она вам его показывала?

— Да, я видела все письма и записки.

— Когда я получил первую из них (а получил я ее сразу же, так как с самого начала был в столице), я почувствовал... Но слова, как принято выражаться, здесь бессильны. Если же сказать проще — даже настолько просто, что и жалости это не пробудит, — мной овладели мучительнейшие чувства. Каждая строчка, каждое слово поражали меня — если прибегнуть к избитой метафоре, которую начертавшая их, будь она здесь, запретила бы мне произнести — кинжалом в сердце. Марианна в городе!

Чувство и чувствительность

Это было (выражаясь тем же языком) удар грома с ясного неба! Удары грома и кинжалы — как мило она попеняла бы мне! Ее вкусы, ее мнения, мне кажется, я знаю лучше, чем собственные, и, во всяком случае, они мне дороже!

Сердце Элинор, претерпевавшее множество перемен в течение этой странной беседы, вновь смягчилось. Тем не менее она почла своим долгом напомнить ему о неуместности утверждений, подобных заключительному.

— Это лишнее, мистер Уиллоби! Вспомните, что вы женаты. Говорите только о том, что ваша совесть требует мне сказать.

— Записка Марианны, из которой я узнал, что дорог ей, как прежде, что, несмотря на долгие недели разлуки, она осталась верна собственным чувствам и по-прежнему свято верит в постоянство моих, пробудила во мне все былое раскаяние. Я сказал «пробудила», потому что время и столичные развлечения, дела и кутежи в какой-то мере усыпили его, и я мало-помалу превращался в очаровательного закоренелого злодея; воображал себя равнодушным к ней и внушал себе, что и она, конечно, давно меня забыла. Я убеждал себя, что наше взаимное чувство было лишь мимолетным пустяком, и в доказательство пожимал плечами, подавляя все угрызения, заглушая голос совести, мысленно повторяя: «Я буду сердечно рад услышать, что она вышла замуж!» Но эта записка заставила меня лучше узнать свои чувства. Я понял, что она бесконечно дороже мне всех женщин в мире и что обошелся я с ней так мерзко, как и вообразить невозможно. Но между мной и мисс Грей все только что было улажено. Отступать я не мог. Мне оставалось лишь всячески избегать вас обеих. Марианне отвечать я не стал в надежде, что больше она мне писать не будет, и даже некоторое время соблюдал свое решение не заезжать на Беркли-стрит. Но затем, подумав, что разумнее будет принять вид равнодушного знакомого, я как-то утром выждал, чтобы вы все трое уехали, и занес свою карточку.

— Выждали, чтобы мы уехали!

— Представьте себе! Вас удивит, когда я скажу, как часто я следил за вами, как часто едва не попадался вам на глаза. Сколько раз я скрывался в ближайшем магазине, пока ваш экипаж не проезжал мимо! Ведь я жил на Бонд-стрит, и почти не выпадало дня, когда бы я не видел кого-нибудь из вас, и только моя неусыпная бдительность, неизменное жаркое желание не попадаться вам на глаза помешали нам встретиться много раньше. Я всячески избегал Мидлтонов и всех тех, кто мог оказаться нашим общим знакомым. Однако, ничего не зная о том, что они в городе, я столкнулся с сэром Джоном, если не ошибаюсь, в первый же день после их приезда, то есть на другой день после того, как я заходил к миссис Дженнингс. Он пригласил меня на вечер к себе — на танцы. Даже если бы он, желая уж наверное заручиться моим присутствием, и не упомянул, что у них обещали быть вы и ваша сестра, я все равно побоялся бы принять его приглашение из осторожности. На следующее утро получаю еще одну записку Марианны, по-прежнему нежную, откровенную, непосредственную, доверчивую, — ну, словом, такую, какая делала мое поведение еще более отвратительным. Ответить у меня не нашлось сил. Я попытался... перо меня не слушалось. Но, право же, весь день я думал только о ней. Если вы способны пожалеть меня, мисс Дэшвуд, то лишь вообразите, в каком положении был я тогда. Мои мысли, мое сердце полны вашей сестрой, а я вынужден изображать счастливого жениха другой! Эти три-четыре недели были хуже всех остальных. И вот в конце концов, как — мне незачем вам рассказывать, наша встреча все же произошла, и как прелестно я себя вел! Какой вечер адских мучений! Марианна, прекрасная, как ангел, называет меня Уиллоби... о Боже мой!.. протягивает мне руку, просит объяснения, устремив на меня такой участливый взор чарующих глаз. И рядом — Софья, ревнивая, как дьявол, вся просто... Но к чему это! Все уже позади. Что за вечер! Я бежал от вас всех, едва сумел, но не прежде, чем увидел милое лицо Марианны белым как смерть. Вот какой видел я ее в последний раз! Такой запечатлела ее моя память! Это было ужасно! И все же, когда нынче я думал, что она умирает, я обретал странное утешение в мысли, что знаю, какой она предстанет перед теми, кто проводит ее в последний путь. Всю дорогу я видел перед собой то ее лицо, тот ее взгляд.

Опять наступило молчание. Первым отвлекшись от своих мыслей, Уиллоби нарушил его словами:

— Что же, мне пора поторопиться. Но ваша сестра действительно вне опасности?

— Нас в этом заверили.

— И ваша бедная матушка! Она ведь так любит Марианну!

— Но письмо, мистер Уиллоби, ваше собственное письмо, о нем вам нечего сказать?

— Нет-нет, напротив! Вам известно, что ваша сестра написала мне на следующее же утро. И вы знаете что. Я завтракал у Эллисонов, и ее письмо вместе с другими мне принесли туда из моей квартиры. Софья успела заметить его прежде меня, и то, как оно было сложено, элегантность бумаги, почерк — все тотчас вызвало ее подозрение. Она и раньше слышала кое-что о моих ухаживаниях за кем-то в Девоншире, а встреча накануне у нее на глазах объяснила ей, о ком шла речь, и вовсе распалила ее ревность. И вот, приняв тот шаловливый вид, который пленяет нас в любимой женщине, она тотчас вскрыла письмо и прочла его. Бесцеремонность дорого ей обошлась. То, что она прочла, заставило ее страдать. Страдания ее я мог бы еще вытерпеть, но не ее гнев, не ее распаленную злобу. Любой ценой их надо было умиротворить. Говоря короче, какого вы мнения об эпистолярном стиле моей жены? Что за изящество, деликатность, истинная женственность, не так ли?

— Вашей жены? Но почерк был ваш!

— О да! Однако мне принадлежит лишь честь рабского переписывания перлов, под которыми мне было стыдно поставить свою подпись. Оригинал же всецело ее — и тонкость мысли, и изысканность выражений. Но что мне оставалось делать! Мы были помолвлены, приготовления завершались, день был уже назначен... Но о чем я говорю? Приготовления! День! К чему уловки? Мне необходимы были ее деньги, и в моем положении приходилось соглашаться на все, лишь бы предотвратить разрыв. И в конце концов, что менял язык моего письма в том мнении, которое уже сложилось о моем характере у Марианны и ее друзей? Напротив, он служил той же цели. Мое дело было представить себя отпетым негодяем, а сделал бы я это с вежливыми расшаркиваниями или нагло, значения не имело. «В их мнении я навеки погублен, — сказал я себе, — их общество навсегда для меня закрыто, они уже считают меня человеком без чести, и это письмо лишь превратит меня в невыразимого подлеца». Вот как я примерно рассуждал, когда с хладнокровием отчаяния переписывал слова моей невесты и расставался с последней памятью о Марианне. Три ее записочки — к несчастью, они все были у меня в бумажнике, не то бы я скрыл их существование и бережно хранил всю жизнь — я был вынужден отдать их, даже не поцеловав. А локон! Он тоже всюду был со мной в том же бумажнике, который теперь госпожа моя будущая супруга обыскала с пленительнейшей злостью... Бесценный локон, все, все милые напоминания о ней были у меня отняты.

— То, что вы сказали, мистер Уиллоби, очень дурно и недопустимо! — возразила Элинор, хотя голос выдал

Чувство и чувствительность 329

ее сострадание. — Вам не следует говорить в таких выражениях ни о миссис Уиллоби, ни о моей сестре. Свой выбор вы сделали сами. Вас к нему не принуждали. У вашей жены есть право на ваше уважение, на вашу сдержанность, во всяком случае. Вероятно, она любит вас, иначе она не стала бы вашей женой. Обходиться с ней грубо, говорить о ней презрительно — это ведь нисколько не искупает вашей вины перед Марианной и, как мне кажется, вряд ли может успокоить вашу совесть.

— Ах, оставьте мою жену! — сказал он с тяжелым вздохом. — Она не заслуживает вашего сочувствия. Выходя за меня, она знала, что я не питаю к ней никаких нежных чувств. Ну, как бы то ни было, мы сыграли свадьбу и отправились в Комбе-Магна, дабы вкусить счастье, а затем вернулись в столицу развлекаться... Теперь вы сожалеете обо мне, мисс Дэшвуд? Или все это я рассказывал напрасно? Поднялся ли я самую чуточку в ваших глазах? Сумел ли я хоть в чем-то смягчить свою вину?

— Да, бесспорно, в чем-то вы оправдались — пусть в малом. Вообще вы оказались менее распущенным, чем я вас считала. Вы доказали, что ваше сердце менее дурно, гораздо менее. Но... но... вы причинили столько горя, что, право, не знаю, что могло быть хуже!

— Вы расскажете вашей сестре, когда она поправится, все, о чем я вам говорил? Позвольте мне немного очиститься и в ее глазах. Вы сказали, что она меня уже простила. Позвольте же мне тешить себя мыслью, что, лучше узнав и состояние моего сердца, и нынешние мои чувства, она подарит мне более душевное, более непосредственное, более кроткое и не такое гордое прощение. Расскажите ей о моих страданиях и о моем раскаянии — расскажите ей, что мое сердце всегда было верно ей и что — не откажите мне! — в эту минуту она дороже мне, чем прежде.

— Я расскажу ей все, что необходимо для вашего оправдания, если тут подходит это слово. Но вы так и не объяснили мне, зачем вы приехали и откуда узнали о ее болезни.

— Вчера в коридоре «Друри-Лейна» я столкнулся с сэром Джоном Мидлтоном, и, узнав меня, он впервые за эти два месяца заговорил со мной. Я не удивлялся и не оскорблялся, когда прежде он поворачивался ко мне спиной. На этот раз, однако, его доброе, честное, глупое сердце, полное негодования против меня и тревоги за вашу сестру, не устояло перед искушением сообщить мне то, что должно было бы, по его убеждению, причинить мне большую боль, хотя, возможно, он этого от меня и не ждал. А потому без обиняков он объявил мне, что Марианна Дэшвуд умирает в Кливленде от гнилой горячки, что утром они получили письмо от миссис Дженнингс — по ее мнению, надежды почти больше нет, а Палмеры в страхе уехали — ну, и прочее в том же духе. Я был так потрясен, что не сумел сохранить вид равнодушия даже перед сэром Джоном, как ни мало свойственна ему проницательность. Страдания моего сердца смягчили его собственное, и его ожесточение против меня настолько прошло, что при расставании он чуть было не протянул мне руки, напоминая о давнем обещании подарить ему щенка пойнтера. Что я перечувствовал, услышав, что ваша сестра умирает... и умирает, считая меня величайшим негодяем на земле, презирая, ненавидя меня в свои последние минуты... Откуда мне было знать, какие ужасные замыслы мне приписывались? Во всяком случае, один человек, полагал я, должен был представить меня способным на все. То, что я чувствовал, было ужасно! Я тут же принял решение и нынче в восемь утра уже выехал из Лондона. Теперь вы знаете все.

Элинор ничего не ответила. Она думала о том, как непоправимо слишком ранняя независимость и порожденная ею привычка к праздности, распущенности и роскоши испортили душу, характер и счастье человека, у которого внешние достоинства и таланты сочетались с натурой от природы открытой и честной, с сердцем чувствительным и нежным. Свет сделал его тщеславным мотом. Мотовство и тщеславие сделали его холодным и себялюбивым. Тщеславие, ища грешного торжества в победе над другим сердцем, привело к тому, что он познал истинное чувство, но мотовство, а вернее, нужда, его дочь, потребовали, чтобы оно было принесено в жертву. Каждая порочная склонность, ведя его ко злу, обрекала его на воздаяние. Чувство, которое он вопреки чести, собственным желаниям и всего в нем лучшего словно бы отторг от себя, теперь, когда оно стало недозволительным, властвовало над всеми его помыслами. Брак же, ради которого он обрек ее сестру на горе, тоже сулил стать для него источником вечного несчастья без надежды на избавление. От этой задумчивости несколько минут спустя ее отвлек Уиллоби, который, очнувшись от мыслей, по крайней мере столь же тяжелых, встал, собираясь попрощаться.

— Дольше оставаться здесь мне нет смысла. Пора в путь.

— Вы вернетесь в город?

— Нет. Сначала я заеду в Комбе-Магна. У меня там дела, а дня через два вернусь в Лондон. Прощайте же!

Он протянул ей руку, и не подать ему своей Элинор не могла, а он пожал ее с глубоким чувством.

— И вы правда думаете обо мне уже не так плохо, как прежде? — спросил он, опираясь о каминную полку, словно забыв, что собрался ехать.

Элинор заверила его, что переменила мнение о нем, что она прощает его, жалеет, желает ему всех благ и даже рада будет услышать, что он счастлив, присовокупив несколько мягких советов о том, как ему следовало бы себя вести. Ответ его был не слишком обнадеживающим.

— Что до этого, — сказал он, — придется мне жить в свете, как уж сумею. О семейном счастье речи быть не может. Если, однако, мне будет дозволено думать, что вы и ваши близкие питаете благожелательный интерес к моей судьбе, это может привести к... это может заставить меня остеречься... Во всяком случае, мне будет ради чего жить. Марианна, конечно, потеряна для меня навеки. Даже если бы счастливый случай вернул мне свободу...

Элинор с негодованием перебила его.

— Ну, что же, — произнес он, — еще раз: прощайте. Теперь я уеду и буду жить в страхе перед одним событием.

— Каким же?

— Браком вашей сестры.

— Напрасно. Более, чем теперь, она быть для вас потеряна уже не может!

— Но она будет принадлежать другому! И если этим окажется тот, кому менее всего... Но не стану лишаться вашей сострадательной доброжелательности ко мне, показав, что там, где я виновен более всего, я вовсе не способен простить. Так прощайте же, и благослови вас Бог!

С этими словами он почти выбежал из комнаты.

Глава 45

Элинор после того, как он ее оставил, и даже после того, как стук колес его кареты замер в отдалении, все еще настолько пребывала во власти множества мыслей, хотя и противоречивых, но одинаково грустных, что забыла и про сестру.

Уиллоби, тот, кого всего полчаса назад она презирала с отвращением как самого недостойного из людей, Уиллоби, вопреки всем своим порокам, возбуждал сочувствие, ибо они же обрекли его на страдания, которые теперь, когда он был навеки отторгнут от их семьи, вынуждали ее думать о нем с нежностью, с сожалением, соотносимыми — как она вскоре признала про себя — более с тем, чего желал он сам, чем с тем, чего он заслуживал. Она чувствовала, что его влияние над ее духом усугублялось причинами, которые холодный рассудок оставил бы без внимания, — его на редкость привлекательным обликом, его живостью и обезоруживающей непосредственностью — всем тем, что вовсе не было его заслугой, и, наконец, по-прежнему пылкой любовью к Марианне, теперь вовсе недозволенной. Но она продолжала чувствовать так еще очень, очень долго, прежде чем влияние его наконец ослабело.

Когда Элинор наконец поднялась к ни о чем не ведавшей сестре, Марианна как раз пробудилась, освеженная долгим спокойным сном даже более, чем они надеялись. Сердце Элинор переполнилось. Прошлое, настоящее, будущее, разговор с Уиллоби, уверенность в выздоровлении Марианны, близкое свидание с матерью — все это ввергло ее в волнение, развеявшее всякую усталость, и она боялась только, что невольно выдаст его сестре. Впрочем, ей недолго пришлось предаваться этому страху: не прошло и получаса после прощания с Уиллоби, как она вновь спустилась, заслышав шум другого экипажа. Торопясь избавить мать от лишнего мгновения мучительного страха, Элинор побежала в переднюю, чтобы встретить и обнять ее еще на пороге.

Миссис Дэшвуд, чья безмерная тревога успела в последние часы пути убедить ее, что Марианны уже нет на свете, не нашла в себе силы осведомиться о ней или даже поздороваться с Элинор, но та, не ожидая ни слов привета, ни вопросов, тотчас сообщила радостное известие, и миссис Дэшвуд с обычной своей чувствительностью была обессилена счастьем даже еще больше, чем минуту назад — горем. Элинор с полковником проводили ее в гостиную, поддерживая под руки, и там, проливая слезы радости, все еще не обретя дара речи, она вновь и вновь обнимала Элинор, а в промежутках благодарно пожимала руку своего дорогого друга, обращая на него взгляд, который говорил и о ее признательности, и об убеждении, что он разделяет с ней все счастье этого мига. Но разделял он это счастье в молчании даже еще более глубоком, чем ее собственное.

Едва миссис Дэшвуд немного оправилась, она пожелала немедля подняться к Марианне, и две минуты спустя уже ласкала свою любимую дочь, ставшую ей еще дороже из-за долгой разлуки, тяжкого горя и едва миновавшей опасности. Радость, с какой Элинор наблюдала их встречу, умерялась только боязнью, что Марианна теперь долго не сумеет уснуть. Однако, когда дело касалось жизни ее детей, миссис Дэшвуд умела быть сдержанной и осмотрительной, а Марианна, успокоенная мыслью, что мать с ней, и слишком слабая, чтобы разговаривать, охотно подчинилась уговорам своих преданных сиделок соблюдать молчание и постараться уснуть. Разумеется, миссис Дэшвуд пожелала дежурить у ее постели до утра, и Элинор, послушная настояниям матери, ушла к себе в спальню прилечь. Однако нервное раздражение долго мешало ей сомкнуть глаза, несмотря на предыдущую бессонную ночь и долгие часы томительной тревоги. Уиллоби, «бедный Уиллоби», как она теперь позволила себе его называть, не выходил у нее из головы. Нет, она ни за что на свете не отказалась бы выслушать его оправдания, то винила, то извиняла себя за то, что столь сурово судила о нем прежде. Но данное ему обещание рассказать о его признаниях сестре ее угнетало. Она страшилась его исполнить, страшилась впечатления, какое этот рассказ мог произвести на Марианну, боялась, что после подобного объяснения та уже никогда не будет счастлива с другим, и даже на миг пожелала, чтобы Уиллоби овдовел. Но тотчас вспомнила полковника Брэндона, попрекнула себя, всем сердцем решила, что своими страданиями и постоянством он куда больше, чем его соперник, заслужил в награду руку ее сестры, и от души пожелала миссис Уиллоби что угодно, кроме смерти.

Известие, с которым явился в Бартон полковник Брэндон, поразило миссис Дэшвуд меньше, чем можно было ожидать, ибо тревога ее давно уже стала невыносимой, и, опасаясь за Марианну, она, не ожидая новых писем, приготовилась одна отправиться в Кливленд в самый день его приезда и уже настолько собралась в дорогу, что ему пришлось лишь подождать, чтобы миссис Кэри заехала за Маргарет, которую мать не захотела взять с собой туда, где ей грозила опасность заразиться.

Марианна поправлялась с каждым днем, и веселость миссис Дэшвуд, ее сияющее лицо доказывали, что она и правда, как ей не надоедало повторять, одна из самых счастливых женщин в мире. Выслушав эти заверения, видя блаженный взгляд матери, Элинор иной раз спрашивала себя, не вовсе ли та забыла Эдварда. Однако миссис Дэшвуд, доверяя спокойствию, с каким Элинор написала ей о своих собственных обманутых надеждах, сейчас желала думать лишь о том, что еще увеличивало ее счастье. Марианна благополучно выздоравливала от болезни, опасности которой, как теперь начинала думать миссис Дэшвуд, немало способствовала она сама, поощряя злополучный интерес к Уиллоби; но у ее радости был и еще один источник, о котором Элинор не догадывалась. Впрочем, в неведении она оставалась лишь до той минуты, пока им с матерью не выпал случай поговорить наедине. И вот что она услышала:

— Наконец-то мы одни! Моя Элинор, тебе еще неизвестна вся глубина моего счастья. Полковник Брэндон любит Марианну! Я узнала это из его собственных уст.

Элинор, и довольная, и огорченная, удивленная и не удивленная, продолжала молча слушать.

— Ты никогда не была на меня похожа, милая Элинор, не то твоя сдержанность в такую минуту меня изумила бы. Если бы мне пришло в голову пожелать величайшего блага для нас, то я, ни минуты не задумываясь, сказала бы: «Пусть полковник Брэндон станет мужем одной из моих дочерей!» Но я убеждена, что из вас двух Марианна будет с ним более счастлива.

Элинор чуть было не спросила, откуда у нее такая уверенность, заранее догадываясь, что суждение, которое она услышала бы, не опиралось бы на беспристрастное сравнение их возраста, характера или чувств. Но она знала, как ее мать, если что-либо особенно ее занимает, всегда в воображении уносится далеко вперед, и потому ограничилась улыбкой.

— Вчера в дороге он открыл мне свое сердце. Произошло это непреднамеренно, по воле случая. Я, как ты легко поверишь, была способна говорить только о моей девочке, и он не сумел скрыть своего горя. Я заметила, что оно не уступает моему собственному, и он, возможно, подумал, что просто дружба в глазах нынешнего света не допускает столь горячего сочувствия, а вернее, мне кажется, вообще ни о чем не подумал, но, поддавшись неодолимому порыву, поведал мне про свою глубокую, нежную, верную привязанность к Марианне. Он полюбил ее, моя Элинор, с той минуты, когда впервые ее увидел!

Но тут, как не преминула заметить про себя Элинор, речь и признания полковника Брэндона уже сменились плодами деятельной фантазии ее матушки — фантазии, рисовавшей все в красках, наиболее ей угодных.

— Его чувство к ней, бесконечно превосходящее то, которое испытывал или разыгрывал Уиллоби, куда более горячее, куда более искреннее и постоянное — а уж в этом мы сомневаться не можем! — не угасало, хотя он и видел злосчастное увлечение Марианны этим недостойным молодым человеком. И ни малейшего себялюбия! Он готов был отказаться от всякой надежды, лишь бы видеть ее счастливой — пусть с другим! Какой благородный дух! Какая прямота, какая искренность! Вот в нем обмануться нельзя!

— Репутация полковника Брэндона как превосходнейшего человека, — сказала Элинор, — давно и твердо признана.

— Я знаю это, — ответила ее мать с полной серьезностью. — Не то бы после подобного урока я поостереглась поощрять такое чувство и даже навряд ли его одобрила. Но то, как он приехал за мной, выказав столь деятельную, столь заботливую дружбу, уже достаточное свидетельство, что он — достойнейший человек.

— Однако, — возразила Элинор, — доказывается это отнюдь не единственным добрым поступком, на который, будь сострадание ему чуждо, его подвигла бы одна любовь к Марианне. Но миссис Дженнингс и Мидлтоны знают его давно и близко. Они равно любят и уважают его. Даже и я, хотя познакомилась с ним совсем недавно, успела хорошо его узнать и ценю его столь высоко, что, как и вы, сочту право назвать его братом за величайшее благо, если только Марианна поверит, что может быть с ним счастлива. Но какой ответ вы ему дали? Позволили надеяться?

— Ах, девочка моя! О какой надежде могла я говорить с ним в те минуты или даже думать о ней, когда Марианна, быть может, умирала! Но он не просил у меня разрешения надеяться или моей поддержки. Признание его было невольным, исторгнутым желанием излить душу другу в поисках утешения, а вовсе не просьбой о родительском согласии. Однако некоторое время спустя я все-таки сказала — ведь в первые минуты я была слишком растерянна! — что, если, как я уповаю, она превозможет болезнь, для меня величайшим счастьем будет всемерно поспособствовать их браку. А после нашего приезда сюда, после радости, ожидавшей нас здесь, я, повторив это ему еще раз и подробнее, предложила ему всю ту поддержку, какая в моих силах. Время, и не слишком долгое время, сказала я ему, все исправит. Сердце Марианны не станет напрасно томиться по такому человеку, как Уиллоби, а будет завоевано его достоинствами.

— Если судить по настроению полковника, вам, однако, не удалось рассеять его сомнения!

— О да! Он полагает, что чувство Марианны слишком глубоко и нужен очень длительный срок, чтобы сердце ее вновь стало свободным. К тому же он слишком скромен и боится поверить, что при такой разнице в возрасте и склонностях ему удастся покорить ее и тогда. Но вот тут он ошибается. Старше он ее лишь ровно настолько, чтобы характер его и нравственные принципы успели твердо сложиться, а что до склонностей, я убеждена, они именно таковы, какие нужны для счастья твоей сестры. И его внешность, его манеры тоже говорят в его пользу. Нет, моя пристрастность к нему меня не ослепляет: он, бесспорно, не так красив, как Уиллоби, и все же в его облике есть что-то гораздо более приятное. Ведь, если помнишь, в глазах Уиллоби всегда мелькало нечто такое, что мне не нравилось!

Элинор этого не помнила, но миссис Дэшвуд продолжала, не дожидаясь ее ответа:

— А его манеры, то есть манеры полковника, не только нравятся мне несравненно больше, чем когда-нибудь нравились манеры Уиллоби, но я прекрасно знаю, что и для Марианны они гораздо привлекательнее. Эта мягкость, это искреннее внимание к другим, эта мужественная, природная простота куда ближе ее истинным склонностям, чем живость Уиллоби, столь часто искусственная, столь часто неуместная! Я убеждена, что, даже будь Уиллоби тем, за кого он себя выдавал, Марианна все равно никогда не нашла бы с ним то счастье, какое найдет с полковником Брэндоном.

Чувство и чувствительность

Миссис Дэшвуд умолкла. Ее дочь не вполне с ней согласилась, но возражения ее остались невысказанными, а потому не ранили материнской чувствительности.

— В Делафорде она будет жить неподалеку от меня, — добавила миссис Дэшвуд, — даже если я останусь в Бартоне. Но по всей вероятности, — это ведь обширное селение! — там, конечно, отыщется небольшой дом или коттедж, в котором мы устроимся не менее удобно, чем в Бартоне.

Бедняжка Элинор! Еще один план водворить ее в Делафорд. Но она сохранила всю свою твердость.

— А его состояние!.. Ведь в мои годы все об этом думают... И я, хотя я не знаю и не испытываю желания знать, каково оно на самом деле, тем не менее не сомневаюсь, что оно должно быть прекрасным!

Тут их уединение было нарушено, и Элинор удалилась к себе, чтобы на досуге обдумать услышанное, пожелать успеха своему другу и при этом пожелании испытать прилив жалости к Уиллоби.

Глава 46

Болезнь Марианны, хотя и вызвала упадок сил, тем не менее длилась не так долго, чтобы замедлить ее выздоровление, а юность и крепкая от природы конституция, которым к тому же помогало присутствие ее матери, так хорошо сделали свое дело, что уже на четвертый день после приезда этой последней она смогла спуститься в гостиную миссис Палмер, куда по ее настоянию к ней пригласили полковника Брэндона: ей не терпелось поблагодарить его за то, что он привез миссис Дэшвуд в Кливленд.

Чувства его, когда он вошел в комнату, увидел, как переменилась Марианна, и взял ее бледную руку, которую она тотчас ему протянула, были порождены, решила Элинор, не только его любовью к ее сестре или сознанием, что любовь эта известна другим. Меланхолический взгляд, который он устремил на больную, ежесекундно меняясь в лице, внушил ей мысль, что сходство между Марианной и Элизой, о котором он упоминал, привело ему на память множество грустных сцен, тем более что теперь оно усугублялось бледностью щек, темными кругами под глазами, позой, полной слабости, и словами теплой признательности за неоценимую услугу.

Миссис Дэшвуд, следившая за происходящим не менее внимательно, чем Элинор, но совсем с иными мыслями и ожиданиями, не заметила в поведении полковника ничего, что нельзя было бы объяснить вполне естественными в такую минуту чувствами, а в поступках и словах Марианны поторопилась усмотреть первые признаки чего-то большего, нежели простая благодарность.

Еще через два дня, наблюдая, как силы Марианны крепнут с каждым часом, миссис Дэшвуд, равно побуждаемая собственными желаниями и желаниями дочерей, заговорила об отъезде в Бартон. От ее планов зависели планы двух их друзей: миссис Дженнингс не могла покинуть Кливленд, пока они оставались там, а полковник Брэндон после их дружных настояний также считал, что и он не должен уезжать раньше, хотя, разумеется, его пребывание в Кливленде и не было столь обязательным. В свой черед миссис Дэшвуд уступила настояниям полковника и миссис Дженнингс отправиться обратно в его карете, более удобной для больной, а полковник в ответ на совместное приглашение миссис Дэшвуд и миссис Дженнингс, чье деятельное радушие подвигало ее дружески предлагать не только свое, но и чужое гостеприимство, с удовольствием обещал через две-три недели приехать погостить в коттедже, чтобы самому затем забрать оттуда свой экипаж.

Настал день разлуки и отъезда. Марианна прощалась с миссис Дженнингс так долго и так мило, с такой истинной благодарностью, с таким почтением и добрыми пожеланиями, какие только могло найти ее сердце, движимое тайным признанием былой неучтивости, а затем с дружеской приветливостью простилась и с полковником Брэндоном, который заботливо подсадил ее в карету, усердно стараясь, чтобы она заняла по крайней мере половину сиденья. Миссис Дэшвуд с Элинор последовали за ней, и миссис Дженнингс с полковником остались вдвоем беседовать об уехавших и скучать в обществе друг друга, пока миссис Дженнингс не подали коляску, в которой, болтая со своей горничной, она могла утешиться от потери двух своих юных протеже. Полковник же Брэндон незамедлительно отправился один в Делафорд.

Дэшвуды провели в дороге два дня, и Марианну они не слишком утомили. Две ее бдительные спутницы делали все, чем заботливая любовь и ревностное попечение могли облегчить ей тяготы пути, и каждая находила свою награду в телесной ее бодрости и душевном спокойствии. Второе особенно утешало Элинор. Ведь она неделю за неделей видела нескончаемые страдания сестры, терзания ее сердца, которые у той не хватало ни мужества излить в словах, ни стойкости скрыть от посторонних глаз; и вот теперь Элинор с ни с чем не сравнимой радостью наблюдала безмятежность духа, рожденную, как хотелось ей верить, серьезными размышлениями, а потому служившую залогом возвращения былой веселости и беззаботности.

Правда, когда они подъезжали к Бартону, где все окрестности, каждый луг и каждое дерево будили те или иные горькие воспоминания, Марианна погрузилась в безмолвную задумчивость и, отвернувшись от них, пристально смотрела в окошко кареты. Но это Элинор наблюдала без удивления и могла извинить. Когда же, помогая Марианне выйти из кареты, она заметила на лице сестры следы слез, она увидела за ними чувство столь естественное, что вызывало оно лишь сострадательную жалость и похвалу за старание его скрыть. И в том, как держалась сестра дальше, она подметила признаки пробудившейся власти рассудка: не успели они войти в гостиную, как Марианна с решимостью обвела комнату внимательным взглядом, точно сразу положив себе с равнодушием смотреть на любой предмет, который напоминал бы об Уиллоби. Говорила она мало, но все ее слова были исполнены спокойствия, а если порой у нее и вырывался вздох, он тотчас искупался улыбкой. После обеда она пожелала попробовать свое фортепьяно. Но когда подошла к нему, ее взгляд упал на ноты оперы, подаренные ей Уиллоби, содержащие любимые их дуэты, с ее именем на титульном листе, начертанным его рукой. Это было уже слишком. Она покачала головой, убрала ноты, пробежала пальцами по клавишам, пожаловалась, что руки у нее еще слишком слабы, и закрыла крышку инструмента, однако с большой твердостью сказав, что намерена упражняться очень много.

На следующее утро эти обнадеживающие признаки не исчезли. Напротив, освеженная духом и телом после ночного отдыха, Марианна выглядела более бодрой и говорила с большим одушевлением: предвкушала скорую встречу с Маргарет, радовалась, что восстановится их милый семейный круг, упоминала их общие занятия и беседы как единственное счастье, какого можно пожелать.

— Когда установится погода, а силы совсем ко мне вернутся, — сказала она, — мы каждый день будем подолгу гулять. Сходим на ферму у подножия холмов проведать детей, осмотрим новые посадки сэра Джона у Бартон-Кросса и в Эббиленде и будем часто навещать древние руины аббатства, чтобы по фундаментам узнать, правда ли, что оно было так обширно, как рассказывают. Я знаю, мы будем очень счастливы. Я знаю, лето пройдет в тихих удовольствиях. Я намерена вставать всегда не позже шести и с этого часа до обеда делить время между музыкой и чтением. Я составила для себя план и намерена заниматься серьезно. Наши книги я знаю так хорошо, что могу лишь перечитывать их для развлечения. Но в библиотеке Бартон-парка есть немало томов, заслуживающих внимания, а новинки, полагаю, можно будет брать у полковника Брэндона. Читая всего по шесть часов в день, я за год почерпну много сведений из тех, которых мне пока, к сожалению, недостает.

Элинор похвалила ее за стремление к столь достойным целям, но не могла не улыбнуться при мысли, что то же живое воображение, которое предписывало ей томное безделье, теперь безудержно доводило до крайности план, предполагавший разумность занятий и добродетельное обуздание своих прихотей. Однако улыбка сменилась вздохом, едва она вспомнила, что обещание, данное Уиллоби, все еще не выполнено: ей стало страшно, что, сдержав его, она, быть может, вновь возмутит спокойствие Марианны и погубит, пусть даже на время, все ее мечты о безмятежном и полезном препровождении времени. Ей захотелось отдалить роковой час, и она решила подождать, пока здоровье сестры не укрепится, а уж тогда назначить его для себя. Но решение это было принято только для того, чтобы оно было нарушено. Два-три дня Марианна провела в стенах дома, потому что погода не позволяла выходить на воздух после недавней болезни. Но затем выдалось удивительно ясное и теплое утро, именно такое, какое могло соблазнить Марианну, не внушая тревоги ее матери, и первой было разрешено пройтись, опираясь на руку Элинор, по дороге перед домом на расстояние, которое ее не утомило бы.

Сестры шли медленно, как того требовала слабость Марианны, впервые совершавшей прогулку после выздоровления, и они прошли лишь до места, откуда открывался широкий вид на холм, роковой холм позади дома. Остановившись, Марианна сказала спокойно:

— Вон там, — и она указала рукой, — на том выступе я, споткнувшись, упала. И в первый раз увидела Уиллоби.

Это имя она произнесла тихим голосом, но затем добавила почти обычным тоном:

— Я рада убедиться, что могу смотреть на это место совсем без боли! Станем ли мы когда-нибудь говорить о том, что было, Элинор? Или же... — Она умолкла в нерешительности. — Или же этого делать не следует? Но мне кажется, я теперь могу говорить о прошлом как подобает...

Элинор с участливой нежностью попросила ее быть откровенной.

— Сожалеть я больше не сожалею, — сказала Марианна. — То есть о нем. Я собираюсь говорить с тобой не о том, что чувствовала к нему прежде, но лишь о том, что чувствую теперь. И если бы одно я знала, если бы я могла верить, что он не все время только играл роль, не все время обманывал меня, если бы меня убедили, что он никогда не был таким злодеем, каким мои страхи порой рисовали его с тех пор, как мне стала известна судьба этой злополучной девушки...

Она умолкла. Каждое ее слово наполняло сердце Элинор радостью, и она сказала в ответ:

— Если бы ты могла в этом убедиться, тебя, ты полагаешь, больше ничто не мучило бы?

— Да. Мое душевное спокойствие зависит от этого двояко. Ведь не только страшно подозревать человека, который был для меня тем, чем был он, в подобных замыслах... Но какой я сама предстаю в собственных глазах? В положении, подобном моему, лишь чувство, выставляемое напоказ без скромности и стыда, могло поставить меня...

— Но как бы, — перебила ее Элинор, — хотелось тебе объяснить его поведение?

Чувство и чувствительность

— Я бы хотела думать... Ах, с какой радостью я предположила бы, что им двигало непостоянство, только, только непостоянство!

Элинор ничего не ответила. Она взвешивала про себя, начать ли свой рассказ немедля или все-таки отложить его до тех пор, пока к Марианне не вернется все прежнее ее здоровье, и они продолжали неторопливо идти вперед в полном молчании.

— Я не желаю ему особых благ, — наконец со вздохом произнесла Марианна, — когда желаю, чтобы его тайные мысли были не более тягостными, чем мои. И этого достаточно, чтобы он горько мучился.

— Ты сравниваешь свое поведение с его поведением?

— Нет, лишь с тем, каким ему следовало быть. Я сравниваю его с твоим!

— Но мое положение было совсем не похожим на твое!

— И все же сходства между ними отыщется больше, чем в том, как мы обе вели себя. Милая Элинор, не позволяй своей доброте оправдать то, что твой рассудок, как я прекрасно знаю, не мог не осуждать. Моя болезнь заставила меня задуматься. Она дала мне досуг и уединение для серьезных размышлений. А к ним я была способна задолго до того, как у меня появились силы разговаривать! Мое поведение с той минуты, когда мы познакомились с ним прошлой осенью, предстало передо мной непростительно опрометчивым во всем, что касалось меня самой, себялюбивым и нетерпимым по отношению ко всем другим. Я увидела, что залогом страданий, которые чуть не свели меня в могилу потому лишь, что я не умела стойко их переносить, были мои собственные чувства. Я ведь прекрасно понимала, что заболела только по собственной вине, пренебрегая своим здоровьем с упрямством, которое даже тогда представлялось мне неизвинительным. Умри я, это было бы самоубийством. В какой я находилась опасности, я узнала, только когда она осталась позади. Но я дивлюсь, как я могла выздороветь после всех этих размышлений, — дивлюсь, как само мое желание жить, чтобы успеть искупить мою вину перед Богом и всеми вами, не убило меня сразу же! Умри я — в какую печаль я ввергла бы тебя, мою преданную сиделку, моего друга, мою сестру! Тебя, которая видела все мое раздражительное себялюбие последнего времени, которая знала все роптания моего сердца! Какой осталась бы я в твоей памяти? А мама! Как могла бы ты ее утешить? У меня нет слов, чтобы выразить мое отвращение к себе. Когда бы я ни оглядывалась на прошлое, я вижу какой-нибудь неисполненный долг, какое-нибудь потакание собственным недостаткам. Мне кажется, я успела обидеть всех. За доброту, неизменную доброту миссис Дженнингс я платила пренебрежительной неблагодарностью. С Мидлтонами, с Палмерами, с мисс Стил и Люси, даже с дальними знакомыми я была дерзка и нетерпима: мое сердце было закрыто для их достоинств, а знаки их внимания вызывали у меня только досадливое раздражение. Джону, Фанни — да, даже им, пусть они этого и не заслуживают! — я отказывала в том, на что у них было право. Но ты, ты терпела от меня больше всех, даже больше мамы! Ведь я, и только я, знала твое сердце и его печали, но как это повлияло на меня? Вызвало ли сострадание, которое послужило бы к моему или твоему благу? О нет! Передо мной был твой пример, но что пользы? Думала ли я о тебе и о том, как тебе помочь? Заимствовала ли я твое терпение, уменьшила ли твое бремя, разделив с тобой обязанности, налагаемые благовоспитанностью и благодарностью? О нет! И когда я узнала, что ты несчастна, я точно так же, как прежде, когда полагала тебя спокойной и довольной, продолжала уклоняться от требований долга и дружбы, не допускала, что кто-то способен страдать, кроме меня, тосковала только о сердце, которое покинуло и предало меня, а тебя, распинаясь в безграничной к тебе любви, заставляла страдать вместе со мной.

Тут поток ее упреков себе за прошлое иссяк, и Элинор, торопясь утешить сестру, хотя честность и не позволяла ей преувеличивать, не поскупилась на похвалы и поддержку, каких ее откровенность и раскаяние вполне заслуживали. Марианна нежно пожала ей руку и ответила:

— Ты очень добра. А моим доказательством станет будущее. Я обдумала свой план, и, если сумею его придерживаться, мои чувства подчинятся разуму, а характер станет лучше. Они больше не будут причинять беспокойство другим и подвергать пыткам меня. Теперь я буду жить только для моих близких. Ты, мама и Маргарет с этих пор будете всем моим миром, вся моя любовь и нежность будет отдана вам троим. Больше у меня никогда не появится даже малейшего искушения расстаться с вами, с моим домом; а если я и стану появляться в обществе, то лишь для того, чтобы показать, что мое высокомерие укрощено, мое сердце стало лучше и я способна исполнять свой светский долг и соблюдать общепринятые правила поведения с кротостью и терпимостью. Что до Уиллоби... Утверждать, будто я скоро... будто я когда-нибудь забуду его, было бы пустыми словами. Никакие перемены обстоятельств или убеждений не изгладят памяти о нем. Но лишней власти она не получит, а будет сдерживаться религией, доводами рассудка, постоянными занятиями...

Она помолчала, а затем добавила тихо:

— Если бы я только могла узнать его сердце, все остальное было бы просто!

Элинор, которая уже некоторое время взвешивала, уместно или неуместно будет ей поторопиться со своим рассказом, но все еще не могла прийти ни к какому выводу, при этих словах, убедившись, что от размышлений толку нет ни малейшего и надо просто решиться, вскоре перешла от мыслей к делу.

Рассказ свой она, как ей хотелось бы верить, построила очень умело: осторожно подготовила взволнованную слушательницу, просто и точно изложила основные пункты, на которых Уиллоби строил свои оправдания, воздала должное его раскаянию и умалила лишь изъявления по-прежнему пылкой любви. Марианна не проронила ни слова. Она трепетала, взгляд ее был устремлен на землю, а губы побелели куда больше, чем в первые дни после болезни. В ее груди теснились тысячи вопросов, но она не осмеливалась произнести их вслух. Она ловила каждое слово с жадным вниманием, рука незаметно для нее самой больно сжимала руку сестры, а по щекам струились слезы.

Элинор, боясь, что она утомится, повела ее назад к дому и до самых дверей, без труда догадываясь, какое любопытство сжигает Марианну, хотя она и не задала ни единого вопроса, говорила только об Уиллоби, о их беседе, во всех подробностях описывая, как он произносил те или иные фразы, и как при этом выглядел — кроме тех случаев, разумеется, когда подробности могли оказаться опасными. Едва они вошли в дом, Марианна благодарно поцеловала сестру, выговорила сквозь слезы только два слова «расскажи маме» и медленно поднялась по лестнице. Элинор не стала препятствовать столь понятному желанию побыть одной, но, с беспокойством воображая, к чему оно может привести, и твердо решив вернуться к этой теме вновь, если Марианна сама не начнет такого разговора, направилась в гостиную, чтобы исполнить прощальную просьбу сестры.

Глава 47

Миссис Дэшвуд не осталась глуха к оправданию своего недавнего любимца. Ее обрадовало, что часть вины с него снята, она почувствовала к нему жалость, от души пожелала ему счастья. Но былое расположение не могло возвратиться. Ничто не могло представить его поведение с Марианной безукоризненным, его самого — незапятнанным. Ничто не могло изгладить памяти о том, сколько та из-за него страдала, или искупить его поступка с Элизой. А потому ничто не могло возвратить ему прежнего места в ее сердце или повредить интересам полковника Брэндона.

Если бы миссис Дэшвуд выслушала историю Уиллоби, как ее дочь, из его уст, если бы она своими глазами видела его муки и попала под чары его облика и пылкости, возможно, ее сострадание было бы гораздо глубже. Но Элинор, пересказывая его оправдания, и не могла, и не хотела вызвать у матери те же чувства, какие в первые часы испытывала сама. Размышления вернули ей способность судить здраво и заставили более трезво взглянуть на то, чего Уиллоби заслужил своими поступками. Вот почему она старалась ограничиться одной правдой и представить лишь те извинения, на которые он имел право, не приукрашивая их нежным сочувствием, которое могло бы дать пищу фантазии.

Вечером, когда они вновь сидели в гостиной втроем, Марианна сама заговорила о нем. Но не без усилий, с тем беспокойством, с тревожной задумчивостью, какие уже некоторое время сквозили в ее позе, а теперь вызвали краску на ее лице и прерывистость в голосе.

— Я хочу заверить вас обеих, — сказала она, — что вижу все так... как вы того хотели бы.

Миссис Дэшвуд уже готова была перебить ее, приласкать, успокоить, но Элинор, которая желала узнать истинные мысли сестры, поспешила сделать матери умоляющий знак молчать. Марианна, запинаясь, продолжала:

— Для меня большое облегчение... Все, что Элинор рассказала мне утром... Я услышала то, что больше всего хотела услышать... — На несколько секунд голос перестал ей повиноваться, но она опомнилась и добавила уже гораздо спокойнее: — Теперь я всем довольна и не хочу никаких перемен. Я уже не могла бы найти с ним счастье, узнав все это, как неизбежно узнала бы. У меня не осталось бы доверия, уважения. Прежние чувства уже не вернулись бы...

— Я знаю это, знаю! — вскричала ее мать. — Быть счастливой с распутным повесой! С тем, кто сгубил душевный мир самого дорогого из наших друзей и лучшего человека на свете! О нет! Сердце моей Марианны не нашло бы счастья с подобным мужем! Ее совесть, ее чувствительная совесть испытывала бы все угрызения, на которые он оказался не способен!

Марианна вздохнула и повторила:

— Я не хочу никаких перемен.

— Ты смотришь на случившееся, — сказала Элинор, — именно так, как того требуют ясный ум и здравый смысл. Думаю, ты не хуже меня видишь не только в этом, но еще во многом другом достаточно причин полагать, что твой брак с ним обрек бы тебя на всевозможные разочарования и горести, в которых любовь служила бы тебе плохой поддержкой, тем более такая неверная, как его. Если бы вы поженились, бедность навсегда осталась бы вашим уделом. Он сам называл себя мотом, и все его поведение свидетельствует, что умение себя ограничивать — слова, ему неизвестные. Его вкусы и твоя неопытность при малом, очень малом доходе вскоре неизбежно навлекли бы на вас беды, которые не стали бы для тебя легче оттого, что прежде ты ни о чем подобном представления не имела. Я знаю, твои достоинство и честность, когда ты поняла бы ваши обстоятельства, заставили бы тебя экономить на всем, на чем возможно. И пожалуй, пока ты лишала бы удобств и удовольствий только себя, это бы тебе дозволялось. Но более?.. И как мало одни лишь твои старания могли бы поправить дела, уже безнадежно запутанные до вашего брака! А если бы ты попыталась, пусть по велению необходимости, ограничить его развлечения, то, вернее всего, не только не сумела бы возобладать над столь эгоистичными чувствами, но и заметно утратила бы власть над его сердцем, заставила бы его пожалеть о женитьбе, которая навлекла на него столько трудностей.

Губы Марианны задрожали, и она тихо повторила: «Эгоистичными?» — тоном, который подразумевал: «Ты правда считаешь его эгоистом?»

— Все его поведение, — твердо ответила Элинор, — с самого начала и до конца питалось себялюбием. Себялюбие сначала толкнуло его играть твоими чувствами, и оно же, когда в нем пробудилась взаимность, внушило ему мысль откладывать решительное объяснение, а затем и вовсе заставило покинуть Бартон. Собственное его удовольствие или собственное его благо — вот чем в каждом случае определялись его поступки.

— Это правда. О моем счастье он никогда не заботился.

— Сейчас, — продолжала Элинор, — он сожалеет о том, что сделал. Но отчего? А оттого, что обнаружил, как мало радости это ему принесло. Счастья он не нашел. Теперь дела его приведены в порядок, он более не страдает от недостатка денег и думает лишь о том, что женился на женщине с не столь приятным характером, как твой. Но разве отсюда следует, что он был бы счастлив, женившись на тебе? Только причины оказались бы иными. Тогда бы он страдал из-за денежных затруднений, которые сейчас считает пустяками, потому лишь, что они ему более не угрожают. У него была бы жена, на характер которой ему не приходилось бы жаловаться, но он всегда был бы в стесненных обстоятельствах, был бы беден; и, вероятно, вскоре поставил бы бесчисленные выгоды хорошего дохода и отсутствия долгов гораздо выше даже семейного счастья, а не просто женина нрава.

— Я в этом не сомневаюсь, — ответила Марианна, — и мне не о чем сожалеть, кроме собственной моей опрометчивости.

— Вернее сказать, неосторожности твоей матери, дитя мое, — перебила ее миссис Дэшвуд. — Во всем виновата она!

Марианна не позволила ей продолжать. Элинор, радуясь тому, что обе поняли свои ошибки, испугалась, как бы мысли о прошлом не поколебали твердости сестры, и поспешила вернуться к теме их разговора:

— Мне кажется, один вывод из случившегося сделать можно: все беды Уиллоби явились следствием первого нарушения законов добродетели, того, как он поступил с Элизой Уильямс. Это преступление стало источником всех остальных, пусть и меньших, а также и причиной его нынешнего недовольства жизнью.

Марианна согласилась с большим чувством, а ее мать воспользовалась случаем перечислить все достоинства полковника Брэндона и все причиненные ему несчастья, говоря с тем жаром, какой порождают дружба и заветные замыслы. Однако, судя по лицу Марианны, она почти ничего не услышала.

Как и опасалась Элинор, в последующие два-три дня в здоровье Марианны перемен к лучшему не произошло, но решимость ей не изменила, — она по-прежнему старалась казаться веселой и спокойной, и ее сестра без особой тревоги положилась на целительную силу времени.

Миссис Кэри привезла Маргарет домой, и семья, наконец воссоединившись, вновь повела тихую жизнь в коттедже если и не взявшись за обычные свои занятия с особым усердием, как в свои первые дни в Бартоне, то, во всяком случае, намереваясь в будущем вновь всецело посвятить себя им.

Элинор все с большим нетерпением ожидала каких-нибудь известий об Эдварде. После отъезда из Лондона она ничего о нем не слышала — ничего нового о его планах и даже ничего о том, где он теперь находился. Из-за болезни Марианны она обменялась несколькими письмами с братом, и его первое содержало фразу: «Мы ничего не знаем о нашем злополучном Эдварде и не смеем наводить справки на столь запретную тему, однако полагаем, что он еще в Оксфорде». Вот и все, что она сумела извлечь из этой переписки, ибо ни в одном из последующих писем его имя более не упоминалось. Однако ей недолго пришлось страдать от неведения о его судьбе.

Как-то утром их слуга отправился с поручениями в Эксетер. По возвращении, прислуживая за столом, он ответил на все вопросы своей госпожи, касавшиеся этих поручений, а затем добавил уже от себя:

— Вам, наверное, известно, сударыня, что мистер Феррарс женился?

Марианна судорожно вздрогнула, устремила взгляд на Элинор, увидела, что та бледнеет, и откинулась на спинку стула в истерике. Миссис Дэшвуд, отвечая слуге, невольно взглянула в ту же сторону и была поражена, догадавшись по лицу Элинор, как глубоко и давно она страдала, а мгновение спустя, еще более расстроенная слезами Марианны, уже не знала, к кому из своих девочек кинуться на помощь первой.

Слуга, увидевший только, что мисс Марианне дурно, сообразил позвать горничную, и та с помощью миссис Дэшвуд увела ее в гостиную. Однако там Марианна почти успокоилась, и миссис Дэшвуд, оставив ее попечениям Маргарет и горничной, поспешила к Элинор, которая хотя все еще пребывала в сильном волнении, однако настолько опомнилась и овладела своим голосом, что уже начала расспрашивать Томаса об источнике его сведений. Миссис Дэшвуд немедля занялась этим сама, а Элинор могла просто слушать, не принуждая себя говорить.

— Кто вам сказал, Томас, что мистер Феррарс женился?

— Да я сам, сударыня, видел мистера Феррарса нынче утром в Эксетере и его супружницу, мисс, то есть, Стил. Их коляска остановилась перед гостиницей «Новый Лондон», а я как раз туда шел: Салли из Бартон-парка просила меня передать весточку ее брату, он там в форейторах служит. Прохожу я, значит, мимо коляски, да и подними голову. Ну, и сразу узнал младшую мисс Стил. Снял я шляпу-то, а она меня узнала, окликнула, справилась о вашем здравии, сударыня, и о барышнях, а о мисс Марианне особливо, и приказала мне передать вам поклоны от нее и от мистера Феррарса с самыми лучшими, значит, пожеланиями и как они сожалеют, что у них нет времени заехать навестить вас, потому что им надо торопиться, путь им еще неблизкий, но только вскорости они назад поедут и уж тогда обязательно сделают вам визит.

— Но сказала она вам, что вышла замуж, Томас?

— Да, сударыня. Улыбнулась и говорит: дескать, с тех пор, как была в здешних краях последний раз, имя она свое, значит, сменила. Она ж всегда была барышня не гордая, и поболтать не прочь, и очень даже обходительная. Так я взял на себя смелость, пожелал ей счастья.

— А мистер Феррарс был с ней в коляске?

— Да, сударыня. Сидел в глубине, откинувшись. Только он на меня и не посмотрел. Да и то, он же всегда был джентльмен не из разговорчивых.

Сердце Элинор без труда объяснило его нежелание беседовать с их слугой; и миссис Дэшвуд, вероятно, пришла к тому же выводу.

— И с ними больше никого не было?
— Нет, сударыня. Они вдвоем ехали.
— А откуда, вы не знаете?
— Да прямехонько из Лондона, так мисс Люси... миссис Феррарс мне, значит, сказала.

— И направлялись дальше на запад?

— Да, сударыня, только ненадолго. Они скоро назад собираются и уж тогда непременно сюда завернут.

Миссис Дэшвуд поглядела на дочь, но Элинор твердо решила, что их можно не ждать. В этом поручении она узнала всю Люси и не сомневалась, что Эдвард никогда к ним не поедет. Она вполголоса заметила матери, что, вероятно, они направлялись в окрестности Плимута к мистеру Прэтту.

Томас, видимо, рассказал все, что знал. Однако глаза Элинор говорили, что ей хотелось бы услышать еще что-нибудь.

— А вы видели, как они уехали?

— Нет, сударыня. Лошадей перепрягать привели, но я-то мешкать не стал, боялся, что и так припоздаю.

— Миссис Феррарс выглядела здоровой?

— Да, сударыня, и сказала, значит, что чувствует себя бесподобно. На мои-то глаза, она всегда была очень красивой барышней, ну, и вид у нее был предовольный.

Миссис Дэшвуд не сумела придумать больше ни единого вопроса, и вскоре Томаса, как и скатерть, отправили за ненадобностью на кухню. Марианна уже прислала сказать, что больше не в состоянии проглотить ни кусочка. Миссис Дэшвуд и Элинор потеряли всякое желание есть, а Маргарет могла почесть себя счастливой, что вопреки всем тревогам, которые в последнее время выпали на долю ее старших сестер, и стольким причинам, лишавшим их всякого аппетита, ей лишь в первый раз довелось остаться без обеда.

Когда подали десерт и вино, миссис Дэшвуд с Элинор, сидевшие за столом одни, долго хранили задумчивое молчание. Миссис Дэшвуд опасалась сказать что-нибудь невпопад и не решалась предложить утешения. Теперь она обнаружила, как глубоко заблуждалась, поверив спокойствию Элинор, и справедливо заключила, что та намеренно была весела в своих письмах, чтобы избавить ее от лишних терзаний, когда она так тревожилась за Марианну. Она поняла, что старшая дочь заботливо постаралась внушить ей, будто чувство, которое в свое время она поняла столь верно, было якобы совсем не таким сильным, как ей представлялось, — и каким оно оказалось теперь. Ее мучил страх, не была ли она несправедливой, невнимательной... нет, даже недоброй к своей Элинор; не заставило ли горе Марианны, потому лишь, что было более явным, более бросалось в глаза, сосредоточить всю ее материнскую нежность на ней и понудило забыть, что Элинор, быть может, страдает почти так же, причем, бесспорно, гораздо менее по своей вине и с куда большей стойкостью.

Глава 48

Теперь Элинор постигла разницу между ожиданием тягостного события, каким бы неизбежным ни считал рассудок его свершение, и самим свершением. Теперь она поняла, как вопреки самой себе, пока Эдвард оставался свободен, лелеяла надежду, что какая-нибудь помеха воспрепятствует его браку с Люси, что собственная его решимость, вмешательство друзей, более выгодная партия для его нареченной так или иначе поспособствуют счастью их всех. Но теперь он был женат, и она упрекала свое сердце за тайные чаяния, которые столь усугубили боль от рокового известия.

Что он женился так скоро, еще до того (полагала она), как принял сан, а следовательно, и до того, как мог получить приход, сначала несколько ее удивило. Но вскоре она поняла, сколь естественно было, что Люси в неусыпных заботах о своем благополучии поспешила связать его с собой неразрывными узами, не считаясь ни с чем, кроме страха перед отсрочкой. И они поженились, поженились в Лондоне, а теперь торопились к ее дяде. Что должен был перечувствовать Эдвард, находясь в четырех милях от Бартона, увидев слугу ее матери, услышав, какой привет посылает им Люси!

Вероятно, они в скором времени поселятся в Делафорде. Делафорд... место, которое, словно нарочно, по стольким причинам приковывало ее интерес, которое она желала бы увидеть и так хотела не видеть никогда! Она на мгновение представила их в подновленном для них доме при церкви, представила себе Люси, деятельную, ловкую хозяйку, соединяющую стремление выглядеть не хуже людей с самой скаредной экономностью, стыдящуюся, как бы другие не проведали о том, что они во всем себя урезывают, своекорыстную в каждой мысли, втирающуюся в милость к полковнику Брэндону, к миссис Дженнингс, к каждому мало-мальски богатому знакомому. А Эдвард... но она не знала, ни что она видит, ни что желала бы увидеть. Он счастлив... он несчастен... Ничто ни на йоту не утоляло ее боли, и она отгоняла от себя все его образы.

Элинор питала тайную надежду, что кто-нибудь из знакомых в Лондоне напишет им, оповещая о происшедшем, и сообщит подробности, но дни шли и не приносили ни писем, ни иных новостей. Не зная, в чем их, собственно, винить, она сердилась на всех отсутствующих друзей. Все они не желали ни о ком думать, кроме себя, все были ленивы.

— Мама, когда вы напишете полковнику Брэндону? — Вопрос этот был порожден снедавшим ее нетерпением узнать хоть что-нибудь.

— Я написала ему, моя девочка, на прошлой неделе и жду не столько ответа от него, сколько его самого. Я настойчиво приглашала его погостить у нас и не удивлюсь, если он сегодня же войдет в гостиную — или завтра, или послезавтра.

Это было уже кое-что: у ее ожиданий появилась цель — полковник Брэндон, несомненно, должен знать многое.

Едва она успела об этом подумать, как ее взгляд привлекла фигура всадника за окном. Он остановился у их калитки. Какой-то джентльмен... конечно, полковник! Сейчас она узнает все новости — при этой мысли ее охватил трепет. Но... нет, это не полковник Брэндон! И осанка не его, и рост... Будь это возможно, она сказала бы, что видит Эдварда. Она всмотрелась пристальнее. Он спешился. Нет, она не может так ошибаться, это правда Эдвард! Она отошла от окна и села. «Он приехал от мистера Прэтта нарочно, чтобы увидеть нас. Я сумею сохранить спокойствие, я не потеряю власти над собой!»

Мгновение спустя она заметила, что и остальные поняли свою ошибку. Ее мать и Марианна переменились в лице, обе посмотрели на нее и что-то зашептали друг другу. Она отдала бы весь мир за силы произнести хоть слово, объяснить им, как ей хочется, чтобы в их обхождении с ним не проскользнуло и тени холодности или осуждения. Но говорить она не могла, и ей оставалось лишь положиться на чуткость их сердца.

Вслух никто ничего не сказал, и они в молчании ожидали, когда их гость войдет. Песок дорожки заскрипел под его ногами, секунду спустя его шаги послышались в коридоре, а еще через секунду он предстал перед ними.

Лицо его, когда он вошел, не показалось особенно счастливым даже Элинор. Он побледнел от волнения, судя по его виду, опасался, как будет встречен, и сознавал, что не заслуживает ласкового приема. Однако миссис Дэшвуд, надеясь, что угадала желания дочери, которым с обычным жаром решила в эту минуту следовать во всем, поглядела на него с нарочитой приветливостью, протянула ему руку и пожелала всякого счастья.

Он покраснел и пробормотал что-то невразумительное. Губы Элинор двигались в такт движениям губ ее матери, и она пожалела только, что вслед за той не пожала ему руки. Но было уже поздно, и, постаравшись придать своему лицу невозмутимое выражение, она снова села и заговорила о погоде.

Марианна выбрала стул в уголке, чтобы скрыть свое расстройство, а Маргарет, понимая кое-что, хотя и не все, почла необходимым принять вид гордого достоинства, села в стороне от Эдварда и хранила надменное молчание.

Когда Элинор кончила радоваться тому, какая солнечная выдалась весна, наступила ужасная пауза. Ей положила конец миссис Дэшвуд, которая вынудила себя питать надежду, что миссис Феррарс он оставил в добром здравии. Эдвард с некоторой торопливостью подтвердил это.

Последовала еще одна пауза.

Элинор, собрав все свои силы и страшась звука собственного голоса, заставила себя сказать:

— Миссис Феррарс сейчас в Лонгстейпле?

— В Лонгстейпле? — повторил он с растерянным видом. — Нет, моя мать в Лондоне.

— Я хотела, — сказала Элинор, беря со столика чье-то рукоделие, — осведомиться о миссис Эдвард Феррарс.

Она не осмелилась поднять на него глаза, но ее мать и Марианна обе посмотрели на него. Он снова покраснел, замялся, поколебался и, наконец, нерешительно произнес:

— Быть может, вы имеете в виду... моего брата... вы имеете в виду миссис Роберт Феррарс?

— Миссис Роберт Феррарс! — повторили Марианна и ее мать в полном изумлении. Элинор не могла произнести ни звука, но теперь и ее глаза устремились на него с тем же нетерпеливым удивлением. Он встал, отошел к окну, видимо, не зная, что делать, взял лежавшие там ножницы и принялся беспощадно портить их вместе с футлярчиком, кромсая этот последний, а сам довольно-таки бессвязно объяснял:

— Быть может, вам неизвестно... не знаю, слышали ли вы, что мой брат недавно сочетался браком с... с младшей... с мисс Люси Стил.

Последние его слова были в неописуемом изумлении повторены всеми, кроме Элинор, которая только ниже опустила голову над рукоделием, вся во власти такого волнения, что почти не понимала, где она и что с ней.

— Да, — продолжал он. — Они поженились на прошлой неделе и уехали в Долиш, где сейчас и находятся.

Элинор не выдержала. Она почти выбежала из комнаты и, едва притворив за собой дверь, разразилась радостными слезами, которые никак не могла унять. Эдвард, который до этой минуты смотрел на что угодно, кроме нее, тем не менее увидел, как она поспешила вон из комнаты, и, быть может, заметил или даже услышал, какое впечатление произвела на нее его новость. Во всяком случае, он сразу погрузился в глубокую задумчивость, из которой его не могли вывести ни восклицания, ни вопросы, ни ласковые увещания миссис Дэшвуд. В конце концов, ни слова не говоря, он ушел от них и направил свои стопы к деревне, оставив их в полном недоумении строить всяческие догадки о том, каким образом произошла столь внезапная и столь замечательная перемена в его положении.

Глава 49

Какими бы необъяснимыми ни представлялись обстоятельства его освобождения всей семье, одно было ясно: Эдвард обрел свободу, а как он намеревался ею распорядиться, все без труда предвидели. Черпая на протяжении четырех лет радости одной опрометчивой

Чувство и чувствительность

помолвки, заключенной без согласия его матери, теперь, когда она оказалась расторгнутой, он, разумеется, должен был незамедлительно заключить другую.

В Бартон его привела самая простая причина. Он всего лишь хотел просить у Элинор ее руки. А памятуя, что он не был столь уж неопытен в подобных делах, может показаться странным, отчего им овладела такая стеснительность и ему потребовалось столько поощрения и свежего воздуха.

Однако о том, как скоро он догулялся до необходимой решимости, как скоро ему представился случай пустить ее в ход, как он объяснился и какой ответ получил, рассказывать особой нужды нет. Достаточно, что спустя три часа после его приезда, когда в четыре все они сели за стол, он уже добился согласия своей избранницы, заручился благословением ее матери и теперь не только получил права восхищенного жениха, но и правда совсем искренне считал себя счастливейшим из людей. И что ни говори, причин радоваться у него было больше, чем у многих других, оказавшихся в том же положении. Ведь не только торжество влюбленного, который встретил взаимность, переполняло его сердце восторгом и озаряло все вокруг ясным светом. Ему не в чем было себя упрекнуть, и все же он избавился от давно опостылевших уз, связывавших его с той, к кому у него уже несколько лет не оставалось никакого нежного чувства, и тотчас обрел твердую надежду на союз с другой, о котором он в отчаянии, конечно, запретил себе и мечтать, едва увидел в нем венец всех своих желаний. Он не просто избавился от сомнений, от страха перед отказом, но был вознесен из пучины горести на вершины упований. И говорил он об этом с такой искренней признательностью судьбе, с такой веселостью и бурностью, каких его друзья прежде в нем не наблюдали.

Сердце его теперь было открыто Элинор во всех ошибках и слабостях, а о первой мальчишеской влюбленности в Люси он говорил со всей философской мудростью двадцати четырех лет.

— С моей стороны это было глупым пустым увлечением, — объяснял он, — следствием малого знакомства со светом и отсутствия полезных занятий. Если бы моя мать нашла какое-нибудь поприще для приложения моих сил, когда в восемнадцать лет я покинул Лонгстейпл, я полагаю... нет, я совершенно уверен, этого не случилось бы. Правда, мне тогда представлялось, будто, покидая кров мистера Прэтта, я увозил в сердце непобедимую страсть к его племяннице, но если бы нашелся достойный предмет, достойная цель, чтобы занять мое время и на несколько месяцев удержать меня вдали от нее, я очень скоро забыл бы эту воображаемую страсть, особенно вращаясь в обществе, что было бы тогда неизбежно. Но мне нечем было заняться, для меня не избрали профессии и не позволили самому ее избрать, и дома я был обречен на полную праздность, длившуюся целый год. У меня не было даже тех обязанностей, какие дало бы мне поступление в университет — ведь в Оксфорд я получил разрешение поступить лишь в девятнадцать лет. Поэтому мне ничего не оставалось, как воображать себя влюбленным, а поскольку моя мать не сделала наш дом особенно для меня приятным и я не обрел в своем брате ни друга, ни товарища, — что могло быть естественнее частых поездок в Лонгстейпл, где я всегда чувствовал себя дома, всегда мог быть уверен в ласковом приеме? И в том году я подолгу гостил там. Люси, казалось, обладала всеми милыми и приятными качествами души, а к тому же была очень хорошенькой — то есть так мне думалось тогда, когда мне не с кем было ее сравнить. Недостатки и изъяны оставались для меня скрыты. Вот почему наша помолвка,

Чувство и чувствительность

какой бы глупой во всех отношениях ни оказалась она впоследствии, в то время вовсе не выглядела нелепым, непростительным безумством.

Перемена, которую всего два-три часа произвели в настроении миссис Дэшвуд и ее дочерей, их радость и счастье были столь велики, что сулили им всем блаженства бессонной ночи. Миссис Дэшвуд ликовала так, что не находила себе места, не знала, как посердечнее обласкать Эдварда, как в должной мере похвалить Элинор, как благодарить судьбу за его избавление, не раня при этом его чувствительности, или как оставить их беседовать наедине, одновременно не лишая себя их общества и возможности любоваться ими.

О том, как счастлива она, Марианна могла поведать лишь слезами. Волей-неволей возникали сравнения, просыпались сожаления, и хотя ее восторг был не менее искренним, чем любовь к сестре, он не располагал ни к веселости, ни к оживленным разговорам.

А Элинор? Как описать ее чувства? С той минуты, когда она услышала, что Люси вышла за другого, что Эдвард освобожден, и до минуты, когда он оправдал тотчас вспыхнувшие надежды, одно настроение у нее сменялось другим, не принося с собой только спокойствия. Но едва миновала и вторая минута, едва все ее сомнения и страхи рассеялись, едва она сравнила свое нынешнее положение с тем, каким оно представлялось ей еще утром, и, зная, что прежняя его помолвка расторгнута без всякого ущерба для его чести, убедилась, насколько он спешил без промедления просить ее руки, изъясняясь в любви столь же нежной и постоянной, какой она всегда ей представлялась, Элинор ощутила мучительное смятение, а собственное счастье ее лишь угнетало. И хотя человеческая натура имеет полезное свойство быстро привыкать ко всем переменам в лучшую сторону, потребовалось несколько часов, прежде чем ее дух обрел некоторое спокойствие, а сердце — тихую безмятежность.

Эдвард остался гостить в коттедже по меньшей мере на неделю, ибо, какие бы другие обязательства ни тяготели над ним, расстаться с Элинор раньше чем через неделю он был не в силах, тем более что такого срока никак не могло хватить на то, чтобы высказать все необходимое о прошлом, настоящем и будущем; ибо, если два-три часа, посвященные тяжкому труду неумолчной беседы, позволят более чем разделаться со всеми предметами, какие только могут взаимно интересовать два разумных существа, с влюбленными дело обстоит совсем иначе. Они не способны исчерпать ни единой темы, ни объяснить друг другу что-либо, не повторив этих объяснений раз двадцать или более.

Замужество Люси, которое, разумеется, не переставало удивлять и занимать любопытство всех, вполне естественно, одним из первых стало предметом обсуждения и между влюбленными; Элинор, посвященная во все обстоятельства и зная их обоих, утверждала, что ничего более необъяснимого и загадочного ей слышать не приходилось. Как они могли встретиться и что побудило Роберта жениться на девице, о чьей красоте он, как она сама слышала из его собственных уст, отзывался с пренебрежением? На девице, уже помолвленной с его братом, от которого из-за нее отреклись его близкие? Нет, решительно, она не в силах ничего понять! Ее сердце восхищалось этим браком, ее воображение посмеивалось над ним, но ее рассудок, ее здравый смысл он ставил в тупик.

Эдвард находил только одно возможное объяснение: во время первой и, вероятно, случайной встречи ее вкрадчивая льстивость успела так заворожить его тщеславие, что все остальное последовало само собой. Тут Элинор припомнила, как Роберт на Харли-стрит втолковывал ей, чего, по его мнению, он сумел бы достичь, если бы успел вовремя вмешаться в дела брата. И она повторила его слова Эдварду.

— В этом весь Роберт, — ответил он сразу, а после некоторого раздумья добавил: — В этом же, наверное, заключалась его цель, ради которой он отправился к Люси. А она, возможно, вначале думала только о том, как бы заручиться его поддержкой для меня. Ну а затем возникли и другие планы.

Однако как долго все это продолжалось, он мог себе представить не более, чем Элинор. В Оксфорде, где он предпочел жить, покинув Лондон, все известия, какие доходили до него о Люси, он получал от нее самой, и письма ее вплоть до последнего были столь же частыми и столь же нежными, как всегда. Поэтому у него не зародилось ни малейшего подозрения, которое могло бы подготовить его к тому, что произошло. Когда же наконец все разом открылось в последнем письме Люси, он, как ему казалось, очень долгое время не мог прийти в себя от изумления, ужаса и радости из-за собственного избавления. Он вложил это письмо в руку Элинор.

«Милостивый государь!
Пребывая в уверенности, что мне уже давно отказано в Вашей нежности, я почла себя свободной подарить мою собственную другому и не сомневаюсь, что буду с ним столь же счастлива, сколь прежде думала быть счастливой с Вами; но я могу лишь презреть руку, ежели сердце отдано другой. Искренне желаю Вам счастья в Вашем выборе, и не моя будет вина, ежели мы и впредь не останемся добрыми друзьями, как прилично при нашем нынешнем близком родстве. От души могу сказать, что никакого зла на Вас не держу и, полагая Вас человеком благородным, от Вас ничего худого для нас не ожидаю. Мое сердце всецело принадлежит Ваше-

му братцу, и нам друг без друга не жить, а потому мы сейчас только вернулись от алтаря и едем в Долиш на несколько недель, как Вашему дорогому братцу очень любопытно на это имение взглянуть, но я подумала, что все-таки прежде побеспокою Вас этими строчками, и навсегда останусь

Ваша искренняя доброжелательница, друг и сестра *Люси Феррарс*.

Ваши письма я все сожгла, портрет же верну при первом случае. Окажите любезность сжечь мои каракульки, а кольцо с моими волосами, ежели угодно, оставьте себе».

Элинор прочла письмо и вернула его, ничего не сказав.

— Я не стану спрашивать вашего мнения о том, как оно написано, — начал Эдвард. — Раньше мне подумать было страшно, что вы прочтете какое-нибудь ее послание! Даже и от сестры получить нечто подобное мало приятно, но от жены! Как я краснел над такими страницами! И право же, если не считать самых первых месяцев нашей глупой помолвки, это первое полученное от нее письмо, содержание которого в моих глазах искупает погрешности стиля!

— Что бы к этому ни привело, — заметила Элинор после некоторой паузы, — но они, несомненно, поженились. И ваша мать навлекла на себя справедливейшее возмездие. Имение, которое она, гневаясь на вас, подарила Роберту, позволило ему сделать собственный выбор. Она подкупила одного сына тысячей фунтов годового дохода совершить то, за что — вернее, лишь за намерение! — лишила наследства другого! Мне кажется, едва ли брак Люси с Робертом ранит ее меньше, чем брак Люси с вами!

— Гораздо больше, потому что Роберт всегда был ее любимцем. Ранит это ее гораздо сильнее, и, по тому же закону, простит она его много скорее.

Каково было положение дел между ними в настоящее время, Эдвард не знал, так как пока еще не написал никому из родных. Из Оксфорда он уехал на другой же день после получения письма от Люси и, думая лишь о том, чтобы быстрее добраться до Бартона, не тратил времени и мыслей ни на что, кроме этой своей цели. Он не собирался ничего предпринимать, прежде чем мисс Дэшвуд не решит его судьбу, и, судя по тому, как торопливо он отправился искать этого решения, остается только предположить, что, вопреки былой ревности к полковнику Брэндону, вопреки скромности, с какой он оценивал собственные достоинства, вопреки положенным учтивым страхам, он тем не менее не ожидал особо жестокого приема. Однако сказать ему надлежало обратное, и сказал он это очень мило. Ну, а что он сказал бы год спустя, оставим воображению мужей и жен.

Элинор не сомневалась, что Люси дала свое поручение Томасу, нарочно стараясь ввести ее в заблуждение, чтобы напоследок побольнее уязвить своего недавнего нареченного; а сам Эдвард, узнавший теперь ее истинную натуру, не счел недозволительным поверить, что она способна на любую низость, какую может подсказать злобный нрав. Хотя уже давно, даже еще до его знакомства с Элинор, у него открылись глаза на ее невежество и отсутствие душевного благородства в некоторых ее суждениях, он и то и другое приписывал ее необразованности и до получения последнего письма продолжал считать, что она добра, мила, а к нему привязана всем сердцем. Только это убеждение и мешало ему положить конец помолвке, которая, задолго до того как открытие ее навлекло на него материнский гнев, успела стать для него источником тревог и сожалений.

— Когда моя мать отказалась от меня и я, по всей видимости, остался без друзей и без всякой поддержки, я полагал своим долгом, — сказал он, — не считаясь с собственными чувствами, предоставить ей самой решать, расторгнуть помолвку или нет. Казалось бы, в таком положении ничто не могло прельстить корысть или тщеславие, и как мне было усомниться, когда она так горячо, так настойчиво пожелала разделить мою судьбу, что ею движет что-нибудь, кроме самой преданной привязанности? И даже теперь я не понимаю, какими были ее побуждения и какие воображаемые выгоды заставили ее связать себя с человеком, к которому она не питала ни малейшего доброго чувства и все состояние которого ограничивалось двумя тысячами фунтов? Не могла же она предвидеть, что полковник Брэндон обещает мне приход!

— Нет, но она могла предположить, что для вас еще не все потеряно, что со временем ваша мать сжалится над вами. Во всяком случае, не расторгая помолвку, она ничего не теряла — ведь доказала же она, что ничуть не считала себя ею связанной ни в сердечных склонностях, ни в поступках. А пока помолвка с человеком из такой семьи придавала ей вес и, возможно, возвышала в глазах знакомых ее круга. И если бы ничего более заманчивого она не нашла, ей было бы все же выгоднее выйти за вас, чем остаться старой девой.

Эдвард, разумеется, тут же убедился, что ничего естественнее поведения Люси быть не могло и руководили ею, бесспорно, именно эти соображения.

Элинор не преминула сурово его побранить — когда же дамы и девицы упускали случай попенять за лестную для них неосмотрительность? — за то, что он столько времени проводил с ними в Норленде, когда уже должен был убедиться в непостоянстве своих чувств.

— Ваше поведение было, несомненно, очень дурным, — сказала она. — Ведь, не говоря уж о собственном моем убеждении, но всем нашим родным представлялось вероятным, если не решенным, то, что в тогдашнем вашем положении сбыться никак не могло.

Ему оставалось только сослаться на неведение собственного сердца и ошибочное представление о власти помолвки над ним.

— По простоте душевной я полагал, что, раз мое слово дано другой, ваше общество не грозит мне никакой опасностью, и, памятуя о своей помолвке, я сумею и сердце свое сохранить столь же неприкосновенным, как свою честь. Я чувствовал, что восхищаюсь вами, но твердил себе, что это не более чем дружба, и понял, как далеко зашел, только когда начал сравнивать Люси с вами. После этого, пожалуй, так долго оставаясь в Сассексе, я правда поступил дурно и не находил в оправдание своего поведения иных доводов, кроме одного: вся опасность грозит только мне, я никому не причиняю вреда, кроме себя.

Элинор улыбнулась и покачала головой.

Эдвард обрадовался, узнав, что полковник Брэндон вот-вот должен приехать в Бартон, так как желал не только узнать его поближе, но и убедить полковника, что он более не зол на него за обещанный делафордский приход.

— Ведь после неописуемо неучтивой досады, с какой я его тогда поблагодарил, он, наверное, полагает, что я этого ему никогда не прощу!

Теперь Эдвард от души удивлялся, что так и не удосужился съездить в Делафорд. Но это совсем его не интересовало, и все сведения о доме, саде и церковной земле, о размерах прихода, состоянии тамошних полей и десятине он получил теперь от самой Элинор, которая узнала все это от полковника Брэндона, слушая его с величайшим вниманием и не упуская ни единой подробности.

Между ними оставался нерешенным лишь один вопрос, лишь одно препятствие. Их соединило взаимное чувство, горячо одобрявшееся всеми их истинными благожелателями, друг друга они знали так хорошо, что это не могло не стать залогом верного счастья. Не хватало им только одного: на что жить. У Эдварда было две тысячи, у Элинор — одна, и вместе с доходом от делафордского прихода этим исчерпывались все их средства, так как о том, чтобы миссис Дэшвуд им что-нибудь уделила, они и подумать не могли, и влюблены были все-таки не настолько, чтобы воображать, будто в их силах прожить безбедно на триста пятьдесят фунтов в год.

Эдвард питал некоторую надежду, что мать, быть может, простит его и от нее он получит необходимое пополнение их будущих доходов. Однако Элинор его упований не разделяла: ведь он все равно не сможет сочетаться браком с мисс Мортон, а так как сама она, выражаясь лестным языком миссис Феррарс, была лишь меньшим из двух зол, то дерзкое своеволие Роберта, по ее мнению, могло послужить только обогащению Фанни.

Через четыре дня после Эдварда приехал полковник Брэндон, и не только радость миссис Дэшвуд была теперь полной, но к ней добавлялось гордое сознание, что впервые после переселения в Бартон она принимает столько гостей, что они не могут все поместиться у нее в доме. За Эдвардом осталось право первого приехавшего, полковник же Брэндон каждый вечер шел ночевать в Бартон-парк, где в его распоряжении всегда была комната. Оттуда он возвращался в коттедж утром и обычно так рано, что успевал нарушить первый тет-а-тет влюбленных перед завтраком.

Три недели уединения в Делафорде, где — во всяком случае по вечерам — у него почти не было другого занятия, кроме как вычислять разницу между тридцатью шестью и семнадцатью годами, привели его в такое расположение духа, что в Бартоне, чтобы рассеять его унылость, потребовалась вся перемена к лучшему в наружности Марианны, вся приветливость ее приема, все горячие заверения ее матери. Однако среди таких друзей и такого живительного внимания он не мог не повеселеть. Никакие слухи о браке Люси до него не дошли, он не имел ни малейшего представления о случившемся, и потому первые часы после приезда ему оставалось только слушать и дивиться. Миссис Дэшвуд объяснила ему каждую подробность, и он нашел новый источник радости в мысли, что его услуга мистеру Феррарсу теперь содействует счастью Элинор.

Незачем и говорить, что джентльмены с каждым днем знакомства все больше укреплялись в добром мнении друг о друге. Ведь иначе и быть не могло. Одного сходства в благородстве чувств, здравом смысле, склонностях и взглядах на вещи, возможно, оказалось бы достаточно, чтобы связать их дружбой, без иных причин. Но они были влюблены в двух сестер, причем сестер, нежно друг друга любивших, а потому между ними не могла не возникнуть немедленно и безоговорочно та симпатия, для которой при иных обстоятельствах потребовалось бы время и постепенность сближения.

Наконец из Лондона прибыли письма, которые еще столь недавно заставили бы каждый нерв Элинор трепетать от восторга, но теперь читались только с веселым смехом. Миссис Дженнингс поведала всю поразительную историю, излила все свое честное возмущение бессовестной вертихвосткой и все свое сочувствие бедному мистеру Эдварду, который, по ее убеждению, обожал эту мерзавку и теперь, по слухам, никак не может оправиться в Оксфорде от нежданного горького удара. «Право же, — продолжала она, — такой хитрой скрытности и вообразить невозможно! Ведь всего за два дня Люси навестила меня и просидела битых два часа, хотя бы словом обмолвившись. Никто ничего не подозревал, даже Нэнси! Она, бедняжка, прибежала ко мне на следующий день вся в слезах — и гнева-то миссис Феррарс она опасалась, и как в Плимут-то вернуться, не знала. Ведь Люси перед бегством заняла у нее все ее деньги, видно, чтобы получше приодеться к венцу. Вот у бедняжки Нэнси и семи шиллингов не осталось! А потому я с радостью дала ей пять гиней, чтобы она могла добраться до Эксетера, где подумывает недельки три-четыре погостить у миссис Бэргесс, небось, как я ей сказала, для того, чтобы снова вскружить голову доктору. И должна признаться, подлость Люси, не захотевшей взять ее с ними, пожалуй, похуже даже всего остального. Бедный мистер Эдвард! Он просто из головы у меня нейдет. Вы уж обязательно пошлите за ним: пусть погостит в Бартоне, а мисс Марианна постарается его утешить».

Мистер Дэшвуд писал в более печальном тоне. Миссис Феррарс — злополучнейшая из женщин, чувствительность Фанни обрекает ее на неописуемые муки, и он только с благодарностью к милости провидения дивится, как обе они перенесли подобный удар и остались живы. Поступок Роберта непростителен, но поведение Люси стократ хуже. Миссис Феррарс запретила упоминать их имена в ее присутствии; и даже если со временем ей все-таки доведется простить сына, жену его своей дочерью она не признает никогда и к себе не допустит. Скрытность, с какой они вели свою интригу, бесспорно, в тысячу раз усугубляет их преступление, ибо, возникни у кого-либо подозрение, были бы приняты надлежащие меры, чтобы воспрепятствовать их браку; и он призвал Элинор разделить его сожаления, что Эдвард все-таки не женился на Люси — ведь это предотвратило бы новое горе, постигшее их семью. Он продолжал:

«Миссис Феррарс пока еще ни разу не произнесла имя Эдварда, что нас не удивляет. Но, к нашему величайшему изумлению, от него не пришло еще ни строчки, несмотря на все, что случилось. Быть может, однако, в молчании его удерживает страх вызвать неудовольствие, а посему я черкну ему в Оксфорд, что его сестра и я, мы оба полагаем, что письмо с изъявлениями приличествующей сыновней покорности и адресованное, пожалуй, Фанни, а уж ею показанное ее матушке, окажется вполне уместным, ибо нам всем известна материнская нежность миссис Феррарс и ее единственное желание быть в добрых отношениях со своими детьми».

Эта часть письма оказала свое действие на поведение Эдварда. Он решил сделать попытку к примирению, хотя и не совсем такую, какой ждали их брат и сестра.

— Письмо с изъявлениями покорности! — повторил он. — Или они хотят, чтобы я умолял у моей матери прощение за то, что Роберт забыл долг благодарности по отношению к ней и долг чести — по отношению ко мне? Никакой покорности я изъявлять не стану. То, что произошло, не пробудило во мне ни стыда, ни раскаяния, а только сделало меня очень счастливым, но это им интересно не будет. Не вижу, какую покорность мне приличествовало бы изъявить!

— Во всяком случае, вы могли бы попросить прощения, — заметила Элинор, — потому что причины сердиться на вас все-таки были. И мне кажется, теперь ничто не мешает вам выразить некоторые сожаления, что вы необдуманно заключили помолвку, столь расстроившую вашу мать.

Он согласился, что это, пожалуй, верно.

— А когда она простит вас, быть может, не помешает и чуточку смирения, прежде чем поставить ее в известность о второй помолвке, которая в ее глазах мало чем уступает в неразумности первой.

Возразить на это ему было нечего, но он все так же упрямо отказывался писать письмо с изъявлениями

Джейн Остен

надлежащей покорности, и, чтобы облегчить ему это примирение, когда он упомянул, что устно он, пожалуй, сумеет выразиться мягче, чем на бумаге, было решено, что писать Фанни он все-таки не станет, но поедет в Лондон, чтобы лично заручиться ее заступничеством.

— А если они и правда искренне хотят устроить примирение между ними, — объявила Марианна, следуя своему плану быть прямодушной и благожелательной ко всем, — я поверю, что даже Джон и Фанни не лишены некоторых достойных качеств.

Хотя визит полковника Брэндона продолжался всего четыре дня, он уехал из Бартона вместе с Эдвардом, чтобы тот по дороге завернул в Делафорд, своими глазами увидел их будущий дом и обсудил со своим другом и покровителем, какие требуются переделки, и, пробыв там дня два, отправился дальше в столицу.

Глава 50

Миссис Феррарс после надлежащих возражений, вполне достаточно гневных и упорных, чтобы освободить ее от обвинения, которое она как будто всегда страшилась навлечь на себя, — обвинения в мягкосердечии, согласилась, чтобы Эдвард был допущен к ней на глаза и вновь объявлен ее сыном.

В течение последних месяцев семья ее оказалась на редкость неустойчивой. Многие годы она была матерью двух сыновей, но преступление и изничтожение Эдварда несколько недель тому назад лишили ее одного из них, такое же изничтожение Роберта оставило ее на две недели вовсе без сыновей, а теперь, с восстановлением Эдварда в былых правах, она снова обрела одного сына.

Но, опять получив разрешение считаться в живых, он все же не мог не чувствовать свое существование на земле сколько-нибудь прочным, пока не объявил ей о новой своей помолвке, ибо опасался, как бы оглашение этого обстоятельства вновь не нанесло роковой удар его здоровью и вскорости не свело в могилу. Поэтому злосчастное признание было обставлено робкими предосторожностями, но выслушали его с нежданным спокойствием. Сначала миссис Феррарс, натурально, попыталась отговорить его от брака с мисс Дэшвуд, пуская в ход все имевшиеся в ее распоряжении доводы: растолковала ему, что в мисс Мортон он найдет жену и выше по положению, и много богаче, дополнив свои слова пояснением, что мисс Мортон — дочь графа с приданым в тридцать тысяч фунтов, тогда как мисс Дэшвуд всего лишь дочь провинциального помещика и располагает только тремя тысячами. Но, когда она убедилась, что, вполне соглашаясь с провозглашенными ею истинами, он тем не менее не склонен им следовать, она, памятуя это, почла за благо уступить и после долгих злобных проволочек, каких требовало ее достоинство и необходимость удушить всякую возможность заподозрить ее в сердечной доброте, дала милостивое согласие на брак Эдварда с Элинор.

Затем предстояло определить, в какой мере ей подобает увеличить их состояние, и тут выяснилось, что Эдвард был теперь хотя и единственным ее сыном, но отнюдь не старшим: Роберт получил завидную тысячу фунтов годового дохода, но она нисколько не возражала против того, чтобы Эдвард принял сан ради двухсот пятидесяти фунтов (и то в лучшем случае), и, ничего не обещая потом, ограничилась теми же десятью тысячами, какие дала за Фанни.

Однако это было ровно столько, сколько требовалось, и далеко превосходило все ожидания и Эдварда и Элинор, а потому, судя по неуклюжим ее извинениям, лишь сама миссис Феррарс была удивлена, что не уделила им больше.

Теперь, когда им был обеспечен доход, вполне достаточный для всех их нужд, а Эдвард принял приход, оставалось лишь ждать, пока не будет готов дом, который полковник Брэндон, движимый горячим желанием услужить Элинор, перестраивал весьма основательно. Некоторое время терпеливо ожидая конца всех переделок, пережив тысячу разочарований и досадных отсрочек из-за непостижимой мешкотности рабочих, Элинор, как обычно это случается, вдруг забыла свое первое нерушимое решение предстать пред алтарем не прежде, чем ее новое жилище будет совсем готово, и в начале осени в бартонской церкви совершилось бракосочетание.

Первый месяц семейной жизни они провели под кровом своего друга, откуда было весьма удобно следить за работами в их собственном доме и устраивать все по собственному вкусу — выбирать обои, разбивать цветник и планировать петлю подъездной дороги. Пророчества миссис Дженнингс, хотя и заметно перепутавшись, в главном сбылись, ибо в Михайлов день она гостила у Эдварда и его жены в Делафорде, искренне найдя в Элинор и ее муже счастливейшую на свете пару. И правда, им уже ничего не оставалось желать, кроме женитьбы полковника Брэндона на Марианне да более удобного пастбища для своих коров.

На новоселье их посетили почти все их родственники и друзья. Миссис Феррарс прибыла обозреть счастье, на каковое по слабости, которой почти стыдилась, дала свое разрешение. И даже мистер и миссис Джон Дэшвуд не остановились перед расходами на путешествие из самого Сассекса, дабы оказать им должную честь.

— Не скажу, милая сестрица, что я разочарован, — объявил Джон, когда как-то утром они проходили мимо ворот делафордского господского дома, — ибо это было бы несправедливо, когда ты и сейчас можешь причислить себя к самым счастливым женщинам в мире. Но, признаюсь, мне доставило бы большую радость назвать полковника Брэндона братом. Его земли, его имение, его дом — все в таком превосходном, в таком отличнейшем состоянии! А уж его леса! Нигде в Дорсетшире я не видывал таких бревен, какие хранятся сейчас в делафордском сарае! И хотя, пожалуй, в Марианне нет тех качеств, какие должны его пленять, все же я посоветовал бы тебе почаще приглашать их сюда: полковник Брэндон столь подолгу живет у себя в поместье, что ничего предсказать невозможно. Ведь когда люди проводят много времени в обществе друг друга, почти никого больше не видя... К тому же тебе ли не суметь представить ее в самом выгодном свете... Короче говоря, твоя обязанность дать ей такую возможность... Ты ведь меня понимаешь!

Хотя миссис Феррарс и погостила у них, и неизменно обходилась с ними притворно ласково, искренним ее предпочтением и фавором они унижены не были. Все это стало наградой шалопайству Роберта и хитрости его супруги, причем не в таком уж и отдаленном будущем. Своекорыстная ловкость последней, обрекшая Роберта на немилость, не замедлила и выручить его. Ибо почтительнейшее смирение, заискивающее внимание и лесть, неизменно пускавшиеся в ход при малейшем представлявшемся для того случае, примирили миссис Феррарс с выбором Роберта и вернули ему все ее прежнее расположение.

Таким образом все поведение Люси в этих обстоятельствах и увенчавший его успех могут послужить завиднейшим примером того, как упорные и неусыпные заботы о собственной выгоде, какие бы, казалось, непреодолимые помехи перед ними ни вставали, в конце концов приносят все блага, заключенные в богатстве, а оплачиваются они потерей лишь времени и совести.

Когда Роберт пожелал с ней познакомиться и приватно посетил ее в Бартлетовских Домах, у него, как догадывался его брат, была лишь одна цель: убедить ее расторгнуть помолвку. А так как для этого требовалось лишь преодолеть их сердечную привязанность, он, естественно, полагал, что одной-двух встреч будет достаточно, чтобы совершенно уладить дело. Но в этом — и только в этом — он ошибся, ибо Люси, хотя незамедлительно подала ему надежду, что его красноречие, несомненно, ее убедит, все как-то до конца не убеждалась. Всякий раз для полной победы не хватало еще только одного его визита, еще только одного разговора с ним. Когда они прощались, у нее непременно возникали новые недоумения, рассеять которые могли лишь еще полчаса беседы с ним. Поэтому свидания их продолжались, а остальное воспоследовало само собой. Мало-помалу они перестали упоминать об Эдварде и говорили уже только о Роберте, — касательно этого предмета у него всегда находилось сказать куда больше, чем о любом другом, а ее интерес почти не уступал его собственному, и, короче говоря, оба вскоре убедились, что он совершенно вытеснил брата из ее сердца. Роберт был горд своей победой, горд, что так провел Эдварда, и очень горд, что женился тайно без материнского согласия. Дальнейшее известно. Они провели в Долише несколько чрезвычайно счастливых месяцев: у Люси имелось много родственников и старых друзей, к которым теперь можно было повернуть спину, а он набросал несколько планов великолепнейших коттеджей, — после чего, возвратившись в Лондон, добились прощения миссис Феррарс самым простым средством, к которому прибегли по настоянию Люси, — просто его попросили. Вначале прощение, как и следовало ожидать, простерлось лишь над Робертом, Люси же, которая ничем его матери обязана не была и оттого никакого долга по отношению к ней не нарушила, пребывала непрощенной еще месяца два. Но неизменная смиренность поведения, предназначенные для передачи миссис Феррарс горькие упреки себе за проступок Роберта и нижайшая благодарность за суровость, с какой ее отвергали, со временем заслужили ей надменнейшее признание ее существования. Подобная снисходительность преисполнила ее невыразимой признательностью и восхищением, а дальше ей оставалось лишь быстро подняться по всем ступеням на самую вершину милостей и влияния. Люси стала столь же дорога миссис Феррарс, как Роберт и Фанни. Пусть Эдвард так никогда и не был искренне прощен за давнее преступное намерение жениться на ней, а Элинор, хотя была выше ее и по рождению и по всему остальному, упоминалась только как прискорбный мезальянс, Люси пользовалась всеми правами любимой дочери, какой открыто и признавалась. Они обосновались в столице, получили весьма щедрое содержание от миссис Феррарс, были в превосходнейших отношениях с супругой мистера Джона Дэшвуда и им самим, и, если не считать взаимной зависти и сердечной неприязни, кипевшей между Фанни и Люси, к каким их мужья, натурально, не оставались непричастными, а также вечных домашних неурядиц между самими Робертом и Люси, ничто не могло бы превзойти безмятежную гармонию, царившую между ними всеми.

Что такого совершил Эдвард, чтобы лишиться права первородства, могло поставить в тупик великое множество людей, а чем это право заслужил Роберт, показалось бы им даже еще более загадочным. Однако перемена эта вполне оправдывалась ее результатами, если не причинами, ибо в образе жизни Роберта ничто не указывало, что он сожалеет о величине своего дохода, сожалеет, что его брату уделено так мало или что ему самому досталось слишком много. А Эдвард, если судить по тому, с какой охотой он исполнял все свои обязанности, как все больше любил жену и свой дом, и по неизменной бодрой его веселости, так же, видимо, был доволен своим жребием и так же не желал никаких перемен.

Замужество Элинор разлучало ее с матерью и сестрами лишь на те сроки, на какие коттедж в Бартоне нельзя было оставлять вовсе пустым — миссис Дэшвуд с двумя младшими дочерьми проводила у нее большую часть года. Столь часто наезжая в Делафорд, миссис Дэшвуд руководствовалась не только велениями сердца, но и дипломатическими соображениями. Ибо ее желание свести Марианну с полковником Брэндоном силой почти не уступало выраженному Джоном, хотя и объяснялось более бескорыстными побуждениями. Теперь это стало ее заветной целью. Сколь ни дорого было ей общество второй дочери, она ни о чем так не мечтала, как пожертвовать его радостями своему бесценному другу. Эдвард с Элинор не менее хотели бы увидеть Марианну женой полковника. Они помнили о его страданиях и о том, скольким ему обязаны, и Марианна, по общему согласию, должна была стать его наградой за все.

При подобном заговоре против нее, близко зная его благородство, не сомневаясь в верности его глубокого чувства к ней, о котором она теперь услышала нежданно для себя, хотя ни для кого другого оно уже давным-давно тайной не было, что могла она сделать?

Марианне Дэшвуд был сужден редкий жребий. Ей было суждено увериться в ложности своих неколебимых убеждений и собственным поведением опровергнуть самые заветные свои максимы. Ей было суждено подавить чувство, вспыхнувшее на склоне семнадцати лет, и добровольно, питая к нему лишь глубокое уважение и живейшую дружбу, отдать свою руку другому. И какому другому! Тому, кто не менее ее самой долго страдал от первой несчастной любви, тому, кто всего лишь два года назад казался ей слишком старым для брака, тому, кто по-прежнему не пренебрегал благодетельной защитой фланелевых жилетов!

Но случилось именно так. Вместо того, чтобы исчахнуть жертвой непреходящей страсти, как некогда льстила она себя надеждой, вместо того, чтобы навсегда остаться с матерью и находить единственные радости в уединении и серьезных занятиях, как намеревалась она позже, когда к ней вернулись спокойствие и способность рассуждать здраво, в девятнадцать лет она уступила новой привязанности, приняла на себя новые обязанности и вошла в новый дом женой, хозяйкой и покровительницей большого селения! Полковник Брэндон теперь обрел счастье, которое, по мнению всех, кто питал к нему дружбу, он более чем заслужил. В Марианне он нашел утешение от всех былых горестей, ее нежность и ее общество вернули ему былую веселость и бодрость духа. И те же наблюдательные друзья с не меньшим восторгом признали, что, осчастливив его, Марианна нашла в этом и собственное счастье. Делить свое сердце она не умела и со временем отдала его мужу с той же безоговорочностью и полнотой, как некогда — Уиллоби.

Этого последнего весть о ее замужестве уязвила очень больно, а вскоре кара его и вовсе завершилась, когда миссис Смит пожелала его простить и, упомянув, что причиной такой снисходительности был его брак с достойной девицей, дала ему повод предположить, что, поступи он с Марианной так, как того требовали честь и благородство, он мог бы получить и счастье и богатство. Сомневаться в том, что Уиллоби искренне раскаялся в дурном своем поведении, которое обернулось для него наказанием, нужды нет, ибо он еще долго вспоминал о полковнике Брэндоне с завистью, а о Марианне — с сожалением. Однако не следует полагать, что он остался неутешен навеки, что он бежал общества, или погрузился в неизбывную меланхолию, или скончался от разбитого сердца, ибо ничего подобного не произошло. Он жил, чтобы получать удовольствия, и частенько их получал. Его жена отнюдь не всегда пребывала в кислом расположении духа, и ему случалось проводить время дома не без приятности; а лошади, собаки, охота и прочие такие же развлечения служили ему достаточной заменой семейного блаженства.

Однако к Марианне — вопреки неучтивости, с какой он пережил ее потерю, — он навсегда сохранил ту нежность, которая пробуждала в нем живой интерес ко всему, что с ней происходило, и превратила ее для него в тайное мерило женского совершенства. Впоследствии он не раз пожимал плечами, слыша похвалы какой-нибудь ослепившей общество юной красавице, и утверждал, что ей далеко до миссис Брэндон.

У миссис Дэшвуд достало благоразумия не расставаться с Бартоном и не подыскивать себе уютного коттеджа в Делафорде; и, к большому удовольствию сэра Джона и миссис Дженнингс, едва они потеряли Марианну, Маргарет не только достигла возраста, когда ее можно было приглашать на вечера с танцами, но позволяла полагать, что у нее могут завестись тайные воздыхатели.

Между Бартоном и Делафордом поддерживалась та постоянная связь, в какой находит выражение истинная родственная любовь, а говоря о счастье Элинор и Марианны, среди их достоинств следует упомянуть одно, и немалое: они были сестрами и жили в самом близком соседстве, но умудрялись не ссориться между собой и не охлаждать дружбу между своими мужьями.

Любое использование материала данной книги, полностью или частично, без разрешения правообладателя запрещается.

Литературно-художественное издание

Остен Джейн
ЧУВСТВО И ЧУВСТВИТЕЛЬНОСТЬ
Роман

Ответственный редактор *Л. Качковская*
Технический редактор *Н. Духанина*
Компьютерная верстка *Н. Билюкина*
Корректор *И. Марчевская*

Общероссийский классификатор продукции
ОК-034-2014 (КПЕС 2008);
58.11.1 – книги, брошюры печатные

Произведено в Российской Федерации
Изготовлено в 2021 г.
Изготовитель: ООО «Издательство АСТ»

ООО «Издательство АСТ»
129085, г. Москва, Звёздный бульвар, дом 21, строение 1, комната 705, пом. I, 7 этаж.
Наш электронный адрес: **www.ast.ru**
E-mail: ask@ast.ru
ВКонтакте: vk.com/ast_neoclassic
Инстаграм: instagram.com/ast_neoclassic

«Баспа Аста» деген ООО
129085, Мәскеу қ., Звёздный бульвары, 21-үй, 1-құрылыс, 705-бөлме, I жай, 7-қабат.
Біздің электрондық мекенжайымыз: www.ast.ru
E-mail: ask@ast.ru

Интернет-магазин: www.book24.kz
Интернет-дүкен: www.book24.kz
Импортёр в Республику Казахстан ТОО «РДЦ-Алматы».
Қазақстан Республикасындағы импорттаушы «РДЦ-Алматы» ЖШС.
Дистрибьютор и представитель по приему претензий на продукцию в Республике Казахстан:
ТОО «РДЦ-Алматы»

Қазақстан Республикасында дистрибьютор
және өнім бойынша арыз-талаптарды қабылдаушының
өкілі «РДЦ-Алматы» ЖШС, Алматы қ., Домбровский көш., 3«а», литер Б, офис 1.
Тел.: 8(727) 2 51 59 89,90,91,92, факс: 8 (727) 251 58 12 вн. 107;
E-mail: RDC-Almaty@eksmo.kz
Өнімнің жарамдылық мерзімі шектелмеген.

Өндірген мемлекет: Ресей
Сертификация қарастырылмаған

Подписано в печать 09.09.2021. Формат 76x100 $^1/_{32}$.
Гарнитура «Newton». Печать офсетная. Усл. печ. л. 16,89.
Доп. тираж 7000 экз. Заказ 9001.

Отпечатано с готовых файлов заказчика
в АО «Первая Образцовая типография»,
филиал «УЛЬЯНОВСКИЙ ДОМ ПЕЧАТИ»
432980, Россия, г. Ульяновск, ул. Гончарова, 14

book 24.ru

ISBN 978-5-17-099668-1

16+